Carsten Nagel
Aqua Mortis

Carsten Nagel, geboren 1955 in Kopenhagen, ist ein dänischer Autor und Psychotherapeut. Nagel debütierte 1976 mit dem autobiographischen Buch *Som man(d) behager*. Sein späterer Roman *Knock-Out* (1982) erwarb Kultstatus in der homosexuellen Szene. Mit dem Briefroman *Hjertestrimler* (1983) und den Erzählsammlungen *Hunger* (1986) sowie *Stuefugle i faver* (1992) wandte sich der Autor dem Thema des dänischen Kulturradikalismus zwischen den beiden Weltkriegen zu und widmete sich der Frage des Verhältnisses von Existentialismus und Psychoanalyse. In *Zehras Flugt* (2009) porträtierte er das Leben von Kriegsflüchtlingen, insbesondere Kinder und Frauen. Aqua Mortis erschien in Dänemark 2012. Neben seiner Arbeit als Schriftsteller ist Carsten Nagel als Psychotherapeut tätig und ist dabei auf Flüchtlinge spezialisiert, die mit Foltererfahrungen und anderen Traumata zu kämpfen haben. Er ist ferner Paartherapeut und Betreuer junger Psychologen.

Diese Geschichte beruht auf Fiktion. Jegliche Übereinstimmung zwischen den Figuren des Romans und wirklichen Personen ist zufällig und nicht beabsichtigt.

Die im Roman beschriebenen Kopenhagener Orte, Gebäude, und Institutionen hingegen existieren. Was innerhalb dieser Mauern geschieht, beruht hoffentlich ausschließlich auf meiner Fantasie.

Carsten Nagel

Jeder Gedanke, entwickelt aus dem Zirkus der Fantasie, entspringt der Danse macabre der Wirklichkeit.

B.G. Mills

Prolog

Als die Frau erwachte, schrie eine Möwe über ihr. Der Ätherlappen war weg. Der scharfe Geruch hing ihr noch in der Nase. Sie war immer noch durstig. Abgesehen vom Schrei des Vogels war der Gestank des Betäubungsmittels das Erste, das sie registrierte, während sie langsam zu sich kam.

Es fiel ihr schwer, mit dem Klebeband auf dem Mund Luft zu bekommen; auch durch die Nase bekam sie wegen des Schlags auf diese und der Erkältung, die sie sich eingefangen hatte, keine Luft.

Sollte sie das Risiko eingehen und die Augen öffnen? Soviel wusste sie: Wenn sie aufsähe, käme der Ätherlappen. Allein der Gedanke hielt sie zurück. Sie konnte nicht mehr nachzählen, wie viele Male er sie seit der Entführung betäubt hatte.

Aber wo war sie?

War er in der Nähe?

Und was würde sein nächster Schachzug sein?

Sie war an Händen und Füßen gefesselt, die Arme hinter dem Rücken. Auf ihren Beinen und ihrem Körper lagen irgendwelche losen Schnüre. Die Unterlage, auf der sie lag, war hart und uneben. Ihre Glieder waren eingeschlafen und teilweise ohne Gefühl.

Sie lauschte. Vögel … das Geräusch schwappenden Wassers … der Atem des Mannes!

Sie hielt die Luft an und hoffte, dass er nicht näher kommen würde. Er schien mehr außer Atem zu sein als sonst. Er mühte sich mit etwas ab. Seine Lungen rasselten, als wenn er neben dem Schuppen, der seit ihrer Entführung ihr Gefängnis gewesen war, Brennholz hackte.

Sie spürte, dass ihre Hose im Schritt feucht war. Hatte er sich an ihr vergangen, als sie noch betäubt war? Hatte er irgendeine Art von Instrument benutzt? Es half nicht, darüber nachzudenken. Sie spürte etwas Kühles. Wasser. Sie lag auf dem Boden eines Bootes mit Wasser, das in kleinen Bewegungen hin und zurück schwappte. Waren die Schnüre auf ihren Beinen ein Fischernetz? Die Bewegungen des Wassers waren die Bewegungen des Entführers.

Das Boot konnte nicht groß sein. Vielleicht nur eine Jolle, die einen der vielen sommerlichen Regenschauer abbekommen hatte.

Der Mann hantierte ein paar Meter von ihr entfernt an etwas herum. Es klang, als ob er etwas in Gang zu setzen versuchte. Sein zufriedenes Grunzen erreichte sie gleichzeitig mit dem ekligen Geruch, der sie sofort in Panik versetzte: der Ätherlappen zum allerletzten Mal. Aber dann... Das war kein Äther, das war Benzin.

Wollte er sie mit Benzin übergießen, die Jolle von Land stoßen, sie als lebende Fackel benutzen? Würde sich endlich Zufriedenheit in ihm breitmachen, während er ihr endgültiges Ende beobachtete?

Es folgte ein metallisches Klirren, danach das Gluckern einer Flüssigkeit, die von einem Behälter in einen anderen geschüttet wurde. Während er wahrscheinlich Benzin in den Außenbordmotor füllte, mit dem er sich abgequält hatte, versuchte sie, ihre Hände loszuwinden, mit dem einzigen Resultat, dass sich ein Splitter in ihre Hand bohrte.

Ein Splitter, also eine Holzjolle, sicherlich älteren Datums, das wusste sie nun. Wissen war jetzt alles, ihre einzige Waffe.

Eine Plastikschöpfkelle schaukelte gegen ihre Hüfte. Das Geräusch eines Streichholzes, das entzündet wurde. Dann der wohlbekannte Pfeifenrauch mit Vanillegeruch.

Sie hasste Vanille.

Das Boot bekam einen Ruck versetzt, als der Motor startete. Die Jolle setzte sich in Bewegung und glitt durch das Wasser. Der Seegang war ruhig, sie mussten sich in einer Art Hafen befinden. Die Kelle schlug sachte gegen ihr rechtes Knie.

Stimmen? Ihr Entführer sprach mit einem anderen Mann! Sie schielte zu dem Mann am Außenbordmotor hinüber, versuchte sich aufzurichten, den Körper zu drehen, damit ihr Kopf oder auch nur ein Fuß hinter der Reling zum Vorschein kamen. So dicht an einer möglichen Befreiung war sie bisher nicht gewesen. Aber auf dem Boden des Bootes konnte sie sich genau so wenig bewegen wie in der Aalreuse, in die er sie jede Nacht ihrer Gefangenschaft gezwungen hatte.

»Kabeljau und Schollen, vielleicht sogar ein Steinbutt … und zu den Reusenpfählen.«

Ihr Bewacher sprach, ohne dabei die Pfeife aus dem Mund zu nehmen. Der Motor gewann an Kraft, die Stimmen erstarben.

Bald würde sie nicht mehr sein. Möglicherweise würde sie zum letzten Mal richtig sehen. Vorsichtig schlug sie die Augen auf. Der Himmel war grau und blau gefärbt, schöner als je zuvor. Im Boot um sie herum lagen Fischernetze und Bojen mit weißen Flaggen, auf ihren Beinen befand sich, ganz richtig, ein Netz. Möwen kreisten über ihnen in der Hoffnung auf ein leichtverdientes Mahl.

Würde er sie dem Meer opfern, sie an die Pfähle binden und in Fischfutter verwandeln?

Ihr Körper protestierte, versuchte, Macht über die Dinge zu gewinnen, sie rollte vor und zurück, wodurch sich ihre Bewegungen auf das Boot übertrugen und der Motor knurrte.

»Na, du bist wach, jetzt dauert es nicht mehr lange. Wir müssen nur noch ein wenig weiter hinaus, dann bist du frei. Zappeln nützt nichts. Denk an etwas Schönes, denk an … die kleine Meerjungfrau!«

Sie konnte immer noch nicht über die Reling sehen, sie sah nur ihn und den Himmel. Er wendete ein wenig den Kopf und spähte hinaus, sodass der große schräge Halsmuskel, einem unüberwindbaren Widerstand gleich, hervortrat. Eine Ader pochte schwach, aber rhythmisch auf seiner Schläfe. Als er von der Meerjungfrau sprach, klang das wie von außen eingegeben. Auf einmal wusste sie, dass sie dabei waren, den Kopenhagener Hafen zu verlassen. Plötzlich ließ er die Ruderpinne los, ließ den Motor Motor sein, stand auf, ging fast singend auf sie zu:

»… The Little Mermaid … Die kleine Meerjungfrau … La Petite Sirène …« Sie beeilte sich, die Augen zu schließen, wusste aber, dass sie für ihren Blick würde bezahlen müssen; es blieb keine

Zeit mehr, bald würde sie im Dampf des Äthers entschwinden, er beugte sich erneut über sie … Aber nein.

Mit einer schnellen Bewegung riss er ihr das Klebeband vom Mund.

»So soll dein letzter Tag nun auch nicht aussehen«, sagte er, bereits auf dem Weg zurück zum Außenbordmotor.

Das Boot machte eine Wende und schlug nun stärker gegen die Wellen. Das monotone Klopfen des Motors verwandelte sich in ein konstantes, niemals aufgebendes Klagen, die Jolle schob sich weiter, entfernte sich mehr und mehr vom Land.

Jedes Mal, wenn sie aus dem Ätherrausch erwacht war, überrascht darüber, noch am Leben zu sein, hatte sie den Erstickungstod gefürchtet, wegen der verstopften Nasenlöcher und des viel zu strammen Klebebands auf ihrem Mund.

Nun kam ihr zum ersten Mal der Gedanke, dass der Tod durch Ersticken vielleicht gnädig gewesen wäre im Vergleich zu dem, was sie erwartete.

War sie dabei aufzugeben? Unschädlich gemacht auf dem Boden der alten Jolle, wusste sie nicht, wogegen sie ankämpfen sollte.

Eine Welle spritzte über den Steven, der Motor brummte, das Boot stieg und fiel hart zurück, sie schlug mit dem Nacken auf.

Während der Schmerz sich in Kopf und Schultern ausbreitete, erinnerte sie sich an das wenige, was sie über den Tod durch Ertrinken gelernt hatte.

Das Ganze war so furchtbar. Doch in dieser Furcht keimte Trotz auf. Sie konnte jetzt nicht sterben, schon gar nicht mit ihm, als letzter Akt seiner wahnwitzigen Vorstellungen! Sie musste kämpfen, nicht nur für sich selbst, sondern für ihr kleines Mädchen und alle kleinen Mädchen. Sie musste alle Mittel einsetzen, sich nicht brechen zu lassen, was auch komme.

Wenn möglich würde sie den Mann am Steuer erschlagen.

Aber was konnte sie schon tun, verschnürt und gefesselt wie sie war? Ohne Waffe und mit einem Körper, der bald nicht mehr konnte.

Nur die Sprache war ihr geblieben. Und selbst die war immer wieder bedroht. Durch ein beschissenes Stück Klebeband!

Sie sah wieder auf. Trotziger, immer trotziger betrachtete sie den Pfeife rauchenden Mann, der so viel Übel verursacht hatte.

»Ich will mit dir reden«, sagte sie. »Es gibt etwas, das du wissen solltest.«

1

Mads Højlund raste auf seinem Fahrrad durch Kopenhagens Straßen. Wie konnten sie ihm das antun? Er wollte weg von dem Ganzen, nicht nur von der Winterkälte und den unerträglichen Frauen in der Kinderkrippe in Christianshavn. Ebenso von den ständig besorgten Eltern, ihrem Verhätscheln der Kinder, weg von der ganzen verfickten Gesellschaft. Es war ihre, nicht seine. Sogar Nick, mit dem er sich eine Wohnung in Nørrebro teilte, und zu dem er jetzt auf dem Weg nach Hause war, war unerträglich geworden und pisste ihn an – zuletzt mit seinen rücksichtslos lärmenden Gästen, einer Horde Aktivisten, deren Stimmen rund um die Uhr durch Mark und Bein drangen. »Zu Hause«? Auf gewisse Weise war dieses Wort für einen Erwachsenen noch sonderbarer als für ein Kind. Nein, er gehörte nicht in diese Scheißstadt, in der sich genau jetzt irgendwelche Politiker, überreiche Wirtschaftskapitäne und protestierende Jugendliche aufhielten; ein weiterer hoffnungsloser Versuch, die Welt daran zu hindern, Amok zu laufen.

Mads gab auf seinem Fahrrad erneut Gas. Dänemark, gut und gerne fünf Millionen Menschen, in einer lächerlichen Umfrage wieder einmal zur Heimat des »glücklichsten Volks der Welt« ernannt, in der nun alle Medien schwelgten. Wonach hatte man sie gefragt? Wie waren ihre Antworten aufgefasst worden? Wo versteckte das glücklichste Volk der Welt all sein Glück? Vielleicht im Hafen, der den prahlenden Behörden zufolge so sauber war, dass man problemlos darin schwimmen könne. Nur vergaßen sie zu erwähnen, dass das Wasser nur zwei, drei Monate im Jahr warm genug zum Baden war, und dass das Hafenbecken nach jedem größeren Regenschauer von ertrunkenen Ratten geflutet wurde. Reine Selbstzufriedenheit, typisch dänisch, dachte Mads, just bevor er das Nationalmuseum erreichte und scharf nach rechts schwenkte, die Rådhusstræde hinauf in Richtung Nørreport Station.

Nein, das Großstadtleben hatte bestimmt nicht mehr dieselbe Anziehungskraft wie vor vier Jahren, als er den Hof seiner Eltern verließ und mit einem Rucksack voller Träume vom Land in die Stadt zog. Weder übertriebene noch unerreichbare Träume hätte man meinen sollen: ein eigenes Heim, ein süßes Mädchen, ein passabler Job.

In Wirklichkeit hielt er es in Kopenhagen nicht mehr aus. Und schon gar nicht nach der heutigen Demütigung in der Kinderkrippe. Dass es überhaupt so weit kommen konnte, war völlig absurd. Er stand da, mitten im Toilettentraining mit Klein-Ida auf dem Töpfchen und der großen Ida auf der Kindertoilette. Und da steckt die Leiterin plötzlich ihren Kopf herein und erzählt ihm, quasi so nebenbei, dass er nicht mehr allein mit den Kindern sein dürfe, wenn er ihnen die Windeln wechselt, sie gewaschen würden, oder man ihnen erklärte, wie man auf die Toilette geht. Oder in anderen vergleichbaren Situationen, die als »potentiell intim, sexuell, oder auf andere Weise grenzüberschreitend« gedeutet werden könnten. Klein-Ida kicherte und streckte sich begeistert nach ihm, die große Ida sang. Es habe so viele Geschichten mit Pädophilievorwürfen gegeben, fuhr die Leiterin fort.

Mads stand bereit, um den Kleinen zu helfen, erstarrte aber.

Jetzt sollte er zum Teufel noch mal überwacht werden.

»Nimm es nicht so persönlich, Mads, du siehst ja fast aus wie jemand, der einen Geist gesehen hat.«

»Ich finde, das ist sehr weit hergeholt.«

»Das gilt für alle, nicht nur für dich.«

»Gilt das auch für dich?«

»Nein, für alle Männer, meine ich.«

»Aber hier gibt es doch keine anderen Männer außer mir.«

»Nicht jetzt, aber wir suchen ja … vielleicht wird das eines Tages auch für Frauen gelten. Das sind nur vorbeugende Maßnahmen.«

»Willst du stehenbleiben und dabei zuschauen, wie ich die Kleinen fertig mache?«

»Hör auf, aus allem ein Problem zu machen, Mads. Ich wollte es nur vor meinem Freizeitausgleich gesagt haben. Jetzt weißt du jedenfalls, wie es aussieht.«

Dann war die Leiterin gegangen. Erst aus dem Raum, dann aus der »Kinderbastion«, während Mads die Kleinen abwischte. Die vorbeugenden Maßnahmen traten erst später am Tag in Kraft, als die Stellvertreterin kam. Die Leiterin und einige Freundinnen wollten für ein paar Tage zum Weihnachtsshopping nach London.

Warum nannte man die Dinge eigentlich nie beim Namen? Warum sagten sie nicht einfach, dass Männer gefährlich waren und dass er als Mann ein Sicherheitsrisiko darstellte?

Weil es in der Kinderkrippe nicht mehr Männer gab, galt das selbstverständlich nur ihm. Kein erwachsener Mann würde sich damit abfinden, verdächtigt zu werden, nur weil er seiner Arbeit nachging. Das konnte sich nur in einer reinen Frauenwelt abspielen, oder wie immer man das auch nennen wollte.

Unmittelbar vor Nørreport musste Mads hart bremsen, doch die glatte Straße ließ ihn direkt weiter geradeaus schlittern, hinein ins Chaos, das sich plötzlich vor ihm auftürmte – ein Wirrwarr aus Demonstranten, Beamten, Schildern, Schutzschilden, Visieren, gezogenen Schlagstöcken, laut bellenden Schäferhunden und dem widerlichen Geruch von Pfefferspray.

»Nehmt sie fest!«, hörte Mads eine Stimme kommandieren, während er kurzzeitig den Druck von Fuß- und Handbremse nahm, um gleich darauf wieder zuzudrücken. Das Fahrrad blieb stehen, aber Mads flog über den Lenker, der beständig wachsenden Menschenreihe entgegen, die die Beamten in Kampfkleidung gerade formten, eine akkurat arrangierte, gleichmäßige Linie mitten auf der Fahrbahn. In einer Nanosekunde führte ihn die Erinnerung zurück zu den Märklinzügen seiner Kindheit, es blitzte die Dänische Bahngesellschaft auf, bevor Mads sein Fahrrad in Zeitlupe und begleitet von den Sirenen der Einsatzfahrzeuge gegen einen Würstchenwagen schleudern und die Knüppel der Polizeibeamten auf die flüchtenden Demonstranten runterhageln sah – all das, während er selbst auf die panische Menschenmenge zuflog.

Mads landete auf einem rothaarigen Mädchen, das offenbar keine glückliche Dänin war, denn sie schrie in einem nicht sehr glücklichen Ton »fascist pigs«, einen Augenblick bevor sie, infolge von Mads' nicht unerheblichem Gewicht sowie der Knüppel der Ordnungsmacht, mit den Schneidezähnen und dem Gesicht auf den Straßenbelag knallte und bewusstlos wurde. Mads registrierte gerade noch eine schwedische Flagge, einen Greenpeace-Sticker und eine Art Zugangskarte, die an ihrem Anorak baumelte. In roter Handschrift stand da etwas mit Alma. Unmittelbar darauf spürte er die Kraft der Polizeiknüppel auf seinen eigenen Schulterblättern, den Geruch von Pfefferspray, das in seinen Augen und seiner Kehle brannte, danach den Polizeigriff, der seinen 85 Kilo schweren und 1,90 Meter großen Körper so leicht, als wäre er eine Schneeflocke, ans Ende der Reihe hievte, ein weiterer Waggon in dem anscheinend endlosen Zug der Festgenommenen.

Während Mads einer Leibesvisitation unterzogen und mit auf dem Rücken gefesselten Händen hingesetzt wurde, verstand er, der Worte sonst liebte, zum ersten Mal die Bedeutung des Begriffs »das globale Dorf«. Ohne ein anderes Ziel zu haben, als nach Hause zu kommen und sich den Schmutz des Tages abzuwaschen, war er plötzlich ein Teil genau dieses Dorfes geworden. Er hatte immer davon geträumt auszureisen und Teil einer größeren, fremden Gruppe zu werden, doch bisher hatte er seinen Traum nicht verwirklicht. Nie zuvor war er mit so vielen unterschiedlichen Menschen aus so verschiedenen Ländern zusammen gewesen wie in diesem Gefangenenzug der Polizei. Erst mit dem Gipfeltreffen hier im Dezember war in Dänemark ernsthaft der Winter eingebrochen. Jetzt breitete sich die eisige Kälte vom Bürgersteig über seinen Hintern in alle Glieder aus, seine Zähne klapperten, sodass er sich auf die Zungenspitze biss, und seine Finger waren so gefühllos vom Frost, dass Mads dachte, sie könnten in Wirklichkeit auch genauso gut amputiert sein; Teufel aber auch, dass er die gefütterten Schweinslederhandschuhe vergessen hatte, als er wie ein verwundetes Tier geradezu aus der Kinderbastion geflüchtet war.

Die Leute rieben sich immer noch die Augen, husteten inzwischen aber etwas weniger, der Pfefferspray war also offenbar in die Uniformtaschen zurückgekehrt. Selbst die bellenden Schäferhunde hielten das Maul, jetzt wo in Mads' Teil der Reihe Ruhe herrschte. Lediglich die Einsatzfahrzeuge stießen nach wie vor infernalischen Lärm aus, wenn sie vorbeidonnerten, anscheinend in alle Richtungen, mit blinkenden Lichtern und laut heulenden Sirenen. »Where are you from?«, schrie ein Beamter Mads plötzlich an. »I was born in Little Skensved«, übersetzte Mads, so gut er konnte, und dachte, die englische Anrede müsse seinem kurzen, dunklen Bart geschuldet sein, der auf Ersuchen der Eltern ebenfalls ein Punkt auf der Tagesordnung der Kinderkrippe gewesen war; ein Bart konnte offenbar Brutstätte für alles sein, von Läusen bis hin zu bösen Absichten, hier wahrscheinlich das Merkmal eines Selbstmordattentäters. »Where?«, rief der Beamte weiter. Erst jetzt bemerkte Mads, dass es eine Frau war, die sich hinter dem Visier verbarg. »Ich komme aus dem verdammten fucking Dänemark, und ich bin auf dem Weg nach Hause von der Arbeit, ich wohne in Nørrebro.«

Zu Mads' großer Überraschung teilte die Beamtin ihm mit, dass er gehen dürfe. Vielleicht hatte sie seine großen, blauen Augen gesehen. Ein Friseur hatte Mads einmal gesagt, dass sie seinem Gesicht etwas Mildes und Unschuldiges verliehen. Auf jeden Fall half die Beamtin ihm, die Kabelbinder zu entfernen, er kam auf die Beine und hielt Ausschau nach seinem Fahrrad. An den Mannschaftswagen, die bereitstanden, um die Leute wegzufahren, hatten sich lange Schlangen gebildet. Dann entdeckte er sein Fahrrad, das halb unter den Würstchenwagen gerutscht war. Mads befreite es und stellte fest, dass es, abgesehen von einem leicht wackeligen Vorderreifen, auf wundersame Weise unbeschädigt geblieben war. Der Heimweg konnte fortgesetzt werden.

Mads schwang sich auf den Sattel und trat in die Pedale. Das Letzte, was er sah, bevor er weiter auf die Frederiksborggade fuhr, war das rothaarige Alma-Mädchen, das auf einer Bahre in den Krankenwagen geschoben wurde.

2

»Könnt ihr etwas leiser sein? Ich muss morgen wirklich ziemlich früh aufstehen. Please?«

Der Lärm wurde fast noch lauter und verwandelte sich in Lachen und Heulen, während Mads zum dritten Mal zurück in sein Zimmer ging. Das Klirren von Flaschen, Techno, und der Lärm unzähliger, alle möglichen Sprachen sprechender Stimmen folgten ihm bis hinter die geschlossene Tür.

Mads wünschte sich einen tiefen, betäubungsähnlichen Schlaf und versuchte, sich selbst in eine Art Trance zu versetzen, wie der Psychologe in der Gruppentherapie es ihm beigebracht hatte, als er noch aufs Gymnasium ging. Ab und zu funktionierte es, aber an diesem Abend wurde er nur noch wacher. Und verärgert.

Ein paar der NGOs waren sich über die Strategie hinter einer Aktion nicht einig, der Rest trank Bier und rauchte Gras hinter der dünnen Wand, die Mads' Zimmer vom Rest der alten Wohnung auf der Jægersborggade trennte.

Mads hatte genügend Respekt für Nicks Engagement in allen möglichen und unmöglichen Gesellschaftsangelegenheiten. Respekt dafür, dass sein Kumpel begonnen hatte, an der Kopenhagener Universität Philosophie zu studieren, und jetzt noch aktiver war als vorher. Er kam nur damit nicht klar, dass dieser Narr die Tür zu ihrer gemeinsamen Zweizimmerwohnung mit Erker für so viele Aktivisten, wie hineinpassten, geöffnet und sie eingeladen hatte, bei ihnen zu wohnen, bis das Gipfeltreffen überstanden war. Warum sollte eine solche Horde alternativer Idioten die Welt ausgerechnet in seiner Wohnung retten?

Morgen früh hatte Mads zudem noch die unliebsame Aufgabe, die Kinderbastion zu öffnen. Der einzige Vorteil, in aller Herrgottsfrühe aufzustehen, bestand darin, die erste halbe Stunde die Kinderkrippe für sich allein zu haben. Dann das Eintreffen der Stellvertreterin. Und dann kam der Rest der Mitarbeiter, eine nach der anderen.

Chaos und Konfrontation, Kanonenfeuer und Knüppelhiebe, occupy dieses, befrei jenes, was kratzten die EU, die Weltbank, das Klima und all der andere Scheiß ihn, der er nur schlafen wollte? Finanzgeier waren nichts Neues; neu war, dass sie es auf die Titelseiten gebracht hatten, sodass nun allgemein bekannt war, dass sie sich die Taschen füllten, während gewöhnliche Menschen ihre Ersparnisse, Renten und Jobs verloren.

Der Lärm hörte nicht auf, die lauten Stimmen hinter der Wand schienen aus allen Richtungen zu kommen: Skååål, cheeers, à votre santé, Faschistenmethoden, neue Aktionen, bottoms up. Die Stimmen schwirrten durch Mads' Kopf, dicht gefolgt von blitzartigen Bildern der Ereignisse des Tages – die Krippenleiterin in Kommandostellung vor dem letzten Aufruf nach London, der Flug über den Fahrradlenker, das rothaarige Mädchen, das weibliche Visier, das ihn gehen ließ.

Alma, Alma, wiederholte Mads ein paar Male für sich, doch dann stimmte der ewig bellende Schnauzer des Nachbarn unter ihm ein, an diesem Abend lauter und beharrlicher als sonst, der Köter hätte schon lange das Zeitliche segnen sollen.

Seine Schulter tat immer noch höllisch weh, sein Rücken war ebenfalls ein wenig wund, die Handgelenke rot und von den verdammten Kabelbindern geschwollen, die so stramm gesessen hatten, dass sie durch die Haut am rechten Handgelenk gescheuert hatten.

Nicht einmal ein langes, heißes Bad half. Mads warf ein paar Schmerztabletten ein und ging ins Bett. Pfefferspray, verdammt, warum hieß etwas wie ein Gewürz, wenn es sogar nach einem Bad in den Augen brannte und roch wie ein verwesendes Stinktier?

Im Bellen des Nachbarhundes, das durch den Dielenboden drang, hörte er das Echo der Polizeischäferhunde. Einen Augenblick lag Mads einfach da und stellte sich vor, wie er nach unten ging und klingelte, dem Nachbarn eine knallte und sich in der Kehle des Schnauzers verbiss.

Nørrebro, Nick und ganz fucking Kopenhagen waren ein großes Missverständnis gewesen. Wenn er an die guten Zeiten mit Mutter und Vater zu Hause in Landlyst nahe Lille Skensved zurückdachte. Und dann hatte das System seine Mutter getötet.

Ordentliche Frauen wie seine Mutter gab es fast nicht mehr. Die Kindergartenleiterin hingegen … Ordentliche Frauen waren eine aussterbende Rasse, und der Rest einfach nur geil, nicht auf Sex, sondern auf Macht.

Ab und zu setzte Mads sich an H. C. Andersens Grab auf dem Assistens Kirkegård und dachte an seine Mutter. Wenn er dort saß, konnte er immer noch die Worte des Dichters aus ihrem Mund vernehmen. In der Regel tat ihm das gut. Außer wenn er auf »Die Geschichte von einer Mutter« kam, und sich an all das Leid erinnerte, das seine eigene Mutter durchgemacht hatte.

Der Nachbarhund lief nun voll und ganz Amok. Inmitten des Ganzen ertönte auch wieder die Stimme der laut schwatzenden Leiterin der Kinderbastion. Als bekäme er während der Arbeitszeit nicht genug Frauengegacker und Kinderlärm ab. Die Stimmen und der Lärm des Tages umzingelten ihn vollständig im Bett, er kämpfte gegen sie an, so gut er konnte, aber es waren zu viele und sie drangen durch seine Haut. In ihm entstand eine Unruhe, die auf ihn einschlug und in ihm die Lust weckte zurückzuschlagen.

Mads zitterte unter dem Laken vor Wut. Er war in der Tat so wütend, dass er gezwungen war aufzustehen, um nicht ganz durchzudrehen.

Der Zorn köchelte in seinen Adern und schien unaufhaltsam. Bald würde er zu blinder Raserei werden, so gut kannte er sich. Die ganze Scheiße riskierte zu explodieren, wenn er jetzt nicht etwas dagegen tat.

3

Mit langen, zielstrebigen Schritten umkurvte Mads die Ecke an der Jægersborggade und kam so zum Jagtvej. Von dort aus nahm er direkten Kurs auf den Kiosk am Nørrebro Kreisverkehr, wo er sechs Tuborg Gold kaufte, die man ihm in einer Plastiktüte überreichte.

Die Leute gingen dem großen Mann instinktiv aus dem Weg, der auf dem Gehweg vor dem Kiosk ein Bier mit dem Kronkorken eines anderen öffnete und in großen, gierigen Schlucken trank, bevor er wieder dahin zurückging, wo er hergekommen war. Niemand, der ihn sah, zweifelte daran, es mit einem wütenden, jungen Mann zu tun zu haben, der jedes Hindernis aus dem Weg räumen konnte und wollte.

Schräg gegenüber, auf der anderen Seite der Jægersborggade, lag der Jagtvej-Eingang zum Assistens Kirkegård. Dort bog Mads ein und befand sich gleich darauf auf dem Weg, der sich durch den ganzen Friedhof schlängelte – vom Jagtvej am einen bis zum Kapelvej am anderen Ende.

Jægersborggade – Jagtvej – Kapelvej. Mads folgte dem dunklen Pfad, während er die Worte auskostete: Jäger, Jagd, Kapelle, Bumm, das klang fast wie ein Gedicht, dachte er und orientierte sich an den großen, schlanken Pappeln, die den Weg säumten und ihre langen, dunklen Schatten über die Ruhestätten der Toten warfen.

Seine Worte hatten einen sonderbar versöhnlichen Klang, der Mads ein neues Gefühl von Geborgenheit, Konsequenz und Ordnung gab.

Etwa in der Mitte zwischen Jagd und Kapelle, ein Stück abseits des Wegs, setzte Mads sich auf eine Bank, abgeschirmt von einer Ligusterhecke, die immer noch grün war. Eigentlich ist es unglaublich, dachte er, während er sich ein neues Bier aufmachte, was Pflanzen aushalten können. Und manchmal auch Menschen und andere Tiere. »Fast imponierend«, murmelte er und prostete sich selbst zu. Der Hopfen wirkte schon und tat gut in der kalten Dunkelheit.

Eigentlich konnte er doch tun, was er wollte. Niemand zwang ihn, in der Kinderkrippe zu bleiben. Auch nicht bei Nick und all seinen lärmenden, idiotischen Bekannten. Oder in fucking Kopenhagen.

Von nun an würde er von dem Moment, da er zur Arbeit kam, bis er nach Hause ging, überwacht und verdächtigt werden. Mit Ausnahme von morgen früh. So kontrollsüchtig waren trotz allem weder die verklemmten Pädagogen noch die emsigen Helikoptermütter, dass sie eine Stunde früher aufstehen würden, um ihn beim Öffnen der Kinderkrippe zu beaufsichtigen.

Dass jemand sowas überhaupt denken konnte … und noch dazu von ihm, der Kinder und Alte so sehr mochte, dass er alles für sie tun wollte. Pädagogische Hilfskraft, das war auch so ein Frauenquatsch, was hatte er sich dabei gedacht, der Job war ein großer Fehler gewesen, es lief völlig falsch.

Die anderen Männer in der Krippe hatten schon früher aufgehört, jetzt war er dran. Ja, er würde sich aus dem Staub machen, wenn die Weihnachtsferien begannen. Dann konnten alle Pädagogikdamen und Eltern ihren Kindern selbst den Hintern abwischen. Es war so dumm und ungerecht. Am Anfang liebte er seine Arbeit, die Kinder mochten ihn, und er sie.

Jetzt aber musste er hier weg.

Er wollte reisen, war sich aber nicht sicher wohin, nur weg. Vielleicht rüber nach Schweden, zum Alma-Mädchen? »Ein jeder muss auf die Wahrheit hinleben.« So fasste Nick eine von Søren Kierkegaards Ideen zusammen, nach ihm war Nick ganz verrückt, er konnte stundenlang über Kierkegaard reden. Der alte Philosoph lag ebenfalls hier auf Assistens, nicht allzu weit von H. C. Andersen. Auf die Wahrheit hin … Hin und zurück war der Weg gleich lang. Vielleicht sollte er sich zuerst wieder auf dem Land einleben, wo er schlafen und atmen konnte, ohne dass die Augen brannten und alles nach Pfefferspray roch. Ja, an und für sich konnte er damit anfangen, seinem Vater einen Besuch auf dem Hof abzustatten. Tabula rasa machen. Es gab genug zu sagen und zu tun.

Es war nur schade, die Kleinen zu verlassen und sie ihren Eltern und dem restlichen Personal zu überlassen. Am liebsten wollte er alle Kinder mitnehmen, aber das konnte er natürlich nicht. Er musste sich etwas anderes überlegen. Ja. Er würde jeden Jungen und jedes Mädchen lange und fest umarmen, und wenn es auch schwer werden könnte, sie alle ganz loszulassen, würde er ihnen in seinem Inneren Lebewohl sagen und nie mehr wiederkommen.

Ein Schatten näherte sich von der Kapelle. Den Lichtflecken mitten auf dem Weg nach zu urteilen musste es sich um einen Fahrradfahrer handeln. Nun war er so nahe, dass Mads den Umriss eines Mannes erkennen konnte. Und nun bemerkte auch der Mann Mads hinter dem Liguster, tat aber sofort so, als hätte er ihn nicht gesehen. Das Fahrrad fuhr extra schnell. Das »Hej«, das Mads auf der Zunge lag, wurde kalt in seinem Hals, während der Fremde vorbeifuhr und sein Rücken kleiner und kleiner wurde, um letztlich ganz im Dunkeln zu verschwinden.

Es störte Mads nicht mehr so sehr, wenn die Leute vor ihm Angst hatten, er hatte sich daran gewöhnt. Wurde es zwischendurch dennoch zu schlimm, öffnete er sich einfach für die Stimme seiner Mutter, das half normalerweise. »Der Schein trügt«, sagte sie bereits, als er in die Pubertät kam und raketenartig in die Höhe schoss. »Die Menschen glauben sonstwas, dabei bist du in Wirklichkeit ein so gutmütiger Schrank.«

An diesem Abend halfen die Worte seiner Mutter allerdings nicht, im Gegenteil. Diese Stimme war eine Erinnerung an den Tod und damit der vierte Fluch des Tages. Ein Fluch, weit schlimmer als die Kinderkrippe, der arschkalte Gefangenenzug und der Lärm in der Wohnung, denn dieser Fluch währte ewig. Dem Tod seiner Mutter konnte er nichts entgegensetzen. Oder konnte er? War es wirklich unwiderruflich vorbei, oder konnte er irgendetwas tun, was ihren Tod ausglich, jetzt, da die Trauer nicht länger jegliche Handlung lähmte, sondern nur noch in seinem Körper steckte und ihm Übelkeit bereitete?

Mit seinen Gräueltaten hatte das ganze verdammte und wohlhabende Dänemark mit dem »besten Gesundheitssystem der Welt« seiner Mutter das Leben genommen. Sie in ein Bett in einem Vorraum ohne ordentliche Beobachtung gelegt, anstatt auf den Operationstisch, der ihr das Leben hätte retten können, wenn sie nicht aussortiert worden wäre. Weil sie nur die war, die sie war: eine ärmliche, ausgelaugte, in die Jahre gekommene Hausfrau, noch dazu vom Land.

Auf gewisse Weise hatte er seinen Vater im Stich gelassen, als die Mutter starb, indem er selbst kurze Zeit später nach Kopenhagen zog. Sein Vater hatte Mads dennoch unterstützt, es war nur natürlich, dass ein junger Mann von zu Hause weg und sich die Hörner abstoßen musste. Ja, er hatte ihn im Stich gelassen. Er konnte sicher seinem Vater auf dem Hof helfen, bis er sich über einige Dinge mehr im Klaren war. Wenn die täglichen Pflichten auf dem Hof erfüllt waren, konnten sie vielleicht sogar gemeinsam auf die Jagd gehen.

Mit Eiskristallen in seinem kurzen, dunklen Bart biss Mads den Kronkorken von dem letzten wohlverdienten Bier.

Alles war in Auflösung begriffen, jede Ordnung und Rechtschaffenheit verschwunden. Alles und alle betrogen, nichts war so, wie es sich ausgab, Kinderbastion, my ass, warum war man nicht einfach ehrlich und sagte Frauenmacht? Die Kultur war Stück für Stück so weiblich durchsetzt, de facto so feminisiert worden, dass man genauso gut die Konsequenzen daraus ziehen und alle Jungen kastrieren könnte. So wie er und sein Vater, soweit er zurückdenken konnte, zu Hause auf Landlyst jeden Wurf Ferkel kastriert hatten. Zwei Schnitte mit einem Skalpell und weg mit den Testikeln. So kastriert man ein Schwein. Wieviel schwerer konnte es mit einem Jungen sein?

Eine Kastration war nichts Besonderes, jedenfalls wenn man zu zweit war. So verhielt es sich mit den meisten Dingen. Allein verlor man die Freude. Man sollte zu zweit sein, mindestens. Sonst war es vielleicht besser, niemand zu sein.

4

Kopenhagen war in eine massive Decke tiefhängender Wolken gepackt, als die Einwohner der Stadt erwachten und auch all die feinen Gäste und NGOs lebendig wurden.

Was Mads betraf, so war er nicht auf mehr als ein paar Stunden Schlaf gekommen, bevor der Wecker in seinem Mobiltelefon ihn weckte.

Er konnte sich nicht erinnern, wie er ins Bett gekommen war. Er hatte de facto einen Blackout, aber glücklicherweise nur einen leichten Kater. Er zog sich rasch an und rannte aus dem Haus. Frühstücken konnte er in der Kinderkrippe.

Die Fahrt mit dem Fahrrad erfrischte ihn. Und wie immer musste er pinkeln, als er an Christiansborg vorbeifuhr, aber aufgrund all der Touristen und Demonstranten war so viel Polizei vor Ort, dass er es heute nicht auf dem Weg schaffen würde, sondern bloß extra in die Pedale trat.

Die zu der Kommune Kopenhagen gehörende Tagesstätte Kinderbastion lag auf der Amagergade 6, Christianshavn. Die Krippe hatte einen weiteren Eingang über Christianshavns Voldgade, wo man jedoch zuerst einen kleinen Spielplatz überqueren musste, bevor man das Gebäude erreichte.

Obdachlose, Alkoholiker und Drogensüchtige kletterten manchmal über den Zaun und suchten Zuflucht im Spielhaus der Kinder. Für einige war das kleine Haus zu einer Art Unterschlupf geworden. Besonders nachts konnte das dänische Wetter ein harter Gegner sein.

Mads beschloss, den Weg die Christianshavns Voldgade hinunter zu nehmen, sodass er als Erstes die ungebetenen Gäste vom Spielplatz vertreiben konnte. Sie mussten da weg, das gehörte zum Frühdienst dazu. An diesem frühen Morgen jedoch hatte die Situation etwas Beschämendes. Irgendwo mussten die Obdachlosen sich ja aufhalten. Christiania lag nur wenige hundert Meter den Stadtgraben hinunter, aber die Freistadt war schon lange voll.

Alle Menschen brauchen einen Ort, an den sie gehören, dachte Mads, und gleich darauf: Bin ich dabei, weich in der Birne zu werden? Feuchtigkeit und Nebel krochen unter seine Jacke und hinterließen einen nassen Film auf seiner Haut an diesem immer noch dunklen Morgen.

Vielleicht spielte diese alte Fernsehserie da mit rein, »Oh, diese Mieter«. Seine Mutter hatte sie geliebt und alle Folgen auf Video gehabt. Sie hatten sie oft gemeinsam gesehen. Die Serie spielte genau dort, wo Mads jetzt arbeitete, sodass er an jedem einzelnen Tag an seine Mutter erinnert wurde, und an all das, was sie zusammen erlebt hatten. Aber jetzt musste er erstmal an seinen Vater denken. Sich darauf konzentrieren, ein Mann zu sein. Sich auf die Jagd freuen.

Dieselbe Straße und doch zwei ganz unterschiedliche Welten – damals und heute. Zusammenhalt, Solidarität, Gemeinschaft, daran erinnerte er sich, und nicht nur aus dem Fernsehen. Heute, im Zeitalter von Gier und Egoismus, hieß es alle gegen alle. Oder empfand nur er so? Sollte er wieder anfangen, seine Medikamente zu nehmen? Was, wenn die Ärzte nun doch Recht gehabt hatten und er krank war? Vielleicht nur ein bisschen krank. Leider half die Medizin nicht halb so gut wie Bier, im Gegenteil. Sie lähmte ihn so sehr, dass er es einfach nicht mehr mit sich selbst aushielt, aber schließlich auch nicht einfach ausreißen und ein anderer sein konnte.

Die Dunkelheit löste sich langsam auf, als Mads sich der Kinderkrippe näherte. Hier war ja die Hölle los! Unten am Ende der Straße, ein Stück hinter der Kinderbastion, die städtischen Reinigungsdienste waren offensichtlich schon auf dem Wall zugange. Einige der Langzeitarbeitslosen wurden wohl herausbeordert, was auch immer sie zu dem Zeitpunkt auch machten. Die Festangestellten waren selten so früh zu sehen.

Der ganze Wall befand sich in Verwandlung, dort sollte getrimmt und gefällt und entfernt werden. Die Ortsansässigen hatten protestiert, sie wollten das Tierleben und die üppige Natur erhalten. Den Politikern war das egal, sie hatten beschlossen, die alte Festungsanlage neu aufzubauen. Vielleicht passt es auch ganz gut, dass wir wieder zu einer kriegsführenden Nation geworden sind, dachte Mads, und eine Sekunde später: Vielleicht kann ich Soldat werden und nach Afghanistan gehen!

Er öffnete das Tor und betrat den krippeneigenen Spielplatz. Es war keine Seele zu sehen. Und keine leeren Flaschen oder Spritzen, überhaupt kein Durcheinander, der Sandkasten wirkte fast wie frisch geharkt. Er musste nun wirklich dringend, steckte eilig den Schlüssel ins Schloss. Was zur Hölle, die Tür war unverschlossen und glitt auf. Mads blieb stehen und hielt die Luft an. Im Raum, der trotz des grauenden Morgens immer noch in Dunkelheit gehüllt war, war nichts zu hören oder zu sehen.

Er trat ein und blieb wieder stehen. Er musste den Raum durchqueren, um zum Lichtschalter zu gelangen. Doch die Konturen des wohlbekannten Raums und der Möbel traten nun hervor. Der nächste Kindertisch war mit Fichtenzweigen und einer Art Papierschnipseln übersät, und so niedrig, dass er seinen großen Körper beugen musste, um einen davon aufzuheben. Sein Rücken schmerzte wie nach harter körperlicher Arbeit, als er sich wieder aufrichtete und erkannte, was er in der Hand hielt: Es war ein Heinzelmännchen. Naja, bald war ja Weihnachten. Und, Moment mal: Irgendein Weihnachtsfanatiker unter den Erziehern hatte sich offenbar ebenfalls mit Pappmaché beschäftigt, denn vom Querbalken mitten an der Decke hing noch eine Art Elf, ein ganz schön großer Bursche sogar.

Nun konnte er aber nicht länger warten, er musste sofort aufs Klo. Auf dem Weg dorthin verspürte er plötzlich den Drang, gegen die Pappmachéfiguren zu schlagen; warum hatte er nie daran gedacht, dort einen Punchingball aufzuhängen, damit er und die Jungen sich abwechselnd daran abreagieren konnten?

Auf dem Gang zur Toilette schaltete Mads das Licht an und warf einen inspizierenden Blick zurück in den Raum.

Augenblicklich verkrampfte er sich und spürte, wie sein Haar sich sträubte. Dann floss ihm der warme Urin in die Hose und die Schenkel hinab.

Das Kind hing kopfüber am Querbalken an der Decke. Hände und Füße waren gefesselt; die Hände auf dem Rücken, die Füße in einer Schlinge aus demselben Seil, das rauf zum Balken und wieder hinab führte, wie bei einer Art Flaschenzug. Sein Herz hämmerte und das Blut schoss durch seine Adern, als Mads einen Schritt näher trat. Das Kind hing unter dem Balken, den Kopf in einem Eimer verborgen. Er war gefüllt mit schmutzigem Wischwasser, in dem das Kind ertränkt worden war. Das Wasser war übergeschwappt und über den Fußboden gelaufen. Neben dem Eimer lag eine nasse, hellrote Mütze.

5

Mads ergriff die Knöchel des Kindes. Er wollte es ein wenig hochheben. Der Schmerz stach wie ein Eispickel durch seinen Rücken, doch er ignorierte ihn. Es gelang ihm, das Kind ein wenig anzuheben, sodass das Aufwischwasser von seinem Kopf rann. Jetzt noch ein Stück, dann wurde das Wasser zu einem Rinnsal, das aus den Haaren zurück in den Eimer floss. Mads erschrak so sehr, dass sein Griff nachgab und das Kind ihm entglitt. Es war Klein-Ida. Ihr Gesicht war geschwollen und unheimlich verzerrt. Das Seil zuckte, das Wasser platschte und spritzte über den Fußboden. Sie hing dort. Unverändert.

Mads stürzte zum Ausgang, blieb dort stehen und wandte sich wieder dem Raum zu. Was war geschehen? Was bedeutete das alles? Stell dir nur vor, wenn jemand glaubte, dass er … Stell dir nur vor, dass er … Er musste weg! Aber er konnte sie doch nicht einfach da hängen lassen! Nach einigen Sekunden lähmender Schockstarre wusste Mads, dass er Klein-Ida dort runterholen musste, bevor er sich aus dem Staub machte. Aber er musste gut aufpassen, Fingerabdrücke vermeiden.

Mads fielen seine Schweinslederhandschuhe ein, und er ging rückwärts durch den Raum, hin zur Garderobe. Die Handschuhe lagen dort, wo er sie am Tag zuvor vergessen hatte. Er nahm sie und ging weiter in die Küche. Die Messer blitzten am Wandmagnet. Erst das stumpfe Brotmesser, als letztes in der Reihe das für Gefrorenes. Wieder stach es in seinem Rücken, als er über den

Tisch nach dem Gefriermesser griff. *FISKARS stainless steel* stand auf der Klinge. Die Buchstaben auf der Messerklinge schienen ihn einige Sekunden zu blenden, als er zurück in den Gemeinschaftsraum lief.

Das Seil war dick und stark. Mads bearbeitete es ein Stück oberhalb der Knöchel des Mädchens. Die Klinge des Messers fuhr an den dichtgeknoteten Strängen des Seils vor und zurück, die nur langsam nachgaben. Ich gebe auf und verschwinde von hier, dachte Mads, doch im selben Augenblick riss das Seil, und der Körper des Kindes gab der Schwerkraft nach.

Jemand schnappte geräuschvoll nach Luft. Die Stimme der Stellvertreterin drang von der Tür her zu ihm: »Mads, was ...?« Sie traute ihren Augen nicht: Mads, der mit einem großen Messer herumfuchtelte, vor ihm auf dem Boden lag ein offensichtlich lebloser Kinderkörper, über dessen Kopf ein Eimer gestülpt war. Sie schrie.

Mads fuhr herum: »Nein!«, schrie er, von Tränen erstickt.

Die Stellvertreterin stürzte zur Tür, Mads lief ihr hinterher.

»Du darfst nicht, es ist nicht so ...« rief er. »Du darfst nicht!«

Er erwischte ihren Haarschopf, ergriff ihn, eine Sekunde, bevor sie die Tür erreichte, die sie nur zu öffnen brauchte, um aus der Kinderbastion zu rennen. Raus und nichts wie weg von dem lebensgefährlichen Wahnsinnigen, auf den sie gerade gestoßen war, wo sie doch geglaubt hatte, einfach wie jeden Morgen den Duft von frischgebrühtem Kaffee zu riechen und in einen ganz normalen Arbeitstag zu starten. Sie kämpfte sich weiter vor, ergriff die Türklinke. Mads riss mit aller Kraft an ihrem Zopf und schrie wieder laut auf. »Neeein!« Sie stürzte und riss ihn mit zu Boden.

Weit entfernt hörte Mads, wie eine Stimme sagte, dass die Polizei endlich angekommen sei. Danach spürte er, wie jemand ihn leicht an der Schulter rüttelte und ihm vorschlug, sich hinzusetzen.

Über ihm standen zwei Männer, der eine im mittleren Alter mit braunem Haar, ruhigen Augen und einer kleinen Narbe am Kinn, der andere nur ein wenig älter als Mads selbst.

Der Junge reichte Mads eine Hand und half ihm auf. Mit seiner hellen Mähne und den blauen Augen erinnerte er Mads an einen durchtrainierten Typen, mit dem er ab und zu im Fitnessstudio in Nørrebro Gewichte hob.

Der Ältere sagte, er heiße Hugo Møller und sei von der Kopenhagener Polizei, Mordkommission.

6

Møller wunderte sich. Während seiner mittlerweile vielen Jahre als Mordermittler bei der Kopenhagener Polizei hatte er ja schon so einiges gesehen. Aber wer zum Teufel tötet auf diese Weise ein kleines Mädchen? Mit einer Art Flaschenzug, den Kopf in einem Eimer und mit gefesselten Händen und Füßen – die Hände auf dem Rücken, mit Kabelbindern, wie sie die Polizei benutzte! Nun lag es in einer ungelenken Position auf dem nassen Boden.

Der Tatort war abgesperrt, die unmittelbaren Befragungen durchgeführt, die Institution geschlossen, das Personal in der Küche versammelt, die Kollegen von der Kriminaltechnik unterwegs, aber wegen des Wetters verspätet. Bis auf Weiteres musste Møller sich mit dem jungen Martin Sørensen zufriedengeben, der gerade erst bei der Mordkommission angefangen hatte.

Møller arbeitete die Neuen für gewöhnlich gerne ein. Dieses Mal hatte er jedoch protestiert, da Martin einen langjährigen Assistenten abgelöst hatte. Der Chef der Mordkommission hatte aufgrund von Møllers Weigerung kurz davor gestanden, Tange zu der Sache in der Kinderkrippe zu schicken. Hans Tange, den Stinkstiefel, der rein karrieremäßig mehr damit zu tun hatte, Møller im Nacken zu sitzen als Verbrechen aufzuklären.

Møller hoffte, dass der junge Martin Sørensen nicht allzu smart und forsch sein würde. Auf den ersten Blick erinnerte er mehr an ein keckes Fotomodell als an einen Mordermittler. Aber man musste fair bleiben. Bisher schien Martin ein ausgezeichneter Aspirant zu sein.

Møller wollte schnellstmöglich versuchen, sich einen soliden Überblick zu verschaffen, damit er die unterschiedlichen Mitarbeiter auf die vernünftigste Art und Weise in ihren jeweiligen Bereichen einsetzen und von da an selbst übernehmen konnte.

Unabhängig vom Motiv hinter dem Verbrechen musste es sich um eine wirklich kranke oder gestörte Person handeln. Das war der logischste Ansatz. Es würde Møller sehr überraschen, wenn nicht die eine oder andere Form von Perversion dahinter stünde.

Auf der anderen Seite setzte die ganze Szene wahrscheinlich einen Täter mit einer gewissen gedanklichen Ordnung und Struktur voraus. Auf jeden Fall ausreichend, um detailliert planen und entsprechend handeln zu können.

»Neuigkeiten von den Technikern, Martin?«, fragte Møller im Büro der Leiterin.

Martin Sørensen auf dem Gang steckte seinen Kopf zur Tür hinein. »Ähm, ich rufe die gleich wieder an.« »Schaff auch den Rechtsmediziner her.« »Das habe ich schon versucht. Kein Streifenwagen kann ihn abholen, überall in der Stadt ist der Teufel los. Er kommt mit einem Taxi.«

Es wäre auch schön gewesen, Sanne Berg für eine erste psychologische Einschätzung dabei zu haben, aber sie war wieder irgendwo mit »SOS International« unterwegs; diesmal Laos und Thailand, wie Møller bei »SOS« erfahren hatte. Außerdem hatte sie sich jegliche Form von weiterem Kontakt mit ihm und der Kopenhagener Polizei verbeten, ihn auf eine für sie eigenartige Weise abgewiesen, als er sich das letzte Mal gemeldet hatte. Als wäre sein Angebot einer weiteren guten Beratungsaufgabe etwas Persönliches. Er brauchte ihren Beistand, und wollte ihr gleichzeitig zu einer guten Freelanceaufgabe verhelfen. Was war daran falsch? Nach allem, was sie zusammen fertiggebracht hatten. Møller begriff das nicht. Und gerade Sanne, die sonst so direkt und unumwunden sein konnte. Warum spuckte sie es nicht einfach aus, wenn er etwas Falsches gesagt oder getan hatte? Er hatte sie das letzte Mal, als sie miteinander geredet hatten, geradezu um eine Erklärung angefleht, aber es hatte nichts geholfen. Møller realisierte leicht irritiert, dass Sannes kategorische Abweisung ihn gleichermaßen bekümmerte, wie sie ihm unverständlich war.

»Tag, Møller«, erklang es fast synchron von den zwei Technikern, die endlich aufgetaucht waren.

Møller war erleichtert, es waren erfahrene Kollegen, die wussten, was sie zu tun hatten. Er wies sie kurz ein und sie gingen an ihre Arbeit.

Was wäre Sannes unmittelbare Reaktion gewesen? Wie hätte sie den Tatort interpretiert, die Szene mit dem Eimer, dem Kind und der Hebevorrichtung eingeordnet? Hatte der Täter eine Signatur hinterlassen und was war in dem Fall seine Visitenkarte? Abgesehen von ihren rationalen und analytischen Gaben verfügte Sanne über eine besondere Intuition, aus der schlau zu werden verteufelt schwer war. Gefühle versus Vernunft, hatte er nachsichtig gedacht, als sie zwei das erste Mal zusammengearbeitet hatten. Später hatte er für sich selbst erkannt, dass das, was sie ab und zu spürte, sie tatsächlich oft in die zutreffende Richtung führte. Doch jetzt war es mehrere Jahre her, seit sie zusammen an einem Mordfall gearbeitet hatten.

Eins war sicher: Er würde nicht mehr betteln. Da war die berufliche Ebene, aber er musste auch auf seinen persönlichen Stolz achten. Außerdem waren da Else und die Kinder. Seit dem letzten Schub ihrer Multiplen Sklerose war Else an den Rollstuhl gefesselt. Sie brauchte ihn mehr als je zuvor. Und die Mädchen! Beim bloßen Gedanken an die Mädchen schlug sein Herz schneller. Er sah sie ganz deutlich vor sich, wie sie auf dem Foto in seinem Portemonnaie posierten, ohne dass er es anzuschauen brauchte. Er hatte das Bild letzten Sommer bei ihrem jährlichen Gartenfest geschossen und zum genau richtigen Zeitpunkt auf den Auslöser gedrückt. Hand in Hand lächelten die Mädchen und Else vor dem weißen Schmetterlingsflieder, dessen dichte Sträucher mit ihren süß und würzig duftenden Blüten gerade aufgeblüht waren. Jeanette mit der frisch erworbenen Studentenmütze, ein wenig nach hinten geschoben über dem langen, blonden Haar. Das Nesthäkchen Eva, mit hellen Locken, unschuldig, und die Überraschung ihres Lebens. Møller und Else hatten beide geglaubt, dass Else aus diesem Alter raus war. Und jetzt war Eva gerade elf geworden. Auf dem Foto guckte sie fasziniert und erwartungsvoll zu ihrer großen Schwester auf, als würden ihre großen, hellblauen Augen sowohl »Herzlichen Glückwunsch« als auch »und eines Tages bekomme ich auch so eine Mütze« sagen.

Møller hielt es für sehr wahrscheinlich, dass es sich bei dem toten Mädchen um das Kind handelte, das am Vorabend verschwunden war. Es hatte unter der Abdeckung auf der Ladefläche des Lastenrads seiner Mutter geschlafen, sicher an seinen Sitz gegurtet, während die Mutter bei 7-Eleven einen Liter Joghurt kaufte.

Die ganze Nacht hatten die Kollegen nach dem Mädchen gesucht, ohne Ergebnis. Zugegeben, dachte Møller verärgert, es hatten nicht viele Beamte zur Verfügung gestanden, fast alle Kräfte waren eingesetzt worden, um während des internationalen Gipfeltreffens Ruhe in der Stadt zu gewährleisten. Und mindestens genauso schlimm: Die Notrufzentrale hatte zunächst irrtümlicherweise verstanden, dass es sich um eine Anzeige wegen eines gestohlenen Fahrrads handelte – was es auch war, denn das Fahrrad war weg, als die Mutter aus dem 7-Eleven kam – und sie den Angaben zufolge betrunken und hysterisch gewirkt hatte, als sie in den Hörer rief: »Mein Fahrrad ist weg, was habe ich getan, ich wollte doch nur ein bisschen Joghurt, mein Fahrrad wurde gestohlen, ihr müsst mir helfen, sofort«, während sie unzusammenhängend von ihrer Tochter und ihrem Exmann zu reden begann. Drei Mal hatte sie angerufen; die ersten beiden Male wurde sie angewiesen, ein Formular im Internet auszufüllen und sich eventuell persönlich am folgenden Werktag an die Station Amager zu wenden, bevor die Verbindung unterbrochen wurde.

Erst beim dritten Versuch war es beiden Seiten gelungen, einander zu verstehen.

Nach einer letzten Runde in der Kinderbastion nahm Møller im Büro der verreisten Leiterin Platz, abgeschirmt vom schlimmsten Theater. Die Stellvertreterin hatte vier oder fünf Mal in Tränen aufgelöst wiederholt, dass die Leiterin der Einrichtung in London sei. Vermutlich war es Zufall, aber unter diesen Umständen wichtig zu notieren.

»Bring den jungen Mann wieder herein«, sagte Møller und fuhr sich, wie vor jeder wichtigen Befragung, mit der linken Hand durchs Haar.

»Yes, Sir«, antwortete Martin energisch und führte breit grinsend eine Art Salut aus, bevor er verschwand.

Møller folgte ihm mit den Augen, bis er weg war. Was war falsch, mit »Ja« oder »Jawohl« oder »Wird gemacht« zu antworten? Glaubte Martin, dass sie in einem englischen TV-Krimi mitspielten? Naja, vielleicht war er einfach ein bisschen ausgelassen. Møller würde es nur ansprechen, falls es sich wiederholen sollte, und unter allen Umständen bis später warten, um nicht auf irgendeine Weise ihre heutige Zusammenarbeit zu beeinträchtigen.

Die zwei jungen Männer erschienen in der Tür: Der eine stand vor einer ziemlich vielversprechenden Karriere bei der Polizei, der andere befand sich wahrscheinlich auf direktem Kurs in eines von Dänemarks Gefängnissen.

»Ja, ich würde gerne noch einige Worte mehr mit dir wechseln«, erklärte Møller Mads und wies mit einer Handbewegung auf einen Stuhl, sodass sie einander schräg gegenübersaßen. Besser das Ganze freundlich und ruhig angehen und sehen, wohin es führte, anstatt ihn gleich während der ersten Befragungen einzuschüchtern. Møller deutete Martin mit einem Nicken an, dass er sich rechts neben ihn setzen sollte.

Møller betrachtete Mads, der sich fast zum Stuhl tastete und sich nur vorsichtig hinsetzte. Er wirkte jetzt eher konfus und verwirrt als eigentlich schockiert. Da war etwas Zerbrechliches an dem großen, jungen Mann, der nicht viel älter als Jeanette sein konnte. Mörder? Noch ein verlorener armer Kerl in einer verrückten Welt? Beides? Bis auf Weiteres fiel es schwer, nicht ein klein wenig Mitleid mit ihm zu haben. Es würde wohl lange dauern, bis der junge Mann wieder er selbst wäre.

»Ich würde gerne so viel wie möglich über das Ganze erfahren, Mads. Es handelt sich ja um ein sehr ernstes Verbrechen. Sicherlich auch eine schlimme Erfahrung für dich und die anderen.«

»Das ist wie ein verwirrender Film«, sagte Mads, dessen Blick durch den Raum irrte. »Ich glaube nicht, dass ich mich überhaupt konzentrieren …«

Er verstummte und sah auf den Schreibtisch.

»Jetzt gehen wir das Ganze von Anfang an durch, vielleicht wird es dann weniger verwirrend. Was hast du getan, bevor du heute Morgen hierher kamst?«

»Ich habe geschlafen.«

»Wann bist du aufgestanden?«

»Das muss gegen sechs gewesen sein.«

»Wann bist du ins Bett gegangen?«

Mads dachte nach und merkte, wie er errötete, als er nicht antworten konnte. Møller bemerkte die schnell blinzelnden Augenbewegungen des jungen Mannes. Die letzte Frage hatte ihn offensichtlich unter zusätzlichen Stress gesetzt.

»Ich kann mich nicht richtig erinnern«, bekam Mads schließlich heraus.

»Okay, Mads. Was hast du gestern Abend gemacht?«

»Nichts Richtiges … Nachgedacht.«

»Warst du mit jemandem zusammen?«

Mads schüttelte den Kopf und sah zum Fenster. »Ich kann am besten alleine nachdenken.«

»So geht es mir auch. Warst du zu Hause?«

»Nein, ich bin spazieren gegangen. Ich habe mich auf eine Bank gesetzt und nachgedacht.« »Kannst du dich erinnern, welche Bank, wo?«

Mads blickte schnell in Møllers Richtung, dann ließ er seinen Blick wieder durch den Raum wandern, zu Martin, zum Fenster und wieder zu Møller. »Es klingt komisch, aber ich war auf dem Assistens Kirkegård. Es ist weil … Ich wohne gleich nebenan und bin gerne dort. Es ist ja nicht länger ein richtiger Friedhof, jedenfalls nicht ausschließlich, es ist ja fast schon ein Park.«

»Was hast du zu dieser Zeit auf dem Friedhof gemacht?«

»Ich habe dort gesessen und nachgedacht und … Ich habe dagesessen und ein paar Bier getrunken«, fügte er an Martin gewandt hinzu.

»An einem kalten Winterabend hast du dagesessen und ein paar Bier getrunken?«, fuhr Møller fort.

»Ich wollte nur die Zeit totschlagen.«

»Die Zeit totschlagen?«

»Ich meine, da war so viel Lärm, ich hatte Kopfschmerzen… Mir geht es nicht so gut«, fügte Mads hinzu.

Møller merkte, dass das auch für ihn galt. Sonst gingen ihm Verbrechen nicht mehr so an die Nieren. Doch heute war ihm schwindelig und ein wenig übel. Vielleicht war die Grippeepidemie im Anflug, die er bisher hauptsächlich als eine Mischung aus Hysterie und Marketingstrategie von Seiten der Pharmaindustrie angesehen hatte.

»Trink ein Glas Wasser, das hilft normalerweise«, schlug er Mads vor, und signalisierte Martin mit einer Handbewegung, allen einzuschenken.

»Ich will nur sichergehen, dass ich dich richtig verstehe«, sagte Møller zu Mads. »Es ist klar, dass du jetzt unter Schock stehst. Aber sagtest du, dass gestern Abend Lärm in deinem Kopf war?«

»Nein, eher in der Wohnung, oder … beides. In der Wohnung waren alle möglichen Menschen, und die ganze Zeit laute Musik, jemand schrie und lachte. Ich habe nur versucht, Ruhe zum Nachdenken zu finden.«

»Okay, zu der Wohnung kommen wir später. Hast du auf dem Friedhof mit jemandem geredet?«

»Nein. Ich sah ein Licht in der Dunkelheit, und dann den Schatten von … ich glaube, es war ein Mann. An mehr kann ich mich nicht erinnern, bis zu … der Sache heute Morgen.«

»Nicht so schnell, Mads. Ich möchte gerne hören, woran du an so einem dunklen und kalten Abend beim Rumsitzen gedacht hast.«

»An alles Mögliche.«

»Du hast über Dinge nachgedacht. Welche Dinge?«

»Nein, vielleicht eher über Menschen.«

»Menschen?«

»Ja, an etwas in der Art Vater, Mutter, Kind. Ich dachte an meine Mutter und meinen Vater … die Kinder hier.«

»Du dachtest an die Kinder hier?«

»Ja, auch an sie.«

»Was dachtest du?«

»Sie taten mir ein wenig leid.«

»Warum?«

»Ich fand es traurig.«

»Was war traurig?«

»Das Ganze. Wir sollen uns bald verabschieden. Ich verreise zu Weihnachten, das will ich ja selber. Aber es tut trotzdem weh, und ich kann es nicht ertragen, mir vorzustellen, dass es vielleicht auch ihnen wehtut und es somit auf gewisse Weise meine Schuld ist. Und dann … Plötzlich stehe ich mit einem Messer in der Hand da, der Kopf steckt im Eimer fest, und …«

»Und?«

»Dann bin ich mit der Stellvertreterin zusammengestoßen. Ist sie okay?«

»Einigermaßen«, nickte Møller. »Sie wird schon wieder. Sie war es, die Alarm geschlagen hat.«

»Was ist denn passiert?«

»Sie hat nur ein paar Haare verloren und steht unter Schock, aber ansonsten ist ihr nichts passiert. Du hast dir den Kopf am härtesten angeschlagen und bist vermutlich ohnmächtig geworden.«

»Stell dir nur mal vor … Ida«, hörte man eine aufgeregte Stimme draußen auf dem Gang. »Dem Schwein sollten sie den Schwanz abschneiden.«

»Wir sind gezwungen, dein Alibi zu überprüfen«, fuhr Møller fort.

Tränen rannen Mads' Wangen hinab. Wie konnten sie glauben, dass er … Schluchzend vergrub er sein Gesicht in seinen Händen. Møller sah die roten, striemenähnlichen Abdrücke an den Handgelenken, wollte aber nicht gerade jetzt danach fragen.

»Was ist mit denen, die sauber machen? Das sah mir aus wie Wischwasser«, schluchzte Mads. »Vielleicht gibt es Spuren auf dem Mopp. Der Vorsitzende des Elternbeirats ist auch manchmal abends hier. Und ich habe jemanden oben auf dem Wall gesehen, ich glaube, es waren Langzeitarbeitslose … oder vielleicht Obdachlose.«

»Wir werden das Ganze untersuchen«, sagte Møller.

Er wartete einen Augenblick, bevor er Mads eines der Papiertaschentücher reichte, die er immer zu diesem Zweck mitbrachte. Bloß kein Stress. Bei einer Befragung war es, wie in allen anderen Situationen des Lebens, letztendlich war es besser, den Leuten die Zeit zu geben, die sie brauchten.

Martin hatte gut Farbe im Gesicht bekommen, sagte aber glücklicherweise nichts und verhielt sich zurückhaltend.

Møller räusperte sich, Mads trocknete sich die Augen und blickte auf, während er das Taschentuch in seiner rechten Hand zerknüllte.

»Du hast das Mädchen also gefunden«, sagte Møller. »Und du kennst es?«

»Ja, das ist … Klein-Ida.«

»Klein-Ida. Ida Thomsen?«

»Ja«, antwortete Mads so leise, dass die Stimme der Stellvertreterin aus der Küche zu ihnen drang und ihn fast übertönte: »Ich will nicht mehr, dieser Ort, das ist zu viel, und sie ist in London, ich kann nicht mehr.«

»Gibt es auch eine große Ida?«, fuhr Møller fort.

»Die große Ida«, nickte Mads. »Sie wird fast immer von dem philippinischen Au-Pair gebracht und abgeholt. Aber an ihren Nachnamen kann ich mich nicht erinnern.«

»Du hast heute die Bastion geöffnet und …«

»Kinderbastion.«

»Ja, und wie lange warst du allein? So ungefähr.«

»Ich glaube … vielleicht eine Viertelstunde.«

»Was hast du hier als Erstes gesehen?«

»Den Sandsack … Also, es war ja keiner, auch keine Elfe, aber ich dachte zuerst … Nein, falsch, als erstes bemerkte ich, dass die Tür nicht verschlossen war, dann etwas, was von der Decke hing, ich konnte nur nicht erkennen, was es war, bevor …«

»Bevor?«, wiederholte Møller so freundlich wie möglich und versuchte, ihm da durchzuhelfen.

»Ja, also, bevor ich das Licht einschaltete, und dann … Ida? Ich habe sie erst gar nicht erkannt, ich wusste nicht, dass sie das war. Zunächst stand ich nur da. Dann versuchte ich, sie hochzuheben. Ich habe es nicht geschafft. Ich lief in die Küche, um ein Messer zu holen, ich kann mich fast nicht mehr dran erinnern.«

»Du hast sie da runtergeholt, nicht wahr?« »Ja, selbstverständlich, das musste ich, das war so … Ich weiß nicht, was ich sagen soll.« »Du hast die Handschuhe anbehalten?« »Die Handschuhe«, sagte Mads und drehte und wendete seine Hände, als würde er erst jetzt entdecken, dass er sie noch immer trug. »Ich … Ja, das habe ich wohl.«

»Wir müssen dich bitten, sie uns zu geben«, sagte Møller.

Mads streifte sie ab, Martin Sørensen nahm sie entgegen und legte sie in eine durchsichtige Plastiktüte. Mads verfolgte den Weg der Handschuhe mit den Augen.

»Warum hast du nicht 112 angerufen?«, fuhr Møller fort.

Mads richtete sich ein wenig auf. Zum ersten Mal sah er Møller direkt in die Augen.

»Oft kommt ihr sowieso nicht, wenn man euch anruft. Ich habe von mehreren Einbrüchen gelesen, wo die Polizei überhaupt nicht …«

»Okay, Mads, du hast wohl Recht damit, dass es da Probleme geben kann, aber das lassen wir mal beiseite. Wir konzentrieren uns auf heute Morgen, okay? Wollen wir uns darauf einigen?«

»Ja, das stimmt.«

»Warum hast du das getan?«

»Was getan?«

Die Panik in Mads' Stimme war nicht zu überhören, die Frage versetzte ihn eindeutig in Unruhe. Møller sprach gefasst weiter. »Sie dort runtergeholt.«

»Ich wollte das … sie nur befreien.«

»Hast du überhaupt nicht daran gedacht, auf uns zu warten?«

»Ich konnte es nicht ertragen, den Kopf in dem schmutzigen Wasser«, sagte Mads.

»Ja, ja«, sagte Møller. »Die Techniker sind nicht wirklich begeistert. Sie werden einige Proben nehmen, auch von dir. Und du musst mit auf die Wache und eine detailliertere Aussage abgeben.«

Mads nickte, Tränen traten ihm wieder in die Augen, er murmelte: »Klein-Ida, ihr Kopf … die Mütze … Entschuldigung.«

»Ähm, ich glaube, er steht unter Schock«, flüsterte Martin Møller zu.

Nebenan in der Küche hatte die Stellvertreterin wieder angefangen, laut zu weinen. »Die Krisenhilfe ist unterwegs«, hörte Møller jemanden beruhigend auf sie und den Rest des Personals einreden.

»Ich glaube übrigens, dass es ein Seil aus Randers war, Randers Reb«, sagte Mads wie in Trance.

Eine der Erzieherinnen klopfte an und öffnete die Tür. Neben ihr stand eine ältere, dickliche Frau, die einen scheuen Eindruck machte. Sie hielt einen Teller in der Hand.

»Ja, Entschuldigung, dass wir stören, ich bin Pernille und das ist Marie, unsere Köchin, sie wollte nur …«

Mit einem kleinen, freundlichen Schubs bugsierte sie Marie über die Türschwelle und weiter in den Raum hinein. Die runde Brille konnte nicht die tränennassen Augen der kleinen Frau verbergen, als sie zu Mads ging und den Teller mit Brötchen und Käse vor ihm hinstellte.

»Versuch jetzt ein wenig zu essen, ich weiß ja, dass du zu Hause nie was bekommst«, sagte sie.

7

Sanne Berg bat den Taxifahrer, vor dem Café Oven Vande anzuhalten, das im Erdgeschoss des »Christianshavnergården«-Hauses lag und auf Christianshavns Kanal hinausging. Es war zur Gewohnheit geworden, dass sie hier immer ein Sandwich kaufte, wenn sie von einer ihrer Dienstreisen nach Hause kam.

Sannes Penthousewohnung, der »Gipfel«, lag im selben Gebäude wie das Café. Die Wohnung war nicht groß, aber es gab eine Terrasse, und aus diesem Grund hatte Sanne zugeschlagen und sie gekauft, als alles andere in ihrem Leben auseinanderzubrechen schien. Es war Sommer gewesen, die Terrasse platzte vor Üppigkeit des Grüns und der Blumen in allen Farben. Die überwältigende Schönheit, die herrlichen Düfte, die Ungestörtheit, die Aussicht, das Ganze hatte sie wie eine große tröstende Chance verstanden: Wenn sie sich jemals mit Saras Tod würde abfinden können, dann im »Gipfel« mit dieser paradiesischen Terrasse.

»Na, zum Teufel, da sind die Bullen«, sagte der Fahrer in einem Ton, als ob schon die Tatsache selbst eine Gefahr darstellte.

Gott weiß, ob er gesucht wird oder einfach nur paranoid ist, dachte Sanne. »Das macht dann 190«, fügte er hinzu.

Sanne gab ihm 200 und stieg aus dem Wagen. Sie reiste immer so leicht wie möglich, am liebsten nur mit Handgepäck, das sie im Taxi auf dem Rücksitz behielt. Sie hatte nicht die Geduld, länger zu warten als absolut notwendig.

Ein paar uniformierte Beamte und Falck-Leute hatten auf der Snorrebrücke Stellung bezogen, die sich schräg vor dem Café Oven Vande über den Kanal erstreckte. Sie waren dabei, etwas durch die Schollen und den Eis- und Schneematsch hochzuziehen. Sannes Neugier behielt über Hunger und Kälte die

Oberhand. Sie überquerte die Straße und ging zu den Männern hinüber.

»Und, wie läuft das Eisfischen?«

Die Männer blickten auf. Sie betrachteten Sanne sichtlich amüsiert und warfen einander ein paar schlecht getarnte, mehrdeutige Blicke zu. Sahneschnittchen und sowas.

Schön, dass es noch Männer gibt, die etwas vom Flirten verstehen, dachte Sanne.

»Es ist nur ein Fahrrad«, sagte der eine Beamte und deutete auf das überwiegend zugefrorene Wasser.

Sanne wusste sofort, dass von einem Verbrechen die Rede sein musste. Zu dieser Jahreszeit wurde der Kanal niemals von Gerümpel gereinigt. Im Sommer beobachtete sie das Geschehen von ihrer Terrasse aus, die auf der einen Seite Aussicht auf den Kanal und weiter über Kopenhagen und auf der anderen Seite auf die Erlöserkirche mit dem gewundenen Turm und dem ziemlich lauten Glockenspiel bot. Oft setzte sie sich mit einer Flasche Wein auf das Bollwerk, um die Sommerstimmung zu genießen und mit anderen Anwohnern zu plaudern.

»Da ist die Ladefläche, ich glaube, wir haben es, verdammt noch mal«, sagte der Beamte, während ein Falck-Mann den kleinen Kran vom Auto aus dirigierte. Eins der typischen Lastenfahrräder aus der Schmiede in Christiania kam zum Vorschein.

»Schönen Tag noch«, sagte Sanne und ging zurück zum Café.

»Gleichfalls«, erklang es von den Männern, einer von ihnen fügte am Ende sogar »Schatz« hinzu.

Sanne gefiel es, dass sie im Alter von 43 immer noch die Aufmerksamkeit von Männern erregen konnte, und oft auch mehr als das. Wenn alles andere dunkel und unmöglich schien, brachte die Erotik ein Licht in ihr Leben, das ihr für eine Weile neue Kraft gab. Sex war ganz einfach, zusammen mit gutem Wein, Sannes bevorzugte Energiequelle, wenn sie »down & under« war, wie sie es selbst gerne nannte. Dass Gammeltoft-Svendsen, ihr früherer Psychoanalytiker und jetziger Supervisor, sich auf das etabliertere

Diagnosesystem bezog und zuerst über Trauer und seither von Depression gesprochen hatte, störte sie nicht. Auch nicht, wenn er die Überlebensmanöver, die auf Leiden folgten, als »Eskapaden« bezeichnete oder sogar behauptete, von einem klinischen Gesichtspunkt aus gesehen könne man von Acting-out sprechen.

Das, was Sanne in der Beziehung zu G. S. gerade am meisten schätzte, war, dass sie – ob sie sich einig waren oder nicht – alles sagen konnten, was ihnen einfiel. Als Teil der Analyse hatte das Ganze recht einseitig angefangen: Sie lag auf der Couch und redete, während er still reflektierend am Kopfende saß. G. S. war der Einzige, den Sanne jemals in die vollständigen Umstände von Saras Tod eingeweiht hatte.

»Hej, Sanne, schon zurück, wieder zu Hause, guten Appetit. Gute Reise? BLT?«

Ahmed, der kurdische Kellner, lächelte sie an und war schon dabei, in der Küche ein Bacon-Lettuce-Tomato-Sandwich zu bestellen. Bevor sie antworten konnte, drehte er sich jedoch noch einmal zu ihr um.

»Ich Idiot, ich vergessen. Kein BLT für zwei Stunden. Chef bestellen Saugwagen … kein big problem Kloake, nich' geh' Küche jetzt. Küche-Toilette, Toilette-Küche … Wasser kommen hoch, hoch, hoch. Du verstehen, ja?«

Sanne verstand Ahmed ausgezeichnet, ihr Lieblingskellner, seitdem er an einem warmen Abend im letzten Sommer im Café Oven Vande aufgetaucht war. Er war immer entgegenkommend und offen für ihre Wünsche, brachte ihr ab und zu Essen in die Wohnung hinauf, wenn sie nicht die Kraft aufbrachte aufzustehen, und war im Übrigen auf angenehme Weise gesprächig. Sie ging davon aus, dass er sich wie viele andere Geringverdiener in Dänemark illegal im Land aufhielt. Er klang auf jeden Fall nicht so, als hätte er sich in einer Sprachschule ausgiebig mit der Verwendung dänischer Verben befasst. Aber heute war sie müde und wollte so schnell wie möglich nach oben. Kurze Zeit später stand sie deshalb im Aufzug auf dem Weg in den ersten Stock.

Sanne warf die Schlüssel auf den Sofatisch im Wohnzimmer und ging ins Schlafzimmer. Ihr Bett lockte, sie hatte auf dem verspäteten Flug aus Bangkok nur ein paar Stunden geschlafen. Sie hoffte, dass es ihr gelang, sich am laufenden Tag wach zu halten, um schnellstmöglich wieder in den dänischen Tagesrhythmus hineinzukommen.

Zurück im Wohnzimmer schaltete sie den Fernseher ein. TV2 News brachte in Dauerschleife einen Beitrag über einen Kindermord auf der Amagergade. Ob Møller an der Sache dran war? Sie hatte keine Kraft, länger darüber nachzudenken, und schaltete das Gerät schnell aus.

Sanne warf einen Blick auf die Terrasse, wo sich nun alles in Winterschlaf befand. Die Küche sah nicht viel besser aus, ihr Kühlschrank war gähnend leer.

Sollte sie ihre Mutter anrufen? Es war eine Ewigkeit her, seit sie miteinander gesprochen hatten. Wenn man das überhaupt als Gespräch bezeichnen konnte. Sie hatten nicht viel mehr als das gemeinsam, was ihre Mutter als »gute Gene und Schlagfertigkeit« bezeichnete.

Den Großteil ihrer Kindheit hindurch hatte Sanne das mit den Genen bezweifelt und geglaubt, sie sei adoptiert worden. Ihren biologischen Vater hatte sie nie gekannt, er starb, als Sanne noch klein war. Die einzige Erinnerung an ihn war eine Ausgabe von Shakespeare Sonetten, sein Verlobungsgeschenk an ihre Mutter, aus denen sie Sanne in der ersten Zeit nach dem Tod des Vaters auf der Bettkante laut vorgelesen hatte.

Ihre Mutter war immer ein wenig distanziert und unterkühlt gewesen, mehr an ihren gesellschaftlichen Verpflichtungen und ihrer Villa in Gentofte als an Sanne interessiert. Daran hatte sich bestimmt nichts geändert, als ihr Stiefvater und Kaffeegroßhändler Holger an Sannes siebtem Geburtstag einzog.

Mit der Zeit wurde es immer mehr zu einem Teil von Sannes Persönlichkeit, sich ein Stück abseits der häuslichen Normen zu bewegen. Die Pubertät tat ihr Übriges, und je mehr Sanne über das Leben außerhalb ihres Elternhauses lernte, desto mehr empfand sie es fast als ihre moralische Pflicht, in Opposition zu stehen.

Holgers Reaktionen auf ihr Verhalten standen ihrer Dickköpfigkeit in nichts nach. Nach einer ihrer zahlreichen Auseinandersetzungen bestellte er sie in sein Büro, wo er sie mit seinen langen Armen festhielt und Sanne in Anwesenheit seines Vizedirektors mitteilte, dass er ihr, wenn er ihr richtiger Vater wäre, die Zunge abschneiden und diese als Köder an seiner Angel befestigen würde.

Zum ersten Mal fehlten Sanne die Worte. Sie wollte einfach nur abhauen, konnte sich aber nicht aus seinem Griff befreien und musste gegen die Tränen ankämpfen.

Während die Männer nicht aufhörten zu lachen und das Geräusch noch tagelang in ihrem Kopf nachhallte, überdachte Sanne ihren nächsten Zug. Die perfekte Gelegenheit bot sich schon bald: Die jährliche Abendgesellschaft der Kaffeegroßhändler. Sannes Mutter hatte sich natürlich bereiterklärt, sie in der Villa zu veranstalten – warum eine so hervorragende Gelegenheit verstreichen lassen, sich selbst, die prächtige Villa und ihren Schmuck zur Schau zu stellen?

Sanne hatte eigentlich vorgehabt, auf den Tisch zu springen, wo sie entweder das Sozialistenlied »Wenn ich eine rote Flagge peitschen sehe« singen oder zwischen Vorspeise und Hauptgang strippen wollte, aber plötzlich war die Rehkeule schon aufgegessen, das Dessert ebenfalls, der Cognac und der Kaffee in der alten Bibliothek serviert, die Holger in »sein Herrenzimmer« umgetauft hatte.

Holger hielt eine Rede, in der er sich gründlich selbst beweihräucherte. Kaffeebohnen rauf, Kaffeebohnen runter, Import, Export, Röstung, Mahlen, Austausch. Am Ende hob er sein Glas und sagte: »Liebe Kollegen, liebe Gäste! Bevor ich einen Toast mit dem Wunsch nach einem weiteren profitablen Jahr ausspreche, möchte ich nur daran erinnern, dass ich meine wunderbare Frau – abgesehen von Sanne, die heute sogar auch dabei ist, eine ganz gute Wendung zu nehmen – für den Tanz zur Verfügung stelle, der im angrenzenden Salon stattfindet. Skål!«

Die Leute ergriffen ihre Cognacgläser und prosteten Holger, ihrer Mutter und Sanne zu. Sanne blickte hinunter in ihr

Zitronenwasser, dann sah sie wieder auf. Dann nahm sie den Teelöffel vom Unterteller ihres Nachbarn, schlug damit gegen eine Flasche Sodawasser, stand auf und sagte: »Liebe Gäste … auch du, Holger. Ich will euch nicht weiter ermüden, sondern fasse mich so kurz wie möglich …«

Sanne erinnerte sich an die Stille, die einige Sekunden lang herrschte, die Andeutung von Nervosität in der Handbewegung ihrer Mutter, die ihr signalisieren sollte, fortzufahren, erinnerte sich an den Blickkontakt mit ihrem Stiefvater, bevor sie sich selbst innerlich wieder unter Kontrolle bekam.

»Holger, du hast nichts außer Kaffee zwischen den Ohren, und der ist obendrein noch dünn! Skål!«

Einen Augenblick lang war nur das Ticken der deutschen Standuhr zu hören, dessen Regelmäßigkeit plötzlich wie ein unheilverkündender Countdown zur Hölle klang. Holger saß wie gelähmt da, ganz baff, die Frau des Vizedirektors neben sich. Doch dann warf ihre Mutter den Kopf in den Nacken, sodass ihr Brillantschmuck glitzerte, und brach das Schweigen mit ihrem lautesten Salonlachen: »Meine Tochter ist so witzig, das hat sie von mir. Aber worauf warten wir noch, lasst uns doch tanzen.« Während die Erwachsenen tanzten, fand Sanne eine Flasche Champagner bei der Aushilfe in der Küche. Es war kaum ein Glas voll daraus getrunken worden. Sie nahm sie mit auf ihr Zimmer und fand sofort Gefallen sowohl an seinem Geschmack als auch an der Wirkung.

Holger und Sanne hatten bis zu dem Tag gekämpft, an dem Sanne als Siebzehnjährige mit einem amerikanischen Jazzmusiker ausriss, den ihr Stiefvater als »Neger« und »kohlenschwarz« bezeichnet hatte, obwohl jeder Idiot sehen konnte, dass ihr neuer Freund nougatfarben war. Und als die Verbindung zwischen Holger und Sanne auf Drängen ihrer Mutter wiederhergestellt wurde, hörten die beiden Streithähne dennoch nicht auf sich zu bekriegen, bis Holger eines Tages inmitten einer Schimpftirade über »die gelbe Gefahr« aus China, die neben dem Tee- auch den Kaffeehandel bedrohte, einen Asthmaanfall erlitt. Daraufhin hatten sie beide versucht, den Ball flach zu halten, Sannes Mutter wegen und in der Hoffnung auf eine friedlichere Zukunft. Es lohnte sich allerdings kaum. Drei Wochen später »schlief Holger friedlich ein«, wie ihre Mutter es ausdrückte. Kurze Zeit nach Holgers Tod verkaufte die Mutter die Villa in Gentofte und zog nach Los Christianos im südlichen Teil Teneriffas. Im englischen Bridgeclub traf sie Henry, der bald Holgers Platz einnahm, woraufhin sie zusammen in einen Luxuskomplex für wohlhabende Ausländer zogen. Sanne war ihm ein einziges Mal begegnet, und es war zu keinerlei Auseinandersetzung gekommen.

Trotzdem war es wohl besser, damit zu warten, ihre Mutter anzurufen, bis sie eines Tages mehr Energie übrig hatte, dachte Sanne nun. Sie hatte keine Ahnung, was sie sagen sollte, falls Henry dranginge. Falls es ihre Mutter selbst wäre, wäre es nicht viel besser. Und sie würde es nicht aushalten, wenn sie sich nach so langer Zeit wieder wegen allem und nichts in die Haare gerieten.

Sanne war müde und hungrig. Gleichzeitig merkte sie, dass die wohlbekannte innere Unruhe sich ankündigte.

Sie versuchte, sich selbst etwas aufzumuntern, um diesem Gefühl hoffentlich besser entgegentreten zu können. Die SOS-Reisen, bei denen sie in Not geratenen Skandinaviern auf der ganzen Welt half, boten ihr sowohl sinnvolle Arbeit als auch ein vernünftiges Einkommen. Es war eine gute Reise gewesen. Es war ihr gelungen, der jütländischen Familie in Laos bestmöglich zu helfen. Der Mann, der unglücklicherweise zu dicht an eine der unzähligen kleinen Streubomben gekommen war, die die Amerikaner während des Vietnamkriegs so reichlich auf das Land hatten rieseln lassen, war schnell behandelt und mit ihrer Hilfe in eins der führenden Krankenhäuser des Nachbarlands überführt worden. Der Spezialist im Krankenhaus in Bangkok erklärte ihnen, dass der Patient ein typisches Opfer der ›Bombies‹ war. Er würde den Fuß und den untersten Teil des Beins verlieren, aber überleben. Sanne hatte die Familie unmittelbar ins Krankenhaus gerufen und über die relevanten Details ausgefragt. Und nach dem psychologischen Rapport hatten sowohl das Ehepaar als auch die Kinder ihre Krisenhilfe angenommen und davon profitiert. Sie hatten zu weiteren Einrichtungen Kontakt aufgenommen, die Behandlungen ohne Warteliste anboten und die der Familie zur Verfügung stehen würde, sobald sie nach Dänemark zurückgekehrt war. Im Flugzeug hatte sie ihren vollständigen Bericht geschrieben und ihn kurz nach ihrer Landung in Kastrup an SOS International geschickt. Ihre Aufgabe war damit erledigt und sie konnte in Ruhe auf ihr Honorar warten. Und der Tag war, wie jedes Mal, wenn sie von einer SOS-Tour zurückkam, völlig klientenfrei.

Doch die innere Anspannung ließ sich leider nicht so einfach verdrängen. Sie überlegte, eine Schlaftablette zu nehmen und ins Bett zu gehen.

Wenn sie ausgeruht war, hatte Sanne das Gefühl, mit fast allem fertig werden zu können. Da war nicht viel anderes als die Tragödie mit Sara, die sie quälte. Ohne ausreichenden Schlaf fühlte sie sich oft so schwach und hilflos, dass sie sich wünschte, sie wäre nie Psychologin geworden, und dass ihr ausnahmsweise mal geholfen werden müsste. Sie sollte am besten bald Kontakt zu G. S. aufnehmen, wenn sie auch versuchen würde, Sara aus den Gesprächen rauszuhalten. Einen Augenblick erinnerte Sanne sich an die Wochen, in denen ihr klar wurde, dass ihr Betreuer von ihren Mutter-Kind-Verlust-Problemen genug hatte.

»Deine Tochter wurde neun Monate alt, du hast ein Jahr lang ununterbrochen getrauert und von ihr gesprochen. Wann gedenkst du mit dem Bluten aufzuhören?«, hatte G. S. Sanne unumwunden gefragt, als sie ihm in Tränen aufgelöst von Saras Tod und ihren eigenen wilden Fantasien erzählt hatte. Und bereits eine Woche später sagte er: »Sanne, ich weiß, dass du es besser weißt. Es ist Zeit, von einem verlorenen Objekt auf ein lebendiges überzugehen.«

Was hatte G. S. sich vorgestellt? Sollte sie sich ein kleines Meerschweinchen kaufen? Seine international berühmte Abhandlung über »Die Geschichte der Bestialität aus Psychiatrischer Perspektive« war auf jeden Fall keine Garantie für ein ausgeprägtes Einfühlungsvermögen bei seiner klinischen Arbeit.

War seine Frage ein Ausdruck von Professionalität, Ungeduld oder Zynismus, dachte Sanne nun. Vielleicht eine Mischung aus allem. G. S. selbst war kinderlos, genau genommen unfruchtbar, nachdem er ein mumpsverwandtes Testikelproblem missinterpretiert und ignoriert hatte.

G. S. interessierte sich vor allem für den Einfluss der Kindheit auf die Gefühle, die Gedanken und den Grad der Reife eines Erwachsenen, wohingegen Kinder selbst ihn nicht besonders beschäftigten.

Wenn es um Sannes eigenes kleines Mädchen ging, durfte nicht einmal G. S. ihr vorschreiben, was sie tun musste oder sollte, egal, wie viel Zeit vergangen war. Es sollte ihr erlaubt sein, in Frieden zu leiden, ohne das typisch leere Geschwafel ihres Fachs über die Krise als Wendepunkt hin zu einem intensiver wahrgenommenen und authentischer gelebten Leben. Solange es ihr passte, würde sie weiterhin ihr stummes Ja nicken und aufstehen, wenn ihr Leid ihr andeutete, dass sie bis in alle Ewigkeit miteinander tanzen würden.

War es bloß das Nachhausekommen, das ihr immer schwerer wurde und sie einfach umzuwerfen drohte? Warum konnte sie sich nicht einfach entspannen und genießen, zu Hause zu sein?

Der Anrufbeantworter des Festnetztelefons war voller Nachrichten von Freunden, Einladungen von Bekannten, zwei neuen Anfragen von Privatklienten, abgesehen von G. S., der dabei war, eine neue Vorlesungsreihe für die Sigmund-Freud-Gesellschaft zu planen. Der Fokus lag auf den unterschiedlichen Auffassungen über den Lebens- und Todestrieb, ausgehend von Freuds Schriften über Eros und Thanatos. Würde Sanne am 23. Juli etwas dazu vortragen wollen? Es könne auch gerne ein Beitrag mit einem persönlichen Twist sein. Und die letzte Nachricht kam von ihrem besten Freund Jack, der mit ihr heute Abend zu einer Vernissage und anschließend in einem neuen Schwulenrestaurant essen gehen wollte, aber die Nachricht war bereits über eine Woche alt.

Sie hatte nicht die Kraft, auf irgendetwas davon jetzt zu antworten. Einen Augenblick dachte sie darüber nach, ihre Sporttasche zu packen und trotz des Wetters mit dem Fahrrad zur Fitness World auf Holmen zu fahren, wo sie boxte und ab und zu eine Spinningstunde mit Jack einlegte.

Körperliche Betätigung war ein hervorragendes Mittel gegen innere Unruhe, negative Gedanken und eine lange Reihe anderer Qualen. Sanne trieb selbst so oft wie möglich Sport und empfahl es all ihren Klienten, wenn sie nur meinte, dass es auch nur den kleinsten Effekt haben könnte. Trotzdem ließ sie sich jetzt einfach aufs Sofa fallen.

Über ein Jahr lang waren Hass und Trauer gleichzeitig da gewesen. Weder wollte noch konnte sie die Trauer loslassen, denn ließ sie sie los, war es ihr, als verlöre sie dadurch den letzten Kontakt zu Sara. Und was dann? Der Hass hingegen ... Sie spürte zwar, dass sie nicht den Rest ihres Lebens damit zubringen konnte, aber noch war sie einfach nicht bereit, Samuel die Alkoholfahrt zu vergeben, die Sara das Leben gekostet hatte.

Sanne versuchte es noch mal mit den TV2 News. Ihre Ahnungen wurden bestätigt: Møller war am Mordfall in der Kinderbastion dran, der Reporter brachte mit einem breiten Lächeln seine Hoffnung auf eine baldige Aussage von »einem der führenden Ordermittler des Landes« zum Ausdruck.

Wer weiß, ob er noch einmal versuchen würde, seine Klauen in sie zu schlagen. No way, sie würde nicht darauf eingehen. Zwar hatte ihre Doktorarbeit das Thema »Tod und der Sterbende« behandelt, aber weder die Abhandlung noch der amerikanische Täterprofilingkurs machten aus ihr eine Kriminalpsychologin. Ihr Hauptgebiet war und blieb Traumatologie und alles, was mit Krisen- und Katastrophenpsychologie zu tun hatte.

Dass sie im Rahmen der Verlängerung ihres Lehrauftrags an der Polizeischule bei einer Reihe ernsthafterer Verbrechen hinzugezogen und zuletzt von der Mordkommission auf Beraterbasis angestellt worden war, änderte nichts an der Sache. Wie gerne Møller sie auch ins Boot der Mordkommission holen wollte, für sie war das Vergangenheit.

Møller war ehrlich gesagt der Letzte, auf den sie jetzt Lust hatte, allein schon der Gedanke an ihn regte sie auf. Møller war gleichzusetzen mit … ja, in der Tat in erster Linie mit einer Toten. »Ich möchte dich bitten, die Dinge zu differenzieren«, sagte Sanne ab und an zu ihren Klienten, was tatsächlich oft schon half. Sie selbst konnte das nicht, wenn es um die Gefühle ging, die Møller in Gang setzte. Zusammen wurden Leid und Trauer in einen mächtigen Ringer verwandelt, der sie wie ein kleines, hilfloses Opfer zu Boden warf.

Wenn es auf dieser Welt etwas gab, was Sanne nicht sein wollte, dann ein Opfer. Oder auch nur wehrlos. Ich bin eine Überlebende, schärfte sie sich wieder und wieder selbst ein, wenn sie Sara nicht mehr in ihren Armen spüren konnte.

»Herr, gib mir Kraft, durch diesen Tag zu kommen«, hörte Sanne sich plötzlich selbst murmeln, zu ihrer eigenen großen atheistischen Verblüffung.

Sie stand auf und ging in den Flur. Vor dem Spiegel frischte sie ihre Lippen mit rosa Lipgloss auf. Das helle, schulterlange Haar band sie zu einem kleinen Pferdeschwanz, was ihr Gesicht offener und zugänglicher machte. Der Concealer überspielte die Müdigkeit unter ihren Augen.

Sie musste jetzt raus auf die Straße. Sie brauchte dringend etwas zu essen und Sex.

8

Der Wind peitschte die gefühlte Temperatur auf minus 15 Grad hinunter, obwohl das Thermometer nur ein paar Grad unter Null anzeigte. Martin hatte Probleme mit seinem Auto auf der Amagergade: Das Schloss ließ sich weder über die Zentralverriegelung noch manuell öffnen. Møller schüttelte sich und versuchte, sich warm zu halten, indem er zwischen Martin und Mads, der auf der obersten Treppenstufe vor dem Eingang zur Kinderbastion wartete, hin und her lief. »Verfluchte Wartung!«, rief Møller in Martins Richtung aus.

»Ja, das ist fast wie bei der Dänischen Bahn«, antwortete Martin. »Die Dänische Bahn? Wovon redest du?« »Der Winter kommt für die Dänische Bahn auch immer überraschend«, sagte Martin.

»Junge und betrunkene Menschen ...«, dachte Møller, begnügte sich aber damit zu brummen: »Geht es weiter, oder was?« »Ja, ja«, antwortete Martin und kämpfte weiter mit dem Schloss.

Møller spürte ein leichtes Ziehen in den Muskeln, sein Nacken schmerzte, kein Zweifel mehr, dass eine Grippe im Anflug war.

Die feuchte Luft verwandelte sich in kleine Tropfen, während das Personal nach und nach die Kinderbastion verließ. Die Krisenhilfe fand nun nicht mehr in der Bastion, sondern in der Stadt statt.

Ein Mann parkte seinen Lieferwagen und näherte sich mit langen Schritten. Møller kam es vor, als schielte er zu Mads hinüber, der nicht so aussah, als wollte er sich von seinem Platz auf der obersten Treppenstufe rühren; in den Augen aller war Mads längst so gut wie verurteilt. Als er näher gekommen war, nickte der Mann Møller und Martin freundlich zu und sagte: »Gibt es ein Problem, kann ich helfen?«

»Nein danke, es klappt schon«, antwortete Martin.

Marie, die Köchin, tauchte in der Tür auf, immer noch erschüttert und in Tränen aufgelöst. Mads machte ihr Platz.

»Frederik, endlich!«, rief sie beim Anblick des Mannes erleichtert aus und eilte die Treppe hinunter.

»Mutter«, sagte der neu Dazugekommene und zog sie liebevoll, fast beschützend an sich. »Ich werde jetzt auf dich aufpassen.« An Møller gerichtet fuhr er fort: »Meine Mutter ist nicht ganz … Sie ist sehr sensibel und nicht so stark.«

Møller nickte, Marie und ihr Sohn nickten zurück, ihr Gesicht zeigte ein kleines, dankbares Lächeln.

Gut, dass es noch Leute gibt, die sich umeinander kümmern, dachte Møller, der als Mordermittler oft gesehen hatte, wie soziale Ausgrenzung weniger starke Menschen isolieren und lähmen konnte.

Kurz darauf verschwanden Marie und ihr Sohn im Lieferwagen und fuhren weg.

Immer noch auf der obersten Stufe stehend, drehte Mads seine Handflächen nach oben und hielt beide Arme in die Luft, sodass er Møller einen Augenblick lang an die Christusfigur erinnerte, die er und Sanne Berg vor zweieinhalb Jahren auf dem Gipfel des Corcovado in Rio de Janeiro gesehen hatten. Die Christusfigur war das Markenzeichen von Rio und ganz Brasilien. Für Møller war sie zum Symbol für all das Gute geworden, das sie beide während des FBI-Profilingkurses in den USA und ihrem anschließenden, heimlichen Urlaub in Südamerika erlebt hatten. Abgesehen von all den anderen Dingen, die sie beide verbunden hatten. Fast ein Pakt, der sich jetzt weiter weg anfühlte als je zuvor.

»Il pleure dans mon coeur comme …«, sagte Mads plötzlich mit einem sonderbaren Gesichtsausdruck.

Er rollte mit den Augen, während er in seiner Erinnerung vergeblich nach einer Fortsetzung zu suchen schien.

»Comme il pleut sur la ville«, vervollständigte Martin mit einem schnellen Blick auf Mads, bevor er weiter das Schloss bearbeitete.

Møller glotzte einen Augenblick lang vom einen zum anderen, ihm wurde immer schwindeliger. Was zur Hölle bekamen die heutzutage auf der Polizeischule beigebracht? Und: Woran dachte Mads, wie kam er auf sowas? Was bedeutete das, warum sagte er sowas gerade jetzt?

»Ja, es regnet überhaupt nicht«, fuhr Mads fort, in seiner Position fast erstarrt, die Hände zu beiden Seiten ausgestreckt. »Es schneit, verdammt noch mal! Was heißt Schnee noch mal?«

»*Neige*«, antwortete Martin, ohne vom Schloss aufzusehen.

»Ist französische Poesie heute ein Fach an der Polizeischule?«, sagte Møller in Martins Richtung, aber in einem Ton, aus dem der junge Polizeiassistent heraushören konnte, dass es sich nicht um eine Frage handelte, sondern eher um die Aufforderung, still zu sein.

»Im Gymnasium«, erläuterte Mads, dessen Blick einen Moment lang aufzuleuchten schien, bald darauf jedoch von einer Dunkelheit dahinter getrübt wurde.

»Was?«, hakte Møller nach. »Erklär, was du meinst.«

»Mein bester Freund in der Schule war Halbfranzose, aber seine Eltern zerstritten sich, Michel und seine Mutter zogen zurück nach Frankreich und …«

»Und was?«, fragte Møller weiter.

»Nach der Scheidung traf ich … Verlaine und Rimbaud waren meine besten Freunde auf dem Gymnasium. Insbesondere Arthur.«

»Arthur wer?«, sagte Møller und fühlte sich plötzlich so unendlich müde.

»Rimbaud, selbstverständlich«, antwortete Mads.

»Die Tür ist offen«, rief Martin.

Møller kämpfe gegen die Müdigkeit an, die von einem Zentrum in der Brust ausgehend nun von seinem ganzen Körper Besitz ergriff. Er weigerte sich, sich wegen einer leichten Grippe eventuell wichtige Informationen entgehen zu lassen, aber es fühlte sich an, als ob seine eigenen Worte an seinem Atem festklebten, der sie einfach nicht aus seinem Mund herauslassen wollte. Nur mit größter Anstrengung schaffte er es, seine Frage zu stellen: »Also Arthur Rimbaud … Was ist mit dem?«

»Daran kann ich mich nicht erinnern. Ich kann mich an nichts mehr erinnern«, sagte Mads und blickte zu Boden, während er nun verzweifelt den Kopf schüttelte.

»Wollen wir nicht reingehen?«, fragte Martin.

Mads sah immer noch aus, als wäre er an der obersten Stufe festgefroren. Møller war schwindelig, aber es gelang ihm, Martin ein Zeichen zu geben, Mads auf seinen Platz zu helfen. Er selbst stolperte zum Auto, seine Beine zitterten unter ihm, so etwas hatte er noch nie erlebt.

Die beiden saßen schon drinnen, als es Møller endlich gelang, das Auto zu erreichen und sich auf den Beifahrerplatz zu setzen.

Es knisterte im Radio, Martin lauschte und nahm die Nachricht entgegen. Auf dem Rücksitz kam es Mads vor, als hörte er Møller etwas darüber sagen, dass sie zu einem Hof fahren würden. Einen Augenblick lang sah Mads Landlyst vor sich. So hatte er sich seine Heimkehr und das Wiedersehen mit seinem Vater nicht wirklich vorgestellt.

»Cool«, sagte Martin und sah Møller von der Seite an. »Es sieht so aus, als hätten sie Frau Thomsens Fahrrad in Christianshavns Kanal gefunden.«

»Zum Hof der Polizeiwache«, murmelte Møller mit dem sonderbaren Gefühl, als liefe ein kaltes Feuer seinen Körper auf und ab. Dann wurde ihm schwarz vor Augen.

9

Obwohl Sanne müde war, nahm sie der sportlichen Betätigung halber die Treppe. Stufe für Stufe beschloss sie, den Rest des Tages konstruktiv zu denken. Was auch immer geschah, sie wollte versuchen, das Ganze aus einem positiven Blickwinkel zu betrachten und das Beste aus allem zu machen.

Der Wind peitschte ihr Eiskristalle ins Gesicht, sobald sie die Overgaden oven Vandet betrat. Gut, es war schön, ein wenig erfrischt zu werden, die Kraft der Elemente auf den Wangen zu spüren.

Im Großen und Ganzen war es unmöglich, keine gute Laune zu bekommen, wenn man auf der Straße war.

Die Gebäude am Kanal waren mit langen Eiszapfen geschmückt, die wie Girlanden von den Dachrinnen hingen. Der Schnee lag weiß und glitzernd um sie herum. Das Gestöber brachte ein Gefühl von Leben und Dramatik mit sich und setzte alle Leute in Bewegung, die nicht irgendwo drinnen Zuflucht vor dem Wetter gesucht hatten.

Ein Becher warmer Kaffee, ein Sandwich und mit etwas Glück ein Mann, dachte Sanne und machte sich auf den Weg.

Vom Christianshavnergården schritt sie langsam den Kanal entlang, vorbei an dem gelb verputzten Gebäude, Sandkagen genannt, wo Jack wohnte. Es war schön, jemanden so in seiner Nähe zu haben. Zunächst einmal waren sie beste Freunde. Zweitens bewahrten sie jeweils einen Schlüssel zur Wohnung des anderen auf, was einem ein Gefühl von Sicherheit verlieh, wenn man Single war. Das minimierte das Risiko, als einsame Majestät zu enden, falls nun … Außerdem brauchte man nicht den Schlüsseldienst zu rufen, wenn man sich einmal ausgesperrt hatte. Jack war es, der Sanne zu cruisen beigebracht hatte. »Warum sollten nur Schwule das alleinige Anrecht darauf besitzen?«, hatte er eines Tages gefragt, als sie dasaßen, über Intimes plauderten, und ihre gemeinsame Leidenschaft genossen, *Bombay Sapphire*. Nicht bloß irgendein Gin, es musste schon die blaue Flasche sein. Sie waren sich einig, dass ein Saphir im Blut wie eine Feder am Hut war, abgesehen von einem bedeutend leichteren Gang durchs Leben.

Sanne ging weiter zum Lagkagehuset mit dem guten Bäcker auf der Torvegade. Sie wollte sich ein Sandwich holen, bevor sie zu einem Spaziergang auf dem Wall aufbrach.

Sie sah den Unbekannten schon durchs Fenster, bevor sie die Bäckerei betrat. Er saß auf einem der hohen Caféstühle mit Aussicht auf den Kanal, sein Haar glänzte blauschwarz, seine Haut glühte dunkel, bronzefarben.

Sanne ging hinein und zog eine Nummer. Die Auslage quoll über vor Baguettesandwichs, mit denen sie sich zu versorgen gedacht hatte. Sie drehte sich für einen Augenblick um und sah in Richtung des unbekannten Mannes. Er trank aus einem großen Pappbecher Kaffee. Auf dem Tisch vor ihm lag ein unberührtes Sandwich auf einer Serviette. Jetzt sah auch er sie an.

Im selben Moment rief eine junge Frau hinter dem Tresen Sannes Nummer auf.

»Ich hätte gerne eins von diesen da mit Hummus und sonnengetrockneten Tomaten«, sagte sie. »Da ist auch Rucola drauf«, erwiderte das Mädchen. »Gut, das nehme ich, und dann noch einen großen Becher Kaffee.«

Den Kaffee in der einen und das Brot in der anderen Hand ging Sanne zum Fenster hinüber und setzte sich ein paar Plätze von dem Unbekannten entfernt hin. Sie registrierte, wie seine Augen ihr den ganzen Weg zu ihrem Platz folgten.

Sie setzte sich bequem hin, nahm ihr Sandwich mit beiden Händen und sah in seine Richtung. Sie hatten direkten Blickkontakt. Sie hob ihr Baguette an und machte eine Art Skålbewegung in seine Richtung.

Der Unbekannte zögerte einen Augenblick. Dann beantwortete er ihren Gruß, indem er ebenfalls sein Sandwich nahm und es anhob, begleitet von einem leicht überraschten Lächeln.

Sie tat ihren ersten Bissen, ohne ihren Blick von ihm abzuwenden, der immer intensiver wurde.

Braune Augen, dunkle Bartstoppeln, wundervolle Hände, nicht schlecht, dachte Sanne.

Der zweite Bissen folgte. Die Sehnen und Muskeln am Hals des Unbekannten traten hervor, während er aß.

Sanne fiel auf, dass sie im Takt kauten, und spürte gleichzeitig das Verlangen danach, zu verschwinden und sich in seinen Armen zu verstecken. Biss für Biss verwandelten sie sich immer mehr in zwei wilde Instrumente, die allzu lange solo gespielt hatten, und genau in diesem Augenblick fanden sie in einem kleinen Stück Musik zusammen, nur für sie beide.

Ein Polizeiwagen donnerte mit heulenden Sirenen und blinkendem Licht auf der Torvegade vorbei.

Sanne leckte sich ein wenig Hummus von den Lippen. Der Mann stand auf. Die Serviette rund um den Kaffeebecher gelegt blickte sie von ihm zum Ausgang und wieder zurück. Eine Sekunde lang geriet sie in Zweifel. Hatte der Unbekannte seine Meinung geändert, war er auf dem Weg raus? Oder war er auf dem Weg zu ihr herüber? Sie spürte ihr Herz schlagen, ihr wurde noch wärmer und sie wusste, dass herüber auch hinein bedeutete – in sie.

»Lass mich dir helfen«, sagte der Unbekannte und wischte mit seiner Serviette das letzte bisschen Hummus von Sannes Lippen.

»Danke.«

Allein sein Geruch und seine Hand an ihren Lippen ließen sie erschaudern. Weder wollte noch konnte sie ihrem Bedürfnis widerstehen. Jetzt musste sie spielen und die Chance nutzen. Direkt und ohne Umschweife.

Er kam ihr zuvor: »Wie viel Glück kann man haben?«

Sein Dänisch war fast perfekt. Sein leichter Akzent klang französisch und wunderbar.

»Sehr viel«, antwortete sie. »Lass den Kaffee stehen und komm mit mir nach Hause.«

Sie verließen das Lagkagehuset gemeinsam und gingen durch den Schnee den Kanal entlang zu Sannes Wohnung. Der Unbekannte zeigte auf den Bootsverleih mit dem dazugehörigen, auf dem Wasser treibenden Hausboot, das ein Café beherbergte, und erzählte, dass er Miteigentümer sei und in der Sommersaison dort arbeitete. Momentan war er nur kurz zu Besuch. Im Winter wohnte er in Nizza. Sanne kannte die Gefahr, auf dem Gehsteig und unter den Hausvorsprüngen von herunterfallenden Eiszapfen getroffen zu werden, also zog sie ihn mitten auf die kopfsteingepflasterte Straße. So schön, so gefährlich, dachte sie und betrachtete die nadelspitzen Eiszapfen, die von den Dachrändern hingen, während sie gleichzeitig die Hand des Unbekannten in ihrer spürte.

Vor Jacks Sandkagen legte er seinen Arm um Sanne und zog sie zu sich, sodass ihre Lippen sich unvermeidlich trafen. Im selben Moment knurrte ihr Magen ein zufriedenes »Danke fürs Essen«, und sie mussten beide lachen.

»Wir müssen dahin«, sagte Sanne und nickte in Richtung Christianshavnergården. »Ich kann uns warmen Gløgg machen.«

»Danke, aber hättest du vielleicht auch einen Aquavit? In Dänemark halte ich mich so gut es geht an die lokalen Sitten und Bräuche, nicht zuletzt an euren Schnaps.«

Beim bloßen Klang des Wortes Schnaps fühlte Sanne sich wieder in die Unizeit mit ihren Sauftouren zurückversetzt. Sie hatte Aalborg Rot getrunken und hatte sich sofort in eine Solotänzerin am Königlichen Ballett und daraufhin in eine Trapezkünstlerin in einem Wanderzirkus verwandelt. Alle einengenden Schnüre waren verschwunden, als sie die schönste Pirouette drehte und einen doppelten Salto mortale rückwärts vollführte – leider auf einem Ausziehtisch. Sie erwachte in der Gentofte Notaufnahme mit einem gebrochenen Handgelenk und den mehr oder weniger aufmunternden Worten ihrer Mutter: »Lass das dein Lehrgeld sein, Sanne, und mach es von nun an wie ich: Champagner, Champagner und Wasser. Jedes dritte Glas sollte immer Wasser sein, nichts ist weniger schick als das dehydrierte Gesicht einer Frau.«

»Du bist so still geworden. Stimmt etwas nicht?«, fragte der Unbekannte.

»Nein, nein, du bekommst Aquavit«, erwiderte Sanne.

Sie gingen das letzte Stück am Kanal entlang. Direkt vor ihrer Eingangstür wäre er fast auf der glatten Straße ausgerutscht.

»Ich heiße übrigens Gilles«, sagte er, als er sein Gleichgewicht wiedergefunden hatte. »Sanne«, sagte sie und öffnete die Tür.

Im Eingang umarmte er Sanne und küsste sie wieder, sodass sie spürte, wie ein Wohlgefühl sich in ihrem ganzen Körper ausbreitete.

»Jetzt müssen wir nur noch den Aufzug zum Gipfel nehmen«, sagte sie. »Der Gipfel«, wiederholte er. »Den erreichen wir heute schon noch.«

10

Mads bekam mehr und mehr das Gefühl, in einem Hollywoodfilm mitzuspielen. Alles ging so schnell, dass die Wirklichkeit einfach nicht mithalten konnte. Der Flug über den Fahrradlenker, der Gefangenentransport der Polizei bei Nørreport, die Schneidezähne des rothaarigen Mädchens auf dem Asphalt, Klein-Ida kopfüber in diesem Eimer, die Angst in den Augen der Stellvertreterin, die Polizei, die ihn verhörte, als wäre er ein verdammter Krimineller, und jetzt saß er auf dem Rücksitz eines Einsatzwagens mit Blaulicht auf dem Weg nicht einmal mehr zur Polizeiwache, sondern zum Traumazentrum des Rigshospitals.

Martin Sørensen trat aufs Gaspedal, während er Nachrichten über das Funkgerät aufgab und empfing. Das Auto rutschte heulend durch jede Kurve, vor Mads schaukelte Møller von einer Seite zur anderen, nur gehalten vom Sicherheitsgurt.

Was würde Martin tun, wenn sie das Krankenhaus erreichten? Møller und den Ärzten ins Krankenhaus folgen? Im Auto bleiben und sofort weiter zur Polizeiwache fahren? Mads Handschellen anlegen?

Handschellen, da würde er sich auf jeden Fall weigern! Doch was konnte er tun? Bei voller Fahrt aus dem Wagen zu springen war zu riskant. Er musste warten, bis sie das Krankenhaus erreichten und blitzartig die Lage einschätzen.

Mads fixierte Martins Nacken. Der war schön muskulös. Muskelmäßig befand Martin sich ungefähr auf dem Niveau von Mads' Trainingskameraden aus dem Fitnessstudio.

Mads schien es, als wäre er selbst ein wenig größer als Martin, zwar nicht ganz so gut trainiert, aber ansonsten waren sie sich ziemlich ähnlich.

Vom Hintersitz aus würde es kein Problem sein, den Arm um Martins Hals zu legen. Mit dem richtigen Dreh könnte er ihm beim ersten Versuch das Genick brechen. Aber dann würde das Auto ins Schleudern kommen, die Ärzte würden vergeblich auf Møller warten, der einfach in irgendeiner Schneewehe liegen und sterben würde, und Mads selbst würde sich nur vor noch mehr Anklägern verteidigen müssen.

Außerdem war Martin schnell. *Neige* hatte er einfach so übersetzt, während Mads auf der Treppe der Kinderbastion wartete und der Schnee fiel. Er war ein wenig wie der hilfsbereite große Bruder, den er sich immer gewünscht hatte.

Einen Augenblick lang stellte Mads sich sie beide bei einer Schneeballschlacht vor. Sie tobten im Schnee vor Landlyst und froren überhaupt nicht, sie grinsten, seiften einander ein, erst war der eine oben, dann der andere.

Ein Knistern aus dem Funkgerät und Martins Antwort riefen Mads wieder in den Wagen zurück.

»Da kommt was Weißes aus Møllers Mund, es läuft sein Kinn hinunter«, schrie Martin das Gerät an.

Seine Stimme zitterte. Vielleicht ging das Ganze auch für ihn zu schnell. Wer weiß, vielleicht befand er auch er gerade in einem Film, dachte Mads.

Es würde wahrscheinlich vom Zufall abhängen, wer von ihnen seinen Kampf gewinnen würde. Aber in Handschellen? Nie im Leben! Dann lieber die Chance ergreifen und riskieren zu verlieren.

11

»Danke für letzte Nacht. Gilles«, stand auf dem Zettel, den Sanne auf ihrem Nachttisch vorfand. Das Laken lag zerknüllt neben ihr. Es war 10 Uhr. Sie brauchte Kaffee.

Während Sanne Wasser in den Kocher füllte und einen Filter in dem Trichter über der Thermoskanne platzierte – sie hielt nichts von Kaffeemaschinen, weder von den altmodischen noch von den hypertrendigen –, zappte sie zwischen CNN, BBC World, DR Update und TV2 News hin und her.

Auf den dänischen Kanälen lief überall etwas über den Mord und über Tange. Dann war Møller doch nicht an der Sache dran? Vielleicht war es Tange gelungen, Møller diesmal ins Abseits zu manövrieren. Diese beiden und ihr Kampf um Beförderung! Ursprünglich hatten sie, das jüngste Team der Mordkommission, gut zusammengearbeitet und eine sehr wirkungsvolle Rollenverteilung gehabt. Das »Good cop, bad cop«-Spiel hatte sie bei ihren

Ermittlungen weit gebracht und höchsten Instanzen imponiert. Zu irgendeinem Zeitpunkt jedoch hatte der Konkurrenzdruck in der freundschaftlich-kollegialen Zusammenarbeit Oberhand gewonnen. Als Sanne hinzukam, waren die Gegensätze sowohl im Denken als auch bei den Verhörmethoden so frappierend, dass Sanne den Eindruck gehabt hatte, dass diese Rollenverteilung überhaupt keinen professionellen Hintergrund hatte, sondern eher in der Natur ihrer Charaktere lag. Sie konnte Tange nicht ausstehen und zweifelte weiterhin daran, dass seine Aggressionen sich auf das Oral-Sadistische begrenzten, was sich unter anderem daran bemerkbar machte, dass er seine Zähne in alles und jeden schlagen musste, nicht zuletzt in seine stinkende Pfeife und eben auch in andere Menschen, je schwächer, desto besser.

Nun, ihr konnte Møllers und Tanges interner Hahnenkampf ja egal sein, zumindest ließ Møller sie in Ruhe.

Sara, kleiner Schatz … Rein moralisch gesehen hätte sie Møller natürlich von Anfang an einweihen sollen, aber es war einfach zu spät gewesen, und im Übrigen … Sie hatten beide ihren Alltag, er mit seiner Familie und bei der Polizei in Dänemark, sie mit Samuel in den USA, bis er … Schluss jetzt, wie schwer es ihr immer noch fiel, ihren Hass zu kontrollieren.

Sanne goss sich Kaffee ein, er war wie ein guter Freund und fast eine Voraussetzung für den ordentlichen Beginn jedes neuen Tages.

Tange lächelte übertrieben zufrieden vom Flachbildschirm an der Wand. Das war just, bevor die Anmoderation und die Fragen des TV-Journalisten ihn zum Nationalheld ausriefen. Das ganze Land stand nach dem schrecklichen Kindermord in der Kinderkrippe in der Amagergade unter Schock.

Auf dem Anrufbeantworter war eine Absage von Sannes einziger Klientin. Sanne war frei. Wunderbar frei, wenn sie sich entspannen und es genießen konnte. Gefährlich frei, wenn Unruhe und Rastlosigkeit wieder die Macht über sie ergriffen und sie auf eine wilde Flucht in alle Richtungen schickten.

So schön es mit Gilles auch gewesen war, hatte sie weder heute noch morgen vor, ins Lagkagehuset zu gehen, so viel wusste sie.

Sie konnte mit dem Vortrag für die Sigmund-Freud-Gesellschaft anfangen, den GS ihr auf's Auge gedrückt hatte. Falls sie sich also konzentrieren konnte. Und falls sie ihn überhaupt halten wollte. Warum eigentlich Zeit dafür verschwenden? Mit Eros verhielt es sich für sie ein bisschen wie mit der Philosophie: Er sollte nicht nur studiert, sondern in erster Linie gelebt werden. Und Thanatos … War es nötig, Vorträge über den Tod zu halten, wo er doch ganz von allein kam?

In G. S.' Welt war das mit Eros und Thanatos natürlich komplizierter. Das war es auch in Sannes, wenn sie sich theoretisch darin vertiefte. Aber es war das Praktische, die wahrhaftige Begegnung mit dem einzelnen Menschen, die ihr das Gefühl vermittelte, Gutes zu tun. Sowohl im Therapiezimmer als auch draußen in der Welt, wo sie gebraucht wurde.

Früher war sie im ganzen Land umhergereist und hatte viel verdient. Die Vorträge brachten ihr Prestige und gutes Geld. Es gab keinen Vorstand oder Führungsstab, vor dem sie nicht schon einmal referiert hatte. Sie war seinerzeit am Höhepunkt ihrer Karriere angelangt, mit fetten Honoraren.

Mit ihren drei größten Erfolgen hatte Sanne das Geld geradezu geschaufelt. Abhängig von der Art des Arrangements und der Teilnehmerzahl lag sie zwischen 30 000 und 40 000 Kronen pro Vortrag. »Kommunikation mit schwierigen Personen« war ein klarer Gewinner, dicht gefolgt von »Dynamische Führung, weck deine Mitarbeiter«, und schließlich »Positive Totalkommunikation von A – Z«.

Bei der Sigmund-Freud-Gesellschaft würde ihr »Eros und Thanatos mit einem persönlichen Twist« höchstens sechs Flaschen Wein von zweifelhafter Qualität einbringen. Sanne hatte aus zwei Gründen mit den Vorträgen aufgehört. Zum einen stand damals der Umzug in die USA bevor.

Zum anderen brachte ihr die Arbeit nichts mehr ein als die Befriedigung einer gewissen Gier, die narzisstische und vollkommen selbstbetrügerische Bestätigung in einer aufs Geld fixierten Kultur: Sieh mich an, so groß bin ich, so viel bin ich wert!

Als ob einige Menschen mehr wert wären als andere, hatte sie da gedacht und darüber sinniert, dass die ›schwierigen Personen‹ – im Gegensatz zur Verteilung des Geldes – einigermaßen gleichmäßig auf die Mitarbeiter und Vorgesetzte, denen sie begegnete, verteilt waren.

Seitdem Sanne aus den USA zurückgekehrt war, hatte sie nicht einen einzigen Vortrag gehalten. Arbeitsmäßig hatte sie sich auf die SOS-Reisen sowie die Betreuung von Mitarbeitern in einer Reihe internationaler Nothilfeorganisationen beschränkt. Dazu einige private Klienten. Staatliche Aufträge nahm sie nicht entgegen, zum einen, weil sie es nicht nötig hatte, aber auch ganz einfach deswegen, weil sie mit allzu viel Verwaltungsaufwand verbunden waren. Alles in allem machte ihr ihre Arbeit Spaß.

Nichtsdestoweniger brachte dieses nomadische Arbeitsleben jene irritierende innere Unruhe mit sich. »Unruhe ist ein Teil des Daseins« sagte sie ihren von eben diesem Zustand geplagten Klienten oft. »Du kannst gerne unruhig sein, das ist ein Zeichen dafür, dass du lebst, Ruhe kommt von selbst, Ruhe findest du im Grab. Jetzt im Moment bist du quicklebendig.«

Sanne wünschte sich jetzt selbst allerdings ein ruhiges Leben, in dem sie nicht nur in die Ferne, sondern auch in sich selbst hinein flüchten konnte. Sie ließ gute Bekannte und zu enge Freundschaften fallen und wollte einfach in Frieden gelassen werden. Bevorzugt auf der Terrasse im Sommer und mit einer Flasche besseren Blubberwassers in Reichweite, der Sapphire aus Bombay konnte gut und gerne Gesellschaft bekommen, wenn nur die Qualität stimmte.

Natürlich konnte jeder Idiot sehen, dass Isolation auf diesem Niveau ein symbolischer Vorgeschmack auf den Tod war. Genauso wie sie mit Gilles einen Vorgeschmack auf einen Augenblick der Nicht-Existenz bekommen hatte. Es war nicht ganz abwegig, wenn die Franzosen den Orgasmus als la petite mort bezeichneten. Genau das war es nämlich letzte Nacht gewesen. Der Körper brannte, das

Gehirn wurde zu einer explodierenden Sonne, die sie hinaus in ein wunderbares, befreiendes Nichts katapultierte. Woraufhin dieselbe Sonne sich regenerierte und wieder aufging. Die Morgenröte holte sie zurück, wie neugeboren. Nach der Wiederauferstehung gab es nichts mehr zu diskutieren. Sie wurde, wie andere auch, zu noch einer Runde gepeitscht, mit all der Unruhe und der Leere, die das Leben ausmachten. Vielleicht würde sie sich dieses Blickwinkels bemächtigen, falls sie sich entschied, ja zu dem Vortrag und den sechs Flaschen Rotwein zu sagen, die sie verschenken würde, um nicht eine Runde migräneähnlichen Katers zu riskieren.

Sie musste mit G. S. darüber reden, was er eigentlich erwartete, bevor sie ihre Entscheidung traf. Aber nicht heute, wo sie sich immer weniger selbst spürte und überhaupt keine Idee hatte, was sie mit dem Tag anstellen sollte.

Die polnische Reinigungskraft sollte kommen. Wenn sie sich doch nur krankmelden würde, damit Jack, dem es chronisch an Geld fehlte, für sie einspringen könnte. Doch das tat Krystyna nicht, sie war viel zu pflichtbewusst, um derart spät abzusagen. Sanne hatte oft Lust ihr zu helfen, doch davon wollte Krystyna nichts hören. Stattdessen hatte sie fast immer ihren erwachsenen Sohn dabei, und so arbeiteten sie in der Hälfte der veranschlagten Zeit als ein wohlfunktionierendes und pausenlos miteinander plapperndes Team zusammen. Da wäre sie bloß ein störendes Element.

Wie wäre es mit Training? Nein, bei diesem Wetter? Kleidung aus, Kleidung an, schwitzen, duschen, und so weiter. Von ihrer Terrasse konnte Sanne runter in Jacks bescheidene Wohnung im Sandkagen sehen. Ab und zu erspähte sie ihn im Fenster, von wo aus er schräge Sicht auf den Kanal hatte, wenn er auf dem breiten Fensterbrett saß und schrieb. Vielleicht konnten sie heute frühstücken, wenn ihm nicht die Deadline irgendeines seiner Blogs im Nacken saß oder er vollständig von seinem Ewigkeitsprojekt »Verzweifelte Bekanntschaften« in Anspruch genommen wurde, eine Romanerzählung, die ihn dazu gebracht hatte, die Journalistenausbildung mittendrin abzubrechen.

Sanne ergänzte den Bademantel um ein Halstuch und ging auf die Terrasse. In Jacks Fenster waren nicht einer, sondern zwei Schatten zu erkennen. Sie berührten einander. Vielleicht hatten er und Jesper wieder zusammengefunden, während sie verreist gewesen war. Oder vielleicht war er in der Stadt gewesen und hatte bei jemandem gepunktet, der es nicht so eilig hatte weiterzukommen wie Gilles.

Sanne sog die Wärme auf und murmelte: »Der Ball ist im Tor, doch das Tor ist voller Löcher.«

Die postkoitale Leere war keineswegs Neuland für Sanne, aber das hier war mehr. Es ging nicht um Gilles, den Spaß, den sie zusammen gehabt hatten, die vorübergehende Erlösung und das darauffolgende Gefühl innerer Leere. Es ging nicht um Sex. Auch nicht um ihr vielleicht zu einsiedlerhaftes Arbeitsleben.

Es ging in erster Linie um Sara, und um Sannes Intuition und ihre Gefühle. Das, was G. S. extrasensorische Wahrnehmung nannte, oder einfach nur ESW: eine Art von übersinnlichem Empfinden, das Sanne dazu befähigte, etwas zu erleben, das sich jenseits des Objektiven und unmittelbar Zugänglichen abspielte. Es ging um ihre eigene kleine Sara, die Sam unmittelbar nach dem Unfall hatte beerdigen lassen, während Sanne sich in Dänemark aufhielt, um ihre absolut letzte und – wie sie nun wusste – gleichgültigste Vortragsreihe mit dem Titel »Kommunikation mit schwierigen Personen« abzuschließen.

Warum hatte man sie nicht gleich nach dem Unfall informiert? Warum war Sara schon beerdigt gewesen, als Sanne in die USA zurückkehrte? Warum hatte sie während der gesamten Gedenkfeier das Gefühl, als ob man ihr etwas verschweigen würde? Selbst als Samuel sein Urteil wegen Fahrens unter Alkoholeinfluss entgegennahm und mit Handschellen direkt in die Haft geführt wurde, beschlich sie dieses Gefühl, dass etwas nicht stimmte, dass etwas immer noch ungesagt und verkehrt war.

Weiter brachten ihre Intuition und ESW sie hingegen nicht. Wahrscheinlich handelte es sich nun eher um zunehmende

Fantasien, die im schlimmsten Fall zu reiner Paranoia ausarten konnten, als um irgendeine Form extrasensorischer Wahrnehmung, für die es nicht den geringsten wissenschaftlichen Beleg gab.

War Sara überhaupt tot?, fragte sie sich täglich selbst. Sie hatte ja niemals die Leiche gesehen. Es verging kein Tag, an dem Sanne nicht bedauerte, dass sie nicht verlangt hatte, das Grab öffnen zu lassen.

Was, wenn die kleine Kinderleiche, die in dem Sarg lag, überhaupt nicht Sara war. Und weiter: Was, wenn es überhaupt kein Unfall gewesen war? Was, wenn Samuel aus dem einen oder anderen geisteskranken Grund Sara etwas angetan hatte? Seine Eifersucht war grenzenlos. Aber Mord? Nein, auf keinen Fall ... oder vielleicht ... weil alle Erfahrung zeigte, dass nichts sicher war in dieser Welt, in der die Wirklichkeit die Fantasie so oft übertraf.

Aber nein, natürlich nicht, ihre Psyche spielte ihr einen Streich. Ihre starke Intuition, ESW oder nicht, hatte ihr in der Kindheit oft geholfen, auch später als klinische Psychologin, ja, sogar bei der Zusammenarbeit mit Møller und der Mordkommission. Aber die Intuition war niemals etwas anderes als ein Zusatz gewesen. Sie musste die Situation akzeptieren, wie sie war. Sie litt immer noch unter ihrer Trauer, die alles überschattete, an einem langjährigen Leugnen des Unerträglichen. Vielleicht nicht die angemessenste Reaktion, aber doch eine Art Schutz vor dem totalen Zusammenbruch.

Dieser Erkenntnis zum Trotz war Sanne tagtäglich hin- und hergerissen: Sollte sie weiterhin als ein Teil der kontinuierlichen Trauerbewältigung in diesen Gedanken und Fantasien herumgraben – oder sollte sie in die USA fliegen, vor Gericht gehen und verlangen, dass ihr Kind exhuminiert und endlich in Sannes Anwesenheit identifiziert würde?

Samuels Priester hatte, vermutlich um sie zu trösten, gesagt, Trauer sei ein Ausdruck tiefer Liebe. Aber war es nicht auch die Angst davor, der grauenvollen Wahrheit ins Auge zu blicken, dachte Sanne jetzt. Dass sie im Grunde ganz allein war und sich nichts sehnlicher wünschte, als diesen Zustand zu ändern, egal wie?

Sie brachte immer seltener die Kraft auf, sich Menschen zuzuwenden. Viele von ihnen würden vermutlich Alzheimer entwickeln und an einem Herzinfarkt sterben, bevor sie sich dazu würde aufraffen können, ihnen eine Einladung zu irgendeinem unbedeutenden Abendessen oder einer Cocktailparty auf der Terrasse zu schicken, Dinge, um die es sich in ihrem Bekanntenkreis ständig drehte.

Wann hatte sie zuletzt mit ihrer eigenen Mutter geredet? Sie konnte sich nicht mehr erinnern. Waren ihre Lebensauffassungen und Werte immer noch so unterschiedlich, dass sie ein vernünftiges Gespräch, eigentlich jeden Kontakt unmöglich machten? Ihre Mutter war jetzt älter, aber immer noch eine Mutter, die ebenfalls in gewisser Weise ihr Kind verloren hatte. Die Nabelschnur war schon lange auf mehr als eine Art gekappt. Ihr Magen sackte ab, als Sanne sich einen Augenblick lang vorstellte, wie sie ihre Mutter anrief und ihr von den Nächten erzählte, in denen sie träumte, wie sie auf dem amerikanischen Friedhof auf der Erde lag und mit ihren bloßen Händen grub, bis ihre Nägel einrissen und das Blut floss, tiefer und tiefer hin zu der Kinderleiche im Kirschholzsarg, die nicht dort sein konnte, nicht dort sein durfte, nicht Sara!

Plötzlich kam es Sanne widernatürlich vor, dass eine Mutter und eine Tochter sich so entfremden konnten. Oder vielleicht war es nicht die Natur, sondern das Ergebnis dessen, was etwas zu euphemistisch Gesellschaftsentwicklung genannt wurde? Wann und womit hatte es überhaupt angefangen?

Licht, Luft, und Bewegung, das war es, was sie jetzt brauchte. Sie würde einen Spaziergang auf dem Wall rund um den Stadtgraben machen. Ja, dann konnte sie an der Kinderbastion vorbeigehen und sich den Fundort von außen ansehen. Sie musste nur aufpassen, weder Møller noch Tange in die Arme zu laufen.

12

Mads lag ausgestreckt auf seiner Pritsche im Vestre-Gefängnis.

Im Augenblick gaben sich die Miseren einander die Klinke in die Hand. Woher zum Teufel hätte er auch wissen sollen, dass Martin Judo-Experte war?

Der Kampf hatte nur wenige Sekunden gedauert, dann lag Mads auf dem Boden vor dem Eingang zum Traumazentrum des Rigshospitals. Der nun von der Pritsche im Vestre abgelöst worden war.

Die Füße ragten ein wenig über die Pritsche hinaus, weil Mads so groß war. In den ersten Tagen war er den Raum mehrmals abgeschritten. Das Ergebnis war jedes Mal das gleiche. Die Zelle maß acht Quadratmeter.

Er wäre gerne den Tisch, den Stuhl, und den Schrank losgeworden, um mehr Platz zu haben, aber das war nicht möglich. Er hatte den nettesten der Gefängniswärter um Erlaubnis gefragt – sie wurden richtig sauer, wenn er sie so nannte – an jenem Tag, als sie ihm den Fernseher wegnahmen, weil Tange, der Staatsanwalt und irgendein neuer Richter beschlossen hatten, dass er in Isolationshaft solle.

Das Waschbecken wollte er natürlich behalten, weil er die ganze Zeit pinkeln musste, und hinterher musste er sich schließlich die Hände waschen.

Der Kühlschrank gab ein störendes, brummendes Geräusch von sich, während er die Temperatur runterfuhr. Dann wurde er ganz still. Auf die Tafel wollte er unter keinen Umständen verzichten. Es war viel einfacher, dem Puzzlespiel in seinem Hirn zu folgen, wenn er es verlagerte, sich auf die Pritsche legte und sich die unsichtbaren Teilchen auf der Tafel vorstellte. Jetzt gerade waren die meisten verschwunden, aber sie würden schon wieder auftauchen, wenn er sich nur konzentrierte und seine Gedanken verdichtete. Gerade war seine wichtigste Aufgabe, die Teilchen zu finden und sie richtig zu platzieren, sodass er das Ganze selber verstehen und denen erklären konnte, damit sie ihn freiließen und ihm eine gute Reise nach Hause nach Lille Skensved wünschten.

Dann würden sie auf die Jagd gehen, er und sein Vater!

Bevor Tange und Richter Nummer zwei beschlossen hatten, dass Mads in Isolationshaft überführt werden sollte, hatte er mit seiner Gehirnerschütterung auf der Krankenstation des Vestre-Gefängnisses gelegen. Das waren einige gute Tage gewesen, weil es ein etwas angenehmerer Ort als die Zelle war. Außerdem hatte er sich das Zimmer mit Jens geteilt, einem kleinen, rothaarigen Kerl, der ihm erzählte, er stamme aus Südjütland, »so dicht dein Arsch an die Grenze kommen kann, ohne ein deutscher zu sein.«

Mads vermisste Jens.

Jens war gerade der Blinddarm entfernt worden, als sie sich begegneten. Er litt auch an einer Krankheit, die ADHS hieß, gegen die er Pillen bekam, eine Art Speed, das ihn im Zaum halten sollte, was es glücklicherweise nicht tat, sagte er. Jens wurde nie des Redens müde und konnte alles Mögliche erzählen, sowohl über das Gefängnis als auch die Welt da draußen.

Jens sagte Mads, dass er nicht traurig sein solle über all das, was über ihn geredet wurde, weil drei andere Männer sich gemeldet und den Mord an der kleinen Ida Thompson gestanden hätten. Es war nur eine Frage der Zeit, bis sich alle bei Mads entschuldigen und ihn freilassen und ihm eine Menge Schmerzensgeld zahlen würden.

Mads war so erleichtert und froh gewesen, dass er seine Gehirnerschütterung vollständig vergaß, aus dem Bett gehüpft und im Zimmer umhergesprungen war. Die Krankenschwester hatte leider um Hilfe gerufen und das Personal sah sich gezwungen, ihn zu seiner eigenen Sicherheit am Bett zu fixieren.

Am Tag darauf waren die Riemen wieder entfernt worden. Die Krankenschwester schlug vor, dass Mads und Jens aufstehen und ein paar Schritte gehen sollten.

Mads war ein wenig schwindelig geworden, aber es war dennoch schön, auf den Beinen zu sein, und es fiel ihm erstaunlich leicht,

Jens zu stützen, der wegen seiner Operationswunde wie ein alter Mann vorneübergebeugt ging.

»Hast du Kinder?«, erkundigte sich Jens. »Ein Baby, das mit irgendjemandem zu Besuch kommen könnte?«

»Nee, habe ich nicht«, sagte Mads. »Aber ich denke darüber nach, bald eins zu haben.«

»Shit«, sagte Jens und erklärte, dass Babys der beste Weg seien, um Stoff reinzuschmuggeln. Das Personal checkte zwar die Windeln, aber noch waren es nur die Erwachsenen, denen man zur Kontrolle einen Finger in die Möse und die halbe Hand in den Arsch steckte.

Etwas später sagte Jens, dass er eine schlechte Nachricht habe. Die Polizei habe gerade eine Pressekonferenz abgehalten und gesagt, dass von »falschen Geständnissen« die Rede sei. So etwas passiere leider oft, wenn eine Sache so stark in den Medien ausgeschlachtet würde, wie der Mord an Klein-Ida.

Und am Mittwoch war Mads auf den Titelseiten aller Zeitungen. Jens malte mit der linken Hand in der Luft, während er die Überschriften überflog: »Mörder gefangen«. »Bestie hinter Gittern«. »Meister der Perversion«.

Mads stellte sich vor, was sein Vater wohl dachte. Es war nicht auszuhalten. Und seine Mutter! Sie wäre vor Traurigkeit krepiert. So betrachtet war es sogar besser, dass das Krankenhaus sie auf dem Gewissen hatte.

Jens sah ihm an, wie mies es ihm ging, und er versuchte, ihn zu trösten. Er erzählte so voller Begeisterung vom Grenzland, dass Mads es geradezu vor sich sah und Lust bekam, ein Teil davon zu werden. Die Menschen und ihre Sprachen dort vermischten sich und liefen kreuz und quer über die Grenze, all das Fremde und Neue glänzte so hell, all das Fantastische, das vor ihm lag und nur auf ihn wartete.

»Sollen wir nicht dort runterfahren?«, fragte Mads.

»Das geht nicht«, antwortete Jens, »die Mauer ist vier Meter hoch. Wie zur Hölle sollten wir hier rauskommen?«

»Darüber muss ich nachdenken«, sagte Mads.

Am Tag darauf wurde er zurück in seine Zelle verlegt, und dann folgte die Isolation, wo er weder fernsehen noch mit anderen Menschen sprechen durfte. Jetzt stand Mads ganz ehrlich kurz davor, von all dem ziemlich genervt zu sein.

Den Wärtern zufolge, die ihm das Essen brachten und ihm auf die Toilette folgten, wenn er scheißen musste, war er nun schon seit drei Monaten im Gefängnis, die meiste Zeit davon in Isolationshaft.

Mads war sich nicht ganz sicher, ob er ihnen vertrauen konnte, aber wenn das stimmte, arbeiteten die Polizei und die Anklage ziemlich langsam. Vielleicht hatte die Mentalität der Ermittler, die sich erfolglos mit Wohnungseinbrüchen herumschlugen, nun auch die Mordkommission angesteckt.

Garantiert war dieser Tange, dieser pedantische Vernehmungsleiter, daran schuld, dass er immer noch eingesperrt war.

Es war auf jeden Fall nicht die Schuld seiner Anwältin, sie hatte getan, was sie konnte. Sie konnte ja nichts dafür, dass die anderen ihr nicht zuhörten.

Mads verstand nicht alles, was sie sagte, sie kam auch nicht so oft, aber es war trotzdem schön, wenn sie es tat, weil sie gut roch, ein wenig wie seine Mutter, wenn sie alle zusammen zu einer Silberhochzeit oder Konfirmation gegangen waren.

Und Mads verstand jedenfalls, dass seine Anwältin sowohl gegen die Isolation als auch gegen die Zwangsmedikation protestiert hatte.

Die Pillen machten es ihm unmöglich, die Teile seines Puzzlespiels zu finden und zusammenzusetzen. Glücklicherweise gelang es ihm oft, sich vor der Einnahme zu drücken.

Die Anwältin hatte auch etwas darüber gesagt, dass Mads in eine psychiatrische Abteilung überstellt werden sollte, ansonsten bestehe das Risiko, dass er irgendein Syndrom entwickeln würde, aber darüber waren sich die Ärzte des Vestre-Hospitals nicht einig. Das Gefängniskrankenhaus könne leicht sowohl somatische als auch psychiatrische Krankheiten behandeln, und er betonte, dass Mads nicht aktiv geisteskrank sei.

Aktiv, passiv, was machte das für einen Unterschied, dachte Mads, während einer weiteren Vernehmung, in der er Tange etwas über Rechtssicherheit und »den Arzt unterstützen« sagen hörte: »Das Vestre-Hospital und -Gefängnis haben sehr viel Erfahrung mit Simulanten.«

»Simulanten«. Mads verstand ausgezeichnet, dass das nicht gerade von Vorteil für ihn war, er war ja nicht dumm, aber abgesehen davon war »Simulant« eigentlich ein ganz hübsches Wort.

Im Übrigen hatte er auch keine Lust, in irgendeiner psychiatrischen Abteilung zu landen, er wollte nur aus dem Gefängnis raus.

Kurze Zeit später war das Ganze überstanden, und er war wieder in seiner Zelle mit der Anschlagtafel.

Von Møllers Unschuld musste ausgegangen werden, bis das Gegenteil bewiesen war. Er war bewusstlos gewesen, als sie die Rampe zum Eingang des Traumazentrums des Rigshospitals runterfuhren.

Wenn sie ihn nur mit Møller reden ließen, würden sie beide einen Ausweg aus alledem finden. Sie waren so gut in Gang gekommen, bis es vor der Kinderbastion zu schneien begann.

Martin war Schuld daran, er hatte ihn im Stich gelassen und zu den anderen gehalten, als es wirklich darauf ankam. Okay, Mads hatte ihn geschubst, aber er hatte doch bloß abhauen wollen. Und Judo? Was zum Teufel bildete Martin sich eigentlich ein!

Tange war garantiert hauptverantwortlich und der eigentliche Drahtzieher. Vermutlich steuerte er sowohl die Richter als auch die Ärzte in ihrem Kadavergehorsam, so wie er auch die Verhöre leitete.

Tange war sich seiner Sache so sicher. Wenn sogar die Verteidigerin darauf bestand, dass es an Beweisen mangele. Mads verstand nicht, wie Tange so überzeugt davon sein konnte, dass er Klein-Ida getötet hatte. Er wiederholte es bis zum Erbrechen und versprach Mads obendrein noch, dass, wenn er alles zugab und ›die Karten auf den Tisch legte‹, er aus seiner Isolation entlassen würde und Zugang zu Fernsehen, Internet und sozialer Zusammenkunft mit den anderen Insassen im Gefängnis bekäme.

Mads konnte sich gut vorstellen, wieder mit Jens zusammen zu sein. Aber was waren das für Karten, von denen Tange da redete? Mads hatte doch keine Karte. Und wie sollte er das Ganze erklären können, wenn er Tange nicht vertraute, und auch nicht wusste, ob dieser die Wahrheit überhaupt verstehen würde.

Wahrheit, das klang so einfach. Aber wer war aufrichtig, wer spielte falsch, was war richtig und was verkehrt? Betrug und Täuschung, das war es, der ganze Scheiß!

Tange glaubte, er könne Mads mit seinen hochtrabenden Drohungen und kalten, stechenden Schweinsaugen Angst einjagen. Doch das konnte er nicht.

Dass Tange Schweinsaugen hatte, störte Mads mit der Zeit immer weniger. Das würde es so viel einfacher machen, ihn zu schlachten.

Wenn er nur nicht so schrie wie die Ferkel, wenn sie kastriert wurden. Diese Art von Schreien war nicht auszuhalten, und wenn sie erst von einem erwachsenen Mann kämen – Mads wollte sich das nicht vorstellen. Nun, wenn es nicht anders ging, musste man ihm halt einen Lappen in den Mund stopfen.

13

Manchmal liegen Leben und Tod so dicht beieinander, dachte Sanne und biss in das BLT-Sandwich, das Ahmed gerade aus dem Café Oven Vande heraufgebracht hatte. Wie manchmal auch so wenig den Unterschied zwischen Gut und Böse ausmacht – ja, sogar einen guten von einem schlechten Tag unterscheidet.

Dieser Tag war bestimmt einer der besseren, und nicht nur wegen des köstlichen Frühstücks.

Der Frühling war so früh nach Dänemark gekommen, dass sie draußen sitzen und ihr Essen in der Sonne auf der Terrasse genießen konnte. Zwar in einem schönen, wamsartigen, tiefroten Cashmeresweater, aber trotzdem mitten im März, fantastisch.

Ahmed machte gewisse sprachliche Fortschritte, wenn das Tempo auch nicht beeindruckend war. »Sanne, du hast sehr schöne Wohnung«, hatte er gesagt, als er das Sandwich auf ihrem Küchentisch ablegte.

Nach all dem Leiden, das sie gerade auf Haiti gesehen hatte, war ihr beim Anblick von Ahmeds fröhlichem Lächeln und beschwingtem Auftreten innerlich so warm geworden, dass sie fast eine Art Dankbarkeit verspürt hatte. Vielleicht würde sie ihn auch einladen, wenn sie wieder einmal Gäste hätte. Ja, es tat Menschen gut, neue Freunde kennenzulernen, außerdem musste er auch mal raus aus dem Café.

Sie war erst vor wenigen Tagen von einem zweiwöchigen Job in Port-au-Prince zurückgekehrt, wo sie eine internationale Gruppe Ärzte und Psychologen von »Ärzte ohne Grenzen« betreut hatte. Sie waren voll mit der Hilfsarbeit nach dem zerstörerischen Erdbeben beschäftigt und eine der am besten funktionierenden und professionellsten Gruppen, mit denen Sanne je zusammengearbeitet hatte. Ihrer Professionalität zum Trotz waren einige von ihnen bereits stark von der Situation beeinflusst. Sie hoffte, dass ihr Einsatz sich auszahlen würde, wusste aber, dass, ganz gleich, was die Truppe dort leistete, der Einzelne die Auswirkungen des Erdbebens für den Rest seines Lebens mit sich tragen würde.

Als Sanne noch in Port-au-Prince war, war sie einige Male selbst an ihre Grenzen gelangt. Inmitten all des Elends hatte sie sich nach etwas Schönem gesehnt. Sie hatte an Gilles gedacht. Eigentlich war es gar nicht der Plan gewesen, dass ihr kleines Winterabenteuer so über sich selbst hinauswachsen sollte. Sie war ja nur ins Lagkagehuset gegangen, weil sie erkannt hatte, dass sie Single und hungrig war. Eine Frau, die ihren Magen füllen, ihre erotischen Bedürfnisse befriedigen und im besten Fall ihre innere Unruhe mit ein wenig Zärtlichkeit stillen wollte. Sie wusste, dass sie nicht bereit war für etwas, das über das Hier und Jetzt hinausging, und bezweifelte, dass sie es je wieder sein würde. Nichtsdestoweniger war Gilles inmitten der Verletzten und Hungernden, der notleidenden Kinder, der Toten und überlebenden Opfer der Katastrophe in ihrem Kopf aufgetaucht.

Während ein paar Sperlinge angeregt auf dem Terrassengeländer zwitscherten, dachte Sanne über die Vormittagstherapie nach. »Der schmale Grat zwischen Leben und Tod« war auch ein zentrales Thema für die Bankangestellte gewesen, die letzten Sommer Opfer eines Raubüberfalls geworden war, bei dem sie sich akut in Lebensgefahr befunden hatte.

Dabei interessierte Sanne vor allem die Subjektivität des Erlebnisses, nicht die objektiven Verhältnisse. Diese Frau hatte dem Tod ins Auge gesehen, als der Bankräuber die Pistole auf ihren Kopf richtete und sagte: »Mach die Tasche voll, oder ich schieße!« Dass die Pistole sich im Nachhinein als defekt herausstellte, änderte nichts an der subjektiven Erfahrung der Klientin, sich in Lebensgefahr zu befinden. Und daran, dass die Angst sie ab jetzt in einen Alltag steuerte, in dem die Gefahr hinter jeder Ecke lauerte.

Abgesehen davon, dass Sanne ihrer Klientin bestmöglich helfen wollte, war sie professionell an genau jenem Augenblick interessiert, in dem die Frau überzeugt davon war, dass sie jetzt sterben würde. Mit diesem Phänomen hatte sie sich bereits in ihrer Doktorarbeit beschäftigt. Einblick in Erlebnisse dieser Art zu erhalten war nicht vielen ihrer Kollegen vergönnt, da der Tod häufig die Schlafenden, durch Medikamente Sedierten und Bewusstlosen überfällt, oder so plötzlich eintritt, dass es das menschliche Bewusstsein nicht schafft, ihn überhaupt zu registrieren – geschweige denn, Informationen über ihn weiterzugeben.

Falls sie sich entschied, den Vortrag über Eros und Thanatos zu halten, würde sie versuchen, den Todesmoment selbst einzubeziehen. Auf gewisse Weise war es gänzlich falsch, von einem Unterschied zu sprechen. Leben und Tod waren keine Gegensätze, das eine vielmehr die Voraussetzung des anderen. Vielleicht konnte sie sie als eine Art siamesische Zwillinge präsentieren, oder auf jeden Fall als miteinander verbunden. Weder bei der Vormittags- noch bei der Nachmittagstherapie konnten ihre Klienten allerdings etwas mit derartigen theoretischen Betrachtungen anfangen.

Von oben auf dem Flachdach ertönte Lärm. Sanne konnte niemanden sehen und entschied sich, lieber nicht dort hochzuklettern. Sie musste nicht auch noch ihre Höhenangst herausfordern, ihre einzige wirkliche Phobie. Früher hatten ihre Freunde ab und zu gescherzt, das Einzige, was Sanne in dieser Welt tatsächlich fürchtete, seien große Höhen. Heute verstanden sie den Ernst darin und ließen es bleiben.

Kurz nachdem sie eingezogen war, hatte ein massiver Wolkenbruch einen Wasserschaden verursacht, sodass die Handwerker das Dach komplett neu decken mussten. Da hatte sie sich draußen am Aufgang auf die kleine Treppe gewagt, die auf das offene Dach führte. Aber sie war kaum oben, als ihr kalter Schweiß ausbrach und die Furcht sie lähmte. An das nasse Dach gedrückt hörte sie ihre eigene zitternde Stimme den Handwerkern eine Tasse Kaffee in ihrer Küche anbieten, während sie bezweifelte, dass sie irgendwann wieder von selbst dort hinunterkommen würde.

Schon die Erinnerung an diesen Moment rief in ihr ein solches Unbehagen hervor, dass ihr sogar hier, auf der Terrasse sitzend, etwas schwindelig wurde. Selbst jetzt hatte sie das Gefühl, dass, wenn die Männer ihr an jenem Tag nicht geholfen hätten, sie immer noch als eine Art Wahrzeichen der Angst da oben zwischen Himmel und Erde stehen würde.

Vielleicht hätten wenigstens die Tauben oder Elstern dann Nester in ihrem Haar gebaut und auf diese Weise neues Leben in der Stadt geschaffen. Aber mit diesem wundervollen Frühling um sie herum konnte sie bald selber wieder Blumen pflanzen, auf der Terrasse alles sprießen sehen und bis in die Wohnung hinein alles mit neuem Leben erfüllen.

Später sollte auch der Therapieraum, der sich zur Terrasse öffnete, gestrichen werden. Während der Vormittagstherapie hatte Sanne – aufmerksam ihrer Klientin lauschend – entdeckt, dass die Farbe an der Wand hinter der Bankangestellten angefangen hatte, sich zu wellen und stellenweise sogar abzublättern. Genau genommen wollte sie schon heute, gleich nach der nächsten und letzten Klientin, Farbe kaufen und loslegen. Sie baute bei solchen praktischen Tätigkeiten Stress ab. Im Laufe der Woche konnte sie ins Amager Pflanzenland fahren und mit der Terrasse beginnen.

Die zweite Klientin des Tages war seit Jahresbeginn bei Sanne und hatte dennoch nur bescheidene Fortschritte gemacht. Sanne hatte die Frau routinemäßig darüber aufgeklärt, dass sie zu Behandlungen, die mit öffentlichen Geldern bezuschusst wurden, berechtig war, woraufhin sie in Tränen aufgelöst und empört antwortete, dass das Geld sie einen Scheiß interessiere und dass sie nur mit Sanne reden wollte, weil sie gerade in der Nähe gewesen war und sie von ihr so viel Gutes gehört hatte. Angesichts der akuten und sehr unglücklichen Situation der Frau hatte Sanne sie als neue Klientin aufgenommen, wenngleich sie scheinbar über ein starkes Ego und Ressourcen verfügte.

Es half der Frau, dass der Mörder ihrer Tochter so schnell von der Polizei gefasst worden war und nun im Untersuchungsgefängnis in Isolationshaft saß. Es konnte lange dauern, bis die Sache vor Gericht kam. Sanne dachte an ein Urteil, das vermutlich zwischen lebenslanger Haft und unbegrenzter Verwahrung in einer Sicherheitsanstalt in Nykøbing, Seeland, liegen würde. Es blieb spannend zu sehen, inwieweit das Urteil die zukünftige Therapie und den psychischen Gesamtzustand der Mutter beeinflussen würde.

Das Festnetztelefon im Wohnzimmer klingelte. Sanne stand auf. Es war höchste Zeit, sich auf die nächste Therapie vorzubereiten. Die Kissen mussten aufgeschüttelt und die Kanne mit frischem Wasser gefüllt werden. Und schließlich musste sie ihre Notizen durchgehen. Auch wenn sie das Gefühl hatte, sich an jedes Detail dieser Therapie erinnern zu können, wusste sie, dass ein einziges Wort oder ein einziger Satz ihrer Erinnerung entgangen sein und sich in der heutigen oder kommenden therapeutischen Arbeit als wesentlich herausstellen könnte.

»Sanne Berg.«

»Else hier«, erklang es am anderen Ende, gefolgt von einer kurzen Pause. »Else Møller.«

Sanne brauchte eine Sekunde, um sich das Bild von Møllers netter Frau vor Augen zu rufen. Sie saß lächelnd in ihrem Rollstuhl mit einer Decke auf den Beinen in dem hübschen Haus nahe Svanemøllen Station.

»Hej, Else!« Else Møller räusperte sich. »Es ist lange her«, fuhr Sanne leicht unsicher fort. Was konnte Else von ihr wollen?

»Ja, es war beim Gartenfest zu Møllers 57. Geburtstag.«

Daran zweifelte Sanne nicht, weil das derselbe Tag war, an dem sie entdeckt hatte, dass sie ein Kind erwartete und erkannte, wie verzweifelt ihre Situation war.

»Entschuldige, dass ich nicht angerufen oder geschrieben und mich bedankt habe«, sagte Sanne und spürte, wie Schuldgefühle in ihr aufstiegen, während sie folgende Notlüge formulierte: »Ich musste plötzlich verreisen … nach Indien, früh am nächsten Morgen.«

»Im Sommer wird er 60.«

»Ja, die Zeit vergeht schnell.« »Wenn er am 26. Juli noch am Leben ist.«

»Was redest du denn da? Ist Møller krank?«

Eine kleine Pause entstand. Sanne konnte Else atmen hören. Es klang, als bereite sie sich darauf vor, etwas zu sagen, das ihr unglaublich schwerfiel. »Ich bin mir völlig im Klaren darüber, was vor sich geht.«

»Was meinst du?«, fragte Sanne ehrlich irritiert, aber mit bangen Vorahnungen.

»Das mit Møller und dir.«

»Ich habe Møller nicht gesehen, seit …«

»Ich weiß, was ich weiß«, sagte Else ohne Umschweife.

»Møller und ich«, protestierte Sanne und spürte, wie sie errötete, »wir …«

»Es gibt keinen Grund, es zu leugnen, Sanne. Wenn ich auch keine ganze oder halbe Psychologin und mehr oder weniger hier eingesperrt bin, steht mir nicht »Idiot« auf die Stirn geschrieben.«

Sanne hörte, dass Else, die sonst immer so gefasst und freundlich war, dabei war, sich in Rage zu reden. »Else, Møller und ich haben nicht …«

»Hast du wirklich geglaubt, dass ihr mit sowas davonkommen könnt, ohne dass ich …«

»Else, lass mich doch erklären, du verstehst nicht …«

»Ich verstehe ausgezeichnet, dass, wenn ein Mann in seinen späten Jahren, der sich nie für fremde Kulturen interessiert hat, plötzlich einen Portugiesischkurs in der Abendschule belegt ...«

Else sprach »Portugiesisch« mit solchem Ekel in der Stimme aus, dass es nicht nach einer Sprache klang, sondern nach etwas Verdorbenem, das man aus Versehen in den Mund genommen hatte und nun schleunigst ausspucken musste.

Sie atmete tief ein und sprach weiter: »… und sich zu seinem 57. Geburtstag von seinen Kindern einen Sambakurs wünscht, etwas falsch läuft. Insbesondere, wenn die FBI-Akademie in Quantico mich kurz vorher darüber informiert, dass mein Mann sich nicht mehr in der Schule in Virginia befindet, sondern sich mit einer weiblichen Kollegin mit Namen Mrs. Berg auf den Weg nach Rio de Janeiro gemacht hat.«

»Das ist Vergangenheit«, erwiderte Sanne kraftlos.

»Ja, stimmt. Und ich hoffe, ihr seid besser darin, Verbrechen aufzuklären, als eure eigenen Spuren zu verwischen.«

»Es tut mir leid, dich verletzt zu haben, das hätte nie passieren dürfen.«

»Wie du selbst gesagt hast: Es ist Vergangenheit«, stellte Else knapp und in einem Tonfall fest, der nicht zu einer Antwort einlud.

Das folgende Schweigen empfand Sanne als weitaus bedrückender als das vorhergehende Gespräch. Fast wie im Theater, wo das Entscheidende oft in den Pausen zwischen den Dialogen passiert, dachte Sanne, als Else endlich weitersprach.

»Deshalb rufe ich aber nicht an.«

»Warum dann?«

»Ich brauche deine Hilfe.«

»Du hast etwas gesagt, dass Møller … Ist er krank?«

»Møller ist ein Idiot. Dafür, was geschehen ist, ist in erster Linie er verantwortlich, es war nur viel einfacher, auf dich wütend zu sein. Heute akzeptiere ich dein … deine Fähigkeiten. Weil ich meinen Mann und meine Familie liebe. Ich weiß, dass du Møller dazu bringst, sich lebendig zu fühlen, irgendwie alterslos, als ob der Tod nur noch etwas ist, womit er sich bei seiner Arbeit auseinandersetzen muss.«

»Else, das ist alles so lange her. Wohin soll das hier führen, was ist passiert?«

»Møller hatte einen Herzinfarkt, während er im Dezember an einer Sache dran war.«

»Es tut mir schrecklich leid, das zu hören.«

»Du erinnerst dich sicher an den Mord an dem kleinen Mädchen auf der Amagergade.«

»Ja, das kannst du wohl laut sagen«, sagte Sanne und nickte impulsartig, als säße Else ihr gegenüber. Nur noch wenige Minuten, dann würde Pia Thomsen, Klein-Idas Mutter, zu ihrer wöchentlichen Sitzung kommen.

»Man hat ihm gleich nach Weihnachten einen Schrittmacher eingesetzt, und am Anfang ging alles gut. Doch dann gab es irgendeine Komplikation, er schwebte zwischen Leben und Tod, lag zwei Wochen im Koma, und jetzt … Es ist, als fehle ihm die Kraft zu kämpfen … Es ist nicht Møllers Art, einfach so aufzugeben …«

Else hielt inne. Ihre Verzweiflung war spürbar. »Was kann ich tun?«, fragte Sanne.

»Fahr zu ihm ins Rigshospital.«

Sannes Türklingel ertönte. Das musste Pia Thomsen sein. Ohne sich aus der Ruhe bringen zu lassen, verließ Sanne mit dem Telefonhörer am Ohr die Terrasse und ließ sie ein.

»Versuch ihm zu helfen, zurück ins Leben zu finden«, fuhr Else fort.

Sanne öffnete die Wohnungstür und lehnte sie an, damit Pia hineinkommen und einen Augenblick warten konnte.

»Ich werde ihm helfen, zurück ins Leben zu finden«, wiederholte Sanne Elses Worte monoton, während sie wieder raus auf die Terrasse ging, um das Gespräch zu beenden, ohne sich von Pia Thomsen ablenken zu lassen.

»Ja«, sagte Else entschlossen. »Und falls er überlebt … das werden wir dann herausfinden.«

14

Tange ließ einfach nicht locker. Wenn Mads ein Geständnis ablegte, würde er aus der Isolation entlassen.

»Ein Tang, zwei Tange, Tange«, sagte eine Stimme. »Vier Meter, da kommt Klein-Mads niemals drüber«, sagte eine andere in einem wirklich herablassenden Ton.

Mads war erschüttert. Bisher hatte er alle Verhöre gut überstanden, von den ersten Minuten an, in denen Tange noch nett zu ihm gewesen war, bis Mads schließlich etwas sagte, was der Vernehmungsleiter offenbar nicht hören wollte.

Seither hatten sie so ziemlich alles versucht. In einer Gerichtsverhandlung hatte Tange einen Wutanfall nach dem anderen bekommen, bis die Anwältin ihn ausbremste. Mads ärgerte sich, dass er kein Gewehr zur Hand hatte. Die Spucke in Tanges Mundwinkel erinnerte ihn an einen irischen Film über einen Schäferhund, der Tollwut hatte. Den hatten sie einfach abgeknallt.

Die Erkenntnis, dass Tange so ausrasten konnte wie ein tollwütiger Hund, hatte Mads durch die Verhöre geholfen. So etwas prallte nämlich vollständig an ihm ab. Die Stimmen taten das leider nicht. Das Schlimmste war fast, dass es nicht nur Tanges Schuld war. Es war auch ein bisschen seine eigene.

Jens hatte ihm welche von seinen Pillen angeboten und vorgeschlagen, dass Mads sie in seinen Nasenlöchern und seinen Ohren in seine Zelle schmuggeln sollte. Mads fand die Idee gut, entschied sich aber statt für seine Nase für seinen Hintern.

Das Ganze war gutgegangen, die Wärter hatten seinen Hintern tatsächlich übersprungen. Und ganz richtig, die Pillen hatten eine beschleunigende Wirkung, Mads redete unter ihrem Einfluss unheimlich schnell. Nur leider gab es in der Isolation niemanden, mit dem er sich hätte unterhalten können, also nahmen nur seine Gedanken Fahrt auf.

Bis ganz genau das geschah, was nicht hätte geschehen dürfen: Die Stimmen hielten ihren verdammten Einzug.

Mads hatte geglaubt, dass sie für immer verschwunden wären und ihn nie wieder quälen würden. Bald würden sie einfach alles soufflieren, als wäre er ein beschissener Schauspieler, dem sein Text nicht einfiel. Was richtig schäbig war, da er mit Theater so gar nichts anfangen konnte, im Gegensatz zu Rimbauds Gedichten, die so schön frei zwischen dem Inneren seines Hirns und der Welt da draußen umherströmten, sodass alles sich ständig in magischer Veränderung befand.

»Fuck, wie dumm er ist!«

»Das ist die letzte Warnung, Mads. Wenn du nicht hören willst, musst du fühlen.«

Was fühlen? Das sagten sie ihm natürlich nicht, die Stimmen. Bis zum Tod seiner Mutter und noch einige Zeit danach hatte er viele Probleme mit ihnen gehabt, sie hatten über alles Mögliche geschwatzt und sich sogar mit der Schule verbündet. Bis er akzeptierte, dass er die 12. Klasse verlassen musste. Seither herrschte im Großen und Ganzen Ruhe. Falls die Stimmen begannen, Ärger zu machen und ihn zu stören, würde er es nicht länger in der Zelle aushalten, dann musste er raus aus der Isolation, egal ob mit oder ohne Jens. Eigentlich war es ein lustiges Wort, Isolation. Es gab innere und äußere Isolation. Viele Häuser waren richtig gut isoliert. Nicht so das Vestre-Gefängnis, weil die Mauern so alt waren. Ein Mensch konnte in einer Zelle isoliert sein, aber auch durch Medikamente, die das Gehirn in Steinwolle verwandelten, vielleicht auch Asbest, selbst wenn der verboten war. Wer konnte es schon wissen, vielleicht waren die Mauern des Vestre-Gefängnisses so alt, dass man sich mit einer Gabel oder einem Löffel oder mit einem anderen, von Menschen erfundenen Instrument durch sie hindurchgraben konnte?

Es würde schön werden, wieder unter Leuten zu sein, er konnte es kaum abwarten. Er würde fernsehen und ganz viel im Netz surfen. Fernsehen ... das war nicht dasselbe wie die Realität.

Er freute sich wirklich ein Loch in den Bauch! Die offenen Felder ... Vogelgezwitscher ... tiefe Wälder ... der Duft der Tannenzapfen.

Er musste den Arzt dazu bringen zu verstehen, dass er zu aktiv war, um allein in dieser Zelle zu hocken. Zur Sicherheit sollte er am besten auch Møller informieren. Gott weiß, welche Buchstaben zu ihm passten. ADHS war ihm von Jens und mehreren anderen bescheinigt worden. Dann war da noch was mit PTBS, das war auch nicht er, er war eher... Er war jetzt so dicht dran, er musste nur die richtige Kombination finden. Irgendwas war immer verkehrt.

Mads rief nach dem Gefängniswärter, und es kam ihm wie eine Ewigkeit vor, bis er erschien. Endlich wurde die Klappe in der Tür geöffnet.

»Ist Møller immer noch krank?«, fragte Mads.

»Dazu kann ich mich nicht äußern.«

»Ich will mit ihm reden.«

»Wie ich dir schon dreißig Mal gesagt habe: Er ist an deiner Sache nicht dran.«

»Ja, ist er also immer noch krank?«

»Das weiß ich nicht, Mads.«

»Soll ich mit dem Sauren reden?«

»Mit Tange oder mit einem seiner Mitarbeiter«, erklang es durch das Loch in der Tür.

»Ich vertraue ihm nicht.«

»So ist das also.«

War es denn nicht möglich, mit dem Arzt direkt zu sprechen und es auszudrücken, wie es war? Ich bin zu aktiv, um isoliert zu sein, ich möchte gerne eingewiesen werden, damit ich wieder nach draußen kann.

Wenn aber der Arzt ihm stattdessen mehr von dieser Medizin gab, die das Hirn isolierte, hatte er nichts erreicht.

»Noch was?«

Ein Tang, zwei Tange, Tange, da war es wieder. Also gewann doch wieder dieser verstockte Idiot von einem Verhörleiter.

»Ja. Ich habe es getan.«

»Was getan?«

»Klein-Ida getötet.«

»Das hast du schon vor zwei Wochen gesagt. Bist du dir sicher, dass du das später wiederholen wirst? Ich setze nicht Himmel und Hölle in Bewegung, falls du nicht…«

»Ja, aber jetzt weiß ich, dass ich es getan habe.«

»Ich informiere deine Verteidigerin.«

»Und die Polizei, die Anklage, die Richter, die ganze Bande!«

»Keine Panik, Mads, das geht alles von ganz allein.«

»Es gibt keinen Weg drum herum, Freiheit für Loki wie für Thor, das gilt auch für Jens und Mads, selbst Tange kann das nicht verhindern, lass es uns hinter uns bringen!«

Die Klappe in der Tür wurde geschlossen. Mads hörte Schritte, die sich entfernten.

»Nur Handlung führt zur Verwandlung!«, rief er seinem Wärter hinterher.

15

Sanne hatte anfangs sehr mit sich gehadert, ob sie Pia Thomsen als Klientin annehmen sollte oder nicht. Nicht etwa, weil Pia solchen Druck auf sie ausübte, sondern weil Sanne wusste, dass ein gewisses Risiko bestand, dass die Therapie zu viel von Sara in ihr selbst zutage fördern würde, und dass sie sich in diesem Fall nicht mehr würde darauf konzentrieren können, Pia die bestmögliche professionelle Hilfe zuteilwerden zu lassen.

Sanne hatte es dennoch unterlassen, die Frage mit ihrem Betreuer zu diskutieren. Sie wusste, dass er ihr davon abgeraten hätte.

Wenn G. S. auch etwas weniger unbeholfen als so viele andere Psychoanalytiker war – er war ein Anhänger von Jacques Lacans aufsehenerregender Neuinterpretation der Freud'schen Lehre –, hatte er ein Temperament, das ihn oft auf hundertachtzig brachte, wenn seine Schützlinge aus dem Rahmen fielen oder schlampig arbeiteten.

Bei einer Gruppen-Betreuung hatte es eines Tages einen von Sannes Kollegen getroffen, der sich an einer der damaligen schnellen, beliebten Lösungen auf Kosten von dem, was G. S. selbst ›einen tiefenpsychologischen Ansatz‹ nannte, versucht hatte.

»Du hast nur Lack auf den Rost geschmiert«, stellte er zu Anfang unterkühlt fest, »bist du zu faul, um den Rost abzuklopfen?«

»Ich …«

Weiter kam der Kollege mit seiner Erklärung nicht, bevor G. S. ihn schroff unterbrach: »Hör auf, nur an der Oberfläche zu operieren, oder such dir einen anderen Betreuer!«

Sanne wollte keinen Rat von G. S., den sie ohnehin nicht würde befolgen können. Doch sie sah noch aus einem anderen Grund davon ab, ihn anzurufen. Über ihren Verlust und ihre Trauer konnte sie mit ihm sprechen, doch wenn es um das Thema Kinder ging, war er einfach etwas zu nüchtern.

»Die Kleinen können nicht einmal sprechen, das ist nicht unser Gebiet, denk daran, dass die Sprache unser wichtigstes Werkzeug ist«, hatte er sie bereits früh in ihrer gemeinsamen Zusammenarbeit ermahnt.

Sanne war bei ihrer Arbeit insbesondere von der existenziellen Psychologie, aber auch von G. S.' »französischer Psychoanalyse« inspiriert.

Die Tücken der Freiheit, die Abwesenheit irgendeines vorgegebenen Lebenssinns, die Einsamkeit als Lebensbedingung, die Unumgänglichkeit des Todes – die existenziellen Dimensionen interessierten G. S. aus irgendeinem Grund nicht, wenn Sanne sie ins Spiel brachte.

Normalerweise schätzte und befolgte Sanne als professionelle Psychologin den Rat und die fachliche Anleitung ihres Betreuers. Aber sie war auch Frau und Mutter. Weder wollte noch konnte sie jemanden in Pia Thomsens Situation ablehnen.

Deshalb saßen die beiden Frauen einander nun schräg gegenüber in den behaglichen, schwarzen Lederstühlen im Therapiezimmer. Sanne war nicht wirklich stolz auf den bisherigen Verlauf des Tages. Vieles von dem, was sie befürchtet hatte, war bereits eingetreten. In einem Moment war sie sogar kurz davor gewesen, Ida Sara zu nennen. Sie hatte einen Hustenanfall vortäuschen müssen, um die Situation zu retten.

Darüber hinaus hatte sie eine allzu durchschnittliche Vorstellung geboten. Es war eine Sitzung ohne die besondere Magie, die in einer engen und vertrauensvollen Beziehung zwischen zwei Menschen entstehen kann, die auf Grundlage der Bedürfnisse und Wünsche des einen und der Führungserfahrung des anderen beschlossen hatten, sich auf die Entdeckungsreise zu begeben, die eine Therapie sein konnte.

Sanne war schlichtweg nicht imstande, Pia Thomsen die optimale Betreuung zu bieten, die sie erwarten konnte. Elses Anruf saß Sanne immer noch in den Knochen, die Nachricht von Møller im Rigshospital lauerte die ganze Zeit im Hintergrund, egal, was Pia Thomsen zur Sprache brachte. Nach der Therapie musste Sanne schnellstmöglich zu Møller ins Krankenhaus.

Sanne wusste, dass nur noch 12, 13 Minuten vor ihr lagen, bis die heutige Sitzung vorbei war. Pia schneuzte sich geräuschvoll, sie hatte mehrmals während der Sitzung begonnen zu weinen. Sanne spürte, dass Pia noch etwas sagen wollte, etwas Wichtiges, etwas Weitreichendes. Ausgerechnet jetzt, so kurz vor Schluss, dachte Sanne, entschloss sich aber, sie weiterreden zu lassen.

»Ich verstehe das nicht«, begann sie. »Wenn das Ganze nicht so fucking sinnlos wäre, könnte ich vielleicht …« »Vielleicht?« »Ich weiß nicht, vielleicht lernen und …«

Sanne nutze die folgende Pause, um Pia eingehend zu betrachten. Sie überlegte, ob sie im späteren Verlauf der Behandlung Viktor Frankl miteinbeziehen sollte, dessen Ideen genau um das Thema ›Sinn‹ kreisten. Sanne hatte ihn mit großer Begeisterung sowohl in Wien als auch Kopenhagen vortragen gehört.

Frankls Vater starb in Theresienstadt, seine Mutter und sein Bruder in Auschwitz, seine Frau in Bergen-Belsen. Er selbst überlebte die Todeslager der Nazis und erschuf eine Theorie, wonach das Leben einen Sinn hat – egal, wie elendig es zu sein scheint.

Pia beendete die Pause mit feuchten Augen und der Andeutung eines Lächelns, bevor sie sagte: »Ich erinnere mich tatsächlich an einen glücklichen Tag in meinem Leben.«

»Ja?«

»Ja, also … Vielleicht war es kein Tag, vielleicht nur ein Augenblick … Es ist ja nur Geschwätz im Vergleich zu …« »Ich würde gerne mehr darüber erfahren.«

»Ich war damals gerade von Århus nach Kopenhagen gezogen. Ich kannte niemanden und hatte fast kein Geld, aber ich hatte einen Halbtagsjob als Putzfrau in einer Schule bekommen, und… ich hatte gerade eine Bleibe gefunden. Ich stand da, mitten in der leeren Wohnung, und dachte: Ich habe nichts und alles zugleich. Alles liegt vor mir.«

»Ja?« »Ich war so glücklich!«, stieß sie hervor. Gleichzeitig brach sie wieder in Tränen aus.

Sanne spürte, wie auch ihr eigener Schmerz wieder aufflackerte, und kämpfte mit aller Macht dagegen an. Sie musste ihn und ihre Erinnerung an Sara wegschieben und sich verdammt noch mal konzentrieren. Sollte sie Pia unterbrechen, sie trösten, vielleicht mit einer Berührung? Oder sollte sie sie gewähren lassen? Sollte sie ihr zu verstehen geben, das sie sich für einen Augenblick der Freude nicht zu schämen brauchte? Auch jetzt nicht, und auf keinen Fall irgendwann in der Zukunft?

»Nichts habe ich und dennoch alles«, wiederholte Sanne mit weicher Stimme.

»Ja«, nickte Pia, während sie ihre Tränen trocknete und sich wieder ein Stück unter Kontrolle bekam. »Und jetzt … Jetzt ist es umgekehrt: Alles habe ich, und dennoch nichts.«

»Was meinst du damit?«

»Ich habe alles, was nichts bedeutet: Geld, eine Wohnung, eine Karriere, einen Job … Aber das, was von Bedeutung ist … Ich habe Ida nicht mehr, ich werde nie wieder ihre plappernde Stimme hören, nie mehr den Griff ihrer kleinen Hand an meinen Fingern spüren.«

Sannes Kehle war wie zugeschnürt. Pia schaffte es, mitten in ihrer entsetzlichen Trauer ihren Realitätssinn zu bewahren. Sanne musste sie unbedingt auf diesem Niveau halten.

»Du hast Recht in Bezug auf Ida, sie ist für immer weg«, sagte Sanne leise.

»Ja, und ich kann nicht einmal mit meinem Exmann über ihren Tod sprechen, mit diesem Arschloch! Dabei ist es doch unser beider Verlust!«

»Gibt es zwischen euch immer noch überhaupt keinen Kontakt?«

»Nein, nicht seit der Beerdigung, das dumme Schwein sitzt nur rum und vergnügt sich mit seinem neuen Flittchen in der Havnegade. Das ist jetzt auch egal, Ida hat ihren Vater kaum gekannt, er war …«

Pia schluchzte erneut.

»Er war nie für sie da, sie war mein Kind … und ich alleine war für sie verantwortlich.«

»Da sind wir nicht einer Meinung«, sagte Sanne. »Aber lass uns das mit der Verantwortung auf einen anderen Tag verschieben. Ich behalte es im Kopf, und wir kommen darauf zurück, wenn und falls du es wünschst.«

Pia nickte, sammelte sich kurz und sprach weiter: »Ich weiß, dass ich irgendwie weiterleben muss, dass alles andere zu …«

»Alles andere wäre zu …?«, wiederholte Sanne nach einigen Sekunden.

»Ich weiß nicht … zu lasch.«

»Ich finde, dass du tapfer kämpfst und dich gut schlägst.«

Pia brach auf ihrem Stuhl wieder in Tränen aus. Sanne wartete wieder einen Augenblick, um die therapeutische Qualität von Pias Gemütslage einzuschätzen. Dann stand sie auf, reichte Pia ein Taschentuch und legte tröstend einen Arm um ihre Schultern, die unter Pias Schluchzen zitterten. »Vielleicht überlebe ich irgendwie, aber mein Leben ist vorbei, das war's. Mein Leben ist vorbei.«

Das war ihre Sitzung auch. Sanne schloss so wenig abrupt wie möglich, vereinbarte einen neuen Termin mit Pia und verabschiedete sich von ihr.

16

Sanne schloss ihr Fahrrad auf und schob es vom Hof. Sie schaffte nur die wenigen Meter bis zur Snorrebrücke, bevor Jack sie stoppte.

»Sanne! Bist du auf dem Weg in die Stadt, sollen wir zusammen gehen?«

Jack war zu Fuß, Sanne stieg ab, sie umarmten einander mitten auf der Brücke. »Heute geht es nicht, ich habe es ein bisschen eilig.«

»Was ist mit später? Wir könnten zum Boxtraining. Oder uns für heute Abend etwas überlegen. Es ist so lange her, seit wir gemeinsam etwas unternommen haben.«

»Mir ist im Augenblick nicht wirklich danach.«

»Wir können auch einfach nur entspannen, ich backe ein paar Zimtkekse und komme bei dir vorbei.«

»Nein, Jack, im Augenblick ...«

»Sanne, worauf zum Teufel wartest du? Das Leben ist ein Abenteuer, wenn du es nur zulässt. Du kannst nicht für immer trauern. Willst du nicht mit deinen Männerabenteuern weitermachen?«

»Was ist mit dir und dem Typen, mit dem du zusammen am Fenster gesessen hast?«

»Das war doch nur eine Episode.«

»Und meine Episode ist bis auf Weiteres in Frankreich.«

»Da kannst du mal sehen! Wir sind beide allein, lass uns zusammen sein, wir könnten nachsehen, ob was Cooles in der Oper gegeben wird, ich habe den ganzen Vormittag Cecilia

Bartoli gehört, Sacrificium. Oder wir könnten uns irgendwas ausdenken, was sich sonst niemand trauen würde! Sagtest du Frankreich?«

Sanne nickte und konnte sich ein Lächeln nicht verkneifen; so war es fast immer, wenn Jack in der hyperaktiven Ecke stand. Die Freude auf ihrem Gesicht wirkte wie Extrabenzin für sein Feuer.

»Vive La France, Vive La Republique!«, proklamierte er über Christianshavns Kanal, auf dessen Oberfläche die feine Frühjahrssonne tanzte. »Wir könnten auch mit ein bisschen Bubble your trouble away anfangen, ich habe einen scheißguten Cava oben.«

»Sorry, Jack, nicht heute. Ich habe weder Zeit noch Lust.«

Er merkte, dass sie es ernst meinte, und drehte etwas runter. »Was hast du vor?«

»Ich fahre Møller besuchen.«

»Møller? Ich dachte, du wärst fertig mit alten, verheirateten Männern.«

»Møller ist nicht alt.«

»Was ist er dann?«

»Erwachsen. Er hatte einen Herzinfarkt, wurde operiert und so weiter, und jetzt liegt er im Rigshospital.«

»Scheiße.«

»Noch dazu war es Else, seine Frau, die mich angerufen hat.«

»Sanne … Ich liebe dich!«, sagte Jack plötzlich, nahm ihr Gesicht in seine Hände und küsste sie mitten auf den Mund.

»Jetzt werde ich ja geradezu dafür belohnt, dass ich dir einen Korb gebe. Übrigens riechst du nach Rauch. Etwas Süßliches, gefällt mir nicht besonders.«

»Ja, ja, eines Tages höre ich auf. Du sollst nur wissen, dass ich dich liebe. Also, so wie du und ich nun einmal lieben.«

»Na, willst du es jetzt modifizieren?«

»Jetzt sei nicht so pedantisch. Ich liebe und bewundere dich, und ich bin so froh über das, was wir gemeinsam haben. Aber heute finde ich einen anderen Spielkameraden. Viel Glück, Teufel noch mal! Und grüß Møller, oder noch besser: Gib dem Erwachsenen einen Knutscher. Tschüss!«

»Tschüss, Jack!«

Die Sonne war schon weg, als Sanne Kongens Nytorv überquerte. Laut Kalender war es Frühling, aber ohne den milden Sonnenschein zeigte der März sich an diesem Tag noch von seiner barschen Seite.

Sanne trat kräftig in die Pedale, um sich warm zu halten, aber auch, weil sie bald Møller wiedersehen würde, zum ersten Mal seit ... Sie konnte sich nicht mehr erinnern, wie lange es her war, und es war ihr auch egal, jetzt zählte der Augenblick.

Sie fuhr am Königsgarten entlang, vorbei am Sølvtorvet, der Friedensbrücke, und sah das Krankenhaus sich weit vor ihr auftürmen. Auf dem ganzen Weg hörte sie Elses Stimme. Und gleich darauf die von Pia Thomsen und ihre eigene: »Auf Wiedersehen«, hatte sie zu Pia gesagt. Diese Formulierung benutzte sie nie. Hatte Pia etwas gesagt, das auf einen kommenden Selbstmordversuch hinwies, dem sie mit ihrer Abschiedsreplik vorzubeugen versuchte? Sie war immer gut darin gewesen, selbstmordgefährdete Klienten zu erkennen und sie davon zu überzeugen, wie unsinnig ihr Vorhaben war.

Befürchtete sie, dass Pia sich wegen Ida das Leben nehmen würde, oder war ihre wöchentliche Verabredung in Wirklichkeit Sannes eigene Versicherung dafür, dass sie selbst am jeweiligen Tag vor Ort und noch am Leben sein würde?

Waren ihre therapeutischen Kräfte aufgebraucht? War sie zu müde, war sie dabei auszubrennen, kurz und gut: fertig als Psychologin?

Sie hatte in den letzten Monaten nicht einmal mehr die Kraft besessen, ihren Betreuer zu treffen. Sie kam nun nicht mehr drum herum, sie musste zusehen, bald Kontakt mit G. S. aufzunehmen, alles andere wäre unprofessionell. Aber sie wusste bereits, was er sagen würde, und das machte es nicht leichter. »Du hast dich vor mir versteckt, Sanne. Warum?« Allein der Gedanke, diese Frage beantworten zu müssen, machte sie nervös.

Das alles war letztlich so verdammt herzlos. Was war die menschliche Existenz anderes als eine einzige Tragödie, obendrein eine beschissene Daily Soap, gewiss mit gelegentlichen Glücksmomenten – eigene, gesunde Kinder, die Aufmerksamkeit und Zuneigung eines Mannes vielleicht? Ohne Sara konnte sie genauso gut eine der Tütenladies sein, an denen sie täglich vorbeifuhr, und von denen es scheinbar immer mehr gab, je reicher das Land wurde.

Besser als eine Tütenlady zu sein, wäre es vielleicht nur, einfach gar nicht zu existieren.

Aber Jack würde traurig sein und sie vermissen, so wie sie ihn vermissen würde. Ihre Mutter würde beim Bridge gestört werden und gar nicht begreifen, was los ist. Und jetzt musste sie ja außerdem zu Møller, der sie Else zufolge brauchte.

17

Sanne fand den Weg zur Kardiologie in der 14. Etage und erfuhr, dass Møller in Zimmer 5 lag, einem Einzelzimmer.

Auf dem Weg den Gang runter überlegte sie noch einmal, ob sie ihn in die Umstände um Saras Tod einweihen sollte. Heute war auf jeden Fall nicht der richtige Zeitpunkt. Hätte alles anders ausgesehen, wenn sie Møller von Anfang an die Karten offen auf den Tisch gelegt hätte?

Just als Sanne an die Tür klopfen wollte, hörte sie Møllers wohlbekannte Stimme poltern: »Job in Skåne! Ich gebe denen einen Job in Skåne!« Sanne klopfte und öffnete die Tür zum Zimmer. »Zum Teufel mit ihm«, fügte Møller hinzu, bevor er Sanne erblickte. »Hej, Møller!«, sagte sie in der Tür stehend.

Er saß im Bett mit einem Kissen im Rücken und einem Brief in der einen Hand. Er trug die Lesebrille, die Sanne ihm gekauft hatte, als sie sich noch privat sahen, und die sie fast verraten hatte, weil Else wusste, dass Møller sich so ein Modell niemals selbst kaufen würde.

»Sanne«, sagte er nur, als fragte er sich gerade, ob sie wirklich dort stand.

»Du siehst besser aus, als ich befürchtet hatte«, sagte sie, ging zum Bett und küsste ihn auf die Stirn.

Er errötete, lächelte aber. So sollte sich das ja eigentlich nicht abspielen. Er wollte kein Patient sein, sondern frisch und auf den Beinen, das hier war überhaupt nicht er.

»Die Gerüchte über meinen bevorstehenden Tod sind ein wenig übertrieben, ich bin bald wieder auf den Beinen«, sagte er, während Sanne sich einen Stuhl vom Tisch heranzog. »Wie ist es mit dir?«, fragte er.

»Es geht mir im Großen und Ganzen gut«, sagte sie.

»Im Großen und Ganzen?«

»Banalitäten, Muskelkater und sowas«, antwortete Sanne. Das war ja nicht einmal gelogen. Und Møller sollte auf keinen Fall wissen, was für finstere Gedanken sie beschäftigten. Sie ging ihn nichts an, ihre völlig absurde Hoffnung, Sara wieder in ihren Armen halten und vor allem Bösen beschützen zu können, wenn sie selbst nicht mehr auf dieser Welt wäre. Sie setzte sich direkt neben Møllers Bett. »Es geht also vorwärts?«, fragte sie.

»Gestern ist die Schnabeltasse verschwunden, heute haben sie den Tropf entfernt, morgen will ich ein ordentliches Boeuf Bernaise«, sagte er und nahm ihre Hand. »Willst du mir helfen, Sanne?«

Sanne glaubte kaum, dass sie klassische Hausmannskost à la Møller zubereiten sollte und nickte. »Ja, ich habe mit Else gesprochen, sie sagt, dass du nicht …«

»Wir ermitteln selbst.«

»Møller … Wovon redest du?«

»Die Sache auf der Amagergade, der Mord an der kleinen Ida Thomsen.«

»Ich komme nicht ganz mit. Else hat gesagt …«

»Sanne, vergiss Else für einen Augenblick. Ich brauche dich mehr als je zuvor.«

»Ich bin hier«, sagte Sanne und drückte seine Hand.

»Gut, irgendetwas stimmt nämlich ganz und gar nicht«, sagte Møller und hielt einen Brief hoch, den er schon die ganze Zeit in der Hand hielt und den er so fest umklammerte, dass er schon ganz verknittert war. »Tange, es sollte mich nicht wundern, wenn der Vollidiot dabei ist, neuen Scheiß anzurichten. Zu seinem eigenen Besten«, fügte er mit vor Wut bebender Stimme hinzu.

»Møller, vergiss jetzt mal euren alten Groll.«

»Das kann ich verdammt noch mal nicht. Ich will es auch nicht!«

»Jetzt hört auf, so kindisch zu sein. Das ist lange her, du musst akzeptieren, dass ihr Kollegen seid.«

»Ja, aber er ist zu leicht drangekommen«, fuhr Møller unverdrossen fort. »Irgendetwas stimmt da nicht. Welche Ideè steckt dahinter, ein so kleines und unschuldiges Mädchen zu töten? Warum?«

»Es muss nicht immer ein Motiv geben, Møller. Es sei denn wir definieren Geisteskrankheit als Motiv.«

»Mads Højlund, der Hauptverdächtige, wirkte auf mich eigentlich nicht geisteskrank, eher … irgendwie verstört.«

»Du glaubst nicht, dass er es gewesen ist?«

»Ich weiß nicht. Aber der Mord muss doch einen Grund haben, nicht Irrsinn, eher lasse ich diese Sache hier nicht ruhen.«

»Nach dem, was ich darüber gelesen und in den Nachrichten gesehen habe, ist die Sache im Großen und Ganzen aufgeklärt. Man wartet nur noch auf die Verurteilung.«

»Dieser ganze Auftritt vor den Medien ist eine Farce! Als Erstes bekommt die Mordkommission einen Haufen falscher Geständnisse, deren Prüfung Zeit frisst, die für seriöse Nachforschungen genutzt werden könnte. Und dann verrät irgendein Idiot verdammt noch mal die Identität des Hauptangeklagten, woraufhin der junge Højlund mit einem Close-Up-Foto auf der Titelseite einer der größten Zeitungen des Landes landet.«

Sanne erinnerte sich deutlich an das Foto und die fetten Großbuchstaben, die auf sämtlichen Titelseiten prangten: ZUR STRECKE GEBRACHT stand über Mads Højlunds Gesicht. Pia Thomsen hatte vor Erleichterung geweint. Aber kurze Zeit später wurde die Erleichterung von der Frage nach dem »Warum« abgelöst. Eine Frage, auf die Sannes Klientin wahrscheinlich nie eine zufriedenstellende Antwort bekommen würde, und die jetzt schon dieses alles überschattende Gefühl von Sinnlosigkeit ausgelöst hatte, das Pia Thomsen innerlich zu zerfleischen drohte.

»Es sieht nicht so aus, als würde Tange allzu sehr daran zweifeln, dass er den Mörder gefasst hat«, sagte Sanne.

»Nee, er reitet ja geradezu auf einer Welle der Begeisterung, und es würde mich nicht wundern, wenn er selbst das alles so inszeniert hätte. Erst die Enthüllung von Mads Højlunds Identität, natürlich als in der Bevölkerung schon die vollkommen absehbare Lynchstimmung herrschte, und dann diese selbstherrlichen Interviews, in denen er ganz klar macht, dass er die Sache persönlich aufgeklärt und den Mörder hinter Schloss und Riegel gebracht hat, oder wie ein Journalist es ausdrückte: ›Er hat den Kindermörder gefangen.‹ Den sie im Gefängnis vermutlich gerade zu Brei schlagen.«

Sanne betrachtete Møller und versuchte einen jener Momente höchster Konzentration zu erreichen, in denen ihre Sinne geschärfter waren, in denen sie gewisse Dinge spüren konnte, ohne dass Worte nötig gewesen wären. War Möller einfach rasend vor Wut, oder hatte er eine Spur? Leider hatte sie keine überraschende Eingebung, sie musste also mit gewöhnlicher Logik und Einschätzung arbeiten.

»Sanne, wir sind gezwungen, selbst Ermittlungen anzustellen. Mein Assistent ist darüber unterrichtet und mit dabei, er sollte jeden Augenblick kommen. Du musst hierbleiben und ihn treffen, dann legen wir los«, sagte Møller.

Das kann ich unter keinen Umständen, dachte Sanne und sah Pia Thomsen vor sich im Klientenzimmer, während das Rascheln des Papiers in Møllers Hand in ihren Ohren knisterte. »Was hältst du da in der Hand?«

»Eine grenzenlose Frechheit«, antwortete Møller und seine Stimme wurde mit jedem Wort ein bisschen lauter. »Erst schnappt Tange sich die Sache, weil … ja, das musste er wohl, alles in allem betrachtet, aber dann … Selbstverständlich nutzt er die

Gelegenheit aus, um sein Speichelleckerkonto zu füllen. Er ist verdammt noch mal, während der Chef der Mordkommission im Urlaub ist, zum Leiter der ganzen Abteilung ernannt worden!«

»Es musste ja so kommen, Møller, bleib ruhig.«

»Verstehst du nicht, dass er mein Vorgesetzter ist?!«

»Es hätte genauso gut andersrum kommen können«, wandte Sanne ein. Sie musste versuchen, ihn zu beruhigen.

»Aber das ist es nicht!«

»Es war nur eine Frage der Zeit, bis einer von euch …«

»Tange!«, rief Møller und fuhr mit rotem Gesicht fort: »Und dann schreibt der Volltrottel, die taubste aller tauben Nüsse, dass es ihn und die übrige Leitung freue, dass ich mich auf dem Weg der Besserung befinde, man aber nach reiflicher Überlegung beschlossen habe, dass ich nach eventueller Gesundmeldung nicht unmittelbar zur Mordkommission zurückkehren werde, sondern mit einem Halbjahres-Job in Skåne anfange!«

»Job in Skåne?«

»Fundsachen«, sagte Møller knapp und direkt, sodass das Wort einen Augenblick lang alles umzuwerfen und den Raum vom Boden bis zur Decke auszufüllen schien.

Sanne sah Tange vor sich, wie er auf der Polizeiwache bei der Mordkommission triumphierend Befehle gab und Ermahnungen aussprach. Dann: Møller, in einem muffigen Kellerbüro in Kopenhagen-Vanløse über eine verirrte Postsendung gebeugt. Und jetzt gerade vor Aufregung bebend im Bett an ihrer Seite.

»Wir nehmen meine Wohnung als Basis«, hörte Sanne sich selbst sagen.

Møller blickte sie verdutzt an, ein Ausdruck, den sie zuvor noch nie bei ihm gesehen hatte. Er wirkte nicht wirklich begeistert, sagte aber dann, nach einem kurzen Moment: »Ja, ja, sagen wir das mal so. Aber koordiniert wird von hier aus, bis ich aus dem Krankenhaus entlassen bin«, sagte er und verlieh seinen Worten Nachdruck, indem er mit dem Zeigefinger gegen die Bettkante klopfte.

Møller richtete sein Kissen im Rücken und lächelte, als er ein kurzes Klopfen an der Tür hörte, woraufhin Martin den Raum betrat. »Das ist Sanne Berg, die beste Kriminalpsychologin des Landes«, sagte Møller direkt und deutete auf sie. Martin nickte Sanne zu, die darauf verzichtete, Møller zu korrigieren. Er kam auf Sanne zu und streckte ihr die Hand entgegen.

Møller fuhr fort: »Und das ist Martin Sørensen, mein junger Assistent.« Man schüttelte einander die Hand. »Und Judo-Experte«, fügte Møller mit einem Grinsen hinzu, was die etwas angespannte Stimmung auflockerte, wenn Martin auch etwas verwirrt reagierte. Eine Krankenschwester warf einen Blick hinein und fragte, ob alles in Ordnung sei und ob die Besucher auch eine Tasse Kaffee wollten.

Møller hatte das Personal via Else mit einigen Tüten Kaffee versorgt, als er entdeckt hatte, wie man im Krankenhaus auf dem letzten Loch pfiff; einen kleinen Muntermacher konnte sowohl das Personal als auch seine Kollegen gut vertragen.

Sanne und Martin bejahten und folgten der Krankenschwester auf den Gang zu dem Servierwagen mit den Getränken.

Møller überkam ein Gefühl der Zufriedenheit, als er die beiden gemeinsam den Gang hinunter verschwinden sah, wohl wissend, dass sie bald zurück sein würden. Das Rennen war noch nicht vorbei. Im Gegenteil. In wenigen Augenblicken würden sich drei mit ihrer geballten Erfahrung an die Arbeit machen. Als Team.

Møller konnte es kaum erwarten loszulegen, als sie wieder auftauchten. Martin hielt Sanne die Tür auf, die zwei volle Kaffeebecher balancierte. Den einen stellte sie auf Møllers Nachttisch und setzte sich wieder auf den Stuhl an seiner Seite. »Nun, Martin, lass uns die Sache angehen«, sagte Møller. Martins Wangen bekamen Farbe und er richtete sich auf seinem Stuhl auf.

Sanne machte Platz, sodass er neben sie rutschen konnte, ein wenig näher an Møller heran. »Ähm, Möglichkeit, Mittel, Motiv«, fing er an.

»Zuerst einmal wollen Sanne und ich nur eine generelle Zusammenfassung von allem, was wir haben.«

»Okay«, sagte er und räusperte sich. »Ein Mädchen von zweieinhalb Jahren wird gegen circa 6 Uhr morgens in der Tageseinrichtung Kinderbastion in Christianshavn tot aufgefunden. Die Tote ist an den Knöcheln gefesselt und mit dem Kopf nach unten aufgehängt worden, sodass, ähm … Ja, also ihr Kopf steckte in einem Eimer, der mit Wischwasser gefüllt war.«

»Wischwasser?«, wiederholte Sanne.

»Ja, den Technikern zufolge hatte man mit dem Wasser den Boden gewischt, bevor man das Mädchen … Sie sagen, der Tatort sei geradezu ›klinisch rein‹ gewesen.«

»Interessant«, sagte Sanne und sah zu Møller hinüber. Aufwischwasser, darauf sind wir doch noch nicht gestoßen?«

»Wir«. Møller freute sich. Er war kurz davor gewesen, die Hoffnung aufzugeben, was sie beide betraf. Wäre der verdammte Herzinfarkt nicht gewesen, hätten sie einander vielleicht nie mehr wiedergesehen, geschweige denn zusammengearbeitet.

»Du hast Recht«, sagte er. »Das ist uns neu. Mach nur weiter, Martin.«

»Die Rechtsmediziner sagen, dass der Tod zwischen 3 und 4 Uhr eingetreten ist«, fuhr Martin fort. »Die Todesursache war Ersticken.«

»Ersticken oder Ertrinken?«, fragte Sanne.

»Ertrinken«, antwortete Martin. »Die Lungen waren mit Wasser gefüllt.«

»Gab es Spuren eines sexuellen Übergriffs?«, fragte Sanne. »Vaginale oder anale Penetration, Fissuren?«

»Nein, nichts in der Richtung, auch keine Spermaspuren. Es handelt sich wohl nicht um ein Sexualverbrechen.«

»Es sei denn, der Mörder stand daneben und sah zu und erfuhr dadurch seine Befriedigung«, sagte Sanne und sah Møller an.

»Der Rechtsmedizin zufolge ist das Mädchen nicht sofort ertrunken«, fuhr Martin fort. »Sie meinen, dass sie mehrere

Male hochgezogen und wieder abgesenkt wurde, es gibt Hautabschürfungen an den Knöcheln. Jedes Mal, wenn sie in den Eimer getaucht wurde, hat sie Wasser anstelle von Sauerstoff eingeatmet. Kann er wirklich dagestanden und ... bis er ... Ist es möglich, dazustehen und ...?«

»Dazustehen und mit der einen Hand am Seil zu ziehen und mit der anderen zu onanieren«, half ihm Møller. »Ja, Martin, nichts ist unmöglich.« Einen Augenblick senkte sich Stille über Zimmer fünf. Sie nippten an ihrem Kaffee.

»Nichts ist unmöglich«, wiederholte Sanne und stellte ihre Tasse ab, »insbesondere mit ein bisschen Übung.«

»Übung«, wiederholte Møller nachdenklich und stellte seine Tasse auf den Nachttisch.

»Denkst du, dass der Eimer, das Wasser und diese Hebevorrichtung quasi seine Signatur sein könnten?«

Møllers Worten folgte ein kurzes Schweigen, während Sanne von einem zum anderen blickte. »Habt ihr nach ähnlichen Fällen gesucht? Oder nach etwas, das auch nur ein bisschen an das hier erinnert?«, fragte sie.

»Man hat nichts gefunden«, sagte Martin.

»Sanne, du willst doch hoffentlich nicht andeuten, dass es sich hierbei um den Beginn einer Serie handeln könnte?«, fuhr Møller fort.

»Ein Serienmörder?«, fragte Martin.

»Wir müssen mehr Fakten sammeln und das Ganze analysieren«, sagte Sanne. »Und dann gibt es noch die Möglichkeit, dass es sich um eine Inszenierung handelt.«

»Ein Versuch, das Verbrechen zu verschleiern«, fügte Møller an Martin gewandt hinzu, »in der Hoffnung, uns auf eine falsche Fährte zu locken, unsere Aufmerksamkeit vom Mörder abzulenken.«

»Ja, der Täter«, sagte Sanne, »oder der Täterin.«

Martin stellte seine Tasse ab. Ähm, soll ich weitermachen?«

»Martin, ich will keine weiteren Ähms mehr hören«, sagte Møller und richtete sich auf, sodass er etwas höher saß. »Wir sind ein gleichwertiges Team, und du trägst bei, was du beitragen kannst, und sprichst frei raus. Rede nur weiter, du schlägst dich gut. Aber ohne weitere Ähms, bitte.«

»Die pädagogische Hilfskraft Mads Højlund findet das Opfer, das er unmittelbar nach seiner Ankunft mit einem Messer, das er aus der Küche der Einrichtung holt, von dem Balken runterschneidet.«

»Soll das heißen, dass wir kein Foto vom Opfer am Tatort haben, auf dem es noch dort hängt?«, fragte Sanne. »Leider nein«, antwortete Møller. »Wir haben nur Bilder, auf denen sie auf dem Boden liegt. War da übrigens nicht etwas mit einer roten Mütze neben dem Eimer?«

»Ja, hellrot«, antwortete Martin.

»Eine hellrote Mütze«, sagte Sanne. »Falls wir es wirklich mit einem Serienmörder zu tun haben, kann sich das durchaus als seine Signatur erweisen, und das würde bedeuten …«

»Ich glaube nicht, dass das ein eindeutiger Hinweis ist. Die Mütze gehört der großen Ida«, sagte Martin.

»Der großen Ida?«, wiederholte Sanne.

»Die hatte ich vollkommen vergessen«, sagte Møller. »Kann es sich um ein Versehen handeln, das falsche Mädchen?« Sanne sah die beiden fragend an. »Das müssen wir untersuchen«, sagte Møller. »Mach nur weiter, Martin.«

»Einen Augenblick«, sagte Sanne. Pia Thomsen hatte mehrere Male gesagt, dass ihre Tochter an einem Balken an der Decke hing, aber zu keinem Zeitpunkt erwähnt, womit sie aufgehängt worden war. Sanne hatte einen fast unbändigen Drang verspürt zu fragen, sich aber beherrscht. Die Therapie diente den Bedürfnissen des Klienten und nicht dazu, die Neugierde des Psychologen zu befriedigen. Jetzt hatte sie einen anderen Auftrag.

»Woran hing sie eigentlich? An einem Gürtel, einem Kabel, einem Tau?«, fragte Sanne.

»Sie hing an einem Seil«, sagte Møller und sah einen Augenblick lang so aus, als würde er von einem tiefen Unbehagen erfüllt. »Und ihre Hände waren mit unseren eigenen Kabelbindern auf den Rücken gefesselt.«

»Sie sind ziemlich beliebt«, warf Martin ein. »Sie haben die traditionellen Handschellen ersetzt; sie sind dauernd im Einsatz, zum Beispiel bei den großen Demonstrationen in Kopenhagen. Soll ich weitermachen?« Møller nickte. »Unmittelbar danach kommt die stellvertretende Leiterin. Sie sieht das Opfer und gleichzeitig Mads Højlund mit einem Messer. Sie gerät in Panik und flüchtet. Højlund gerät vermutlich ebenfalls in Panik, verfolgt sie und holt sie ein, ergreift ihr Haar, zieht sie zurück, dann stürzen aber beide zu Boden und er verliert das Bewusstsein. Die stellvertretende Leiterin schlägt Alarm, wir kommen.«

»Was sagen übrigens die Rechtsmediziner und die Techniker?«, fragte Møller.

»Rund um die Leiche ist wirklich sauber gemacht worden, aber ansonsten gibt es DNS-Spuren von allen, die in der Institution arbeiten und die sich dort bewegen. Noch hat niemand den Test verweigert, aber zusammen mit den Eltern und allen Mitarbeitern sind es ziemlich viele.«

»Und auf Klein-Ida«, sagte Sanne, »auf dem Opfer?«, korrigierte sie sich selbst.

»Man hat sowohl DNS als auch andere Beweise dafür gefunden, dass Højlund und das Opfer nahen Kontakt gehabt haben.«

»Wie ›nahen Kontakt‹?«, fragte Sanne.

»Da waren sowohl DNS als auch Hautpartikel von den Knöcheln des Opfers an Mads Højlunds Händen und Handschuhen. Und andersrum. Was mit seiner merkwürdigen Erklärung übereinstimmt«, sagte Møller. »Anstatt die Alarmzentrale anzurufen oder das Mädchen sofort da runterzuholen, nahm der junge Mann sich die Zeit, um rauszugehen und sich Handschuhe anzuziehen. Eine ziemlich ungewöhnliche Reaktion.«

»Er stand unter Schock«, warf Sanne ein. »Eine akut eintretender Zustand der Lähmung, der ihn dazu brachte, komplett irrational zu handeln.«

»Ja«, sagte Møller. »Wenn es nicht Teil eines eiskalten Plans und außerordentlich wohlüberlegt war.«

»Er hat erklärt, also nachdem Tange übernommen hatte, dass er zunächst versuchte, das Mädchen ohne Handschuhe abzubekommen, dann aber auf die Idee kam, doch welche anzuziehen.« »Ja, ja«, sagte Møller, »lass hören, was du sonst noch hast.« »In Hinblick auf die DNS hat Tange auch eine Untersuchung des Reinigungspersonals veranlasst«, fuhr Martin fort. »Es hätte ja sein können, dass einer von ihnen schon wegen etwas … ähm, Ähnlichem erfasst wurde. Leider handelt es sich um ein großes Unternehmen, das sich oft freier Mitarbeiter und Aushilfen bedient, insbesondere Flüchtlinge und Einwanderer. Bei der Firma herrscht Chaos in den Papieren, wir können uns bei ihren Angaben, wer wo sauber gemacht hat, nicht hundert Prozent sicher sein. Sie beschäftigen offensichtlich einen Teil Schwarzarbeiter. Das führt auch dazu, dass die registrierten Mitarbeiter ihre eigene, alternative Arbeitsorganisation errichtet haben, mit sowohl wechselnden Teams als auch einem Rotationssystem, das wir bisher noch nicht durchschaut haben.«

»Du hältst uns auf dem Laufenden«, sagte Møller. »Die Alibis des Personals für die Nacht?«

»Sie haben de facto allesamt ein glaubwürdiges Alibi«, sagte Martin. »Mit Ausnahme von Mads Højlund.«

»Was meinst du mit ›de facto‹?«, fragte Sanne.

»Also, wir sprechen ja von ›mitten in der Nacht‹, die meisten lagen im Bett und schliefen, wie ihre Mitbewohner, Partner und Familien bestätigen.«

»So glaubwürdig, wie sowas halt ist«, sagte Sanne. »Es gibt wohl auch einige Singles?«

»Ja, aber nicht viele. Da sind zwei junge Mädchen, eine frisch ausgebildete Pädagogin und eine Hilfskraft, Pernille und Sofie. In jener Nacht haben sie beide außerhalb übernachtet.«

»Pernille und Sofie«, wiederholte Sanne die Namen für sich selbst, um sie in ihrem Gedächtnis zu speichern.

»Ja«, fuhr Martin fort, »und dann gibt es …«

»Außerhalb übernachtet«, unterbrach Møller, »zwei junge Mädchen, was soll das heißen?«

»Sie waren wohl in der Stadt und haben sich mit irgendjemandem getroffen«, antwortete Sanne.

Martin nickte bestätigend. »Ja, da gibt es wohl nicht wirklich viel herauszuholen«, sagte er.

»Sicher«, wiederholte Møller.

»Tange selbst hat mit ihnen gesprochen«, sagte Martin. »Ja, ja«, sagte Møller. »Und die übrigen?«

»Ja, da ist Marie, die Alte, die das Essen kocht. Sie lebt allein, aber ihr Alibi ist auch in Ordnung.«

»Sie ist vielleicht auch in der Stadt gewesen und hat sich mit jemandem getroffen«, sagte Møller.

»Nein, sie hat draußen am Südhafen geschlafen, wegen eines Wasserschadens in ihrer eigenen Wohnung.«

»Warum in Sydhavnen?«, fragte Sanne.

»Dort wohnt Frederik.«

»Frederik?«, wiederholte Sanne.

»Ja, da gibt's auch nichts rauszuholen, ich war selbst draußen und habe mit ihm geredet.«

»Aber wer ist Frederik?«, hakte Sanne ungeduldig nach.

»Frederik ist Maries Sohn, Entschuldigung«, sagte Martin.

»Also noch ein wunderbares Familienalibi«, konstatierte Sanne trocken.

»Okay«, sagte Møller und nickte Martin zu, »mach weiter.«

»Die Stellvertreterin hatte Besuch von ihrer Schwester aus Knudstrup … oder war es Svenstrup? Es ist auf jeden Fall bestätigt und von Tange selbst als glaubwürdig befunden worden. Sie hat sich im Übrigen krank gemeldet und gekündigt. Also bleibt nur die Leiterin, sie war mit einigen Freundinnen in London.«

»Und das ist auch bestätigt?«, sagte Møller.

»Ja«, antwortete Martin. »Das heißt … Sie hat keine Reisedokumente; da war irgendwas damit, dass ihre Tasche gestohlen wurde.«

»Das muss man doch auch auf andere Art checken können«, sagte Sanne.

»Ja, ich denke, das hat Tange auch gemacht. Im Übrigen wurden sowohl die Reise als auch der Diebstahl von ihren Freundinnen bestätigt.«

»Hmm«, machte Møller, während er sich nachdenklich mit dem Zeigefinger über die kleine Narbe am Kinn fuhr.

»Entschuldige, dass ich das sage ...«, setzte Martin an.

»Du sollst dich nicht entschuldigen«, unterbrach ihn Møller. »Wie ich schon gesagt habe: Wir sind ein gleichwertiges Team.«

Martin räusperte sich und richtete sich auf seinem Stuhl auf. »Okay, Tange ist nicht mein Liebling, und im Augenblick läuft nichts bei uns in der Abteilung wirklich optimal. Aber er hat ein paar Punkte.«

»Nun, das ist deine Meinung. Lass mich hören«, sagte Møller.

»Also, es gibt noch einen Grund, warum Mads Højlund im Untersuchungsgefängnis im Vestre sitzt. Zunächst wirkt er nicht normal hier drin«, sagte Martin und tippte sich mit dem rechten Zeigefinger an die Schläfe.

»Das sind viele nicht«, sagte Sanne.

»Ja, aber das gewalttätige Verhalten ... Und das sage ich nicht, weil er mich vor dem Rigshospital angegriffen hat, da war auch noch das mit der stellvertretenden Leiterin ... Dann sind da die Handschuhe ... und im Übrigen auch unsere Kabelbinder, mit denen Ida gefesselt war. Am Abend vor der Tat war Mads selbst zwischenzeitlich mit derselben Art Binder gefesselt worden. Da waren Spuren an seinen Handgelenken, das Ganze ist untersucht worden. Tange meint, es könnte sich um eine heftige Wutreaktion handeln, die dann zu einer Art Rache ausgeartet ist, die bei jemandem, der damit zurechtkommt, wohl verflogen wäre.«

»Interessant«, sagte Sanne.

»Ich wusste nicht, dass Mads Højlund gefesselt gewesen ist.«

»Er kann auch sein Verhalten nicht vernünftig rechtfertigen«, fuhr Martin fort.

»Kann er nicht wie alle anderen einfach geschlafen haben?«, sagte Møller. »Es geht um einige wenige Stunden, nachdem er den

Assistens Kirkegård Friedhof verlassen hatte. Meinst du, er könnte es geschafft haben, das Mädchen zu entführen, um sie dann ...«

»Augenblick«, sagte Martin. »Es ist so, dass der Assistens Kirkegård nachts überhaupt nicht geöffnet ist.«

»Was meinst du mit nicht geöffnet?«

»Er ist abgeschlossen«, sagte Martin. »Tange hat das selbst gecheckt.«

»Tange, Tange, Tange«, sagte Møller entnervt.

»Time out«, sagte Sanne. »Lasst uns ein paar Minuten Pause machen.« Es brummte in Martins Tasche. Er versuchte es zu ignorieren, aber es schien sich um einen sehr hartnäckigen Anrufer zu handeln.

»Irgendwas vibriert da unten«, sagte Sanne und nickte in Richtung seiner Hosentasche.

»Geh nur ran, aber fasse dich kurz«, sagte Møller. Martin beendete sein Gespräch zügig und sah erst Møller an, und dann Sanne. »Ja, also, das war Tange, das Vestre hat ihn soeben kontaktiert.« »Und?«, sagte Møller. »Mads Højlund hat den Mord an Ida Thomsen gestanden.«

»Zum Teufel!«, brach es aus Møller heraus.

»Er ist bereit, ein umfassendes Geständnis abzulegen«, fuhr Martin fort. »Ich muss auf die Polizeiwache und einige Papiere vorbereiten.«

»Was zur gottverdammten Hölle noch mal ...!« »Ich will mit Mads Højlund reden«, sagte Sanne.

»Martin, besorg eine Besuchsgenehmigung fürs Vestre, imediamente!«

»Imedia...?«

»Hier und jetzt, sofort«, übersetzte Sanne, überrascht von Møllers brasilianisch-portugiesischem Einschub.

»Und Martin, dann fährst du Sanne da raus«, sagte Møller resolut, »bevor du selbst zur Polizeiwache weiterfährst.«

»Ich bin mit dem Fahrrad hier«, sagte Sanne.

»Packt es in den Kofferraum. Ich will, dass du da drin bist, bevor Tange mit ihm redet. Worauf wartet ihr, raus mit euch!«

»Gute Besserung«, sagte Sanne.

»Und kein Wort zu Tange!«, rief Møller Martin nach.

19

Es hatte Martin nur zwei Anrufe gekostet, alle Formalitäten rund um Sannes Besuch im Vestre-Gefängnis zu klären. Kein Zweifel, jetzt befand er sich auf seinem Terrain, wie er da hinter dem Lenkrad saß. Sein zufriedenes Lächeln deutete an, dass er in diesem Augenblick sowohl das Auto als auch den Lauf der Dinge lenkte.

Sanne war sich nicht sicher, was zum Teufel sie da eigentlich machte. Ausgehend von ihrem Berufsethos konnte sie nicht an einer inoffiziellen Untersuchung des Mordes an der Tochter ihrer Klientin teilnehmen. Oder konnte sie das sehr wohl, solange es bloß inoffiziell war und sie es für sich behielt? Sie hielt es auf jeden Fall nicht aus, dabei zuzusehen, wie Møller aller Ehre und allen Respekts beraubt wurde, von Tange gebrochen.

Sanne versuchte, sich auf dem Sitz neben Martin zu entspannen. Sie fuhr nicht gerne selbst, sie reagierte zu empfindlich auf all die Anforderungen im Straßenverkehr. Sie fuhr, wenn sie unbedingt musste, aber immer mit dem Gefühl, um einen hohen Einsatz zu spielen: Sie gewann, wenn sie es an ihr Ziel schaffte, ohne sich selbst und andere zu verletzen; sie verlor, wenn sie die Menschen, die ihr unterwegs begegneten, verkrüppelte oder umbrachte.

Sie betrachtete Martin und registrierte seine Hand am Lenkrad, die sicheren Spurwechsel, die Zufriedenheit in dem eigentlich recht gutaussehenden Gesicht, die ausdrückte: Jetzt sitze *ich* auf dem Fahrersitz.

»Irgendwas sagt mir, dass Mads' Geständnis falsch ist«, hörte Sanne sich selbst sagen.

»Vielleicht«, sagte Martin, während er den Verkehr im Seitenspiegel checkte und zum Überholen ansetzte. »Einen Bankraub kann man nachvollziehen«, fuhr er fort, »aber sowas hier, Mord an Kindern … wildfremde und unschuldige Kinder, ich begreife es einfach nicht. Und wir hier sind zu nachsichtig, völlig unzeitgemäß, wohingegen in den USA …«

»Willst du die Todesstrafe in Dänemark haben?«, unterbrach Sanne ihn.

»Ich weiß nicht, darauf wollte ich nicht hinaus. Ich verstehe auf jeden Fall nicht, wie sich jemand so etwas ausdenken kann«, sagte Martin, während er aufs Gaspedal trat und auf die Überholspur wechselte. »Was zur Hölle bringt Leute dazu?«

Sanne hatte über die Jahre ihre Lektionen gelernt, angefangen beim Bürgerkrieg in Ex-Jugoslawien, über dysfunktionale Familien, bis hin zu einsamen Desperados, narzisstisch gestörten Persönlichkeiten und ausgesprochenen Psychopathen – sie wusste, dass das Böse unter den »rechten Umständen« grenzenlos sein konnte. Doch es fiel ihr noch immer schwer nachzuvollziehen, wie unermesslich das Böse sein musste, um auf diese Weise ein zweieinhalbjähriges Mädchen zu ermorden. Umso wichtiger war es, in Bezug auf das Motiv offen zu sein.

»Es gibt reichlich Motive«, sagte sie. »Sex, Geld, Hass, Rache, Macht, Liebe, Eifersucht, Wahnsinn … ja, sogar Trauer.«

»Wir reden von einem kleinen, unschuldigen Mädchen!«

»Ja, das ist schrecklich. Aber wenn man die Beweggründe erst einmal kennt, ist es oftmals gar nicht so unerklärlich«, sagte Sanne und spürte sofort den nagenden Zweifel. Wen versuchte sie hier zu überzeugen?

Martin atmete etwas tiefer ein und konzentrierte sich aufs Fahren und auf den leicht schlingernden Lastwagen vor ihnen.

Sanne dachte darüber nach, ob ihr jetziger Kenntnisstand über den Mord an dem kleinen Mädchen etwas über das Alter des Täters verraten konnte – jung, im mittleren Alter, schon älter?

Wies etwas auf eine Variante des klassischen, perversen Kindermörders hin, fragte sie sich selbst.

Oder waren das Szenario und die ganze widerliche Tat eher ein extremer Ausdruck einer hemmungslosen Zeit, in der die innere

Zensurinstanz des einzelnen Menschen in immer höher werdendem Grad vom Kurs abwich?

Beim alten Freud war das Über-Ich eine der drei Hauptinstanzen der Persönlichkeit. Es war so etwas wie das Gewissen und hatte eine sowohl leitende, kontrollierende und urteilende Funktion inne. Es half dem Individuum, zwischen richtig und falsch zu unterscheiden.

Das Über-Ich war vollständig mit den Autoritäten verbunden, die bereits während der kleinen Jugendrevolten, in deren Kielwasser Sanne selbst regelmäßig geschwommen war, eins auf die Mütze bekommen hatten. Die Freiheit und all die neuen Möglichkeiten hatte sie so sehr genossen, dass sie die 68er oft noch heute in Gedanken dafür abküsste.

Dennoch war sie über den Autoritätsverlust heutzutage mitunter besorgt. Die Zeiten hatten sich geändert. Der Traum, Grenzen zu sprengen, um eine bessere und gerechtere Welt zu errichten, war schon lange als naiv abgestempelt und in Rente geschickt worden.

Jack behandelte das Thema in seinem Romanprojekt, aus dem er Sanne ab und zu Auszüge vorlas. In einem Feuilletonartikel, den die Zeitschrift Politiken gebracht hatte, ging er direkt zum Angriff über und schrieb, dass der Idealismus durch einen grenzenlosen Egoismus ersetzt worden war, in dem jedem seine eigenen Bedürfnisse am nächsten waren, wie hoch auch immer die Kosten für andere sein mochten. Er argumentierte darüber hinaus, dass die Lebensfülle, die frühere Generationen zum Beispiel in Freundschaften gesucht hatten, durch Business-School-Denken mit Fokus auf schnellen Gewinn und die eigene Zufriedenheit hier und jetzt ersetzt worden war.

Der Trend der Zeit habe nun ernsthaft Fahrt aufgenommen, schloss Jack, da Kapital und Materialismus nicht nur den Platz eines neuen Gottes eingenommen, sondern auch die gesellschaftliche Gemeinschaft, die zwischenmenschliche Solidarität – all das, was ein Menschenleben zu etwas Besonderem, zu mehr als nur dem eines Tieres auf dem Weg zur Schlachtbank machte – auf einen großen Marktplatz mit zwei dominierenden Mantras reduziert hatte: Ich, ich, ich und Geld, Geld, Geld. Na ja, Jack war Jack, mit seinen lichten wie seinen finsteren Gedanken, an einem Tag flog er hoch oben, am nächsten tauchte er tief hinunter. Dennoch dachte Sanne nun darüber nach, ob sie, ausgehend von Jacks Analyse, eine Art Verständnis aufbringen konnte, etwas, das sie bei der Aufklärung dieses fürchterlichen Verbrechens weiterbrachte. Es könnte gut und gerne von einem jüngeren Mann oder von jemandem aus Jacks eigener Generation vollbracht worden sein.

»Na«, sagte Martin, als er in den Rückspiegel und dann weiter zu Sanne blickte, »hältst du ein Nickerchen?«

»Nein, ich bin nur ein bisschen in mich gegangen«, sagte Sanne.

Martin konzentrierte sich wieder auf den Verkehr und signalisierte dem Lastwagen vor ihnen mit der Lichthupe, dass er die Spur freimachen sollte. Danach glitt sein Blick wieder rauf zum Rückspiegel, weiter über Sanne und zurück auf die Straße.

Sanne merkte, wie müde sie in Wirklichkeit war, aber sie wurde auch von einer behaglichen Wärme durchströmt. Als Martin einen Augenblick lang zuließ, dass sein Blick die Fahrbahn verließ und zu ihr hinübersah, zuckte sein großer Halsmuskel ganz kurz hervor, so, wie sie es von Sam kannte, damals, bevor das Unglück alle positiven Gefühle ausgelöscht hatte und nichts übrig geblieben war außer Zorn und Verzweiflung. »Endlich!«, rief Martin aus, als der Lastwagen vor ihm auf seine Lichtsignale reagierte und die Überholspur frei machte, »ich konnte nichts sehen.«

»Ja, es ist irritierend, wenn einem die Sicht versperrt wird«, sagte Sanne.

»Bereits vor der Kinderbastion wirkte Mads Højlund auf mich irgendwie … wahnsinnig«, fuhr er fort.

»Inwiefern wahnsinnig?«

»Als wäre er in einer anderen Welt. Oder auf jeden Fall zum Teil. Plötzlich beginnt er einfach so, diese Gedichte aus dem Französischunterricht im Gymnasium zu zitieren. Dann war da etwas, woran er sich nicht erinnern konnte und er fragte mich danach, als wären wir Platznachbarn in einer Schulklasse. In dem Moment habe ich nicht darüber nachgedacht, ich war beschäftigt und übersetzte einfach.«

»Was hast du übersetzt?«

»Schnee, er konnte sich nicht daran erinnern, was das auf Französisch heißt. Danach kam es mir ein wenig merkwürdig vor. Du findest die Leiche eines kleinen Mädchens, erstickt und ertränkt, in einem Eimer an deinem Arbeitsplatz, und kurze Zeit später stehst du da und flippst aus und zitierst französische Gedichte, weil es zu schneien beginnt.«

»Das hört sich etwas sonderbar an«, sagte Sanne.

»Da ist noch mehr«, sagte Martin. »Nicht, dass ich über ihn urteilen will, aber …«

»Sag es einfach frei raus.«

»›Sie taten mir ein wenig leid‹. Das hat er verdammt noch mal gesagt.«

»Wer tat ihm leid?«

»Die Kinder. Es ist doch merkwürdig, so etwas zu sagen. Aber das waren seine Worte. Er fand es traurig, dass sie bald Lebewohl sagen würden, er konnte es nicht ertragen, daran zu denken, und sie taten ihm leid.«

»Was hältst du davon?«, fragte Sanne.

»Also, vielleicht dass es so weh tat, dass er auf irgendeine wahnsinnige Art und Weise glaubte, dem Abschied ausweichen zu können, indem er Klein-Ida umbringt.«

»Deinem Zitat zufolge sagte er nicht Ida, sondern ›sie‹. Was ist mit all den anderen Kindern?«, warf Sanne spontan ein und erschauderte. Was, wenn Ida nun doch nur das erste und vielleicht zufällige Opfer in einer längeren Serie gewesen sein sollte.

»Die Frage ist berechtigt, aber wir haben ihn ja sofort geschnappt, weitere Morde dürften wir also verhindert haben.«

Ja, falls er es auch wirklich ist, dachte Sanne.

Martin fügte hinzu: »Es ist unter allen Umständen merkwürdig, so etwas zu sagen.«

»Ich bin froh, dass du das erwähnt hast. Psychische Leiden geben sich als Störungen in Denkweise, Gefühlen und Handlungen zu erkennen. Aber auch durch die Sprache.«

»Wie das?«

»Zum Beispiel in Form von »konkretem Denken«, also dem buchstäblichen Gebrauch von Worten ohne Rücksicht darauf, was ein bestimmter Begriff abdeckt.«

»Ach, sowas.«

»Gibt es noch mehr, was ich wissen sollte, bevor ich mit ihm spreche?«, fragte Sanne.

»Nein, gerade fällt mir nichts ein. Höchstens, dass das Fahrrad, auf dem Ida entführt wurde – ja, es gehörte ihrer Mutter, eins von diesen Lastenrädern mit Ladefläche, du weißt schon – einige Stunden nach dem Fund von Idas Leiche, aus Christianshavns Kanal gefischt wurde. Offenbar wurde es von der kleinen Brücke geworfen, die über Christianshavns Kanal führt, wie auch immer die heißen mag …«

»Snorrebrücke«, sagte Sanne.

»Na, du bist gut informiert«, sagte Martin. »Naja, ich wohne gleich dort bei der Brücke, an der Ecke Overgaden oven Vandet und Sankt Annæ Gade. Über dem Café, falls du das kennst, und dann ganz oben.«

»Geile Gegend«, nickte Martin. »Wir sind da. Kennst du den Weg hinein und das weitere Prozedere?«

»Und ob!«

20

Teufel noch mal, dachte Sanne, als sie das Polizeiauto wegfahren sah. Sie hatte vergessen, ihr Fahrrad mitzunehmen. Jetzt fuhr Martin mit ihm im Kofferraum herum. Möge er es nur bemerken, bevor er die Polizeiwache erreichte.

»Er ist sehr wütend«, sagte die Gefängnisbeamtin, die Sanne im Vestre-Gefängnis empfing.

Ihr Ton war direkt, an der Grenze zum Besserwisserischen und glücklicherweise nicht zu einem Gespräch aufgelegt.

Während Sanne registriert und durchsucht wurde, dachte sie daran, wie oft doch Kommunikation, die über mehrere Instanzen verlief, schiefging. Aus demselben Grund las sie niemals die Aussagen anderer Psychologen, Ärzte oder Sachbearbeiter über einen Klienten, bevor sie selbst mit dem Betroffenen geredet und sich einen Eindruck verschafft hatte. Auch unter Psychologen konnten Sachen aufgebauscht werden. Und war ein Mensch erst einmal diagnostiziert oder abgestempelt, reproduzierte diese Wertung des Augenblicks sich selbst gerne ins Unendliche, um ab und zu als unwiderlegbare Wahrheit in irgendeiner Akte zu enden, die den Einzelnen für den Rest seines Lebens verfolgen konnte.

Wie immer vor der Begegnung mit einem neuen Klienten versuchte Sanne deshalb, sich nun auch auf Sokrates zu stützen: »Ich weiß, dass ich nichts weiß.« Sie konnte es aus dem Effeff, und die Regel half ihr, sich von vorurteilsbehafteten Gefühlen und Gedanken zu befreien.

Zu ihrem Unwillen merkte sie, dass Sokrates heute nicht so griff. Während die Wartezeit im Besucherraum verstrich, bekam sie unfreiwilligen Besuch von Pia Thomsens schmerzerfüllter Stimme, die ihr vom Verlust von Klein-Ida erzählte. Einen Augenblick später plapperte ihre eigene kleine Sara in ihrer Wiege.

Sanne richtete sich auf. Sie musste sich konzentrieren und klar denken. Ihr ganzes Wissen über Mads stammte aus der Öffentlichkeit, von der Polizei und Pia Thomsen. Sie alle waren, auf ihre Weise, an der Sache beteiligt. Die Dinge liefen nicht rund. Mads war von ihr noch nicht angehört worden. Die ursprüngliche Quelle einer Aussage war immer vorzuziehen. Deswegen saß sie im Besucherraum des Vestre-Gefängnisses und wartete auf Mads Højlund. Sie wollte sich bemühen, ihn dort abzuholen, wo er sich mental befand.

Die Wartezeit wurde wieder zur Wiegezeit, dann wurde aus Saras Wiege der kleine Kindersarg, den Sanne nie gesehen hatte. Der Sarg, von dem sie morgens beim Aufwachen immer hoffte, er möge nur ein Bild von vielen des Albtraums der letzten Nacht sein, bei Tageslicht eine unwillkommene Fata Morgana. Der Sarg, der angeblich aus Kirschholz bestand.

»Bist du meine neue Anwältin?«

Mads stand in der Tür und wartete auf eine Antwort. Sie erkannte ihn aus den Zeitungen, war jedoch nicht darauf vorbereitet, dass er so groß war. »Nein, ich heiße Sanne, ich bin eine Freundin von Møller.«

Er trat einen Schritt näher, die Tür hinter ihm wurde geschlossen und abgeschlossen. Sanne stand auf und streckte die Hand aus.

Sie spürte den kalten Schweiß auf seinen Handflächen. Seine Augen waren leuchtend und blau, sein Blick durch die Zerbrechlichkeit des psychotischen Menschen verdichtet, der sich auf der Grenzlinie zwischen verletzlicher Dünnhäutigkeit und einer auf impulsiver Aggression basierenden Verteidigung bewegt.

»Møller? Ist er immer noch krank?«

»Ja, er liegt im Rigshospital.«

»Was ist mit ihm passiert?«

»Etwas mit dem Herzen, ein größerer Eingriff, er wurde operiert.«

»Nun ist es Tange, der … Warum bist du dann hier?«

»Ich bin hier, weil du ein Geständnis ablegen willst.«

Mads sah zum Licht hinter den Fenstergittern. »Naja, das.«

»Mads, ich weiß, dass du mich nicht kennst, und es muss dir merkwürdig vorkommen, dass ich einfach so herkomme.«

»Es ist sehr schön, Besuch zu bekommen. Aber warum?«

»Ich würde gerne mit dir reden.«

»Mich ausfragen oder mit mir reden?«

»Beides. Aber es liegt selbstverständlich an dir, ob du das willst.«

»Du darfst nicht mit ihr reden«, hörte Mads jemanden sagen, »und wir übernehmen keine Verantwortung für die Konsequenzen, falls du es doch tust!«

»Ich habe einen Vorschlag«, sagte Sanne. »Wir können beide fragen, was wir wollen, und wir versprechen, ehrlich zu antworten.

Im Gegenzug dürfen wir ›weiter‹ sagen, wenn etwas angesprochen wird, worauf wir nicht antworten wollen.«

»Ja, darauf können wir uns einigen.«

Mads wägte für und gegen ab. Die Drohung bezüglich der Konsequenzen klang nicht schön. Andererseits ... Mal abgesehen von seiner Anwältin war es lange her, seit er mit einer Frau allein gewesen war. Die hier wirkte recht nett und sah auch ziemlich gut aus, wenn sie auch im fortgeschrittenen Alter war, mindestens 40. Aber was zum Teufel wollte sie, worauf wollte sie hinaus? Ich tue es, zum Teufel, dachte Mads und sagte: »Lass es uns einfach versuchen.«

»Du stehst verdammt noch mal alleine da!«, ertönte es in Mads' Ohren.

»Gut. Willst du mich zuerst etwas fragen?«, schlug Sanne vor, um die Gegenseitigkeit zu unterstreichen und dadurch hoffentlich ein wenig Vertrauen zu gewinnen.

»Nein, ich habe das noch nie gemacht, es ist besser wenn du ...«

Er verschluckte den Rest seiner Worte, bewegte aber weiterhin seine Lippen. Sanne übernahm.

»Okay, Mads. Warum hast du das getan, warum genau hast du ...«

Mads zuckte, sodass Sanne sich unterbrach und ihre viel zu forsche Frage augenblicklich bereute. Bevor sie sie umformulieren konnte, antwortete er: »Was getan?«

»Gestanden.«

Mads blickte zu den Gittern vor den Fenstern. Draußen auf der anderen Seite hieß irgendein optimistischer Vogel den Frühling willkommen. »Jeder Vogel redet, wie ihm der Schnabel gewachsen ist«, sagte er. »Das sollten wir auch einfach tun«, sagte Sanne.

Sein Blick war immer noch auf die Gitter gerichtet, er bemerkte sie nicht. »Und dann fliegen sie allesamt weg«, sagte er.

»Mads, bist du hier mit mir? Oder singt dir gerade jemand etwas vor?«

Er sah Sanne wieder an. Sie war offenkundig nicht ängstlich, aber das hier war sicher zu gewagt. »Weiter!«

»Okay. Möchtest du mich etwas fragen?«

Er machte eine kleine Pause, in der seine Lippen sich erneut bewegten, ohne einen Laut von sich zu geben, und sein Ausdruck zwischen Überraschung und Furcht wechselte.

»Das sind keine Vögel«, sagte er dann, »da draußen läuft jemand herum und sendet Stimmen hinein.«

»Du hörst also Stimmen?«

»Nein, nicht ich höre sie. Sie sind da, mit voller Lautstärke, egal ob ich zuhöre oder nicht. Verstehst du? Selbst wenn ich taub wäre, wären sie da.«

»Wie viele sind es?«

»Ich weiß nicht, sie bewegen sich die ganze Zeit, ich kann sie nicht zählen. Jetzt kriege ich sicher Ärger, wenn du gegangen bist, sie wollen nämlich nicht, dass ich von ihnen erzähle.«

»Ärger mit den Stimmen?«

»Oder denen hinter ihnen.«

»Jemand steht hinter den Stimmen?«

»Darüber bin ich mir nicht immer ganz sicher, ob es nur Stimmen sind oder ob jemand dahinter steht. Denn warum, und wer sollte das sein?« »Dahinter … meinst du in deinem Kopf?«

Mads taxierte Sanne und sah sie an, als wäre sie schwachsinnig. Einen Augenblick lang befürchtete sie, ihn mit ihrer letzten Frage verloren zu haben.

»Dort ist dafür doch kein Platz! Logisch betrachtet muss es irgendwo jemanden geben, jemanden, der sie schickt, eine Stimme kann sich doch nicht einfach von selbst bewegen. Also, dann bestünde sie doch nur aus Schallwellen. Die hinter den Stimmen laufen frei umher und bestimmen alles Mögliche.«

»Bestimmen sie über dich?«

»Sie versuchen es. Aber gerade jetzt passiert nichts. Sie amüsieren sich wohl draußen.«

»Wie die Vögel?«

»Ne, im Augenblick fahren sie sicherlich in irgendwelchen Autos herum. Ich bin also nicht verrückt. Glaubst du mir nicht?«

»Doch, ich glaube, dass du durchlebst, was du mir erzählst. Ich könnte mir nur gut vorstellen, da etwas mehr nachzuforschen. Haben die Stimmen dich schon immer umgeben?«

»Nein, natürlich nicht«, sagte er. »Sie kamen erst in der 12. Klasse und blieben nicht so lange. Ich hatte sie in der Tat vergessen. Aber dann im Herbst …«

»Letzten Herbst?«

»Ja, letzten Herbst haben sie mir einige heimliche Grüße geschickt, als ich im Netz war. Aber niemand wollte mir glauben oder mit mir darüber reden, weder Nick noch der Arzt, noch die Ambulanz, an die der Arzt mich überwies. Ich sollte nur gehorchen und Medikamente nehmen, sie sagten, sie wüssten es schon am besten. Aber das taten sie nicht, und die Medikamente halfen überhaupt nicht, sie lähmten nur mein Hirn und machten das Ganze viel schlimmer. Dann habe ich glücklicherweise herausgefunden, dass Gold-Bier die hinter den Stimmen manchmal auf Abstand hielt. Sie mögen Bier nämlich nicht so gerne. Magst du Bier?«

»An einem warmen Sommertag trinke ich gerne mal ein kaltes Bier, ansonsten bevorzuge ich Wein. Kann ich noch mal nachhaken? Sie haben dich im Netz gegrüßt. Warst du auf irgendwelchen bestimmten Seiten?«

»Hauptsächlich auf Facebook, aber auch wenn ich einfach nur surfte.« Er errötete.

»Ungezogene Seiten?«, fragte Sanne.

Er blickte wieder zum vergitterten Fenster, ohne zu antworten.

»Sagen sie dir, dass du nicht mit mir reden sollst?«, fragte Sanne.

»Ne, jetzt gerade sagen sie nur, dass wir zurück zum Thema sollen. Dass ich dich etwas fragen soll.«

»Frag nur, wenn du willst.«

Er errötete wieder und sagte: »Wann hattest du zum letzten Mal Sex? Und mit wem?«

Sanne war sich völlig bewusst, dass mangelnde Aufrichtigkeit oft von psychisch Labilen registriert wurde, woraufhin das

Vertrauen und der Kontakt zerstört wären. Sie musste ehrlich sein oder »weiter« sagen, wie sie selbst angeregt hatte.

»Das ist eine Weile her. Im Dezember, mit einem Franzosen, der Gilles heißt.«

»Sex ist überall, aber Sex ist nicht alles«, antwortete Mads.

»Damit kannst du Recht haben«, sagte Sanne. »Darf ich jetzt fragen?« Mads nickte.

Sanne fuhr fort: »Da war etwas mit einem französischen Gedicht vor der Kinderbastion an dem Tag, als Ida gefunden wurde. Wie bist du darauf gekommen?«

»An dem Tag hat es zu schneien angefangen. *Neige.*« »Warum sagst du *neige*?«

»Das ist Französisch für Schnee.«

»Das weiß ich, aber warum sagst du es auf Französisch?«

»Das ist eine lange Geschichte.«

»Ich würde sie gerne hören.«

»Erst regnete es, das dachte ich jedenfalls, da musste ich an Verlaine mit seinem *pleut* denken, und an seinen Freund Rimbaud, er ist der größte … ›Die Moral ist die Schwäche des Gehirns‹!«

Die Art, wie Mads zitierte, erinnerte Sanne an einen Verkäufer, der mit seiner frohen Botschaft ein neues Produkt an den Mann zu bringen versuchte. Ist Mads im tiefsten Inneren ein bewusst amoralischer Mensch, der mir etwas vorspielt, dachte sie, oder ein kranker Mann, in den Wahnsinn getrieben von Tyrannen, die in seinem Kopf herumspuken? »Okay, Mads, also *pleut* für regnen …« »Ich wollte *pleut* durch schneien ersetzen, konnte mich aber nicht erinnern, was Schnee hieß, und dann half Martin mir.«

»Okay, aber warum gerade dieses Gedicht?«

»Das ist sehr logisch, weil Schnee nichts anderes ist als gefrorenes Wasser, das in Form von Schneeflocken als Niederschlag herunterkommt. Aber weißt du, dass die einzelnen Schneeflocken aus Eiskristallen bestehen, die sich niemals vollkommen gleichen?«

»Nein, das wusste ich nicht«, sagte Sanne.

»Mir gefällt das. Verstehst du, Schnee entsteht, wenn Wasserdampf in der Atmosphäre friert und daraufhin vom Himmel fällt – nicht so ›bumm‹ wie ein Eiszapfen, sondern ganz sachte – fällt und fällt, bis ganz runter auf die Erdoberfläche. Menschen sind auch nicht alle vollkommen gleich. Ich bin dran. Magst du Gedichte?«

»Ja, aber es ist lange her, seit ich eins gelesen habe.«

»Was ist das beste Gedicht, das du je gelesen hast?«

»Meine Mutter hat mir Shakespeares Sonette laut vorgelesen, als ich klein war.«

»Du hast seither keine Gedichte mehr gelesen, oder?«

»Im Gymnasium habe ich die gelesen, die auf dem Lehrplan standen, mehr aber tatsächlich nicht.«

»Ich wusste es! Ich konnte es dir anhören, als du deine Mutter erwähnt hast! Wenn man zu viel Muttermilch abkriegt, braucht man etwas anderes.«

Sanne wusste nicht, wo das hinführen sollte, ließ sich aber nichts anmerken und wiederholte bloß: »Etwas anderes …«

»Ja, Kälber zum Beispiel, die nur mit Milch aufgezogen werden, brechen sich oft die Beine. Sie brauchen noch etwas anderes. Ich bin wieder dran. Wann hast du zuletzt an Sex gedacht?«, fragte Mads.

»Auf dem Weg hierher«, antwortete Sanne und spürte ein warmes Prickeln in den Wangen.

»Das ist cool, dass du nicht die ganze Zeit ›weiter‹ sagst.«

»Ich möchte halt gerne mehr über dich erfahren«, erwiderte Sanne. »Darf ich wieder etwas fragen?« Er nickte.

»Warum, glaubst du, sind die Stimmen zurückgekehrt?«

»Die hinter den Stimmen. Sie sagten, dass ich ganz allein wäre und dass sie gekommen sind, um mir zu helfen, aber …« Er beugte sich zu ihr vor und flüsterte: »Sie stören mehr, als dass sie helfen.«

»Das kann ich mir gut vorstellen«, sagte Sanne.

Mads lehnte sich erleichtert zurück und betrachtete Sanne einen Augenblick, bevor er mit normaler Stimme fortfuhr.

»Jetzt willst du wissen, ob sie mir befohlen haben, dass ich Klein-Ida töten soll, nicht?«

»Falls du Lust hast, mir davon zu erzählen, würde ich es gerne wissen.«

»Das haben sie nicht, aber…«

Er schüttelte resigniert den Kopf und hielt inne. Seine Lippen zitterten.

»Aber?«, traute Sanne sich zu fragen.

»In diesen Tagen ist für mich einfach alles schiefgegangen.«

»Inwiefern schief?«

»Die Leiterin war ekelhaft und ist nach London gefahren, um Weihnachtsgeschenke zu kaufen. Die Stimmen sagten, dass ich sie töten sollte.«

»Soll das heißen, dass …«

»Ja, ein verficktes Weihnachtsgeschenk hat mich aus der Spur gebracht!«

»Das war vielleicht sehr gut.«

»Ich wollte die Worte nicht abwehren, ich war nur so müde von dem Ganzen, ich habe beschlossen, stattdessen zu verreisen, nur weg, vielleicht ins Ausland, nach Hause, den Alten besuchen.«

»Den Alten?«

»Mein Vater. Er ist auch allein. Abgesehen von den Schweinen.«

Sanne verspürte das Bedürfnis aufzustehen, zu Mads zu gehen und ihn zu umarmen, aber etwas in ihr hielt sie davon ab. »Und jetzt sitzt du hier«, begnügte sie sich zu sagen. »Ja, aber nicht mehr lange, ich komme bald raus. Erst Tange, dann vor Gericht und dann ganz raus.« Jemand klopfte an die Tür und rief: »Fünf Minuten!«

Mads sah Sanne mit seinen großen, blauen Augen erwartungsvoll an, als könnte sie zaubern und den Ruf »fünf Minuten!« in seinen Ohren einfach verschwinden lassen, damit sie ihr Gespräch ungestört in Ruhe fortsetzen konnten. Sie schien so interessiert an all dem, dass er darüber nachdachte, sie in die Sache mit dem Puzzlespiel im Kopf einzuweihen. Wenn er es ein Rätsel nannte, das gelöst werden musste, vielleicht verstand sie das.

Sanne war nicht ganz zufrieden mit sich selbst. Da waren so viele lose Enden, so viel, worüber sie nicht zu reden geschafft hatten.

Sollte sie die Chance nutzen und versuchen, ihm auf einer ganz anderen Ebene zu begegnen? Das wäre doch immerhin etwas.

Sie traf eine rasche Entscheidung und sagte: »Mads, unsere Stunde ist fast vorbei, sie werden mich gleich holen. Ich habe das Bedürfnis, bis dahin deine Hand zu halten. Darf ich?«

Ein Lächeln kräuselte zum ersten Mal seine Lippen, während er leicht eingeschüchtert nickte und ihr seine Hand entgegenstreckte. Unmittelbar bevor ihre Hände sich trafen, hielt er in der Begegnung inne und sagte: »Versprichst du mir dann etwas?«

»Was?«

»You owe me one!«

»Einen Gefallen?«

»Einer von denen da draußen sagte, dass ich das sagen soll. Etwas für etwas.«

»Das ist in Ordnung, Mads. I owe you one. Ich schließe gleich die Augen und entspanne mich«, sagte sie.

»Darf ich das auch tun?«

»Natürlich, du entscheidest selbst.«

Ihre Hände trafen sich. Sanne merkte, dass Mads' Handflächen nicht mehr feucht waren. Ihre Hand verschwand in seiner, die fast doppelt so groß war und sich sofort beschützend um sie schloss. Sie schlossen beide die Augen und glitten in einen gemeinsamen Rhythmus von Atemzügen in ein unbekanntes Land.

Die Gefängnisbeamtin räusperte sich übertrieben laut. Sie stand ungeduldig im Türrahmen. Die Besuchszeit war bereits um zwei Minuten überschritten.

Sanne warf der Beamtin einen »Ja, ja, ich beeile mich schon«-Blick zu und stand auf.

Mads blieb sitzen. Er sah aus, als wäre er ganz weit weg gewesen und als wäre er es immer noch. Mit klopfendem Herz sah Sanne zu ihm herab. »Tschüss, Mads«, sagte sie. Er nickte ohne aufzusehen und antwortete ihr nicht. Er wirkte beschämt. »Ich bin ein wenig verwirrt …« setzte sie an, kam aber nicht weiter, bevor die Frau in der Tür tönte: »Die Zeit ist um!«

Mads saß steif da, den Blick auf eine Stelle auf der Tischplatte fokussiert, als Sanne den Besucherraum verließ.

Draußen an der frischen Luft war sie ein wenig über ihr eigenes Verhalten erschüttert.

Noch erschütterter war sie jedoch darüber, was sie gerade in diesem Raum erlebt hatte, während sie spürte, wie Mads' Hand sich um ihre schloss. Mads war schuldig! Aber an Klein-Idas Tod oder an dem von jemand anderem? An beiden? Hatte er mehr als zwei Menschen auf dem Gewissen?

21

Das Erste, was Sanne sah, als sie an der Overgade oven Vandet aus dem Taxi stieg, war ihr Fahrrad, das ordentlich geparkt neben dem Aufgang zu ihrer Wohnung stand. Danke Martin, dachte sie bei sich, als Ahmed ihr mit einem breiten Lächeln aus dem Café entgegenkam kam und ihr mit einer Handbewegung bedeutete, zu warten. »Sanne!«, rief er und kam ihr, ein Tablett mit einem Cappuccino darauf, entgegen. »Sanne, was geschehen, Probleme?«

»Was meinst du, Ahmed?«

»Polizei kommt mit dein Fahrrad. Geht rein, warte lange, ich glaube, du verhör in Wohnung. Jetzt du kommst in Taxi allein.«

»Ist ein Polizist in meiner Wohnung?«

»Nein, nicht jetzt, vor halbe Stunde gegangen.«

»Hm. Wie sah er aus?«

»Tolle Kerl. Erst Fahrrad hier, dann Polizist in Aufgang, Polizist raus.«

»Okay, das war nur jemand, der mir einen Gefallen getan hat.«

»Sanne, immer Taxi, immer allein.«

»Nicht immer, Ahmed.«

»Jack nicht mitzählen, er tolle Kerl, aber schwül.«

»Schwul, mit u.«

»›U‹. Du lebst wie Insel. Ich nicht verstehe, du schön, du klug, du tolle Wohnung.«

»Und du bist immer arbeiten. Hast du niemals frei?«

»Ich freier Mann in Dänemark, ich nicht arbeite jetzt, ich nur helfe guten Freund. Du allein, ich allein, Polizei allein. Dänische Menschen too much allein, du verstehst?«

»Same, same, but different«, sagte Sanne und steckte den Schlüssel ins Haustürschloss.

»Ahmed, der Cappuccino wird kalt.«

»Sanne, ruf an, wenn du willst haben etwas oben, anything, ich sofort komme!«

»Das mache ich«, versprach Sanne mit einem Lächeln.

In dem Moment, als Sanne ihre Wohnung betrat, hatte sie das Gefühl, als wäre jemand dort gewesen. Oder als wäre er es immer noch.

Sie blieb im Eingang stehen, hielt den Atem an und lauschte. Zuerst hörte sie die Geräuschkulisse summender Stimmen der Gäste des Cafés, die sich mit einer Decke auf den Bürgersteig gewagt hatten.

Die Terrassentür war angelehnt, sie musste vergessen haben, sie zu schließen. Sanne war kurz davor, sich selbst weiszumachen, dass sie zu müde und überspannt war, um ins Wohnzimmer zu gehen, als noch ein Geräusch folgte und sie im Flur erstarren ließ.

Sie hörte Wasser rauschen. Sanne sah sich um. Keine schweren Gegenstände in Reichweite. Sie überlegte, ihr Mobiltelefon leise aus der Tasche zu holen, Ahmed oder Jack eine SMS zu schicken und mucksmäuschenstill stehen zu bleiben, bis einer von ihnen bei ihr war. Stattdessen griff sie nach dem langen Schuhlöffel, der zwar nicht besonders schwer war, aber immerhin aus Metall. Sie war nicht schlecht in Form, wenn auch das Boxtraining und das Spinning in letzter Zeit ein wenig in den Hintergrund gerückt waren.

Jetzt war es ganz deutlich zu hören: Wasser, das gegen etwas schlug. Mit dem Schuhanzieher in jener Hand, die eine halbe Stunde zuvor die von Mads losgelassen hatte, ging Sanne in die Küche. Das Spülbecken war trocken und leer, beide Hähne zugedreht.

Sie ging weiter ins Badezimmer. Die Tür stand angelehnt, das Licht brannte. Sanne blieb stehen und konzentrierte sich auf die Geräusche, lauschte. Mit ausgestrecktem Arm platzierte sie den Schuhanzieher an der Tür und stieß sie auf.

Sie hörte ein erschrockenes Japsen, dann folgte Jacks lachende Stimme: »Hallo Schatz, bist du das? Ich schnorre mir ein Bad.«

Er stand unter der Dusche in der immer noch gefüllten Badewanne und spülte sich die Seife aus dem Haar.

»Naja. Bei mir haben sie das warme Wasser abgestellt, irgendjemand hat Legionellen eingeschleppt. Sie sind dabei, den Tank zu reinigen.«

»Ist okay«, sagte Sanne.

»Ich habe Shampoo in die Augen bekommen. Ich spüle es nur aus, dann komme ich.«

Sanne ging zurück ins Wohnzimmer, leicht erschrocken über ihre eigene lächerliche Reaktion. Waren ihre mentalen Verteidigungsmauern dabei, brüchig zu werden, oder was zur Hölle war da eben losgewesen? Sie goss sich einen schönen Bombay Sapphire mit einem Schuss Tonic ein, ein Versuch, sich zu beruhigen, und ließ sich aufs Sofa fallen. Sie musste Møller davon erzählen, was sie während ihrer Begegnung mit Mads erlebt hatte, selbst wenn es natürlich in keinerlei Hinsicht ein Beweis für irgendetwas war. Aber vielleicht sollte sie damit warten, bis es Møller ein wenig besser ging und sie selbst ihre Eindrücke besser verarbeitet hatte.

Als Allererstes musste sie auf die eine oder andere Weise Zugang zur Kinderbastion bekommen und mit den Angestellten reden.

Jack betrat das Zimmer mit einem notdürftig drapierten Handtuch.

»Hast du Herrenbesuch gehabt«, fragte er, »vielleicht einen französischen Besucher?«

»Nein, du weißt doch, dass ich Møller besucht habe.«

»Nun, ja, den ›erwachsenen‹ Mann in deinem Leben.«

»Warum fragst du dann, ob ich Besuch gehabt habe?«

»Es war nur die Klopapierrolle, sie war falsch herum aufgesetzt. So machst du das nie.«

»Sicher ist Krystyna hier gewesen und hat vielleicht ihren Sohn dabei gehabt, er steckt sie immer so drauf.«

»Typisch straight«, sagte Jack, »aber ich habe sie wieder umgedreht. Wollen wir einfach nur relaxen und ein paar Almodóvar-Filme zusammen sehen? Live Flesh, La mala educación, Alles über meine Mutter, Die Haut, in der ich wohne – habe ich eben auch noch gekauft.«

»Nicht heute, Jack, es passt wirklich nicht …«

»Sanne, als du mir zum ersten Mal von Gilles erzählt hast, dachte ich: Das ist verdammt noch mal zu gut, um wahr zu sein.«

»Hör auf, du hast mir doch beigebracht zu cruisen.«

»Ja, aber war nicht er es, der mit dir cruiste, oder eher gesagt bereitstand und wartete?«

»Jack, was ist los?«

»Was weißt du eigentlich von ihm?«

»Sag mal, bist du etwa eifersüchtig?«

»Nein, es kommt mir nur so vor, als würdest du für mich verschwinden.«

»Ich habe viel Arbeit, das ist alles, don't worry.«

»Okay, dann bin ich weg, aber lass uns bald wieder einen gemütlichen Abend miteinander verbringen, in Ordnung?«

»Abgemacht.«

Als Jack gegangen war, verschloss Sanne die Terrassentür und kontrollierte alle Türschlösser, Fensterriegel und Schränke. Wahnsinnig, dachte sie mittendrin, erlaubte sich aber diesen kleinen Wahnsinn in Erwartung auf das hoffentlich folgende Gefühl der Sicherheit.

Ihr Bett rief, aber zuerst wollte sie noch schnell ihre Mails und ihren Anrufbeantworter checken. Pia Thomsens Stimme erklang auf letzterem. Sie sagte ihr nächstes Gespräch wegen einer gynäkologischen Untersuchung ab. Ein frühes Widerstandsphänomen im therapeutischen Prozess? Unter allen Umständen eine schlechte Ausrede, dachte Sanne, vielleicht sogar eine banale Lüge aus einem vorläufig unbekannten Grund.

Gilles hatte eine längere Mail geschrieben, in der er ihr mitteilte, dass er sie vermisste, aber in Frankreich bleiben und auch seine Dänemark-Reise bis auf Weiteres aufschieben musste, da seine Schwester von ihrem Vater, der an Alzheimer litt, vergewaltigt worden war. Es gab da einige Formalitäten, die geklärt werden mussten, bevor er sich um Sanne und den Bootsverleih kümmern konnte, unter anderem wollte er sich darum bemühen, dass sein Vater nicht ins Gefängnis, sondern in ein Pflegeheim gebracht würde.

Sowohl Pia Thomsen als auch Gilles krochen mit unter Sannes Bettdecke. Kurz darauf folgte auch Martin, dann Møller, Else, und auch ihre Mutter gesellte sich von Teneriffa aus dazu. Ein Buch ist des einsam Reisenden bester Freund, hatte ein Kollege von SOS International einmal gesagt. Sanne stand auf und ging ins Wohnzimmer. Im Halbdunkel ließ sie ihren Finger über die Titel im Bücherregal gleiten. Aksel Sandemose war ihr seit der Pubertät ein guter Freund gewesen, bei ihm würde sie Sicherheit und Ruhe im Wohlbekannten finden.

Zurück im Bett schlug sie »Das Verschwundene ist ein Traum« auf. Seinem eigenen Text hatte der Autor Heinrich Heines Gedicht über den Sklaven Mohamet und die schöne Tochter des Sultans am Springbrunnen vorangestellt … Oh nein, bloß nicht noch mehr Wasser!

Sanne versuchte, sich auf den Text zu konzentrieren, gab aber nach wenigen Seiten auf. Vielleicht würde die Nacht sie endlich verschlingen, wenn sie im Dunkeln und in Embryonalstellung meditierte. Sie stand wieder auf, ging zum Arzneischränkchen, nahm eine Imovane und spülte sie mit einem extra Sapphire hinunter, während sie durch ihr Fenster in Jacks dunkle Wohnung guckte. Vielleicht hätten sie ja doch Arm in

Arm liegen, sich amüsieren und Trost finden sollen, eine Art Sich-Wiedererkennen.

Zurück im Bett war Mads noch immer zu Besuch, dann Klein-Ida… und natürlich Sara. Sollte sie das Versprechen, das sie sich selbst gegeben hatte, brechen, niemals mehr irgendeine Form von Kontakt zu Samuel herzustellen? Sollte sie ihn anrufen? Einen letzten Versuch unternehmen, doch noch etwas mehr über Saras Tod zu erfahren?

Endlich spürte sie die Wirkung der Schlaftabletten in Verbindung mit dem Sapphire. Erst kitzelten sie ihre Seele und ließen den Gedanken freien Lauf. Dann beruhigten sie wie lauwarmes Fruchtwasser, das sich beschützend um ihren Körper legte und allen Gedanken zum Trotz begann, sie in den Schlaf zu wiegen.

Lag es an der Todesangst, dass so viele ihrer Klienten an Schlaflosigkeit litten? Befürchteten sie, dass sie nicht wieder aufwachen würden? So wie weder Sara noch Ida jemals wieder aufwachen würden?

Mads … da war so viel Tod und Unglück in dem, was sie gespürt hatte, aber die Bilder waren unscharf, überlappten sich, wo kam auf einmal das Bett her …

Klein-Ida hatte Wasser in den Lungen, sie konnte weder in einem Bett noch auf der Ladefläche des Fahrrads erstickt worden sein, bevor sie an den Deckenbalken gebunden und mit dem Kopf im Eimer platziert wurde.

Woher kamen das all Blut und dieses überwältigende Gefühl von Liebe?

22

Sanne wurde vom Geräusch energischer Schritte auf dem Dach geweckt. Das geschah in letzter Zeit auffällig oft. Sie musste Jack oder einen der anderen Jungs dazu bringen, raufzugehen und zu gucken, was dort vor sich ging. Es konnte nicht schon wieder notwendig sein, das Dach zu reparieren.

Sie setzte Kaffeewasser auf und nahm ihr Mobiltelefon mit auf die Terrasse. Jack war nicht in seinem Fenster zu sehen. Sie rief ihn an. Der Anrufbeantworter war an, und sie hinterließ eine Nachricht: »Guten Morgen, hier ist Sanne, kannst du sehen, was auf meinem Dach vor sich geht? Es klingt, als würde jemand da oben rumtrampeln. Schönen Tag.«

Es war ein schöner Morgen. Sie war herrlich ausgeschlafen, die Sonne schien, der Frühling hielt nun ernsthaft und prachtvoll Einzug in die Stadt.

Das Wasser kochte. Sanne ging hinein, ließ den Kaffee durch den Filter laufen und nahm einen Becher mit auf die Terrasse. Alles, was in den großen Blumentöpfen wachsen konnte, trug Knospen oder war schon dabei aufzublühen. Unten auf dem Bollwerk des Kanals saßen einige Leute schon mit einem Kaffee aus dem Lagkagehuset, ein paar Vereinzelte auch mit einem Morgenbier vom Kiosk. Ein weißes Schwanenpaar glitt majestätisch über das Wasser und schien den Passanten jovial einen guten Morgen zuzunicken. Sanne wusste, dass im Laufe des Tages an der Hafenkante und längs der Kanäle Leben herrschen würde. Das sommerliche Kopenhagen unterschied sich so markant vom winterlichen, dass ein Fremder leicht zu der Überzeugung gelangen konnte, dass es sich um zwei verschiedene Städte handelte.

Das Handy piepte genau in dem Moment, als Sanne im Wohnzimmer ihren Morgenmantel ausgezogen hatte, um ins Bad zu gehen. Es war eine SMS von SOS International: »Ruf sofort wg. Job an.«

Splitterfasernackt, wie sie war, wählte sie die Nummer und empfand es fast als prickelnd, insbesondere weil es der etwas puritanische Divisionschef war, der dranging. Er wollte wissen, ob Sanne am nächsten Tag nach Spanien fliegen konnte.

Sofort musste Sanne an Teneriffa denken. Teneriffa wäre praktisch, dann könnte sie es vielleicht sogar schaffen, ihre Mutter zu besuchen. Auf der anderen Seite wäre sie wohl zu beschäftigt mit ihrem SOS-Klienten. Und was war überhaupt mit ihrer Mutter?

Vermutlich würde ein Besuch gar nicht in ihren Tagesablauf und zu ihren Gewohnheiten passen.

»Na, was sagst du?«, fragte der Abteilungschef.

»Wo in Spanien?«

»Gran Canaria«, sagte er und setzte sie stichwortartig über die wichtigsten Details der Reise ins Bild.

Eigentlich passte es ihr überhaupt nicht, aber irgendwie musste das Geld in die Kasse kommen, und es war ein schön kurzer Trip, wenn er auch etwas trostlos klang: Ein dänisches Ehepaar aus der Unterschicht hatte sich nicht zurückhalten können mit dem Alkohol, der in Spanien wirklich allzu leicht zugänglich war. Der Mann war angeblich an einem durch billigen spanischen Brandy ausgelösten Megarausch gestorben, die Frau stand unter Schock und war immer noch betrunken.

»Das geht in Ordnung«, sagte Sanne und sah schon vor ihrem inneren Auge die Touristin, die erst einmal überlebt hatte, und nunmehrige Witwe: Völlig aufgelöst im Nebel des Restalkohols und unter Tränen der Verzweiflung, eingepfercht zwischen spanischen und dänischen Formularen, ohnmächtig neben der Leiche ihres Mannes.

Sanne organisierte ihren Tag, während sie badete. Das Packen würde nur wenige Minuten dauern, ihr fester Reisekoffer stand mit allem bereit, SOS besorgte die Flugtickets. Die wichtigste Aufgabe des Tages war ein Besuch bei der Kinderbastion, danach wollte sie zu Møller … nur sie beide … gemeinsam allein, wie Jack es ausgedrückt hätte.

Sanne war sich nicht ganz sicher, wie sie sich in der Kinderbastion vorstellen sollte. Sollte sie so tun, als wäre sie eine Mutter, die überlegte, ihr Kind dort anzumelden, und sich die Institution ansehen wollte? Nein, das konnte sie nicht. Sara würde allgegenwärtig sein, es würde ihr den Boden unter den Füßen wegreißen, es ihr unmöglich machen, aus diesem Besuch irgendetwas mitzunehmen. Ihre Beobachtungen mussten völlig unverstellt sein.

Einen Augenblick lang spielte sie mit dem Gedanken, einfach vorzugeben, dass sie Arbeit suchte. Vertretung in Bereitschaft als pädagogische Hilfskraft, notfalls assistierende Reinigungskraft. Wenn sie nur in die Einrichtung hineinkam. Sie musste den Fundort sehen und mit einigen Angestellten reden, um einen Eindruck zu gewinnen.

Es klingelte an der Tür, als sie gerade die Dusche abstellte. Das würde wohl Jack sein. Sie trocknete sich auf dem Weg zum Flur ab und öffnete so, wie sie war, die Tür.

Martins Blick begegnete ihrem, danach sah er runter auf die Fußmatte, zurück über ihren Körper, über ihre Brüste und wieder in ihre Augen.

»Komm doch rein«, sagte Sanne und beschloss, keinen Kommentar zu ihrer Nacktheit abzugeben.

Sie ging zurück ins Zimmer, zog ihren Morgenrock an und rief nach Martin, der im Flur stehen geblieben war.

»Komm jetzt, hier drinnen spielt die Musik!«

Martin kam rein, Sanne bot ihm eine Tasse Kaffee an. Er wolle sich nur für letztes Mal bedanken und sich mal »die Basis« angucken. Und, naja, ihr erzählen, dass Møller bald entlassen würde, er hätte eben mit ihm telefoniert.

»Ich fahre später zu ihm«, sagte Sanne, »aber zuerst will ich mir den Fundort ansehen.«

»Ich bin den ganzen Tag auf der Polizeiwache. Ich bin dabei, daran zweifelst du hoffentlich nicht, aber ich muss den Ball flach halten«, sagte Martin.

»Ja, ja, selbstverständlich«, antwortete Sanne.

Als Martin gegangen war, zog Sanne sich an. Zwischendurch schaltete sie TV2 News ein. Nach einer Bombenexplosion an einem Straßenrand in Afghanistan mit sechzehn Toten und strahlenden Wetteraussichten für Dänemark erlebte sie eine Überraschung. Der Nachrichtensprecher verkündete:

»Außerdem haben wir Neuigkeiten über den bestialischen Mord an der nur zweieinhalbjährigen Ida Thomsen in

Kopenhagen. Wie namentlich genannte Quellen, mit denen TV2 in Kontakt steht, verlauten lassen, haben Kreise innerhalb der Polizei ihre eigenen parallelen Untersuchungen des Mords an Ida gestartet, da sie mit der Ermittlungsleitung und den bisher ausbleibenden Resultaten der Aufklärungsarbeit nicht einverstanden sind. Der bekannte Mordermittler Hugo Møller, derzeit krankgeschrieben, und seine frühere Partnerin, die Polizeipsychologin Sanne Berg, werden in dem Zusammenhang genannt. Bisher ist es nicht möglich gewesen, einen Kommentar von Hans Tange zu erhalten, dem kommissarischen Chef der Mordkommission.«

Die Worte des Nachrichtensprechers wurden durch ein Bild von Klein-Ida illustriert, auf dem sie mit einem roten Eimer leicht verdutzt und sehr unschuldig zu dem Fotografierenden aufblickte, danach folgte ein wenig gelungenes Foto von Møller, auf dem er in der Tat krank aussah, und schließlich ein fast sexy Porträt von Sanne, von dem sie sich in jedem anderen Zusammenhang geschmeichelt gefühlt hätte.

23

Møller lag in seinem Bett im Rigshospital und sah den älteren Mads vor sich. Jetzt irgendwo in den Vierzigern, auf dem Weg hinaus durch die Gefängnispforte, die erniedrigenden Umstände des Gefängnisses in jeden Gesichtszug eingebrannt.

Bestrafung war ohne jeden Zweifel notwendig. Vor allem für ein Verbrechen wie Mord. Aber die Abgestumpftheit, mit der die Leute oft die Gefängnisse verließen, nachdem sie ihre Strafe abgesessen hatten, versprach nichts Gutes, weder für die Gesellschaft noch für den Einzelnen. Die sogenannte Resozialisierung des Gefängnisaufenthalts war ja eher ein Mythos als Wirklichkeit.

Møller verstand nicht ganz, was mit ihm geschah. Niemand blieb hundertprozentig unversehrt bei einem derart makabren

Mordfall, aber in der Vergangenheit war er eigentlich immer gut darin gewesen, die Schotten zwischen Arbeits- und Privatleben dicht zu machen.

Nun dachte er ständig an die Ermittlungen des Mordes in der Amagergade. Und wenn er das tat, wurde er von inneren Bildern geradezu bombardiert.

Seine eigene, kleine, blondgelockte Eva, den Kopf in einem Eimer voller Aufwischwasser – Jeanette, im Nachtleben der Stadt, ein Messer in ihren Körper gerammt.

Heute hatten die fürchterlichen Bilder ihn so durchdringend und plötzlich erwischt, dass er gezwungen gewesen war, das Personal aus seinem Zimmer zu vertreiben. Kurz darauf hatte er die Beine aus dem Bett geschwungen. Dem bisschen Schwindel zum Trotz hatte er sein Portemonnaie und somit das richtige Foto seiner Töchter aus dem Schrank geholt.

Erst als er mit greifbaren Beweisen im Bett lag, dem Foto der lebenden, fröhlichen Mädchen im Garten, war er wieder einigermaßen zu Ruhe gekommen. Das Foto bewahrte er jetzt in der Nachttischschublade auf.

Eine Hand auf dem Nachttisch dachte Møller darüber nach, ob die Operation ihn beeinflusst haben könnte, sodass er noch nicht ganz er selbst war. Ihn verletzlicher und anfälliger für allzu viele, unterschiedliche Gefühle gemacht haben könnte. Einer der Ärzte hatte erwähnt, dass eine vorübergehende Depression infolge einer derart großen Operation nicht ungewöhnlich war. Aber er war nicht deprimiert, er war aus gutem Grund besorgt.

Vielleicht konnte das auch etwas mit der Betäubung zu tun haben. Narkose war ja eine Art Droge. Ja, das war es wohl: Die Narkose hatte ihn ein wenig aus dem Gleichgewicht gebracht.

Wie jeder andere Mordermittler wünschte Møller sich, den Täter eines Verbrechens schnellstmöglich zu finden und ihn zu einem Geständnis zu bringen. Das setzte nur voraus, dass man den richtigen Täter erwischte und das Geständnis wasserdicht war.

Hier lagen Welten zwischen ihm und Tange – ganz unabhängig von der alten Geschichte und dem alten Groll. Hieraus erwuchs Møllers Sorge für seine Töchter und die ganze Gesellschaft.

Møller war sich bei Weitem nicht sicher, dass Mads Højlund unschuldig war. Aber er war auch bestimmt nicht überzeugt, dass er schuldig war.

Dabei zweifelte er nicht daran, dass im gesamten politischen und juristischen System und bei der Polizei selbst, die ständig mit der unpopulären und nicht besonders effektiven Polizeireform kämpfte, der Wunsch herrschte, einen Schuldigen zu finden und zu verurteilen. Ein Wunsch, der so stark war, dass er als Grundbedürfnis aufgefasst werden konnte. Verführerisch für diejenigen, die im System weiterkommen wollten, vielleicht sogar unwiderstehlich für schwache Seelen.

Viele Mitmenschen sehnten sich danach, sich wieder entspannen zu können, anstatt ständig auf der Hut zu sein, in dem Gefühl von Sicherheit und Gemeinschaft ruhen zu können, das über Generationen ein selbstverständlicher Teil der Wohlstandsgesellschaft gewesen war.

Die gleiche Sehnsucht spürte Møller jetzt, doch seine Sehnsucht wurde von zunehmender Unruhe gestört.

Die tragenden Pfeiler der Wohlstandsgesellschaft waren nicht mehr so stark, eine politische Gruppierung nach der anderen hatte das Fundament immer nachdrücklicher ausgehöhlt, dachte Møller. Das Ergebnis konnte man in den Straßen und Gassen sehen – in der sozialen Ausgrenzung, im fehlenden Verantwortungsgefühl der Leute und nicht zuletzt in all den unglücklichen Fällen, die vor den Vollzugsbehörden landeten. Er hatte sowas wieder und wieder gesehen. Mit jedem Opfer, jedem Verbrecher hatte er in den letzten Jahren das Vertrauen sowohl in das Rechtssystem als auch in die Tragfähigkeit der Gesellschaft verloren. Das Wohlfühlland war de facto abgeschafft, die Rohheit hatte übernommen. Das alte Dänemark, sein Vaterland, war heute nur noch eine Illusion. Eine historische Erinnerung. Er hatte fast schon Lust, um eine Beruhigungstablette zu bitten.

Im Ekstra Bladet las Møller, dass Tange am Abend zuvor jegliche Gerüchte bezüglich paralleler Ermittlungen von Grund auf zurückgewiesen hatte. Jetzt würde kein Wort mehr gesagt werden.

»Der ehemals so gesprächsbereite Mordermittler Hans Tange, jetzt kommissarischer Chef der Abteilung, schweigt wie eine Auster«, stand da schwarz auf weiß.

Møller lag in seinem Bett und las weiter: »In Wirklichkeit verdunkelt die Kopenhagener Polizei jetzt die Sache. Kann der Öffentlichkeit damit gedient sein?«

Das geschieht Tange ganz recht. Er hat nichts Besseres verdient, dachte Møller.

Sanne und Møller wurden ebenfalls genannt und abgebildet. Sanne sah verdammt gut aus.

Alles in allem war die Lektüre ein Lichtpunkt im langsam etwas eintönig werdenden Krankenhausalltag.

Møller fürchtete nur Elses Reaktion auf den Artikel. Glücklicherweise las sie im Großen und Ganzen nie die Vormittagszeitungen. Falls sie ihn zufällig dennoch sehen sollte, riskierte er, dass sie das Ganze durchschauen würde. Entdecken, dass er, der Genesende, nicht nur involviert, sondern auch Chef der Paralleluntersuchung war. »Strippenzieher« würde sie das wahrscheinlich nennen und lauthals Krach schlagen.

Gut, dass er bald rauskam, dann konnte er sich wieder aktiver der Aufklärungsarbeit widmen. Er hatte dem niveaulosen Job in Skåne bei der Fundsachenstelle zugestimmt, um einen Fuß in der Tür der Polizei zu behalten, und damit er von zu Hause wegkam, wo er sonst riskierte, dass Else ihn mit ihrer übertriebenen Rücksichtnahme an der Arbeit hindern würde.

»Tag, Møller«, sagte der Oberarzt, der, begleitet von Møllers Krankenschwester, das Zimmer betrat.

Viele Jahre Erfahrung mit Menschen führten dazu, dass Møller sofort spürte, dass das hier nicht nur die normale Visite mit dem Wunsch nach »weiterhin gute Besserung zu Hause« war.

»Wie ich früher schon erwähnt habe«, sagte der Oberarzt, »treten in einigen sehr seltenen Fällen ab und an quasi technische Probleme auf, sodass …«

»… der Scheiß passiert!«, platzte es aus Møller heraus.

»Das ist jetzt zu viel gesagt«, antwortete der Oberarzt. »Im Großen und Ganzen sieht es ganz gut aus, aber wir sind gezwungen noch mal dranzugehen und nachzujustieren.«

»Nachjustieren?«, wiederholte Møller.

»Ja, wir müssen noch mal rein und etwas regulieren, fast so als würde man eine Schraube festziehen. Möglicherweise tauschen wir auch einen ganz kleinen und glücklicherweise leicht erreichbaren Teil der Mechanik aus.«

»Ich bin also nicht auf dem Weg hier raus und nach Hause«, räsonierte Møller fast für sich selbst und richtete sich wieder an den Oberarzt. »Wann und wie lange?«

»Morgen früh, ich operiere selbst. Es ist keine große Operation, nach einigen Tagen Erholung auf der Station bist du sicherlich wieder auf den Beinen. Rein routinemäßig möchte ich jedoch sagen, dass du deine Frau bitten solltest, heute Abend zu kommen. Das würde ich selbst auch tun. Trinkt ein Glas Wein oder worauf auch immer ihr Lust habt, sprecht miteinander. Aber«, fügte er hinzu und sah von Møller zur Krankenschwester und wieder zurück, »von Mitternacht an muss gefastet werden.«

24

Der Weg von Sannes Wohnung, entlang an Christianshavns Kanal und weiter zur Amagergade verstärkte den Eindruck, dass die Stadt hinaus wollte und voller Hingabe die andere Seite des wechselhaften Daseins ausleben wollte. Draußen war jeder Cafétisch besetzt. Ahmed lief hin und her und winkte Sanne ohne ein einziges Wort zu, was eine Seltenheit war. Überall auf dem Bollwerk saßen Leute, genossen die Sonne und ließen ihre

Beine über dem Wasser baumeln. Sogar der Bäcker des Lagkagehuset hatte die auf den Kanal rausgehenden Fenster weit geöffnet, damit die Leute drinnen die neue Jahreszeit genießen konnten.

Erst als Sanne nach der Türklinke der Kinderbastion griff, kam ihr in den Sinn, dass es an der Zeit war, zu überdenken, wie sie sich hier am besten vorstellen sollte. Wenn offensichtlich so viele in ihr eine »Polizeipsychologin« sahen, konnte sie sich genauso gut dafür ausgeben, anstatt sich um einen Aushilfsjob als pädagogische Hilfskraft oder als Reinigungskraft zu bewerben.

»Sanne Berg, Polizeipsychologin«, sagte sie deshalb und streckte der ersten Erwachsenen, die wie eine Angestellte aussah, die Hand entgegen.

»Ähm, Gitte Andersen, stell ... Ich bin die neue stellvertretende Leiterin«, erwiderte die leicht verblüffte Frau, die ihre Hand entgegennahm.

Ihr Haar war hennafarben, sie war etwas jünger als Sanne und vermittelte jetzt schon den Eindruck, eine etwas gehemmte und scheue Persönlichkeit zu sein, was sie vergeblich mit der nicht ganz geglückten Haarfarbe zu kaschieren versuchte. Sanne wusste sofort, dass sie bei Gitte Andersen am weitesten kommen würde, wenn sie sie mit Samthandschuhen anfasste. Deshalb fing sie damit an, sie zu beruhigen.

»Mein Besuch ist reine Routine, und ich bin froh, dir zuerst begegnet zu sein, weil du neu bist.«

»Ich bin schon lange hier, meine Stellung ist nur neu.«

»Stellvertretende Leiterin, das muss eine Herausforderung sein? Können wir uns irgendwo hinsetzen und ungestört reden?«

»Ähm, im Büro der Leiterin, es ist ja Dienstag.«

»Dienstag?«, wiederholte Sanne.

»Jeden Dienstagmorgen trifft sich die Leiterin mit unserer pädagogischen Beraterin.«

»Also nicht in ihrem Büro hier in der Institution?«

»Im Sommer treffen sie sich oft hier und gehen dann zum Bootsverleih essen, oder wo auch immer sie das Leben draußen genießen können.«

»Der Bootsverleih an Christianshavns Kanal?«

Gitte Andersen nickte, während sie mit einer Handbewegung den Weg wies und weitersprach: »Ansonsten treffen sie sich auch gerne auf Kongens Nytorv, ich glaube, heute sind sie im Café Victor, ›mein wöchentliches Ladies-Frühstück‹ nennt sie es, sie sind zu viert oder zu fünft, manchmal auch zu sechst. Hier rein, bitte«, sagte sie und führte sie ins Büro.

Sanne schloss die Tür hinter ihnen.

»Nach dem Mord hier … ist es nicht schwer gewesen, zur Arbeit zu gehen?«

»Ja, anders kann es ja nicht sein. Es nimmt uns alle sehr mit.«

»Warum hat deine Vorgängerin eigentlich aufgehört?«

»Meine Vorgängerin?«

»Die frühere stellvertretende Leiterin.«

Gitte Andersen errötete und senkte den Blick, bevor sie antwortete.

»Sie sagen, dass sie … etwas mit den Nerven.«

»Wie mit den Nerven?«

»Sie konnte nachts nicht schlafen, sie war auch … Sie hatte Angst vor der Leiterin.«

»Und du auch, habe ich Recht?«

Gitte Andersen war eindeutig beklommen, nickte aber.

»Es ist ihre Art, man weiß niemals … Sie dreht immer alles um. Auf irgendeine Weise lässt sie es immer so klingen, als hätte sie Recht.«

»Den Typ kenne ich.«

»Tust du das?«

Plötzlich war Hoffnung in Gitte Andersens Stimme. Sanne nickte, und Gitte fuhr fort.

»Ich stand auch kurz davor, die Stelle als Stellvertreterin abzulehnen, aber ich war ja als Nächste an der Reihe, also wäre das seltsam gewesen, und es ist ja trotz alledem eine Beförderung.«

»Manchmal kann es schwerfallen, Nein zu sagen«, erwiderte Sanne ohne zu zögern und fuhr einfühlsamer fort: »Wenn eure Leiterin nun alles umdreht. Würdest du sagen, nur zwischen uns beiden, dass sie geradezu lügt?«

Gitte Andersen nickte nachdenklich, sagte jedoch gleichzeitig: »Es ist schwer, ein Beispiel zu nennen, denn wenn sie es tut, glauben wir, dass wir es sind, die nicht verstehen oder ... lügen. Ich muss jetzt wieder gehen. Die anderen sind mit den Kindern in den Zoo gefahren. Wir sind heute nur mit ein paar Leuten hier, für die Kleinsten. Wenn es also für dich in Ordnung ist ...«

»Ja, klar. Ich möchte nur noch den Raum sehen, wo man Ida gefunden hat.«

»Ja, selbstverständlich, ich werde ihn dir zeigen, die anderen sind auch dort.«

Sie verließen das Büro der Leiterin. Der Duft von Selbstgebackenem erwartete sie auf dem Gang.

»Das ist Marie, unsere Hausfrau. Sie backt Kekse für heute Nachmittag, du kannst ihr Hallo sagen.«

Sie gingen in die Küche. Auf einem großen Tisch standen bereits zwei Bleche mit frischgebackenen Keksen, ein drittes war im Ofen. Von einem kleinen Radio auf dem Fensterbrett erklang fröhliche, aber leise Popmusik. An einem kleineren Tisch saß Marie und spielte Solitaire.

»Na sowas, da kommt Besuch«, sagte sie und stand auf.

Sanne streckte die Hand aus und stellte sich vor. Gitte Andersen lächelte Marie auf eine besondere Weise an, sodass Sanne den Eindruck bekam, dass die kleine ältere Frau beliebt war, aber auch ein wenig auf sie aufgepasst wurde.

»Ja, das war so schrecklich, das Ganze«, sagte Marie, »aber jetzt versuchen wir, zurück in den Alltag zu finden. Was können wir sonst tun?«

»Damit kannst du Recht haben«, sagte Sanne.

»Wisst ihr was, warum geht ihr nicht ins Zimmer, dann komme ich gleich mit ein paar Kostproben, ich will nur noch das letzte

Blech aus dem Ofen holen. Willst du nicht auch eine Tasse Kaffee dazu?«

»Ja, danke«, sagte Sanne und folgte Gitte Andersen in das Spielzimmer, von wo aus sie die angenehme Stimme einer Frau singen hörten.

Gitte Andersens Gesichtsausdruck nach zu urteilen war sie erleichtert darüber, dass es ihr bestimmt war, die Institution in einem so schönen Augenblick vorzuführen.

Von der Tür aus betrachteten Sanne und Gitte gemeinsam die junge Frau und hörten ihrem Gesang zu:

Die kleine Spinne Peter krabbelt an der Wand
Kommt der große Regen, spült sie in den Sand.

Die Erzieherin und drei kleine Kinder saßen auf einer runden Matte mitten im Zimmer, das mit aus Papier ausgeschnittenen gelben Osterküken und kleinen, lustigen Äffchen aus Pfeifenreinigern geschmückt war. Hinter ihnen war der Zugangsbereich zum Spielplatz zu sehen, von wo Mads angeblich hereingekommen war. Die ehemalige Stellvertreterin musste aus der Tür gestürzt sein, in der Sanne jetzt stand – mit Mads an den Fersen. Sanne fokussierte so viele Details wie möglich und fotografierte den Raum innerhalb weniger Sekunden förmlich ab, alles während sie von einem ungewöhnlich starken Gefühl von Mads' Anwesenheit überwältigt wurde – nicht nur, dass er in diesem Raum gewesen war, sondern es kam ihr vor, als stünde er neben ihr.

Kommt die liebe Sonne, trocknet Haus und Land
Die kleine Spinne Peter krabbelt an der Wand.

»An der Wand«, erklang es leicht verspätet und einen Hauch falsch von Gitte Andersen. »Bravo, Pernille!«

»Die Kinder lieben Singspiele, Reime und Merkverse«, fuhr sie an Sanne gerichtet fort, während sie sie ins Zimmer führte und sie

Pernille vorstellte, die sich mit einem Lächeln erhob und ihr einen kräftigen Händedruck gab.

»Marie kommt gleich mit Kaffee und selbstgebackenen Keksen«, sagte Gitte.

»Nur Kaffee für mich, ich bin auf Diät«, sagte Pernille. »Naja, ich muss wieder …«

Sie drehte sich um und hockte sich neben die Kinder, die sofort gegen ihre Abwesenheit protestiert hatten.

»Sie ist allein und hungert sich einen ab, um besser auszusehen, aber sie wird als Skelett enden«, flüsterte Gitte, während Pernille einem der Kinder, denen sie vorgesungen hatte, die Nase putzte.

Marie kam mit einem Tablett mit Plätzchen, einer Thermoskanne und Kaffeebechern herein.

»Hier kommt eine Kleinigkeit zum Naschen«, sagte Marie und stellte das Tablett auf den kleinen Tisch zwischen ihnen.

Der Kaffee wurde eingeschenkt und herumgereicht. Pernille hob lächelnd alle drei Kinder nacheinander in die Luft, was Gitte Andersen sofort dazu brachte, sich zu räuspern und zu sagen: »Hier heben wir Kinder nicht hoch, das ist unpädagogisch, und denk an deinen Rücken.«

Pernille antwortete nicht, sondern leistete den Kindern in der kleinen Spielküche auf dem Boden Gesellschaft.

»Ja, dort oben hat sie an den Füßen gehangen, den Kopf im Kübel«, sagte Gitte Andersen und wies auf den Querbalken und runter auf den Fußboden.

»Da war auch ein Eimer«, korrigierte Pernille.

»Ja, aber reden wir jetzt nicht mehr darüber«, sagte Marie, »die Polizei hat das Ganze ja untersucht, und wir müssen nach vorne schauen und weitermachen.«

»Naja, ich will doch nur informieren«, sagte Gitte Andersen leicht ungehalten.

»Du musst die Vanillekränze probieren, die sind sehr lecker«, sagte Marie und hielt Sanne den Teller entgegen.

»Nein danke, ich habe es nicht so mit Vanille, aber ich hätte gerne einen der anderen dort, was das auch für welche sind.«

»Das sind Schokoträume«, antwortete Marie und hielt Sanne den Teller hin.

Alle außer Pernille aßen ein paar Kekse, Sanne lobte die Schokoladenträume.

»Dann bekommst du eine kleine Tüte mit nach Hause«, sagte Marie mütterlich.

Sanne konnte sich nicht richtig darüber klar werden, welche Erkenntnisse sie am ehesten verwenden könnte, und wie sie sie auslegen sollte. Marie unterbrach ihre Gedanken: »Darf ich dein Sternzeichen raten?«, sagte sie. Und fuhr unverdrossen fort, ohne Sannes Antwort abzuwarten: »Du bist Jungfrau.«

»Das stimmt«, log Sanne, die sich überhaupt nicht für Astrologie interessierte, und fand, dass sie wichtigere Dinge vorhatte, als über Sternzeichen zu reden. Sie fuhr in freundschaftlichem Ton fort: »Ich brauche eure Hilfe. Was könnt ihr mir über die rote Mütze erzählen?«

Einen Augenblick lang wurde es ganz still.

»Hellrot«, sagte Pernille dann. »Sie war hellrot, das musst du dann auch wissen.«

»Ja, selbstverständlich, aber ist euch die Mütze von früher bekannt?«

»Sowohl als auch«, fuhr Pernille fort. »Wir glaubten, dass sie der großen Ida gehörte, dass sie sie vergessen hatte, aber das trifft nicht zu. Sie gehört auch keinem der anderen Kinder, wir haben fast alle Eltern gefragt, und Klein-Idas Mutter …«

Pernilles Stimme brach. Marie warf ein: »Pia Thomsen.«

»Ja«, fuhr Pernille fort, »Pia sagt, dass sie auch nicht Klein-Ida gehört.

Gehörte, meine ich.«

»Gott, der Ofen!«, rief Marie aus, »ich muss vergessen haben, ihn auszuschalten.« Sie stand auf und ging hastig zurück in die Küche.

»Hast du Klein-Ida gut gekannt?«, fragte Sanne Pernille.

»Sie war in meiner Gruppe, aber ich kannte sie nicht besser oder schlechter als die anderen. Da war nichts Ungewöhnliches.«

»Was ist mit Mads?«, fragte Sanne weiter.

Pernille errötete. Die Stellvertreterin unterbrach: »Ist das hier wirklich notwendig? Pernille hat schon so viel durchgemacht.«

Pernille stoppte sie mit einer Handbewegung. Sanne sah, dass sie Tränen in den Augen hatte.

»Im Herbst standen wir kurz davor ... vielleicht nicht gerade verrückt nacheinander zu sein, aber wir waren dabei, Gefühle zu entwickeln. Doch dann wurde er zwischendurch so merkwürdig ...«

»Inwiefern merkwürdig?«

»Er sagte komische Sachen. Oft verstand ich nicht, wovon er redete, er wurde auch bisschen ungepflegt, hörte auf sich zu rasieren und ... Hier in der Kinderbastion konnte er ganz normal wirken. Wenn wir allein waren, konnte er mir plötzlich in die Augen sehen und fragen: ›Warum sagst du das?‹, ohne dass ich überhaupt etwas gesagt hatte. Ich hatte Angst vor ihm, also sahen wir uns nicht mehr privat, nur noch hier.«

»Wie hat er darauf reagiert?«, fragte Sanne.

»Es geht so«, sagte Pernille. »Es war schwer für uns beide, denn wir hatten ja gegen die Institutionsregel verstoßen, privat nichts laufen zu haben. Andererseits waren wir auch nicht so weit gekommen. Wir hatten niemals richtigen Sex, nur so ...«

»Petting?«, schlug die stellvertretende Leiterin vor und ließ es ziemlich gewagt klingen.

»Ja, irgendwie sowas Einleitendes. Er wurde etwas reservierter als ich mich nicht mehr mit ihm treffen wollte, das ist wohl verständlich. Manchmal sah er mich auch auf so eine wütende Art an, ich habe sogar daran gedacht, mir etwas anderes zu suchen, aber dann... Ja, dann war er es, der wegmusste.«

In der Küche erklang ein kleiner Schrei, gefolgt von Maries schockierter Stimme: »Nein, nein!«

Einen Augenblick später stand sie in der Tür zum Spielzimmer.

»Mads ist ... Sie sagen im Radio, dass der Mörder geflüchtet ist! Und dass er gefährlich ist!«

Die stellvertretende Leiterin war wie versteinert. Pernille brach schluchzend zusammen.

Während Sanne überlegte, ob und inwieweit sie Pernilles Zustand nutzen konnte, um an weitere Informationen zu kommen, legte Marie tröstend einen Arm um sie. »Ganz ruhig, meine Kleine. Das wird sich schon regeln.«

»Ich habe solche Angst«, weinte Pernille, »stell dir vor, wenn er ... wenn er zurückkommt ... und ...«

»Das passiert nicht wieder«, beruhigte Marie. »Komm her, sowas passiert nicht zweimal.«

Ja, aber dann werden es wahrscheinlich drei Morde, das Minimum für einen Serienmörder, dachte Sanne, während Marie Pernille näher zu sich heranzog und sich an ihrer Brust ausweinen ließ.

Marie begann jetzt selbst lautlos zu weinen, die Tränen liefen ihr über die Wangen. Die Stellvertreterin saß immer noch unbeweglich da, gefangen in ihrem Schock.

»Du brauchst sicherlich ein Glas Wasser«, sagte Sanne und stand auf, um eines zu holen.

In dem Moment stand die Leiterin vor Sanne und den anderen.

»Was in Gottes Namen geht hier vor?«

Die wohlbekannte Leiterinnenstimme erweckte Gitte Andersen zum Leben.

»Das ist Sanne Berg«, antwortete sie und fuhr in einem einfühlsamen, fast flüsternden Ton fort: »Sie ist Polizeipsychologin, und Mads ist gerade ...«

»Ich möchte deine Polizeimarke sehen«, sagte die Leiterin.

»Ich bin selbstständig«, erwiderte Sanne.

»Ich weiß sehr wohl, wer du bist und dass du hier bist, um herumzuschnüffeln. Ich muss dich bitten zu gehen, sofort. Und komm nicht wieder, wenn du nicht bei der Polizei angezeigt werden willst.«

»Ja, aber, sie ist doch selbst ...«, setzte die Stellvertreterin an, als die Leiterin ihrem Verständnis auf die Sprünge half.

»Die richtige Polizei.«

Sanne schätzte die Leiterin so ein, dass sie sich nicht so schnell stoppen ließ.

»Ich will unter allen Umständen einen Ausweis sehen«, fuhr sie fort.

»Meine Karte liegt auf deinem Schreibtisch, seit du mitten in der Arbeitszeit in dein wöchentliches Freundinnenbrötchen gebissen hast«, erwiderte Sanne.

Marie hatte Pernille losgelassen und saß wie gelähmt da, ihren Keksteller vor sich auf dem Tisch.

Die Leiterin verschwand mit hastigen Schritten in Richtung Büro. Sanne wusste, wann ihre Besuchszeit vorbei war, und nickte den versammelten Frauen ein kurzes Auf Wiedersehen zu.

Sie sah bereits Probleme mit der Kopenhagener Polizei voraus, wusste aber auch, dass das nicht ihr letzter Besuch in der Kinderbastion gewesen war, und wenn sie sich als König von Finnland verkleiden oder mitten in der Nacht dort einbrechen müsste.

25

Von dem Moment an, da Sanne sich vor dem Christianshavnergård-Haus auf ihr Fahrrad schwang und Kurs auf das Rigshospital nahm, hatte sie das sonderbare Gefühl, dass jemand ihr folgte und sie im Auge behielt. Dennoch verwarf sie es als Hirngespinst. Wahrscheinlich war sie nur gestresst und mitgenommen von den Ereignissen.

Nun musste Møller auf jeden Fall informiert werden, und auch sie wollte hören, ob er etwas Neues wusste.

Im Fahrradständer waren keine freien Plätze, also stellte Sanne ihr Fahrrad am Hauptgebäude ein Stück links neben dem Schild »Fahrräder werden ohne Haftung entfernt« ab.

Wenn nur Else jetzt nicht da ist, dachte sie kurze Zeit später, als sie einem der Angestellten zunickte und Zimmer 5 betrat.

Møllers Lächeln war so gewinnend wie ein Frühlingstag, als Sanne eintrat und die Tür hinter ihr zufiel.

»Hast du gehört, dass Mads ...« setzte Sanne an.

Møller hielt einen Finger vor die Lippen und brachte sie zum Schweigen.

»Ja, Martin hat mich in Kenntnis gesetzt«, flüsterte er fast. »Wir reden später darüber.«

»Ja, aber, Møller, wir...«

Von seinem Krankenbett aus deutete er an, ob Sanne nicht die Gardinen zuziehen wollte, während er auf die Bettkante klopfte.

Sie folgte seiner Aufforderung. Für das, was jetzt kam, brauchte sie keine Anweisungen.

Sanne und Møller wurden eins, als wären sie nur einen Augenblick getrennt gewesen. Sie liebten sich, wohlwissend, dass sie mittendrin von einer Krankenschwester oder einem Pfleger überrascht werden konnten. Hilfe war also immerhin in der Nähe, dachte Sanne, falls sein Herz einen etwas zu schnellen Galopp einlegen oder ganz zu schlagen aufhören sollte.

Møller seinerseits hatte sich den ganzen Tag auf den Besuch gefreut und geplant, Sanne zu verführen, seit dem Augenblick als er erfahren hatte, dass »etwas justiert werden musste«. Selbst wenn das das Letzte sein sollte, was er in diesem Leben erlebte, musste er diesen Schritt wagen. Sein Leben war in vielerlei Hinsicht ein angenehmes, in den letzten Jahren aber von etwas geprägt gewesen, das ihm jeden einzelnen Morgen, an dem er aufwachte, und jeden Abend, an dem er sich schlafen legte, klar machte: etwas fehlte.

Dieser Mangel materialisierte sich in Sanne, weshalb man fast ein Idiot oder impotent oder beides sein musste, um nichts dagegen zu tun.

Das mit der »Justierung« erwähnte er Sanne gegenüber nicht. Was würde das anderes bei ihr auslösen, als dass sie sich sorgen oder sich sogar seiner Begierde gegenüber querstellen würde?

Noch hatte er auch Else nichts von der Operation gesagt, wenn jemand geschont werden musste, dann sie. Wegen ihrer Behinderung mussten mehrere Stunden im Voraus Falck-Transporte organisiert werden, und das Raus und Rein aus dem Rollstuhl und den Autos ermüdete sie sehr. Es reichte, wenn sie zu Besuch kam, wenn der Eingriff gut überstanden war. Er würde sie, wie er es an allen anderen Abenden getan hatte, anrufen und »Gute Nacht, meine Liebste« sagen, und die »Justierung« in einer ungefährlichen Nebenbemerkung erwähnen.

Møller liebte Else weiterhin, auf seine eigene Weise. In seiner Ehe mit ihr hatte er fast alles. Abgesehen von eben dem, was fehlte.

Die neue Nachtschwester nannte Sanne, die anständig auf einem Stuhl neben dem Bett saß, Frau Møller und bot ihnen eine Tasse Tee an. Sie sagten beide »Ja, danke«, und bekamen ein Tablett auf Møllers Nachttisch gestellt.

Sanne hatte von ihrem Besuch bei Mads und in der Kinderbastion erzählt. Über Mads' Flucht wusste Møller noch nicht mehr als Sanne, er wartete auf Details von Martin.

Nach ihrer gemeinsamen Auszeit drängten sich ihnen die Erlebnisse und Probleme des Alltags schnell wieder auf. Insbesondere Sanne. In Møllers Körper und Seele war immer noch diese wunderbare Leere, die ihm mehr Lust zu schlafen als zu reden bereitete. Sanne war dabei, sich über ihren Besuch bei Mads aufzuregen. Møller merkte das, ließ sie aber dennoch erzählen.

»Es ist unglaublich, dass in Dänemark die Isolationshaft immer noch so oft und über so lange Zeiträume angewendet wird. Kein anderes westliches Land tut das, viele betrachten es als eine Form von Folter. Isolation kann normal funktionierende Menschen brechen, sodass sie für den Rest ihres Lebens geprägt sind. Und stell dir vor, wie sich sowas erst auf jemanden auswirkt, der schon vorher kurz vor einer Psychose steht oder vielleicht bereits psychotisch ist?«

»Soll das bedeuten, dass du glaubst, dass Mads schon psychotisch war, bevor er ins Gefängnis kam, oder was?«

»Das lässt sich nicht feststellen, aber es gab ganz klar Zeiträume, in denen er krank war, sowohl auf dem Gymnasium als auch danach. Es fällt mir schwer, mir vorzustellen, dass ein Schizophrener oder chronisch Geisteskranker den Mord an Ida hätte gestalten können. Das Ganze ist zu geordnet. Vielleicht hätte ein total persönlichkeitsgestörter Mensch es tun können, aber ...«

»Spielt er uns eine Komödie vor?«, fragte Møller und korrigierte sich selbst, »vielleicht sollte ich Tragödie sagen.«

Sanne überlegte. Noch hatte sie nicht erwähnt, dass sie und Mads einander an der Hand gehalten hatten, und dass sie in diesem gemeinsamen, aber geschlossenen System, das zwischen ihnen entstanden war, von einer unerhört starken Energie erfasst worden war. Bilder von so viel Blut und Tod und Liebe hatten überlagert, was sie möglicherweise sonst klarer hätte sehen können.

»Ich weiß nicht, was er vorhat, aber ich glaube, dass er ehrlich ist«, begnügte sie sich zu sagen.

»Ja, dann sind wir gleich weit«, seufzte Møller.

»Eine ganz andere Geschichte: Ich glaube, dass die Leiterin der Kinderbastion Psychopathin ist. Oder auf jeden Fall psychopathische Züge hat.«

Sanne merkte ein wenig überrascht, dass sie so wütend auf die Leiterin war, dass sie Lust hatte, ihr eine Ohrfeige zu verpassen.

»Solche Züge haben Leiter oft«, sagte Møller.

Da kann was dran sein, dachte Sanne und sah vor ihrem inneren Auge eine Reihe Topchefs, für die sie im Laufe der Jahre Vorträge und Kurse gehalten hatte.

»Muss ich den Namen ›Tange‹ erwähnen?«, fügte Møller hinzu.

»Mit ihr stimmt was nicht«, fuhr Sanne fort.

»Du kannst da nichts mehr tun«, sagte Møller. »Halte dich da besser raus, ich setze Martin auf sie an.«

»Okay«, sagte Sanne und nahm liebevoll Møllers Hand, während es sie durchlief: Netter, alter, junger Mann, Liebhaber, Vater, untreuer Ehemann, Alphatier auf dem Rückzug, Kollege und Lehrmeister mit einer kranken Herzkammer.

»Kommst du morgen?«, fragte er.

»Nein, das hatte ich ganz vergessen«, sagte sie. »Ich bin morgen früh auf einem SOS-Auftrag. Es dauert nur einige Tage, ich fahre nur nach Spanien, dann sehen wir uns wieder.«

»Okay«, sagte er tonlos.

Klang er plötzlich traurig, oder war er nur müde und erschöpft?

»Du bist sicher entlassen und zu Hause bei Else, wenn ich zurückkomme. Dann findet es bei mir im Gipfel statt.«

Sollte er trotz allem erwähnen, dass die Ärzte gleich ihren Eingriff vornehmen und ein Detail korrigieren würden?

»Wir müssen uns schnellstmöglich einen kompletten Überblick verschaffen«, sagte er.

»Wir müssen die losen Verbindungen verfolgen, die Fäden sammeln. Und auch wenn zwischendurch viel Zeit verstrichen ist, müssen wir prüfen, ob es durch das klassische Täterprofiling etwas zu holen gibt.«

»Ja, dazu sind wir heute Abend nicht gekommen«, erwiderte sie lächelnd und stand auf.

Er hustete und grunzte etwas, das für Sanne so klang, als wäre er zufrieden und unzufrieden mit sich selbst.

»Vielleicht schaffe ich es, im Flieger ein wenig zu arbeiten«, sagte sie. »Oder auch in Spanien. Wir sehen uns!«

»Hast du eine Lampe dabei?«, fragte er besorgt, als sie die Tür erreicht hatte.

»Es ist noch nicht richtig dunkel«, sagte sie, »und ich fahre vorsichtig.«

»Gute Nacht, mein Schatz«, sagte er.

Sie wusste, dass das zwischen ihnen niemals etwas Ernstes werden konnte. Vielleicht reichte weniger ja auch. Sie hatte keine Ahnung, wie er reagieren und wie es ihr Verhältnis beeinflussen würde, falls sie ihn jemals in das Geheimnis ihres Lebens einweihte, nur Angst hatte sie davor. Alles wurde schwarz, wenn sie versuchte, es sich vorzustellen.

»Gute Nacht, Møller«, sagte sie und ging runter zu ihrem Fahrrad.

Bis Sanne die Friedensbrücke erreichte, hatte sie wieder das Gefühl, beobachtet zu werden. Darauf folgten einige hundert Meter freier Fläche, die sie beruhigt überquerte und dabei kaum bemerkte, dass sie am Westeingang des Østre-Anlæg-Parks vorbeifuhr.

»Big ideas are simple ... your choice is your talent ... lift it and make it large«[1], ertönte es in ihrem Inneren, als sie sich zwischen dem Botanischen Garten und dem Staatlichen Kunstmuseum befand. Wer hatte das gleich noch mal gesagt?

Falls der Mord an Klein-Ida an sich simpel, nur ein wenig pompös arrangiert war, vielleicht von einem Menschen mit einer Mischung aus Minderwertigkeitskomplexen und Größenwahn? Falls der Hintergrund und die ganze Idee in Wirklichkeit ganz banal waren, ausschließlich für den Täter etwas Großes?

Hannah Arendt hatte in ihrem Buch »Eichmann in Jerusalem« versucht, die Beweggründe für die Naziverbrechen zu untersuchen und von der »Banalität des Bösen« gesprochen. »Ein Phänomen basierend auf mangelndem Denken, mangelndem Urteilsvermögen und mangelndem Willen zu politischem Handeln«, erinnerte Sanne sich.

Ein Auto donnerte provozierend und gefährlich nahe vorbei, als Sanne sich noch mitten auf der Kreuzung Øster Voldgade/Sølvgade befand und die Ampel für Fahrradfahrer schon von Grün auf Rot gesprungen war.

In »Warum Krieg?« hatten Freud, Einstein und Niels Bohr sich ihrerseits mit den Beweggründen für Krieg beschäftigt, der für Sanne gleichbedeutend mit dem reinen Bösen waren, wenn auch Profit, Religion und Nationalismus fast immer Teil dieses Pakts des Bösen waren. »Warum Krieg?« war ein ausgezeichnetes, kleines Buch, das jedoch keine brauchbaren und schon gar keine definitiven Antworten enthielt.

---

1 Große Ideen sind einfach ... Deine Wahl ist dein Talent ... Heb es und lass es groß werden.

Sanne selbst hatte in ihrem Leben viel Böses gesehen. Sie hatte Klienten in Behandlung gehabt, die versteckt auf einem Leichenberg den Völkermord in Srebrenica überlebt hatten. Aber auch Klienten, die besagtes Massaker mit ausgeführt hatten.

Dann waren da die Eltern, die ihre eigenen Kinder schlugen. Oder töteten. Eine trauernde Mutter in der Krisentherapie – ihre kleine Tochter war den plötzlichen Kindstod gestorben – brach nach wenigen Sitzungen zusammen und gestand, dass sie, wie sie es ausdrückte, eine Kindsmörderin war, dass sie ihre Tochter zu Tode geschlagen und geschüttelt hatte.

Einige waren Opfer, einige waren Mörder, wieder andere beides. Aber alle waren sie Menschen mit menschlichen Bedürfnissen, und – wie grausam und abartig das auch klingen mochte – menschlichem Verhalten.

Das große Böse und das kleine Böse, was war der gemeinsame Nenner, wo lag der Unterschied, konnte sie ihr Wissen und ihre Erfahrungen bei der Aufklärung des Todes von Klein-Ida einbringen?

In ihrem Kopf drehte es sich, als Sanne mit ihrem Fahrrad über die Knippelsbrücke fuhr und über den jetzt dunklen Hafen blickte. Wie sollte sie dieser Art von Frage auf den Grund gehen, wo die Herren Freud, Einstein und Bohr schon im Buchtitel ausgedrückt hatten, dass es besser war, Fragen zu stellen als Antworten zu geben?

Nein, sie war zu müde, um einen klaren Gedanken zu fassen, die Assoziationen waren zu zahlreich und zu wild, sie steuerten sie, sie selber steuerte nichts weiter als ihr Fahrrad. Hör auf, Sanne, hör auf, sagte sie zu sich selbst, während sie von ihrem treuen Freund abstieg.

Weil sie verreisen musste, wollte sie ihr unverzichtbares Fahrrad nicht nur im Hof abstellen, sondern es sicher im Keller unterbringen, während sie weg war.

Das Fahrrad rollte problemlos die Rampe hinunter. Doch sobald die Kellertür sich hinter ihr schloss und sie, die Hände auf dem Lenker, in dem schlecht beleuchteten Raum stand, bekam sie wieder dieses Gefühl, unter Beobachtung zu stehen.

»Ist hier jemand?«, fragte Sanne in den Raum, da sie überzeugt war, die Atemzüge eines anderen Menschen zu hören.

Sie bekam keine Antwort, aber die Atemzüge wurden schwerer und ließen die Härchen auf Sannes Armen sich aufrichten.

Mit klopfendem Herzen bekam sie ihr Fahrrad in den Kellerständer gestellt und schloss es ab. Sie konnte es kaum erwarten rauszukommen, doch die Neugier kämpfte mit ihrem Bedürfnis nach Sicherheit und siegte. Sie ging ein paar Schritte weiter in den Kellerraum und sagte: »Ich kann dich hören, du kannst also genauso gut rauskommen.«

Das Geräusch von Stein, der auf Glas schlug erreichte Sanne einen Sekundenbruchteil, bevor die Kellerlampe zerbrach und das Licht ausging. Sie erstarrte in ihrer Position und spürte das Adrenalin durch ihr Blut sausen. Sie machte sich zum Kampf bereit und wartete nur darauf, dass ihre Augen sich an das Dunkel gewöhnten.

War da ein größerer, menschenähnlicher Schatten tiefer im Keller? Bevor Sannes Augen sich wirklich an die Dunkelheit gewöhnen konnten, war der Schatten zu einem Mann geworden, der hervorsprang, die nächstgelegenen Fahrräder umwarf und mit dem Rücken zu ihr zum Ausgang am anderen Ende des Kellers stürzte.

Kalter Schweiß brach auf Sannes Haut aus, als sie an ihrem eigenen Fahrrad vorbei und weiter zum Hof des Gebäudes lief.

Der Rücken eines Mannes in einem fast dunklen Keller, das war kein irgendwie brauchbarer Anhaltspunkt. Dennoch …, war es die Größe des Schattens, die Krümmung des Rückens oder die Bewegungen, die ihr das Gefühl von etwas Wohlbekanntem vermittelten, fast von jemandem, den sie kannte? Konnte es sein … Nein, was sollte Jack in ihrem Keller machen, und warum zum Teufel sollte er sich vor ihr verstecken? Aber wer sonst … Ahmed?

Entgegen ihrer Gewohnheit, wenn sie vom Hof kam, nahm Sanne nicht die Küchentreppe hinauf, sondern ging über die Overgade oven Vande und durch den Haupteingang.

»Ruhe bewahren, es ist ja nichts passiert«, ermahnte sie sich selbst, als sie im Fahrstuhl stand.

Endlich war sie oben und konnte die Tür hinter sich schließen. Sie musste abschalten und danach so bald wie möglich schlafen.

Sie erlaubte sich selbst einen Bombay Sapphire extra large, den sie auf dem Sofa genoss und im Übrigen dazu verwendete, die anderthalb Imovane runterzuspülen. Während sie auf die Entspannung wartete, schaltete sie die Nachrichten an – Scheiße, das hätte sie natürlich nicht tun sollen, überall war die Rede von dem »gefährlichen Flüchtigen«, von Mads Højlund.

Sollte sie ihr Handgepäck jetzt packen oder bis morgen früh warten?

Sollte sie SOS anrufen und absagen, und stattdessen runterfliegen und Gilles überraschen, Sicherheit und Glück in seinen Armen finden, einen Augenblick all das Böse vergessen?

Zu Hause bleiben und sich morgen mit Jack auf der Terrasse volllaufen lassen?

Wo hatte sie sich da reinbegeben – Møller, Mads, die Kinderbastion, Pia Thomsen.

Oh, Sara, kleiner, geliebter Schatz!

Jetzt wirkten sowohl der Sapphire und die Schlaftabletten, und nun erinnerte sie sich wieder. Big ideas are simple … Your choice is your talent … Lift it and make it large. Jack hatte das zitiert, der nette Jack …

Jack? Er hatte dasselbe distanzierte Verhältnis zu Kindern wie G. S. Als wären sie nicht wirkliche, nicht richtige Menschen. Aber wo war die Verbindung, was sollte das Motiv sein? Sie hatte nur einige losgelöste Sätze und einige Assoziationen, an denen sie ihr Gespür festmachen konnte. Jack, ihr bester Freund …

Hör jetzt auf, Sanne, bei dir piept es, schlafen, nicht denken!

Sie merkte, dass das der letzte Augenblick war, wo es ihr gelingen würde, ins Bett zu kommen, ansonsten würde das große Nichts sie auf dem Sofa verschlingen, was bedeutete, dass ihr bereits vor der Tortur im Flugzeugsitz alles wehtun würde.

Sanne wackelte in ihr Schlafzimmer und schaffte es, die Tür zu öffnen. Es würde so schön sein, ins Bett zu kommen, oh ja.

Sie ließ ihre Kleidung zu Boden fallen und schlug die Decke zur Seite.

Doch da war etwas Merkwürdiges.

Auf dem Kopfkissen lag ein Zettel, auf dem mit großen handgeschriebenen, etwas kindlichen Buchstaben stand:

Schwere Lungen nach Wassereinlass
Der Kopf im Eimer leichenblass
Falleri-fallera
Einem andren käm bei so etwas
Das Zudecken mit Sand zupass
Falleri-fallera.
Doch ich halte mich ans kühle Nass.

26

Das Ganze spielte sich auf dem Weg zur Vernehmung ab, unmittelbar bevor Mads dem Richter und Tange vorgeführt werden sollte, um zu gestehen.

Im selben Augenblick, da die zwei Beamten durch eine Schlägerei zwischen zwei Mitgliedern einer Einbrecherbande am anderen Ende des Gangs abgelenkt waren, rief eine Stimme: »Jetzt, Mads!«

Mads stand auf und warf einen Blick auf den Tumult. Idioten, dachte er und bemerkte gleichzeitig die Tür schräg gegenüber. Er lief hinüber und griff nach der Klinke. Offen! Mads schlich hinein und schloss die Tür hinter sich. Er war allein und befand sich in einem kleinen Raum mit Fenster – ohne Gitter!

»Entweder – oder«, ertönte noch eine Stimme.

Mads war kurz davor ›Halt die Schnauze‹ zu sagen, aber bevor es ihm gelang, den Mund zu öffnen, stand er schon am Fenster. Das sah nicht so schlimm aus, es war nur der erste Stock. Und das Fenster ließ sich so einfach öffnen wie die Tür.

»Hey, stopp«, rief eine Frauenstimme hinter ihm an der Tür, aber bevor Mads das hörte, hatte er bereits den Rahmen losgelassen und war gesprungen.

Der Schmerz schoss durch die Füße hinauf in seinen Rücken, als er landete. Aber er ging nur in die Knie, weder fiel er um noch war er angezählt.

Er war draußen! Und jetzt stand er schon auf. Der Wind streifte sein Gesicht auf wundervolle Weise. Seine Lungen dankten es ihm, indem sie sich richtig entfalteten. Zum ersten Mal, seitdem er an jenem Wintermorgen mit dem Fahrrad von Nørrebro nach Christianshavn zur Arbeit gefahren war, war er frei.

Und frei sollte er bleiben. Sonst war das Ganze sinnlos. Er musste so schnell wie möglich weg, sich eventuell verstecken und bis zum Einbruch der Nacht warten, bevor er weiterlaufen konnte.

Pferdemüllerstræde hieß es auf dem Straßenschild nahe der Stelle, wo er gelandet war. Ein Pferd wäre jetzt praktisch. Aber ein Fahrrad wäre noch praktischer. Er musste nur eines finden, das unverschlossen oder leicht zu knacken war.

Mads hörte Rufe und Polizeisirenen, und entfernte sich so schnell er konnte, ohne zu laufen. Leider gab es keine größere Menschenmenge, in der er sich verstecken konnte.

Centralhjørnet stand über dem Eingang eine Kneipe auf der anderen Seite der Straße. Lange, dunkle Gardinen bedeckten die Fenster, sodass Vorbeigehende nicht hineinsehen konnten.

Mads überquerte die Straße und ging ein paar Stufen runter in die Gaststätte.

Eine Wolke aus Tabakrauch hüllte ihn ein, sodass er sich einige Sekunden wieder eingesperrt und schlecht fühlte. Es half ihm, sich vorzustellen, dass er selbst wieder zu rauchen angefangen hatte – mit all dem Rauch musste das eine seiner Pfeifenperioden sein. Er orientierte sich so gut wie möglich. Gab es einen Hinterausgang? Es war auf jeden Fall ein schlichtes Lokal mit rustikalen Holztischen und einer kleinen Bar mit hohen Stühlen. Birthe Kjærs »Knallrotes Gummiboot« erklang aus einer Jukebox am anderen

Ende des Lokals. Rechts von der Musik war die Toilette. Einige ältere Männer saßen und tranken an den Tischen. Zwei jüngere Männer diskutierten lautstark American Idol bei einigen Drinks an der Bar.

Mads war nicht daran gewöhnt, dass Leute so früh am Nachmittag betrunken waren, aber das passte ihm, weil er selbst ein Bier ohne kritische Seitenblicke vertragen konnte.

»Ich hätte gerne ein Tuborg Gold«, sagte er dem Kellner, einem großen und kräftigen Kerl.

»Wir haben immer noch Osterbier«, sagte der Kellner freundlich, als würde er Mads einen persönlichen Dienst erweisen.

»Dann nehme ich so eins«, antwortete Mads, und ließ seinen Blick durch das Lokal streifen.

»Bitte schön«, sagte der Kellner und stellte Mads die Flasche mit einem Lächeln hin. »Glas?«

»Nein, ist gut so«, sagte Mads, »aber …«

»Ja?«

»Ich muss etwas wissen. Ich kenne den Ort hier nicht, ich bin gerade … gerade …«

»Ausgeflogen? Dann bist du hier richtig.«

»Okay«, sagte Mads und nickte, »ich bin gerade ausgeflogen, aber …«

»Oben am Strøget gibt es eine Beratungsstelle. Aber weißt du was? Jetzt kriegst du einen kleinen Klaren aufs Haus, und ich genehmige mir auch einen. Du wirst schon sehen, das Ganze wird schon klappen.«

»Das stimmt schon«, sagte Mads, »es ist nur, dass ich an Klaustrophobie leide. Ich muss wissen, ob es hier einen Hinterausgang gibt, sonst kann ich nicht bleiben.«

»Ach, das hättest du nur zu sagen brauchen, hier an der Bar vorbei und weiter durch den hinteren Teil des Lokals, da findest du den Notausgang.«

»Wo führt der hin?«

»Gleich hinaus ins Freie.«

Die Zeit verflog für Mads im Centralhjørnet. Selbst ohne Geld in der Tasche fehlte es ihm weder an Bier noch an ‹kleinen Klaren›. Die Leute in dieser Kneipe waren unglaublich freundlich.

Mads hatte gerade begonnen, darüber nachzudenken, wie er weiterkommen und wo er hingehen sollte, als ein neu hinzugekommener Mann neben ihm tönte: »Ein doppelter Bombay Sapphire und ein Tonic!«

»Du kannst den Hausgin bekommen oder Gordons«, antwortete der Kellner.

»Man kann es ja versuchen, nicht? Es hätte ja sein können, dass ihr aufgeschlossener geworden wärt.«

»Was mich betrifft, kannst du es von jetzt bis in alle Ewigkeit versuchen. Bitte. Noch etwas?«

Der Kellner machte bei einem neuen Kunden weiter; das Centralhjørnet hatte sich mittlerweile gut gefüllt..

»Miese Bettler«, murmelte Jack.

»Er ist den ganzen Nachmittag sehr nett gewesen«, sagte Mads.

»Na, dann ist er wohl nur überanstrengt.«

Jack streckte Mads eine Hand entgegen, sie stellten sich vor.

Mads war dabei, ziemlich einen sitzen zu haben. Ein Klarer auf Rechnung des Hauses war dem anderen gefolgt, das Bier floss gratis. Die Stimmen hielten sich glücklicherweise zurück, von Alkohol wurden sie immer so müde.

»Cooler Bart«, sagte Jack anerkennend zu Mads.

Draußen war es jetzt dunkel, er musste zusehen weiterzukommen, bevor der Abend völlig aus dem Ruder lief und in eine richtige Sauftour ausartete.

»Pferdepimmel!«, rief ein älterer, betrunkener Mann, der irgendwo unten bei der Jukebox saß, »ich will Pferdepimmel!«

»Ach, halt doch die Klappe«, rief der Kellner von der Bar aus.

Die Leute um sie herum lachten, sodass Mads einen Augenblick lang ebenfalls einen Hauch Erleichterung und Freude verspürte. Es war lange her, seit er so jemanden gesehen hatte. Nicht seit seiner Kindheit auf Landlyst. Nun musste er sich auf das Wesentliche konzentrieren.

»Bist du mit dem Fahrrad unterwegs?«, fragte Mads.

»Immer«, antwortete Jack.

»Kann ich es mir leihen?«

»Ich kenne dich kaum. Wie lange denn?«

»Ein paar Stunden. Höchstens bis morgen. Ich stelle es wieder draußen hin.«

»Wenn es nicht da ist, ziehe ich dich am Bart.«

»Ich gebe dir mein Wort drauf, dass es da ist.«

»Ich gucke nur, ob er echt ist.« Jack lachte, während er nach Mads' Bart griff, leicht daran zog und weitersprach: »Bist du dir sicher, dass du gehen musst? Wir könnten das ein oder andere bei mir zu Hause machen, ich wohne in der Nähe, wir können es schieben – also, das Fahrrad.«

Zu Hause mit einem Mann, das hatte Mads sich verdammt noch mal nie vorgestellt, aber er roch schon sehr gut. Aber er musste zur Jægersborggade, Nick musste ihm bei seiner weiteren Flucht helfen.

»Nun, was sagst du?«, fragte Jack.

»Heute Abend passt nicht so gut, aber ich brauche dein Fahrrad«, sagte Mads. »Kann ich es leihen oder nicht?«

Jack fischte sein Handy und seinen Fahrradschlüssel aus der Hosentasche.

»Hier ist der Schlüssel«, sagte er und gab ihn Mads, »hinterleg ihn an der Bar, wenn du das Fahrrad zurückbringst. Es ist das grüne Rennrad links neben dem Eingang. Gib mir gleich deine Nummer.«

Mads erfand ein paar Zahlen und musste sich darauf konzentrieren, die richtige Anzahl Ziffern zu treffen. Jack gab sie ein. Seinem Gesichtsausdruck nach zu urteilen, gelang es Mads, auf acht Zahlen zu kommen.

»Du brauchst auch Licht«, sagte Jack und gab ihm die Lampe.

Umarmung oder Händedruck? Fast alle anderen, die kamen und gingen, umarmten einander. Oh, Teufel noch mal!

Mads legte seinen rechten Arm um Jacks Hals und zog ihn an sich, sodass Jacks Kopf an Mads' Bizeps ruhte. Er drückte zu, bis er selbst merken konnte, wie sein Oberarmmuskel zuerst hart und danach müde wurde; der nette Kerl sollte nicht daran zweifeln, dass er seine Freundlichkeit zu schätzen wusste. In der Tat drückte er so lange zu, bis Jack japste und mit rotem Kopf stöhnte: »Okay, okay … das reicht … please.«

Ja, er roch in der Tat verdammt gut.

27

Møller verstand nicht recht, wo er war. Einige engelartige Gestalten bewegten sich rund um den Ort, an dem er lag, und schwebten auf und ab.

Wo war Sanne, mit der er sich geliebt hatte, während fern ein Saxophon spielte, und sein alter Vater rief und sagte: »Hugo, du musst jetzt nach Hause, kommt mit mir, komm mein Junge!«

Der Vater verschwand und wurde von den Mädchen abgelöst. Sie spielten im Garten und riefen so schön. Sowohl die Kleine als auch die Große wollten mit ihm Ball spielen und eine Runde schaukeln.

Aber was zur Hölle … Da stand Tange mit der alten Polizeimütze in der Hand vor dem Gartentor. »Møller, Teufel noch mal, wir müssen da rausfinden«, sagte er und bewunderte Elses Kletterhortensie, die weißer und reiner blühte als je zuvor.

Und nun saß Else an seiner Seite im Rollstuhl und weinte bezaubernd. War das ihre kleine Hand in seiner? Er konnte die Tränen geradezu fallen hören, während er sich zwischen dieser Welt und jener, die möglicherweise eine andere war, hin und her bewegte.

Sein Vater rief wieder, Møller musste sich entscheiden, er kämpfte, beide Seiten hatten etwas Wunderbares an sich, jede auf ihre Weise.

»Er ist noch im Nachrausch«, sagte eine Stimme.

»Was meinst du mit Nachrausch?«, fragte Else, sodass Møller nicht daran zweifelte, dass es wirklich sie war.

»Er hat sehr stark auf die Narkose reagiert. Aber er kommt schon wieder zu sich. Er muss sich nur ausschlafen.«

28

»Jeder Einzelne muss auf die Wahrheit hinleben.« Dieses Kierkegaard-Zitat vergaß Mads nie.

Das tat er auch jetzt nicht, als er, in einen Torbogen gedrückt, vorsichtig den Kopf hervorreckte und einen prüfenden Blick auf die Jægersborggade warf. Denn wo und wie sollte er »hinleben« können, wenn die Polizei ihm den Weg rauf zu Nick versperrte?

Da waren zu viele Beamte, als dass er ihnen allen den Hals umdrehen konnte, selbst wenn er den besonderen Griff angewendet hätte, den er schon im Hühnerstall zu Hause auf Landlyst gelernt hatte. Mit einem oder zweien würde er wohl schon fertig werden, wenn er nur nahe genug rankam, aber danach … Er riskierte, wie der Tintenfleck zu enden, den der Psychologe ihn nach dem Tod seiner Mutter zu deuten gebeten hatte, wo doch jeder Fünfjährige sehen konnte, dass es sich um ein frischabgezogenes Bärenfell handelte. Er würde verdammt noch mal nicht wie eine erlegte Beute auf der Erde liegen bleiben und darauf warten, von fröhlichen Jägern gehäutet zu werden.

Es half ebenfalls nicht, dass das aufgebrochene Schloss zum Assistens Kirkegård durch ein fucking neues ersetzt worden war, während er rumsaß und darauf wartete, dass die Steinchen im Vestre-Gefängnis sich zusammenfügten. Zudem hatte nun eine Security Firma jene Ecke des Friedhofs besetzt, wo jemand damit begonnen hatte, eine Metrostation auf den Köpfen der Toten zu erbauen.

Er musste den Gedanken aufgeben, in die Wohnung zu kommen. Nick aufgeben, der ihm geholfen und ihm Geld geliehen hätte, damit er runterfahren und das wirkliche Leben im Grenzland leben könnte, von dem Jens ihm erzählt hatte.

Er musste auch aufgeben, auf dem Friedhof Zuflucht zu suchen. Die gelbe Mauer an der Nørrebrogade war die niedrigste, aber dort waren zu viele Menschen. Er könnte das Fahrrad an der Mauer am Jagtvej abstellen, vom Fahrrad hinüberklettern und auf der anderen Seite herunterspringen. Was aber, wenn er raus wollte, bevor aufgeschlossen wurde, oder wenn er plötzlich irgendeinen Wächter an der Backe hatte? Wegen der Security und der neuen Schlösser am Kapelvej und Jagtvej würde er sich wieder wie eingesperrt fühlen.

Er musste sich etwas anderes ausdenken. Das war auch okay. Das Grenzland wäre sowieso nicht dasselbe ohne Jens. Und Søren Kierkegaard hatte wohl auch nicht gemeint, dass die Leute weggeschlossen zwischen all den Toten auf die Wahrheit hinleben sollten – den Philosophen selbst eingeschlossen.

Sein Vater zu Hause auf Landlyst?

Dänemark war kein großes Land, im Gegenteil, ein kleines. Vielleicht nicht gleich ein kleiner Scheißhaufen, aber es hatte doch etwas von einem Zwerg. Wahrscheinlich stand schon ein Polizeiauto in Lille Skensved, außerdem eine Streife quer durchs Grenzland und ganz fucking Südjütland. »So dicht dein Arsch an die Grenze kommen kann, ohne ein deutscher zu sein«, hatte Jens in der Krankenabteilung des Vestre-Gefängnisses gesagt. Deutschland war riesig. 80 Millionen Menschen oder mehr. Bald wahrscheinlich 100 Millionen, tiefe Wälder, Berge, Flüsse. Vielleicht konnte er mit dem Fahrrad dorthin fahren. Das grüne Rennrad war auf jeden Fall das beste Fahrrad, das er je gehabt hatte.

Ein neues Leben, ein richtiges Leben, in Deutschland. Aber nicht heute Nacht. Heute Nacht musste er einen Ort finden, wo er sich verstecken konnte.

»Sieh an, jetzt ist er obdachlos«, lachte eine Stimme und wurde bald von einem ganzen Chor unterstützt.

»Arschlöcher«, murmelte Mads.

Er konnte es in Christiania versuchen. Obwohl es dort eng war, war die Freistadt doch der Ort in Kopenhagen, wo er am wenigsten auffallen und die wenigsten von ihm Notiz nehmen würden. Ja, es musste Christiania sein.

Von Nørrebros Kreisverkehr aus nahm Mads seine normale Route in Richtung Christianshavn. Nach wenigen Minuten war es fast so, als führe er mit dem Fahrrad zur Arbeit, alle Gebäude sahen wie immer aus, alles auf dem Weg war beim Alten. Der einzige Unterschied zum letzten Mal war das Wetter. Außer, selbstverständlich, dass er keine bezahlte pädagogische Hilfskraft in der Kommune Kopenhagen mehr war, sondern auf der Flucht und in ganz Dänemark gesucht.

Wenn es in Christiania jetzt nur Platz für ihn gäbe!

Das Spielhaus in der Kinderbastion war nicht so toll.

29

In Zimmer 5 in der Kardiologie des Rigshospitals klopfte es an der Tür.

»Es ist wohl an der Zeit«, sagte Else und drückte Møllers Hand leicht zum Abschied.

»Komm rein!«, rief Møller, ließ die Hand seiner Frau aber nicht los.

Der Falck-Mann, der Else nach Hause fahren sollte, war glücklicherweise einer der festen Fahrer, die Møller und Else kannten.

»Ole, wir brauchen noch fünf Minuten«, sagte Møller.

»Natürlich«, sagte der Fahrer, »ich warte draußen.«

»War das notwendig?«, sagte Else, als sie wieder allein waren.

»Ja«, antwortete Møller und sah sie mit dem schiefen Lächeln an, das sie immer dazu brachte, mit einer Hand leicht über die Narbe auf seinem Kinn zu fahren.

»Ein paar Momente lang glaubte ich, ich hätte dich verloren«, sagte Else und bekam wieder feuchte Augen, während sie ihm übers Kinn strich.

»Schsch«, machte Møller, »wir sind doch all das durchgegangen. Lass uns einfach noch einen Augenblick beieinander sitzen.«

Else nickte auf ihre besondere, langsame Art, sodass es Møller vorkam, dass ihr ganzes bisheriges Leben sich darin sammelte und aus den kleinen Bewegungen ihres Nackens strömte.

Else, geliebte Else. Sie hatte wie gewöhnlich Recht. Wieder und wieder hatte sein Eigensinn ihrem gemeinsamen Glück Hindernisse in den Weg gestellt. Jungenstreiche hatte er gespielt, während Else dafür gekämpft hatte, das Ganze zusammenzuhalten. Jungenstreiche, in seinem Alter, das musste aufhören. Wenn der Tropf aus seiner Hand entfernt wurde und der Arzt im Laufe von ein paar Tagen grünes Licht gäbe, wäre ernsthaft Schluss mit den Ausschweifungen und all dem Tod und Unglück, »sonst wird es damit enden, dass es dich umbringt, Møller«. Nicht mehr arbeiten, weder in Tanges idiotischem Job in Skåne, noch in seiner eigenen privaten Morduntersuchung, über die die Presse sich immer noch lang und breit ausließ.

Nur nach Hause zu Else und den Mädchen, dem Haus, dem Garten, zu ihnen allen.

Es klopfte ein paar Mal an der Tür.

»Nun können wir es nicht mehr in die Länge ziehen«, sagte Else.

»Ich rufe dich morgen an, mein Schatz«, sagte Møller. Und wandte sich an den Fahrer, der eintrat: »Fahr sie sicher nach Hause, Ole.«

Als Ole mit Else weggefahren war, fiel Møller kurz darauf in einen tiefen Schlaf.

Alles würde sich regeln. In wenigen Tagen würde er zu Hause bei Else und den Kindern sein. In ihrer Nähe würde er schnell zu sich kommen. Er würde im Garten sitzen, Tag für Tag die Entwicklung jeder einzelnen Pflanze verfolgen, die Üppigkeit der Natur genießen.

Nur langsam würde er wieder in Fahrt kommen.

Wenn sie zum jährlichen Sommerfest kamen, würde er wieder auf der Höhe sein. Von da aus konnte er die Dinge überblicken. Sowohl auf kurze als auch auf lange Sicht planen.

Für den Rest der Zeit, die ihm blieb.

30

»Christiania ist nicht mehr, was es mal war«, sagte ein älterer, hippieartiger Typ zu Mads, während er ihm aus der Schlammpfütze half, in der Mads lag.

Mads war aus einer Kneipe nach der anderen geworfen worden, weil er kein Geld zum Bezahlen hatte, und weil er die ganze Zeit einschlief und vom Stuhl fiel.

Man konnte einfach nirgendwo schlafen, selbst draußen wurde er verjagt, alle herrschten über ihren Teil der Welt, ob er nun mit schönen, seltenen Rosen bepflanzt war oder alter Schrott darauf überquoll.

Er musste weg.

Unmittelbar vor der Schlammpfütze hatte Mads sich geweigert, eine Rasenfläche zu verlassen, die zwar immer noch ziemlich kalt, aber einigermaßen horizontal war, sodass er sich zumindest hinlegen konnte – nur für ein paar Stunden. Der, der das Landstück befreit oder besetzt und Gras gepflanzt hatte, Eigentümer hieß sowas jetzt wohl, war ein Kleiderschrank von Mads' eigener Größe. Aber Mads war so müde, dass ihm sogar die Kraft fehlte aufzustehen, als der Kerl sich mit warnenden Rufen, er solle verschwinden, näherte.

Nicht einmal die leeren Bierdosen, die der Kerl auf ihn warf, brachten Mads dazu, sich vom Fleck zu rühren. Die Haschpfeife, die Mads früher am Abend geraucht hatte, ließ seinen Körper nicht wirklich den Turbo anwerfen.

Da war noch etwas anderes mit seinen Gedanken und mit dem Gras, das so hübsch wuchs, dass jeder Halm vor Freude leuchtete. Einen Augenblick fühlte Mads sich ganz ghandiartig, während die Bierdosen von seinem Körper und Kopf abprallten.

Ein Glücksgefühl brauste kurz in ihm auf, als er merkte, dass sein passiver Widerstand half: Der verrückte Rasenbesitzer verschwand, die Bierdosen kamen zu Ruhe, endlich konnte er seine müden Augen schließen.

Leider hatte Mads überhaupt nicht daran gedacht, dass der Kerl nur hineingegangen war, um seinen Hund zu holen, ein kolossales Christianiabiest mit enormen, gefletschten Zähnen, das nichts für passiven Widerstand übrig hatte, und schon gar nicht für aktiven.

Auf der Flucht vor dem Christianiahund hatte Mads eine Kurve genommen und war in der Schlammpfütze gelandet. Dort lag er immer noch, die Hände schützend über seinen Kopf gelegt, als der alte Hippie ihm aufhalf.

»Das mit der Freistadt darf man nicht mehr zu wörtlich nehmen, versuch es besser auf dem Wall, das ist sicherer«, sagte er und machte sich wieder auf seinen Weg durch die Dunkelheit, als er Mads auf die Beine geholfen hatte. Mads fand zur Bådsmandsstræde, wo er bei seiner Ankunft das Fahrrad abgestellt hatte. Glücklicherweise war es immer noch da. Er schloss es auf und schob es zu den kleinen Straßen und Gassen, wo hoffentlich weniger Autos und Polizisten waren als auf der Prinsessegade, rüber zur Christianshavns Voldgade.

»Nicht zu wörtlich nehmen.« Das war ein richtiger Vater-Satz. Sobald er einen wirklich freien Ort für sich gefunden haben würde, vielleicht in einem der deutschen Dörfer, würde er auf irgendeine Weise seinen Vater kontaktieren und ihm das Ganze erklären, mit ihm über alles reden.

Er würde nicht anrufen, das war zu gefährlich, sein Vater würde garantiert abgehört, vielleicht auch verhört, falls die Polizei von »der Apfel fällt nicht weit vom Stamm« ausging.

Mads ließ das Fahrrad an einen Baum fallen, fasste sich an beide Schläfen und drückte mit den Fingern zu. All diese Worte waren so anmaßend, sowohl der Apfel als auch der Stamm befanden sich in Gefahr, und Leiche und Vater hingen zusammen, nur umgekehrt, aber seine Mutter war es, die tot war, sein Vater lebte und war nicht gefährlich, es sei denn, man war ein Schwein auf Landlyst, und dann war es ja der Sinn des Ganzen, geschlachtet zu werden.

»Ganz ruhig«, sagte eine der Stimmen, »du bist überanstrengt.«

»Trottel!«, fügte eine andere hinzu, »du weißt doch, dass du Hasch nicht verträgst.«

Also nicht seinen Vater anrufen.

Besser auch nicht schreiben, die Briefe würden wahrscheinlich gelesen. Vielleicht hatte der Alte Zugang zum Internet?

Mads hatte seinem Vater schon lange ein G-Mail-Konto eingerichtet und ihm am Telefon das Ganze erklärt. Hatte sein Vater richtig zugehört oder nur so getan als ob, oder vielleicht nicht gewusst, was er sagen sollte? Wenn er reingekommen war ... Es war nicht sehr wahrscheinlich, aber Mads konnte auf jeden Fall versuchen, ihm ein paar Worte zu schicken, wenn er an einen Computer kommen würde.

Nun kam er an der Kinderbastion vorbei, wo das Spielhaus ihn lockte. Drinnen, im Büro der Leiterin, gab es einen Computer.

Aber es dämmerte bereits. Und drinnen in der Kinderkrippe brannte Licht! Heute Nacht würde es nichts werden, seinem Vater eine Mail zu schreiben.

Das Spielhaus war ebenfalls zu gefährlich. Er lief Gefahr, so tief zu schlafen, dass er beim Aufwachen in das Gesicht der Leiterin oder von Tange glotzen würde – und das bedeutete Handschellen und Vestre!

Er musste für sich und sein neues Fahrrad ein Gebüsch auf dem Wall finden.

31

Im Sommer war der Wall am Stadtsgraben mit üppigen Bäumen und dichtem Gebüsch bewachsen. Im frühen Morgenlicht des Monats Mai waren vom Pfad am Wasser aus leider nur wenige spärliche Blätter auf den Zweigen auszumachen.

»Undicht, undicht, undicht«, murmelte Mads, während er an einem halbnackten Gebüsch und Gestrüpp nach dem anderen vorbeiging.

Nur der Weißdorn stand in voller Blüte. Über die ganze Breite des Stadtgrabens bot er sich mit seinen unzähligen, weißen Blüten an, die den Pfad entlang eine kräftige Duftspur hinterließen.

Mads verließ den Pfad und ging den Wall hinauf, zum Auslaufgelände für Hunde. Er hatte ganz eindeutig keine Lust, von noch einem Köter gejagt zu werden, erinnerte sich aber, dass es unten hinter diesem Gelände eine größere Vertiefung mit einer Windschutzhecke gab, die wild wachsen durfte und die nun wie ein kleiner, verzauberter Waldrand hinter dem Wall lag.

»Dichter«, sagte er und stoppte, nachdem er einen Augenblick ein Gestrüpp an einem umgefallenen Stamm inspiziert hatte, über den sich wilder Efeu und andere Schmarotzerpflanzen zogen.

Er riss den Efeu zur Seite und kroch durch einen Busch, dann durch noch einen, und spürte im nächsten Augenblick, wie eine Art Frieden sich auf ihn senkte. Da drin würde ihn niemand sehen können, wenn sie nicht absichtlich kamen und nach ihm suchten. Er hingegen konnte Teile des Geländes vor ihm erkennen: Das alte, verlassene Gebäude, an dem immer noch das Schild »Militärpsychologisches Institut« befestigt war, eine Art Wiese mit langen, toten Grasbüscheln und neuem Leben, das sich seinen Weg durch die Büschel brach und dann den kleinen, steilen Weg den Wall hinauf zum Auslaufgelände für Hunde.

Die Müdigkeit war so überwältigend, dass es verlockend war, gleich die Augen zu schließen, doch Mads riss sich zusammen. Das Fahrrad musste um alles in der Welt in Sicherheit gebracht werden. Es war eng. Er musste mehrere Zweige abbrechen, um Platz für seinen neuen Freund zu schaffen. Als das Fahrrad an seinem Platz war, tarnte er sein Versteck zusätzlich mit abgebrochenen Zweigen.

In den ersten Tagen blieb Mads tagsüber in seinem Versteck. Wenn die Nacht hereinbrach, wagte er sich auf den Weg entlang des Stadtgrabens. Dort versorgten sich die vielen Vögel mit den Früchten des Weißdorns und der anderen Bäume, dort versuchte der Fuchs, sich einen Schwan zu schnappen, oder geriet mit ihm in Konflikt. Und dort gingen die anderen Obdachlosen von Bank zu Bank und suchten in den dazugehörigen Mülleimern nach Resten, die andere Menschen weggeworfen hatten, nachdem sie in den frühen Morgenstunden ein Frühstück oder eine kleine Zwischenmahlzeit zu sich genommen hatten.

Dort traf Mads eines Nachts auch Bert, der mit seinen Worten »Kopenhagener, Vater, Gymnasiallehrer, geschieden, arbeitslos, obdachlos, ergo: vor die Hunde gegangen« war.

Er hat wohl Alkoholiker vergessen, dachte Mads, sagte aber nichts.

Bert setzte Mads über die Grundlagen in Kenntnis, wie man vor die Hunde ging, sich aber gleichzeitig wie eine Art Mensch am Leben hielt.

Den Ball flach halten, das war das Wichtigste. Junge Leute in Gruppen konnten gefährlich werden, denn in Gruppen hatten diese es an sich, ihr Gehirn auszuschalten. Sie vergaßen, wer sie waren, der Herdentrieb übernahm alles. Bereits auf dem Gymnasium hatte er das erfahren, und als Obdachloser … Es war kein schöner Anblick, wenn so eine Herde einen Menschen zum Krüppel schlug oder ihn zu Tode trat.

Ansonsten waren die Menschen in Kopenhagen nicht so gefährlich, meinte Bert. Als Obdachloser sollte man sich nur nicht an diejenigen wenden, die obenauf schwammen, weder betteln noch stören, man sollte die Leute in Ruhe lassen, wie die meisten es wünschten.

Das passt mir gut, dachte Mads.

Wenn Mads nicht gerade wegen Mord oder Bankraub gesucht würde, fuhr Bert fort, oder eine entsprechende kriminelle offene Rechnung mit der Obrigkeit hatte, konnte er tagsüber auch in der Wärmestube Fedtekælderen an Christianshavns Kanal Zuflucht suchen. Dort bekam man immer gratis Essen und eine Tasse Kaffee; für einen Zehner sogar eine warme Mahlzeit.

»In den Fedtekælder kommen viele spannende Menschen«, sagte Bert, »Leute aus allen Schichten und unterschiedlichen Ländern, die meisten dort sind aus Osteuropa. Und das Personal ist so nett, dass du ganz vergisst, dass es sich um Personal handelt.«

»Ich könnte mir gut vorstellen, rasiert zu werden«, sagte Mads. Bert betrachtete ihn einen Augenblick.

»Ich habe einen Einwegrasierer, aber du musst dir eine Schere besorgen, du siehst aus wie ein Mohammed. Übrigens habe ich auch ein Springmesser. Ich verleihe es nicht, aber wenn du dich traust, kann ich dir beim Bart helfen.«

Mads betrachtete ihn genau.

»Ich habe keine Angst vor dir«, sagte er.

32

Endlich zu Hause, dachte Sanne, als der Flieger aus Las Palmas auf dem Kopenhagener Flughafen landete. Nun konnte sie in der Sache weiterkommen, die ganz sicher nicht die Miete für ihre Wohnung bezahlte, aber mehr und mehr von ihren Gedanken Besitz ergriff: Der Mord an Klein-Ida und allem, was damit zusammenhing.

»Der Brandy war sein Schicksal«, sagte die Frau, die Sanne begleitete, zu dem einen Familienmitglied, das das Empfangskomitee am Kopenhagener Flughafen darstellte.

›Schicksal‹? Nicht ohne Pathos und Verkennung der eigenen Verantwortung, dachte Sanne, aber auf eine Art auch befreiend, dass die Frau geradeheraus sagte, was sie meinte.

Es war eine nicht ganz einfache Reise gewesen, in Rahmen derer die unglückliche Frau mit Gewalt und Nachdruck, großen Gesten, dann wieder Unentschlossenheit und einigem Erbrechen den Tod ihres Ehemannes wiederzugeben versucht hatte.

Sanne hatte ihre ganze Klaviatur an mitmenschlichem Verständnis und psychologisch-korrekter »Die Klientin dort abholen, wo sie sich im Augenblick befindet«-Haltung eingesetzt. Sie hatte wirklich Lust gehabt, der Witwe, wie sie sich selbst nannte, ein paar zu verpassen, sie zu fesseln und sie im Hotel einzusperren, bis sie nach Kopenhagen fliegen konnten. Die Alternative war, sie zwischenzeitlich in eine psychiatrische Einrichtung in Las Palmas einweisen zu lassen.

Nur das Wissen, dass ihre Gewaltvorstellungen auf ihrer eigenen akuten Stress-Situation beruhen mussten, hatte Sanne davon zurückgehalten.

Das verdammte Gedicht! Auf ihrem eigenen Kopfkissen ... Das Gefühl, dass jemand sie verfolgte, der Eindruck, dass sie in Kopenhagen unter Beobachtung stand, war nicht nur eine fixe Idee oder beginnende Paranoia gewesen, sondern Realität. Sie musste schnellstmöglich Møller und Martin benachrichtigen.

Zumindest war sie in Spanien dieser idiotischen Situation entkommen.

Und allen Diskussionen darüber zum Trotz, ob man der wild Trauernden noch mehr Brandy geben sollte oder nicht, blieb es nun letztlich doch bei Danksagungen und Umarmungen und »Auf Wiedersehen« von der Witwe, als sie und Sanne sich in der Ankunftshalle des Kopenhagener Flughafens trennten.

Sannes Briefkasten quoll vor Werbung aus fünf Tagen über. Die Austeiler kannten oder respektierten nicht immer die Symbole, die »Nein, danke« zu der bunten Reklame beziehungsweise den Lokalzeitungen sagten.

Versteckt unter einem Kilo Werbesendungen lagen eine Postkarte von Gilles und außerdem ein altmodischer Brief. Sanne erkannte sofort die hübsche, saubere Handschrift auf dem Briefumschlag. Er stammte von ihrer Mutter, eine der wenigen, die Sanne kannte, die immer noch eher Briefe als Mails schrieb, wenn es sich nicht um etwas Akutes handelte.

In ihrer Wohnung signalisierte das Festnetztelefon mittels eines sich schnell wiederholenden roten Blinkens, dass mehrere Nachrichten auf sie warteten. Sie kamen später dran. Sanne setzte sich aufs Sofa und las.

Gilles schrieb, dass sein Vater an dem Schlag gestorben war, den Gilles' Schwester ihm während eines Vergewaltigungsversuchs verpasst hatte, um sich selbst zu verteidigen – die Schwester hatte nach dem Alten Testament gegriffen, die ledergebundene Ausgabe mit silberner Schließe, die sich seit Generationen im Familienbesitz befand. Leider hatte das Krankenhaus den Zustand seines Vaters fälschlicherweise als Gehirnerschütterung behandelt – er war wegen des Alzheimers schwer einzuschätzen –, während es sich tatsächlich um einen Schädelbruch handelte, der nun seinen Abgang aus dieser Welt verursacht hatte. Die Schwester sollte wenn möglich nicht gerichtlich verfolgt werden und das Risiko eingehen, ins Gefängnis zu kommen, weshalb Gilles dableiben und ihr helfen müsse. Somit müsse er auch ihre Wiedervereinigung hinausschieben, obwohl er sie kaum erwarten könne.

»Wiedervereinigung«. Sanne kostete das Wort ein wenig aus, während sie aufstand und sich ein Glas Wasser holte. Das Wort hatte einen fast absurden Klang, wenn sie ihre Geschichte betrachtete. Sie hatten sich geliebt und vor mehreren Monaten weniger als einen Tag miteinander verbracht. Ihre Trennung war von Todesfällen und juristischen Scherereien geprägt. Bei ihr selbst kam noch eine erotische Eskapade mit einem gewissen Herrn Møller hinzu, die sie schnellstmöglich vollständig vergessen musste. Und was hatte Gilles nicht alles in Frankreich laufen?

Es könnte sein, dass sie bald ins Lagkagehuset gehen– nein, sowas passiert nicht zweimal – oder doch besser einen Spaziergang auf dem Wall machen würde. Sie brauchte eine Schulter, ein paar starke Arme, Zärtlichkeit, Sex, einen Augenblick des Friedens und der Freiheit, in dem sie mit einem anderen vereint und dazu gebracht würde, sich selbst und alles andere loszulassen.

Der Wall … Es sei denn, ein Mann würde auf andere Weise in ihrem Schlafzimmer auftauchen. Wohlgemerkt einer, der ihr Gutes wollte. Der Gedanke ließ sie unwillkürlich in Richtung Schlafzimmer gucken. Sie hatte die Tür geschlossen, als sie verreist war; sie war immer noch verschlossen. Das Gedicht in kindischer Schrift hatte sie in ihre Nachttischschublade gelegt. »Ich halte mich ans kühle Nass.« Wer zur Hölle schrieb sowas? Wer könnte ein besonderes Verhältnis zu Wasser haben? 70 % des menschlichen Körpers bestanden aus Wasser. Alle hatten fließendes Wasser bei sich zu

Hause. Und es war schwierig, in Kopenhagen einen Ort ohne Wasser zu finden, der Hafen war das Herz der Stadt, hinzu kamen die Küste, die Seen, der Stadtgraben, die Kanäle – sie musste nur aus dem Fenster gucken oder einen Spaziergang auf dem Wall machen, überall Wasser. Aber Klein-Ida war nicht nur im Wasser getötet worden. Sie war in einem Eimer ertränkt worden, den Kopf bedeckt mit Aufwischwasser. Sollte sie sich bei der weiteren Ermittlungsarbeit eher auf den Schmutz als nur auf das Wasser konzentrieren, und falls ja, warum wurde das in dem Gedicht nicht erwähnt?

Sanne spürte plötzlich, wie ein Kälteschauer über ihren Rücken lief, und dachte darüber nach, sicherheitshalber besser gleich einen Blick ins Schlafzimmer zu werfen, wurde aber von Widerwillen und Müdigkeit überwältigt. Auch kam sie zu dem Schluss, dass solche neurotischen Sicherheitsmaßnahmen doch nur jene Angstfantasien weiter befeuern würden. Sie musste sich selbst und ihrem Urteilsvermögen vertrauen, nicht der aufkeimenden Angst nachgeben, durfte ihren Gefühlen nicht die Kontrolle überlassen, sondern musste rational denken und handeln.

Sie setzte sich aufs Sofa und las weiter. Ganz am Ende der Karte hatte Gilles einige französische Kritzeleien angefügt, die bezeugen sollten, dass Sanne seine lange Abwesenheit letztendlich nicht missverstehen solle: Sein *bateau ivre* lag ganz bestimmt in Kopenhagen, nicht in Nizza.

Noch ein Mann mit französischen Gedichten im Kopf! »Bateau ivre«, trunkenes Schiff. Sanne war sich fast sicher, dass der Ausdruck von dem Dichter stammte, den Mads Højlund im Gefängnis erwähnt hatte, Rimbaud. Naja, bei Gilles‘ französischem Background war das vielleicht nicht so merkwürdig. Und dennoch: Denkt er dabei an mich oder an den Bootsverleih, fragte sich Sanne, während sie aufstand, um nachzusehen, wer so beharrlich an ihrer Tür klingelte.

Vielleicht war ihr nicht unbedingt nach dem Wall, sondern eher nach einem gemütlichen Abend mit Jack und Pedro Almodóvar, dachte sie, während sie nach dem Hörer der Sprechanlage griff.

»Wer ist dran?«, fragte Sanne.

»Hier ist Pia, Pia Thomsen.«

»Ja?«

»Ich weiß, dass wir erst morgen Nachmittag verabredet sind, aber da muss ich zum Zahnarzt, weil … Ich sah, dass die Terrassentür offen stand und musste einfach … Hast du jetzt Zeit?«

»Eigentlich nicht. Wenn du den Termin morgen Nachmittag absagen willst, kannst du abends vorbeikommen. Wie wäre es mit 20 Uhr?«

»Es geht um Idas Vater, er ist völlig wahnsinnig, er …«

Einen Augenblick lang hielt sie inne, fuhr dann aber weinend fort: »Er ist total geisteskrank, er …«

»Komm für fünf Minuten rauf.«

Sanne war vollkommen erschöpft und fühlte sich nicht imstande, einen Klienten zu empfangen. Gleichzeitig fiel es ihr schwer, zu ihren Klienten Nein zu sagen, wenn sie sie brauchten. Hinzu kam, dass alles Neue, was mit dem Mord an Ida in Verbindung stand, Macht über ihr Leben ergriffen hatte. Aber egal was los war, sie musste sich beherrschen.

Während Pia sich auf dem Weg hinauf befand, vollzog Sanne eine blitzschnelle Atemübung, wobei sie hyperventilierte, sodass ihr Gehirn dreißig Sekunden lang mit Sauerstoff bombardiert wurde und sie selbst den Eindruck bekam zu schweben und völlig klar zu denken. Den Trick hatte G. S. ihr beigebracht, als sie sich karrieretechnisch auf dem ›Höhepunkt‹ befand und am liebsten vor Energie und Überschuss vierundzwanzig Stunden am Tag übergesprudelt wäre – jene Periode, in der sie im ganzen Land in Sachen »Kommunikation mit schwierigen Personen« unterwegs war und sich ein kleines Vermögen verdient hatte.

Sanne öffnete Pia die Tür und erschrak so bei deren Anblick, dass sie trotz des zusätzlichen Sauerstoffs einen Augenblick lang ganz baff war.

Vor ihr stand eine zitternde und tränengeschüttelte Pia mit einem riesigen blauen Auge und einer blutig-verkrusteten Wunde in einem Mundwinkel.

»Ich …«

»Komm rein, Pia.«

Pia Thomsen betrat Sannes Flur und sagte gleichzeitig: »Es geht um Idas Vater, er ist ein Schwein, er beschuldigt mich … Er hätte besser Ankläger werden sollen statt …«

Sie begann zu schluchzen und suchte Halt an der Wand.

Einen Sekundenbruchteil lang stellte Sanne sich vor, dass sie nie wieder den Charakter und die therapeutische Qualität des Weinens würde beurteilen müssen, sondern nur jeden Leidenden trösten, sie an ihre Brust drücken würde, wie eine Mutter, die ihr weinendes Kind beschützt. Sie trat einen Schritt vor und umarmte Pia.

»Was ist geschehen, Pia?«

»Der Idiot hat mich geschlagen, er …«

»Wann?«

»Gestern, man sollte ihm die Eier abschneiden und … Das Schwein!«

»Hat ein Arzt sich das angesehen?« Pia nickte.

»Ja, ich war gestern Abend in der Notaufnahme.« Sanne ließ sie los. Pia sprach weiter: »Sie haben auch einen Rapport angefertigt. Mir ist ein Zahn abgebrochen, er soll morgen gezogen werden … Das Implantat darf er verdammt noch mal bezahlen!«

Sanne musste das Gespräch auf fünf Minuten begrenzt halten. Empathie war eine grundlegende Voraussetzung für jegliche therapeutische Arbeit, aber es brachte einfach nichts, sie dominieren zu lassen. Hier-und-jetzt-Befriedigung half Patienten auf längere Sicht nur selten. Ein wohldosierter Aufschub mit nachfolgender Reflexion erwiese sich in der Regel als effektiver.

»Kann ich dich um ein Glas Wasser bitten?«, fragte Pia und blickte bittend in Richtung Therapiezimmer, wo immer eine Kanne Wasser auf dem Tisch zwischen ihnen stand.

»Selbstverständlich«, sagte Sanne, »lass uns in die Küche gehen.«

Sie ließ Wasser aus dem Hahn laufen, bis es schön kalt war, und schenkte ihnen beiden einen Glas ein. Sie tranken.

Pia schien schon gefasster. Sanne hörte nie auf sich zu wundern, was ein Glas Wasser bewirken konnte.

»Was sagst du zu meinem Angebot, morgen Abend vorbei zu kommen? Dann haben wir ausreichend Zeit.«

Pia nickte.

»Es ist nur weil … ich sah, dass die Terrassentür aufstand, und da überkam es mich plötzlich, als ob ich nicht warten könnte, sondern dich sehen musste … hier rauf musste.«

»Morgen kannst du eintauchen, wo du willst.«

Sanne bereute augenblicklich ihre gedankenlose Formulierung, aber was gesagt war, war gesagt. Zum Glück sah es nicht so aus, als würde Pia darauf reagieren, denn sie sagte bloß: »Wir sehen uns morgen Abend.«

33

Das Militärpsychologische Institut lag verlassen da. Von Mads' Versteck aus gesehen hatte die Kombination des Militärischen mit dem Psychologischen sowohl etwas Bedrohliches als auch Verlockendes an sich. Er wollte ungern in die Klauen irgendeines Psychologen geraten, der mit militärischer Präzision in seinem Kopf herumkramen konnte. Andererseits … Falls er nicht mit seinem Vater auf die Jagd fahren konnte, konnte er vielleicht nach Afghanistan gelangen und im dänischen Militär kämpfen.

Afghanistan, Soldaten, Kameraden, andere junge Menschen wie ihn selbst kennenlernen.

Eine Gruppe Jungen spielte auf der Wiese Fußball. Ihre begeisterten Rufe und ihr Eifer bewegten ihn.

»Kämpf mit!«, rief einer der Jungen.

Mads war kurz davor loszulaufen, um mitzuspielen, aber eine andere Stimme warnte ihn und sagte, dass sein Kampf dann zu Ende wäre.

Der richtige Kampf. Das Puzzlespiel seines Überlebens, die Teilchen, die alles zurechtrücken würden, sodass das wirkliche Leben beginnen könnte, wenn alle Idioten sich entschuldigt und ihm zu einem Neuanfang verholfen hätten.

Alternativ musste er weiter raus in die Freiheit, irgendwo hin, wo alles neu und fremd war und niemand ihn kannte. Deutschland war wohl am realistischsten, so lange er kein Geld hatte und mit dem Fahrrad unterwegs war.

Einige Hunde bellten oben auf dem Auslaufgelände. Bald wurde es dunkel, und die meisten Hunde würden im Warmen bei ihren Besitzern liegen. Vereinzelte Gassigänger kamen nach Einbruch der Nacht und ließen ihre Tiere los. In China aßen sie Hunde ... In Christianshavn würde es sicher bald Ärger mit Durchsuchungen und allem Möglichen geben. Es würde weniger gefährlich sein, bei SuperBrugsen ein Steak zu stehlen. Oder vielleicht besser etwas, das nicht gebraten werden musste.

Er musste diszipliniert sein und sich selbst im Zaum halten. Nur so würde er den Countdown bis zu jenem Tag durchhalten können, da er sich einen Überblick verschafft haben würde und bereit zu handeln wäre.

In einer der ersten Nächte, als Mads fror und in seinem Busch nicht schlafen konnte, hörte er die Stimme seiner verstorbenen Mutter: »Die Not lehrt jede Frau zu spinnen.« Sowas hatte Marie auch an einem Abend in der Kinderbastion gesagt. Manchmal waren die Alten viel hilfreicher als die Jungen, Not lehrt ...

Das galt doch wohl auch für Männer? Er war nicht ganz nackt, aber er konnte gut etwas mehr Kleidung gebrauchen. Insbesondere einen Kapuzenpullover. Der wäre nachts warm und würde tagsüber helfen, sein Gesicht zu verstecken. Eine Brille und Sonnenbrille würden ebenfalls helfen.

Er stand auf und ging runter zum Christianshavns Kanal, wo er zwei Plastiktüten mit leeren Flaschen füllte; die Leute waren ganz wild auf ihr Bier und ihren Wein am Kanal, wenn die Sonne endlich durchbrach und die Hormone in Gang setzte.

Am nächsten Morgen nutzte er die Chance und ging zu Christianshavns Torv. Ein paar Obdachlose torkelten mitten auf dem Platz umher. Ansonsten hatten die Leute es eilig, aus der oder in die Metro zu kommen. Offensichtlich beachtete ihn niemand besonders.

Er stopfte die Flaschen in SuperBrugsens Automat am Christianshavns Torv. Mit Spannung verfolgte er die Entwicklung des Betrags, bis die letzte Flasche registriert war: 33 Kronen. Jetzt musste er nur noch auf den Knopf drücken, um seinen Bon zu bekommen. Da waren ein gelber und grüner Knopf, auf denen »Rettet die Kinder« und »Ausbezahlung« stand. Mads sah, wie seine Hand vor den beiden Knöpfen zitterte. Zu wählen gehörte zum Schwersten im Leben. Für, gegen, und dazwischen. Er musste jetzt ganz klar denken, sich selbst wählen und die Hand zum grünen Knopf steuern. Sein ganzer Körper zitterte, während er sich zu dieser Handlung zwang.

Auf wackeligen Beinen ging er weiter in den Laden hinein und nahm sich einen roten Einkaufskorb.

Der Bon reichte für einen Liter Magermilch und ein Paket Brot. Und mit etwas im Korb fühlte er sich sofort etwas weniger kriminell, sodass er sich im Supermarkt freier bewegen konnte. In dem Laden gab es nicht viel Kleidung, aber etwas hatten sie, auch Kapuzenpullover. Mads suchte den größten und zog ihn an. Tat so, als würde er einen Spiegel suchen, während er sich nach Personal und anderen neugierigen Blicken umsah. Niemand zu sehen. Er riss das Preisschild ab und ging mit angezogenem Pullover weiter zum Brillenständer. Die Stärke Plus 1 trübte seinen Blick nur leicht, und ihm gefiel, was er im Spiegel des Ständers sah. Die Brille veränderte ihn sichtlich.

Eine der Sonnenbrillen landete in der linken Tasche des Kapuzenpullovers. Jetzt fehlte ihm nur noch ein Stück Käse.

Das Kühlregal brummte bedrohlich, aber er konnte sich nicht zurückhalten. Die Wahl fiel auf einen kleinen, französischen Emmentaler. Er passte besser in die rechte Tasche als der große aus der Schweiz.

Und dann zur Kasse.

Das Mädchen an der Kasse gab seine zwei Waren ein, schrieb etwas auf den Flaschenbon und sagte: »Heute wird es sicher warm.«

Mads nickte und war schon auf dem Weg hinaus, sein T-Shirt war schweißnass.

Eine Stimme ließ ihn aufschrecken:

»Hallo, du da, komm mal zurück.«

Sollte er abhauen oder ruhig zurückgehen? Sein Herz hämmerte, Mads drehte sich um, das Mädchen lächelte, keine anderen Kunden oder Personal zu sehen. Falls nötig konnte er sie ohne Weiteres ausknocken und weglaufen, bevor andere hinzukamen.

Er ging zu ihr zurück.

»Du hast dein Wechselgeld vergessen, vier fünfzig, bitte, hab einen schönen Tag.«

Schon gleich nach der Rasur mit Berts Messer und Einwegrasierer hatte Mads zum ersten Mal im Stadtgraben gebadet. Es war eine kalte Angelegenheit, aber er konnte nicht riskieren, wie Bert zu riechen. Und schnell hatte er sich an die Wassertemperatur gewöhnt. Er wusch dort auch seine Kleidung aus, sobald die letzten Gassigänger vom Gelände verduftet waren.

Sein neuer Pullover und die Sonnenbrille machten Mads mutiger. Er wagte sich aus seinem Versteck und ging am Christianshavns Kanal entlang, noch bevor die Sonne untergegangen war. Es lohnte sich: Er bekam 175 Kronen für die Flaschen ausbezahlt, die er im Laufe von drei Stunden gesammelt hatte.

Das Geld gab er dafür aus, um sich bei einem türkischen Friseur auf der Torvergade eine Glatze schneiden und rasieren zu lassen.

Er wagte jedoch nicht, sich im Fedtekælder sehen zu lassen, weder mit noch ohne Verkleidung.

Dann besser abends Flaschen sammeln, sie morgens in SuperBrugsens Automat einlösen und einen Liter Milch und etwas Brot kaufen.

Plus eventuell noch etwas mehr Essen und extra Kleidung in den Läden abstauben.

Er musste sauber und ansehnlich sein, um eine Chance zu haben.

34

Als Pia gegangen war, goss Sanne sich einen Blue Sapphire extra large ein und hörte die Nachrichten auf ihrem Anrufbeantworter ab.

Jack begann mit seiner typischen Klage darüber, dass sie auf ihren Reisen nicht mobil erreichbar war, eine von Stress befreiende Maßnahme, die Sanne fast wie ein Luxus vorkam. Jack war zu später Nachtstunde einem Lebensretter begegnet. Er war jetzt weg, aber Jack erinnerte sich, dass er im Hafenbad in Islands Brygge arbeitete. Wie wäre es, wenn Sanne und er den Arbeitsplatz dieses Lebensretters inspizierten und sich ein gemeinsames Bad im Hafenbecken genehmigten?

G. S. rückte ihr wegen ihrer eventuellen Teilnahme an Eros & Thanatos vor der Sigmund-Freud-Gesellschaft auf die Pelle. Würde sie vortragen oder nicht? Er klang ungeduldig, an der Grenze zu gereizt. Er befand sich auf dem Weg nach Buenos Aires, um am jährlichen psychoanalytischen Kongress teilzunehmen, wo er für Jacques Lacans Ehre kämpfen wollte, die all die amerikanischen Ego-Psychologen und Pseudo-Analytiker vermutlich weiterhin zu besudeln versuchen würden. »Eine angelsächsische aufgewärmte Suppe ohne Salz!«, fügte er fast wütend hinzu und legte den Hörer auf.

G. S., du alter Wadenbeißer, dachte Sanne und merkte, dass ihr die Gespräche mit ihm tatsächlich fehlten.

Møller hieß Sanne »zu Hause in Dänemark« willkommen, er selbst war »aus dem Krankenhaus entkommen und bereit loszulegen«. Er schlug vor, dass Martin und sie beide sich am nächsten Tag um 14 Uhr bei Sanne treffen sollten; wenn sie so nett wäre, sich zu melden. Aus Rücksicht auf Else am besten per SMS.

›Schön, dass du wieder zu Hause bist‹, antwortete Sanne in einer SMS an Møller. »Bis morgen um 14 Uhr im Gipfel.«

Bei der Gelegenheit konnte sie Jack gleich auch einen Gruß schicken, dann war das auch abgehakt.

»Freue mich auf ein baldiges Bad im Hafenbecken. Muss nur meinen Kalender checken. Zu müde, um jetzt zu reden. Kuss, Sanne.«

Je mehr sie jetzt schon schaffte, desto besser standen die Chancen für eine durchschlafene Nacht ohne Stress und Gedanken an alles, was sie nicht erreicht hatte. Sie schaltete den Laptop an und klickte G. S. in der Kontaktliste an.

Lieber G. S.,

ich habe mich entschieden, deine Einladung anzunehmen und vor der Sigmund-Freud-Gesellschaft einen Vortrag zu halten.

Der Titel meines Beitrags bleibt, wie vorgeschlagen, »Eros und Thanatos mit einem persönlichen Twist«. Und persönlich wird es, weil ich von meinem Verhältnis zu einem Franzosen ausgehen möchte – nicht Jacques Laban, wie du sicher gleich gehofft und gedacht hast – sondern einem französischen Liebhaber, den ich vor einigen Monaten beim Bäcker (ja, du hast richtig gelesen) kennengelernt und an den ich seither ziemlich oft gedacht habe.

Was die Thanatologie betrifft, möchte ich die anwesenden Psychoanalytiker mit einbeziehen, indem ich um ihre Deutungen eines besonderen Todesszenarios bitten, das mich zurzeit beschäftigt. Ausgangspunkt werden ein Eimer Wasser und eine inoffizielle Mordermittlung sein, in die ich involviert bin.

Wie ich das Ganze verbinden soll, ist mir noch nicht ganz klar. Lass uns nach Buenos Aires treffen und gemeinsam ein kühles Glas trinken.

Beste Grüße von Sanne

Nach einem schnellen Toilettenbesuch wollte Sanne den Laptop runterfahren und ins Bett stürzen. Als sie zurück ins Zimmer kam, war jedoch bereits eine Antwort von G. S. eingegangen. Wegen eines verspäteten Flugs wartete er seit vier Stunden am Flughafen Heathrow.

Liebste Sanne,

ich bin freudig überrascht. Als dein alter Lehrer freut es mich, dass du an meinem Eros-Thanatos-Arrangement teilnehmen willst.

Ich habe mich im Übrigen köstlich über deinen kleinen, pfiffigen Witz mit Lacan amüsiert, und du hast ja Recht. In weiten psychoanalytischen Kreisen wird unser Mann mit seiner ›neuen, revolutionären Lesart von Freud‹ als eine Art Laban, also in unserer dänischen Sprache als ein Lümmel, bezeichnet.

Dass du mit den Jahren selbst weitergekommen bist und in gesteigertem Maße versuchst, die Psychoanalyse mit der Existenzialpsychologie zu verbinden, stört einen alten Mann wie mich in keinster Weise – geistiger Stillstand hingegen wäre beschämend! Setz du nur Lacan mit Yalom und Frankl in Verbindung, wenn du willst und kannst!

Dass du unseren alten Freund Jacques überhaupt erwähnst, werte ich als Ausdruck dessen, dass du immer noch deiner Lehranalyse mit Respekt und Liebe begegnest.

Na, jetzt rufen sie endlich meinen Flug auf, bleibt nur noch, auf Ruhe in der Kabine zu hoffen. Insbesondere, dass ein Kind nicht schon wieder die Reise kaputt macht. Das war schon bei der Nordsee schlimm genug, jetzt stell dir den Atlantik vor. Du weißt natürlich aus der Entwicklungspsychologie, wie biologisch prädestiniert wir sind, uns über Kinderweinen aufzuregen und darauf zu reagieren – wie ein Alarm, den wir partout schnellstmöglich ausschalten müssen. Diese erbarmungslosen Schreie, die durch Mark und Bein gehen! Aber heutzutage können Eltern so unbegreiflich verantwortungslos sein, dass wir anderen wieder und wieder gezwungen werden einzugreifen. Nun ja, man kann nicht nur aufgrund der Eltern das Kind mit dem Bade ausschütten, wenn auch dieser schonungslose Lärm nach einem kurzen Prozess schreit … Ich finde das nicht vernünftig!

Die besten Grüße von G. S.

Manchmal ist eine Zigarre nur eine Zigarre, dachte Sanne mit Bezugnahme auf Freud – und ein Tippfehler nur ein Tippfehler. B und C befanden sich jedenfalls nebeneinander auf der Tastatur, nur so hatte sie den geschätzten Lacan in einen Laban verwandeln können. War das auch so im Mordfall? War der verdammte Eimer mit Wasser nur ein Eimer Wasser, oder sollte sie ihn deuten?

Sanne fuhr ihren PC runter. Der Wind war stärker geworden, und es klang, als hätten einige Zweige sich losgerissen und würden nun auf dem Dach herumrasseln.

Sie konnte die Wohnung verkaufen und weiter unten im Gebäude einziehen, oder etwas gegen ihre Höhenangst unternehmen. Wenn sie nur eines Tages ihren Kopf dort rausstecken würde, stückweise ihr Territorium ausweitete, die Dauer ihrer Aufenthalte auf dem Dach verlängerte. Schlaf jetzt, Sanne, schlaf.

Sie war kurz davor, vor Müdigkeit umzufallen, fürchtete aber dennoch das Bett mit seinen unbarmherzigen Attacken von Schlaflosigkeit, die sie so sehr schwächen konnten, dass es verlockend war, der Schlaflosigkeit mit der einzigen Waffe, die größer und stärker war als diese selbst, die Stirn zu bieten – aber sie musste das durchstehen, natürlich musste sie das, dachte sie und goss sich noch einen Blue Sapphire ein. Der ewige Schlaf musste warten. Sie hatte noch so viel zu erledigen, unter anderem war da ein Mord aufzuklären, die Rettung eines vielleicht unschuldigen Mannes, ein totes Kind, an das sie denken musste, eigentlich zwei, und außerdem ein Brief ihrer Mutter, der gelesen werden musste.

So nah und doch so fern. Sie spürte die Sehnsucht, wie sie sie jeden Tag auf Gran Canaria gespürt hatte, ohne die Kraft aufzubringen, mit ihrer Mutter auf der Nachbarinsel Kontakt aufzunehmen. Was wollten sie voneinander, hatte sie sich stattdessen gefragt, ohne eine Antwort zu finden.

Jetzt lag da der Brief, der physische Beweis dafür, dass ihre Mutter etwas von ihr wollte. Sie konnte ebenso gut gleich ins kalte Wasser springen.

Liebe Sanne,

ich habe nie bezweifelt, dass du meine Tochter bist, dazu ähneln wir einander zu sehr, und ich meine weder die Form unserer Nasen noch unsere Figur, oder die Tatsache, dass wir beide Champagner Tafelwein vorziehen und Chanel Dior.

Dennoch, oder gerade deswegen, hat es mich hart getroffen, als mir eine Bekannte neulich, leicht frohlockend, mitteilte, dass du dich in Las Palmas aufgehalten hast, wo du mit einer ungewöhnlich betrunkenen Freundin unterwegs warst.

Ich wüsste nicht, dass zwischen uns etwas Besonderes vorgefallen wäre, was diesen Abstand verursacht haben könnte. Nahe haben wir uns ja nie gestanden, es ist meine Schuld, ich hatte meine Gründe, so ist das nun mal.

Ich weiß auch, dass du deine gehabt hast, ich denke in erster Linie an Holger, den ich wohl nie in unser Leben hätte einlassen sollen, das sehe ich heute ein, dafür nehme ich die Verantwortung auf mich. Ich war unselbstständig, wenn auch eigensinnig, und fühlte mich nach dem Tod deines Vaters nur wie ein halber Mensch; ich brauchte einen Mann an meiner Seite.

Dass du hingegen meine Inseln besuchen kannst, ohne dass wir ein paar Worte wechseln oder auch nur einen Cocktail zusammen genießen, macht mich sowohl unglücklich als auch aufrichtig besorgt. In den letzten Jahren habe ich mir viele Gedanken darüber gemacht, was in deinem Kopf und deinem Leben vorgeht. Ich war in der Tat so besorgt – und jetzt wirst du sicherlich wütend, aber ich bitte dich, es als höhere Macht zu betrachten –, dass ich mich letzte Woche gezwungen sah, Samuel zu kontaktieren in der schwachen Hoffnung, dass er mich darüber aufklären könnte, was da in aller Welt vorgeht und im Leben meiner Tochter verrückt spielt.

Sanne-Mädchen, mein kleiner Schatz, ich liebe dich, und hoffe, dass wir uns bald wiedersehen!

Deine – trotz allem – Mutter

Freche Hexe, dachte Sanne, während sie den Brief zur Seite legte und merkte, dass ihre Augen trotz allem feucht waren. Verrückt, das war sie, aber sie vermisste diese freche Hexe auch, die sie inmitten dieser emotionalen Turbulenzen nicht aufhören konnte zu lieben, auf ihre eigene Weise. Das mit Chanel stimmte aber nicht. In der Hoffnung auf eine lange und ruhige Nacht reicherte Sanne den letzten Drink mit einer Imovane an.

Bevor sie sich hinlegte, stand sie ein wenig im Zimmer und blickte rüber zu Jack. Das Licht dort drüben wurde ausgeschaltet, während sie so dastand. War er allein oder mit jemandem zusammen? Vor mehr als einem Jahr hatte er vorgeschlagen, dass sie beide zusammenziehen sollten. Nicht, um ein traditionelles Paar abzugeben, sondern aus rein praktischen Gründen. Eine freiwillig arrangierte Ehe hatte er es genannt. Sie hatte es nicht völlig überblicken können, der Verlust von Sara überschattete alles. Sie hatte auch überlegt, dass er das vielleicht aus Mitleid tat, und dass es nicht vernünftig war, ihn in eine derart allumschließende Trauer mit hineinzuziehen. Jetzt kamen ihr Zweifel. Es war trotz allem sein Vorschlag, und sie würden beide gut dabei wegkommen. Ein praktisches Arrangement mit Gemeinschaft und individueller Freiheit, um auf das zu reagieren, was auch immer nun in ihnen entfacht werden oder sie anziehen möge. War es nicht besser, sich auf den breiten Schwingen der Freundschaft auszuruhen, als in leidenschaftlichen Verhältnissen beherrscht von der Gewalt der Emotionen gequält zu werden? War eine stabile Freundschaft nicht weit konstruktiver als flüchtiges Verliebtsein und eine Bis-dass-der-Tod-uns-scheidet-Liebe?

Sanne ging ins Schlafzimmer, schloss die Tür hinter sich und schaltete das Licht aus. Wenn nur Haiti sich jetzt nicht einen Weg durch die Oberfläche brach. Die Insel hatte Sanne seit ihrem letzten Besuch nicht wirklich loslassen wollen. Insbesondere, wenn es Zeit war, zu Bett zu gehen, suchte ein bestimmtes Erlebnis sie immer wieder heim: Ein Stück außerhalb von Port-au-Prince hatte sie erlebt, wie einer schreienden Katze bei lebendigem Leib die Gedärme herausgerissen wurden, woraufhin sie irgendeinem imaginären Gott geopfert wurde, während der Rest der Katze von den verzweifelten hungrigen Menschen verspeist wurde.

Sanne wälzte sich ein paar Stunden unter der Decke hin und her. Sie konnte keine Ruhe finden, immer wieder kamen neue Gedanken hoch. Wenn sie noch mehr einnahm, um einzuschlafen, riskierte sie, völlig taumelig zu sein, wenn sie aufwachte. Andererseits … Zumindest würde sie geschlafen haben.

Sie nahm noch eine Imovane aus der Nachttischschublade und legte sich wieder hin.

Sie versuchte, unter der Decke zu meditieren, bis die zusätzliche Pille sich hoffentlich ihrer Funktion bewusst wurde und sie betäubte.

Ihr Mantra war zu schwach und ließ sich leicht von dem Gedicht verdrängen, das vor gar nicht so langer Zeit dort gelegen hatte, wo nun ihr Kopf lag. Wer zur gottverdammten Hölle noch mal konnte das geschrieben haben? Wer hatte es just da platzieren können? Und warum? War es notwendigerweise derselbe, der Ida getötet hatte? Hatte sie selbst vergessen, die Terrassentür abzuschließen, als sie an jenem Tag ausging, oder hatte jemand das Schloss derart geschickt aufgebrochen, dass er keine Spuren hinterlassen hatte?

Warum hieß es im Übrigen Schlaftablette, wenn sie in erster Linie Fantasien und Gedanken Nahrung gab, die schon vorher gleichermaßen wild und unkontrollierbar gewesen waren?

Alle möglichen und unmöglichen Menschen wirbelten in Sannes Kopf herum, während die Pillen und der Alkohol ihr Bett in ein Karussell verwandelten, das sich immer schneller drehte: ihre Mutter, Sara, Samuel … Møller, Else, Martin, Tange … Mads Højlund, alle aus der Kinderbastion … die SOS-Witwe aus Las Palmas … Ahmed, Jack, G. S., Krystyna, deren Sohn … Klein-Ida, Pia Thomsen, deren Exmann … und Gilles! War ihre Begegnung im Lagkagehuset Zufall gewesen, kannte er einige der anderen aus der Gegend … vielleicht die Leiterin der Kinderbastion?

»Ausgeprägtes Gedankengewimmel« … Hatte sie nicht sowas ab und zu in den Zeitschriften geschrieben, als sie als junge Psychologin in der psychiatrischen Abteilung des Rigshospital arbeitete?

Von den Bildern und Eindrücken, die sie im Gefängnis gesammelt hatte, als sie Mads' Hände hielt – egal wie undeutlich und ineinander verwoben sie waren, musste sie Møller berichten, falls sie jemals wieder einschlief und aufwachte.

35

Binnen kurzer Zeit gelang es Mads, einen gewissen Rhythmus und eine Routine zu finden, die seinen Alltag irgendwie zusammenhielten, während er über sein weiteres Leben nachdachte und es vorbereitete.

Zwei Gedanken, stärker als alle anderen, konkurrierten jede Nacht in seinem Kopf miteinander, für beide bedurfte es Planung und Nachforschungen. Wenn er noch lange wartete, handelte es sich nur um eine Frage der Zeit, bis er entdeckt würde.

Er war gezwungen, bald zu wählen, damit er handeln konnte. Sollte er bleiben und in Dänemark um sein Leben kämpfen? Oder sollte er weiter flüchten und sein Leben irgendwo ganz anders leben?

Plötzlich musste er zur Kinderbastion, obwohl es noch nicht richtig dunkel war. Sein Herz pochte, als er aus seinem Versteck kroch, der Schweiß tropfte, er musste es tun, um nicht zu explodieren.

Erst ging er am Eingang an der Amagergade vorbei. Drinnen brannte Licht, er musste weitergehen. Ohne entdeckt zu werden. Mads wusste nicht mehr, wie es weiterging, nur dass er dort auf der Treppe gestanden hatte, während der Schnee fiel, und Møller blasser und blasser wurde, weil er offenbar einen Herzinfarkt erlitten hatte.

Mads ging weiter auf der Christianshavns Voldgade, wo er sich leicht versteckt auf den Wall setzte. Von dort aus konnte er den Eingang und den Spielplatz beobachten.

Drinnen bewegten sich einige Schatten. Sie hielten wohl ein Personalmeeting ab. Jetzt wurden die Türen zum Spielplatz geöffnet.

Die Raucher kamen raus, die Leiterin an der Spitze, dicht gefolgt von Pernille. Sie redeten, rauchten und nickten einander bestätigend zu. Der Vorsitzende des Elternbeirats folgte ihnen. Er trieb es mit der philippinischen Au-pair der Familie und benutzte die Kinderbastion ab und zu als gratis Hotelzimmer. Gitte hechelte selbstverständlich hinterher, hielt ein Glas Saft in der einen Hand und fuhr sich mit der anderen nervös über ihren sicherlich schon rotgefleckten Hals.

Jetzt kam auch Marie. Falls ihr Sohn Frederik, der Narr, ebenfalls dort war, bedeutete das, dass das Meeting bald zu Ende wäre. Marie hatte Angst vor der Dunkelheit und wurde immer von ihrem Sohn abgeholt. Und nur weil sie eine Familie waren, glaubte Frederik, alles bestimmen zu dürfen, aber Blutsbande rechtfertigen nichts. Ja, da kam er!

Im selben Augenblick, da Mads Maries Sohn sah, wurde ihm bewusst, dass es nach der Leiterin Frederik war, dem den Hals umzudrehen er spontan die größte Lust hatte.

Die Aufmerksamkeit konzentrierte sich auf die Leiterin, die Sau. Sie redete und gestikulierte viel. Plötzlich lachte die ganze Bande, die Leiterin am lautesten von allen.

Was zum Teufel bildeten die sich ein? Die Angelegenheit, die er mit diesen Bastarden am Laufen hatte, war noch lange nicht abgeschlossen!

Er war sich nur nicht ganz sicher, ob es ihm ausreichte, sich umzudrehen und sich zu übergeben, oder was zum Teufel sein nächster Zug sein sollte.

Es wäre nicht besonders schwierig, sich ein Kind zu schnappen, zum Beispiel die große Ida. Dann konnte er um sie verhandeln und wäre nicht mehr ganz allein. Aber wo sollte er sie verstecken, und was sollte er verlangen? Freiheit – Tange und all die anderen Arschlöcher würden garantiert versuchen, ihn übers Ohr zu hauen.

Falls er an der großen Ida ein Exempel statuierte, würden sie sicher anfangen, ihn ernst zu nehmen. Ihm Respekt zollen und ihm zuhören. Wenn er dann versprach, kein drittes zu entführen und zu töten, würden sie ihn vielleicht laufen lassen.

Einfach bei vollem Tageslicht mit dem Fahrrad rüberfahren! Und wer weiß, vielleicht würde er die Grenze überqueren und plötzlich »Ich bin, ja, zum Teufel noch mal, ich bin ein Berliner!« rufen können – wie der amerikanische Präsident in dem Clip gesagt hatte, den sie in Geschichte auf dem Gymnasium gesehen hatten, von damals, als die Hälfte von Berlins Einwohnern hinter Stacheldraht und hohen Mauern eingeschlossen waren.

Aber er war ja weder Präsident noch richtiger Berliner. Vielleicht ging das trotzdem.

Es musste der großen Ida auch nicht notwendigerweise schaden. Die Eltern aller möglichen Idas hatten sicherlich schon genug, woran sie denken mussten.

Er konnte sich im Spielhaus verstecken und sich am Morgen den Erstbesten schnappen, der hinauskam; auf gewisse Weise war das gerechtfertigter, so völlig wahllos.

Er spürte es nun in jedem angespannten Muskel. Bald würde er seine Entscheidung treffen, den Kurs setzen und danach handeln.

Die Kinderbastion, Tange, Bumm. Freiheit, Gerechtigkeit, Bumm. Berlin, Bumm, Bumm.

36

Sanne lag ziemlich groggy auf ihrem Bett und bereute, dass sie auf Møllers Nachricht geantwortet und den Termin mit ihm und Martin für 14 Uhr eingeschoben hatte, wo sie eigentlich Pia Thomsen hätte therapieren sollen, die nun stattdessen um 20 Uhr kam.

Sie überdachte ihre Möglichkeiten. Eine gute Trainingsrunde half oft, wenn sie schlecht drauf war oder einen Kater hatte. Das tat ein BLT mit extra Currydressing hingegen auch.

Fitness World wurde im selben Augenblick von der Liste gestrichen, da sie aus dem Bett aufstand. Schon der Gedanke an einen Punchingball, ein Spinningrad oder eine Fitnessmaschine ließ sie sich noch unwohler fühlen. Es konnte nicht mehr lange dauern, bis ihr Körper Zeichen des fehlenden Trainings aufweisen würde. Schlafmangel hing in ihren Augenwinkeln, aber auf wundersame Weise sah ihr Körper immer noch normal aus, als sie sich im Spiegel betrachtete. Die vielen Fahrradtouren und Spaziergänge waren wohl offenbar auch ein bisschen Training.

Sie rief bei Ahmed an, bestellte Kaffee und ein Sandwich mit extra Curry und Speck, und bat ihn, damit hinaufzukommen und auch sich selbst etwas mitzubringen, falls er Zeit und Lust hatte.

Das Wetter war okay, sie konnten sogar auf der Terrasse sitzen, ohne dass Sanne etwas anderes als ihren Morgenmantel anziehen musste. »Ahmed, ich habe da über etwas nachgedacht.«

»Sanne, oft ich denke, du denkst zu viel.«

»Das ist gut möglich, aber ich habe trotzdem Lust, dich etwas zu fragen.«

»Keine Problem, du fragen, ich antworte.«

»Wo wohnst du eigentlich?«

Ahmed errötete, er versuchte die Frage zu parieren, während seine Augen zu leuchten begannen: »Ah, Sanne, jetzt du sehr neugierige Frau.«

»Ja, das bin ich in der Tat. Verbirgst du etwas, das dich daran hindert zu antworten?«

»Sanne, du nichts weißt, du kein Probleme hast, simple logic best. Sandwich gut?«

Es war wirklich so gut, dass es Sanne geradezu spürte, wie die Mischung aus Curry, Speck, Hühnchen, und Salat direkt in ihren Blutkreislauf floss und ihr neue Energie gab. Mehr als genug, um sich nicht von einer freundlichen, aber irgendwie auch aufdringlichen Person aufhalten zu lassen.

»Ahmed, wie wäre es, wenn wir meine Probleme einfach sein ließen und du meine Frage beantworten würdest?«

Er legte sein Sandwich zur Seite und blickte Sanne direkt in die Augen. Gleichzeitig trafen die Sonnenstrahlen ihr Gesicht, sodass sie ihre Augen abschirmen musste, um ihn überhaupt sehen zu können.

»Sanne, ich nicht wohnen legal. Dänemark gut Land, wenn du hast Geld, aber ohne Geld … wie man sagt … Klassengesellschaft.«

»Wohnst du im Keller?«

»Warum du fragst das?«

»Ich bin mir fast sicher, dass ich dich eines Abends dort unten gesehen habe.«

Die Röte schoss augenblicklich zurück in seine Wangen, Ahmed nickte: »Nicht wohne, nur schlafen auf fein Rosshaarmatratz von Chef, und ich immer aufräumen, nicht stören jemanden.«

»Was ist mit deiner Freizeit?«

»Ich gehe spazieren. Wall ist richtig schön, Kanale, auch City.«

»Wo duschst du?«

»Ich waschen mich auf Toilette unten in Café.«

»Du kannst gerne hochkommen und hier duschen.«

»Sanne, vielleicht einen Tag ich komme, nehme dich … wie sagt man, nehme dich bei Wort, ja?«

»Das ist auf jeden Fall eine Möglichkeit. Jetzt muss ich selbst duschen, ich habe heute Gäste. Der Kaffee und das Sandwich waren lecker. Danke, dass du es heraufgebracht hast.«

»Du bezahlen, ich sage danke, vielen Dank, und schönen Tag, Sanne.«

»Gleichfalls, Ahmed.«

Sobald Møller entlassen und wieder zu Hause war, fühlte er sich viel besser, als er im Rigshospital zu hoffen gewagt hatte. Das vorsichtige Spielen mit der kleinen Eva, die Gespräche mit Jeanette, die begeistert von einer anstehenden Reise in den Osten erzählte, das Gelächter und der Eifer der Mädchen – zu Hause, das war ein ganz anderes, ein richtiges Leben.

Es war, während er den Garten inspizierte, sich über die schon aufgeblühten Blumen, Büsche und Baume freute und darauf, diejenigen zu beobachten, die noch kommen würden, dass ihm ernsthaft auffiel, wie sehr er sich in der Kardiologie darauf vorbereitet hatte, dem Leben Adieu zu sagen. Das Schwerste wäre nicht gewesen, diese Welt zu verlassen, sondern die Verzweiflung darüber, seine Lieben nicht länger beschützen zu können, die Furcht vor all dem Bösen, das denen widerfahren könnte, die er hier zurückließ. Einen Moment lang hatte er sogar den unglücklichen, geschiedenen Mann verstanden, der in einem Anfall von Ohnmacht und Wahnsinn beschlossen hatte, seine Familie umzubringen, bevor er sich selbst erschoss.

Jetzt war alles, wie er es in Erinnerung hatte und liebte, nur leuchtender und stärker als vorher. Die Blumen dufteten so schön, die Farben waren ungewöhnlich hübsch, die Luft klar und rein wie auf dem Land, und Else – Else war schöner denn je zuvor, als sie in ihrem Rollstuhl den gefliesten Weg mitten im Garten hinunterrollte und in ihrem typischen Tonfall sagte: »Na, Møller, wollen wir zwei uns nicht bald eine Tasse Kaffee genehmigen?«

An jenem Abend waren sie Arm in Arm eingeschlafen, wie damals, als sie jünger waren, er und seine Else.

Sanne, Martin und Klein-Ida hingegen waren in Møllers Gedanken von dem Moment an, da er am nächsten Morgen aufstand und Else aus dem Bett half. Im Laufe des Tages wuchs ihre Anwesenheit, und gleich nach dem Abendkaffee sagte Else, als könnte sie glatt durch ihn hindurchsehen: »Du bist schon dabei ungeduldig zu werden, es gibt keinen Grund, das zu leugnen, Møller. Ich werde auch ganz verrückt, wenn du in diesem Zustand hier rumrennst. Versprich mir nur, dass du es ruhig angehst und auf dich aufpasst.«

Damit hätte er nie gerechnet. Dass sie ihn so unbeschwert mit seinen Ermittlungen fortfahren lassen würde. Sie kannte ihn viel besser als er sie kannte, dachte er jetzt, als er seinen Wagen vor Sannes Haus parkte.

»Ausgezeichnete Zusammenfassung«, sagte Møller und nickte Martin anerkennend zu, der ihn und Sanne mit den neuesten Informationen der Mordkommission über den Ida-Mord versorgt hatte.

Sanne goss den Männern noch mehr Tee ein, die sie sich auf das Sofa ihr gegenüber gesetzt hatten. Es war ungewöhnlich, dass es bei den DNS-Spuren überhaupt nichts zu holen gab, abgesehen von den »Beweisen«, die auf Mads Højlund als Mörder hindeuteten. Es war auch ärgerlich, dass die Kabelbinder der Polizei, mit denen man Ida gefesselt hatte, nichts Neues gebracht hatten. Sie waren, Martin zufolge, sowohl als Sexspielzeug im SM-Milieu als auch unter jungen Menschen, die »Räuber und Gendarm« spielten, in Mode gekommen. Es gab sie in verschiedenen Läden in Vesterbro und Nørrebro zu kaufen.

Sanne hatte Martins Zusammenfassung aufmerksam verfolgt und ein paar Male gestutzt. Sein Vortrag basierte auf den Fakten, kam ihr teilweise aber auch auf eine wunderliche Art und Weise distanziert vor, sodass ihr unbehaglich wurde. Nur jemand, der weder erlebt hatte, das Wertvollste von allem zu verlieren, oder vielleicht nicht einmal die Angst davor kannte, konnte so über den Mord an einem kleinen Mädchen berichten, dachte sie. Wenn er nicht in Wirklichkeit eiskalt ist oder ein ausgewiesen schlechter Spieler. War er immer noch Møllers Mann, oder war es Tange gelungen, seine Klauen in Martin zu schlagen, sodass er nun mitten in ihrem Wohnzimmer sein doppeltes Spiel trieb?

Sanne erinnerte sich daran, und war darüber erstaunt, dass sie vor gar nicht mal so langer Zeit Martin fast anziehend gefunden hatte. An jenem Tag im Auto auf dem Weg zum Vestre – hätte sie nicht schon mit Gilles und Møller ausreichend zu tun gehabt, hätte sich zwischen ihnen beiden sicherlich eine Affäre entwickeln können.

Puh, die Inflation wuchs und wuchs, was den Am-Tag-danach-Preis anging. Vermutlich war sie einfach nur schon so sehr von ihrer Lebenssituation geprägt, dass sie nun auch ihre Gedanken und Gefühle beeinflusste. Auf jeden Fall fragte und lauschte Martin aufmerksam, während sie sich zusammennahm und gemeinsam mit Møller die Ida-Geschichte vom klassischen Täterprofiling ausgehend durchging. Und als Møller damit abschloss, hatte Martin folgende Frage:

»Habe ich das richtig verstanden, dass das Leben eines Mörders auch von dem Verhalten geprägt ist, das er während eines Mordes an den Tag legt?«

»Ja, man kann oft das Verhalten in seinem eigenen Leben wiederfinden«, sagte Møller. »Insbesondere wenn von einem Serienmörder die Rede ist.«

»Worauf noch nichts hindeutet«, sagte Sanne. »Die hellrote Mütze kann sicherlich eine Unterschrift sein.«

»Entschuldigung, das habe ich vergessen«, sagte Martin, »das mit der Mütze haben wir zurückverfolgen können, sie gehört einem der anderen Mädchen. Es war in den Winterferien, deshalb dauerte es so lange, bevor wir das klären konnten. Tange findet nicht, dass es da etwas zu holen gibt.«

»Was ist mit dem Eimer und dem Hebewerk?«, schlug Møller vor.

»Das glaube ich nicht«, sagte Sanne.

»Warum nicht?«, fragte Martin.

»Die Signatur hat ihren Ursprung im inneren Druck des Mörders, es ist seine Visitenkarte und das, was ihn einzigartig macht. Eimer und Hebewerk, das ist nicht unmöglich, und dennoch … Nein, ich glaube nicht daran, das ist so grob und demonstrativ, fast theatralisch. Aber es zeigt uns ganz deutlich, dass es sich um einen sehr organisierten Mörder handelt«, sagte Sanne.

»Das ist klar«, nickte Møller.

»Das klassische Täterprofiling ist im Grunde genommen dabei, seine beste Zeit hinter sich zu haben«, fügte Sanne hinzu.

»Warum das?«, fragte Martin. »Die Polizeischule bietet gerade erst einen neuen Kurs an.«

»Es ist mehr oder weniger zu Allgemeinwissen geworden, die ganze Idee dahinter ist somit flöten gegangen, jeder Idiot kann alles darüber im Netz nachlesen und sich ein Bild vom Profiling machen.«

»Und danach handeln«, sagte Møller nachdenklich.

»Genau«, sagte Sanne. »Wenn es sich nicht um einen Mord im Affekt oder ein Tötungsdelikt aus Wahnsinn handelt – und ich rede hier nicht von gewieften Psychopathen – müssen wir davon ausgehen, am Fundort reine Tarnung aufzufinden.«

»Ergo müssen wir vorläufig davon ausgehen, dass wir es mit jemandem zu tun haben, der etwas in Szene gesetzt hat«, sagte Møller. »Wenn wir doch nur eine Idee hätten, was das Motiv betrifft.«

Martin räusperte sich und verlieh seiner Stimme etwas zusätzlichen Nachdruck:

»Wir haben aber auch einen entflohenen Gefangenen, der den Mord bereits gestanden hat. Davor sollten wir trotz allem auch nicht die Augen verschließen, nur weil Tange...«

»Tange in seine Schranken gewiesen werden muss«, unterbrach ihn Sanne. »Mads Højlund geht es wirklich schlecht, er leidet in der Tat sehr. Ihn einzusperren, zu isolieren, das ist vergleichbar mit Folter, ich kann einfach nicht ...«

»Ja, ja, Sanne, fang jetzt nicht damit an, wir müssen weiterkommen«, sagte Møller.

»Ich habe Lust, Tange anzurufen und ihm eins reinzuwürgen.«

»Diese Lust will ich dir nicht nehmen, aber wir müssen uns jetzt konzentrieren.«

»Selbstverständlich«, sagte Sanne. »Ich bin heute einfach nur etwas müde.«

»Lief es nicht glatt in Spanien?«, fragte Møller.

»Doch, gut, gut, keine Probleme«, sagte Sanne, und ihr wurde schlecht bei dem Gedanken an all den Brandy, den die Witwe getrunken hatte.

»Gut«, sagte Møller und blickte von Sanne zu Martin und wieder zurück. »Irgendein Vorschlag?«

»Ich könnte mir vorstellen, dass wir den Fokus auf das Wasser richten sollten«, sagte Sanne. »Denkt nur an ›Wasser‹ in allen möglichen Formen. Bedeutet es etwas, ist es nur Zufall, oder ist Wasser der zentrale Teil der Inszenierung, die uns von etwas ansonsten zu Offensichtlichem abbringen soll?«

»Das verdammte Wasser!«, rief Møller aus, während er Klein-Idas aufgedunsenes Gesicht vor sich sah, und einen Sekundenbruchteil lang auch seine eigene kleine Eva.

»H_2O«, sagte Martin knapp.

»Und dann das Aufwischwasser«, fügte Møller hinzu.

»Seifenwasser«, sagte Sanne. »Jetzt wird sauber gemacht … Der Ertrinkende versucht zu atmen, bekommt aber Seifenwasser in Mund und Lungen … Jetzt wird von innen und außen sauber gemacht. Ist das eine Nachricht, dass Klein-Ida der Mund ausgewaschen werden sollte?«

»Ja Gott, aber warum?«, rief Martin. »In dem Alter können sie doch noch nicht einmal richtig sprechen.«

»Ist sie vielleicht ein Ersatz für jemanden, der sprechen kann?«, sagte Sanne an Møller gerichtet.

»Das ist nicht unmöglich. Aber für wen?«, sagte Møller.

»Wir haben mehrfach mit ihren Eltern geredet«, sagte Martin. »Da war nichts Verdächtiges. Sie sind übrigens geschieden.«

Sanne spürte, wie ihr heiß in den Wangen wurde. Es kam ihr vor, als hätte sie den rechten Zeitpunkt verpasst, aber früher oder später musste sie ihnen ihr eigenes, nicht ganz unproblematisches doppeltes Spiel gestehen: Dass sie Pia Thomsens Therapeutin war.

»Etwas ganz anderes«, fuhr Martin fort, »ich meine, apropos Wasser: Mads Højlund hat auf jeden Fall in einem Punkt die Wahrheit gesagt.«

»Wovon redest du?«, fragte Møller.

»Das Seil über dem Wasser. Klein-Ida hing wirklich an Randers Reb.«

»Was ist eigentlich Randers Reb?«, fragte Sanne.

Martin sah sie überrascht an und sagte: »Das sind sehr bekannte Seile, wirklich gute Qualität mit hoher Verschleiß- und Reißbeständigkeit. Es gibt keine Gefahr, dass es das Gewicht einer so kleinen … im Vergleich zu einem Boot bei stürmischem Wetter, meine ich. Es wird also in der Stadt Randers hergestellt.«

»Leider ist es auch weit verbreitet«, sagte Møller. »Es würde mich nicht wundern, wenn mehr als die Hälfte aller Boote in Christianshavns Kanal mit Randers Reb befestigt wären.«

»Woher konnte Mads wissen, dass es sich um Randers Reb handelte?«, fragte Sanne weiter.

»Ein Mann mit handwerklichen Fähigkeiten. Das weiß jeder«, sagte Martin.

»Er wird auf dem Land doch wohl kaum Boote festbinden«, erwiderte Sanne.

»Wie auch immer, ein gesunder, junger Mann weiß sowas. Und es wird ja auch noch für alles Mögliche andere verwendet«, sagte Møller.

Sanne gab die Spur auf und sagte stattdessen: »Ich weiß, was du mit gesund meinst, Møller. Aber darüber hinaus ist Mads gerade nicht gesund.«

»Darüber sind Tange und ich uns nicht einig«, warf Martin ein. »Er sagt, Simulanten könnten unglaublich gut täuschen.«

»Tange ist verdammt noch mal kein Psychologe«, antwortete Sanne.

»An das Gefängnis sind de facto einer oder mehrere Psychiater angeschlossen.«

»Dann sollte Tange ihnen etwas besser zuhören, oder selbst um eine Sitzung bitten«, sagte Sanne und legte eine kurze Pause ein, weil ihr ein Gedanke gekommen war. Sie sah Martin direkt in die Augen und fuhr fort: »Sag mal, Martin, lässt Tange mich beobachten?«

»Wieso das?«

»Ich fühle mich beschattet. Außerdem …«

»Ich glaube, du bist gestresst«, unterbrach Møller.

»Gestresst? Ich bin verdammt noch mal nicht gestresst!«

»Du bist selbstverständlich die Psychologin«, fuhr Møller fort, »aber …«

»Und ich bin auch nicht paranoid, falls das deine nächste Diagnose sein sollte! Kennst du die Geschichte von der kranken Frau, deren Ärzte ihr nicht glauben wollten? Sie war klug genug dafür zu sorgen, dass auf ihrem Grabstein stand: Ich sagte doch, dass ich krank war.«

»Okay«, sagte Møller, »Martin, prüf nach, ob jemand …«

»Ob?«, unterbrach Sanne und bereute, dass sie noch nicht geschafft hatte, ihnen von dem Gedicht auf dem Kissen zu erzählen.

»Prüf nach, wer da ein Auge auf Sanne hat«, korrigierte Møller sich.

»Danke«, sagte Sanne an Møller gewandt, während Martin mit unübersehbarer Skepsis von einem zum anderen blickte, bevor sein nachsichtiger Blick bei Sanne hängen blieb.

Sie war sich nicht länger sicher, ob sie sich für etwas bedanken sollte, oder ob jetzt der Moment gekommen war, ihnen von dem Gedicht zu erzählen. Ihr war nämlich gerade der Gedanke gekommen, dass Martin ihr »Verfolger« sein könnte.

Sie sah ihm direkt in die Augen und fragte: »Wann warst du eigentlich zum ersten Mal in meiner Wohnung?«

Martin wirkte erstaunt und musste nachdenken.

»Zum ersten Mal war ich hier … Das war an dem Tag, als du mich splitterfasernackt empfangen hast.«

Møller runzelte die Stirn und sah von Martin zu Sanne, die weitersprach: »Bist du dir ganz sicher, dass das das erste Mal war?«

»Ja. Da war natürlich auch noch der Tag, als ich dein Fahrrad ablieferte.«

»Genau«, sagte Sanne, »warst du an diesem Tag hier drin?«

»Das konnte ich nicht, du warst ja nicht zu Hause.«

»Die Toilettenpapierrolle war andersrum aufgesetzt.«

»Sanne«, fing Møller an, »was geht hier vor?«

»Ich weiß nur, dass ich mich in das Treppenhaus geschlichen habe«, sagte Martin.

»Was meinst du mit geschlichen?«, erkundigte sich Sanne.

»Ich habe es gemacht wie alle anderen: Sagte, es sei Werbung, und dann wartete ich vor deiner Tür«, erklärte Martin. »Ich hatte auf dem

Weg hier herein etwas zu erledigen und dachte, dass du vielleicht schon auf der Treppe wärst. Ich wollte hören, wie es im Vestre gelaufen war, aber es dauerte zu lange, und ich musste auf die Polizeiwache.«

»Okay«, sagte Sanne, »kocht mehr Kaffee, wenn ihr wollt. Ich muss kurz mit meiner Putzfrau reden.«

»Ja, wie lief es eigentlich im Vestre?«, fragte Møller.

»Später«, antwortete Sanne und verschwand auf die Terrasse.

Sanne rief Krystyna an und fragte sie freundlich, aber bestimmt. Ja, ihr Sohn war an diesem Tag beim Saubermachen dabei gewesen. Nein, sie konnte sich wirklich nicht daran erinnern, wer von ihnen beiden das Badezimmer übernommen hatte, war es nicht sauber genug? Die Klopapierrolle? Am anderen Ende der Leitung wurde es so still, dass Sanne Krystynas Atem hören konnte, bevor diese endlich sagte: »Sanne, du beschuldigst meinen Sohn, Papier aus deiner Toilette gestohlen zu haben?!«

»Nein, versteh mich nicht falsch. Es ist nur, dass …«

»Wenn dem so ist, kannst du deine Toilette selbst sauber machen! Mein Sohn ist ein ehrlicher Mann, er wird Anwalt!«

Das Glockenspiel der Erlöserkirche setzte sich in Gang, Sanne musste lauter sprechen.

»Natürlich, Krystyna, es ist nur, dass …«

»Nur, weil wir Polen sind …«

»Bitte sprich lauter, Krystyna«, sagte Sanne und warf dem Kirchturm einen bösen Blick zu.

»Nur, weil wir Polen sind, kannst du uns nicht so behandeln!«

»Nein, es ist nur, weil das Toilettenpapier umgedreht war.«

»Wie gedreht?«

»Naja, vielleicht würdest du sagen … falschrum.«

»Du rufst mich heute an, weil dein Toilettenpapier irgendwann einmal falschrum hing? Sanne, ich kenne dich jetzt viele Jahre, du bist eine ziemlich nette Lady, aber heute war es vielleicht bisschen zu viel Blue Sapphire? Ja?«

Sanne hatte ihren Kater fast vergessen. Krystynas Worte riefen ihr ihn nun wieder ins Gedächtnis zurück.

»Vielleicht«, antwortete Sanne, als sie weitere Nachforschungen in dieser Richtung aufgab und Tschüss sagte.

Das Wichtigste war, dass sie nun wusste, dass es Krystynas Sohn gewesen sein könnte, der die Toilettenpapierrolle verkehrt herum platziert hatte; an diesem Umstand musste also nichts Geheimnisvolles sein.

Zurück im Zimmer sah Sanne sofort, dass Møller ziemlich erschöpft war. Sie selbst fühlte sich, als wäre sie Sekunden davon entfernt umzufallen. Nur Martin wirkte gut aufgelegt, aber auf eine merkwürdig morgenfrische Weise.

»Wollen wir sagen, dass es für heute reicht?«, schlug sie vor und wandte sich direkt an Møller. »Ich meine, du wirst Else doch nicht beunruhigen wollen.«

»Nein, Sanne, ich würde gerne mehr über deinen Besuch im Vestre-Gefängnis erfahren, bevor wir Schluss machen.«

Gott, wie sehr er ihr fehlte, wie er da blinzelnd auf dem Sofa saß, all das Schöne, das sie gemeinsam getan hatten, es war so eindringlich und deutlich.

»Ja, da gibt es nicht so viel hinzuzufügen«, sagte Sanne, verwundert über ihre eigene Aussage. Da war nämlich einiges zu berichten, aber was Mads Højlund anging, war sie im Laufe des Tages mehr und mehr zu der Erkenntnis gelangt, dass sie ihn beschützen wollte. Der Grund war ziemlich simpel, wenn sie ihn auch nicht rational und logisch erklären konnte. Er basierte nämlich in erster Linie auf ihren Eindrücken und zudem auf extrasensorischer Wahrnehmung, die der grauenvollen Unklarheit und dem komischen Gefühl in ihrer Vorstellung zum Trotz weiterhin zum selben Schluss kamen: Jemand wollte dem kranken, jungen Mann einen Mord anhängen.

Wie auch immer, sie waren gemeinsam dabei, eine Lösung zu finden, die sich zu etwas Unbehaglichem entwickelte, auch für Sanne selbst. War das Gedicht auf dem Kissen eine einmalige Sache, oder kam da noch mehr? Und was würde in diesem Fall als Nächstes passieren? Würde das Haus in Flammen stehen und das Feuer nur mithilfe enormer Wasserwerfer gelöscht werden können? Es gab unzählige Möglichkeiten, aber, da ihr Beschützerdrang größer war als ihre persönliche Angst, nahm sie sich vor, hier und jetzt von ihren Erlebnissen bei der Begegnung mit Mads Højlund zu berichten, statt Zeit für das banale Gedicht zu verschwenden. Das hatte auch von Martin dort hingelegt worden sein können, selbst wenn er nichts mit der Toilettenpapierrolle zu tun hatte. Sie musste es jetzt schlichtweg darauf ankommen lassen, aber ohne Mads allzu sehr zu kompromittieren.

»Also, ich habe während meines Besuchs im Vestre etwas gespürt und vernommen, aber ich bin mir recht sicher, dass Mads Højlund Klein-Ida nicht ermordet hat.«

»Recht sicher?«, wiederholte Møller skeptisch.

Wenn sie mit ihm allein war, würde sie ihm auf eine so undramatische und zurückgenommene Art von dem Gedicht erzählen, sodass er hoffentlich weder Herzrasen bekäme, noch auf andere Weise in gefährliche Erregung versetzt werden würde. Obwohl er krankgeschriebn war und sein Verhältnis zu Tange äußerst problematisch war, konnte Møller das Gedicht sicherlich diskret auf Fingerabdrücke und DNS untersuchen lassen.

»Präzision ist sicherlich nicht die starke Seite von Psychologen«, sagte Martin in einem leicht kameradschaftlichen Ton zu Møller.

»Ziemlich überzeugt«, fuhr Sanne fort und fand, dass sie den Stier besser selbst von Anfang an bei den Hörnern packen sollte, so wie wenn sie in einem vollen Vortragssaal mit einem skeptischen Publikum versuchte, die Situation von Beginn an in den Griff zu bekommen. »Das Folgende hat nichts mit Wissenschaft zu tun. In dieser Sache, in diesem Augenblick, spreche ich nicht als autorisierte, klinische Psychologin und Psychotherapeutin, promoviert und Spezialistin für Krisen und Katastrophen, sondern aus einer Position heraus, wo die Dinge nicht gemessen und gewogen oder bewertet werden können. Es ist nicht einmal, wie in der Psychoanalyse, die Rede von einer subjektiven Wissenschaft. Fragen, so far?«

»Nein, nein«, sagte Martin.

»Red endlich weiter«, sagte Møller. »Lass uns hören, was du gespürt und vernommen hast.«

»Ich konnte nichts anderes sehen, als dass er neben einem Mädchen oder einer Frau gelegen hat, und dann dass … Es ist vieles unklar.«

»Sanne, keine Selbstzensur, raus damit, dann gehen wir es gemeinsam durch«, sagte Møller, sobald sie schwieg.

»Blut, da war Blut, vielleicht auch einige Bandagen oder Stoff. Da war nichts mit Wasser, nichts, was in Idas Richtung weist, aber … Ja, er hat also ein Leben genommen, und er hat auch etwas gegeben … Ich bin mir nicht sicher, worum es dabei geht. Die Bilder waren unscharf, überlappten sich fast. Er hat sowohl genommen als auch gegeben.«

»Soll das heißen, dass Mads gleichermaßen starke, zeitgleich auftretende und vielleicht auch einander entgegengesetzte Gefühle in sich trägt?«, fragte Martin.

Møller sah Martin überrascht an, der gleich auf Møllers verblüfften Gesichtsausdruck einging.

»Ich hatte Psychologie im Gymnasium und auf der Polizeischule.«

Møller nickte seinem jungen Assistenten anerkennend zu. Dann sagte er: »Gut gemacht, Partner.« An Sanne gewandt sagte er: »Was sonst noch?«

Bereits im Gefängnis hatte Sanne gespürt, dass Mads nach der Tat oder den Taten, die er begangen hatte, erleichtert und zufrieden war. Aber war er auch befriedigt gewesen? Da war eine Art Erotik und Liebe in dem Ganzen, aber eigentlicher Sex? Sie konzentrierte sich, so stark sie konnte, stieß aber nur auf Dunkelheit und begnügte sich damit zu sagen: »Da war so viel Liebe. Mehr kann ich nicht sagen, auf jeden Fall nicht heute, es ist weg.«

»Das ist ausgezeichnet«, sagte Møller. »Martin, du hast Idas Eltern erwähnt?«

»Ja, und da gibt es nichts zu holen. Der Vater wohnt auf der Havnegade, die Mutter in Holmen, beide sind ordentliche Menschen mit guten Jobs. Sie ist auf lange Zeit krankgeschrieben, aber daran ist ja nichts Merkwürdiges.«

Es geht kein Weg dran vorbei, erkannte Sanne und sagte: »Ich habe vergessen zu sagen, dass ich die Mutter kenne.«

»Tust du das?«, sagte Møller.

»Sie ist de facto bei mir in Therapie.«

»Na!«, rief Møller aus, »und was …«

»Ist etwas dabei rausgekommen?«, unterbrach Martin ihn mit rotem Kopf.

»Und was ist das für eine Therapie?«, fragte Møller weiter.

»Es ist selbstverständlich eine Trauertherapie, Trauer und Krise, was sonst?«

»Na, ja, so war das doch nicht gemeint.«

»Ist etwas dabei rausgekommen?«, wiederholte Martin, »ich meine, etwas Brauchbares?«

Irgendetwas in der Frage oder in Martins Verhalten ließ Sanne innehalten, als sie gerade von Idas Mutters Zorn erzählen wollte, und dass ihr Exmann sie geschlagen hatte.

Sanne schüttelte verneinend den Kopf, während sie sich innerlich auf die psychologische Schweigepflicht berief: »Nein, meine Klientin ist vollständig von ihrer Trauer eingenommen.«

37

Mads hatte seine Entscheidung getroffen. Er würde die Kinderbastion und alles andere hinter sich lassen und mit dem Fahrrad nach Berlin fahren, um ein neues Leben zu beginnen.

Er würde Flaschen sammeln, sie einlösen, und das Notwendigste für die Reise kaufen – und dann einfach verschwinden.

Deshalb ging er eines Vormittags die Treppe zu Christianshavns Bibliothek hinauf. Vor seiner Abreise musste er die bestmögliche Fluchtroute mit einem Fahrrad prüfen und planen.

Mads wählte einen PC in der Nähe der Ausleihe, um so weit wie möglich von den Kinderstimmen entfernt zu sein. Er hatte nichts gegen Kinder, die Stimmen gingen ihm nur durch Mark und Bein, der Lärm war dabei, ihn wahnsinnig werden zu lassen.

Er googelte »Copenhagen Berlin Bicycle« und bekam gleich mehrere Ergebnisse. Er überflog sie und fand schnell heraus, dass die, die er brauchte, auf Deutsch waren.

Sein Deutsch war ein bisschen eingerostet. Fahrrad, ich bin, du bist, und so weiter war kein Problem, aber eine Beschreibung der Fahrradroute Kopenhagen-Berlin mit Details zu Seen, in denen er baden, Wälder, in denen er sich verstecken, und Dörfer, in denen er sich mit Proviant eindecken konnte, bedurften einer Extrarunde auf seinem Hirnkarussell.

Im Laufe des Nachmittags bekam er es einigermaßen hin. Und niemand sah ihn misstrauisch an.

Es lockte ihn, seinem Vater eine Mail zu schicken, aber es war zu gefährlich, er hielt sich zurück.

Stattdessen wollte er die Nachrichten auf »politiken.dk« checken, nur fünf Minuten. Er wollte sehen, ob es etwas Neues über ihn gab, und außerdem die Wetteraussichten Kopenhagen-Berlin. Er wollte seine Reise nicht im Regen beginnen, dann würde er sich lieber ein paar Tage mehr im Gebüsch hinter dem Wall verstecken.

Auf der Titelseite von »politiken.dk« war ein Artikel über Greenpeace, Stockholm, die die dänische Polizei aufgrund ihres Verhaltens gegenüber den Demonstranten während des internationalen politischen Gipfeltreffens letzten Winter in Kopenhagen angezeigt hatten.

Einen Augenblick saß Mads wieder zusammen mit den Demonstranten in den Reihen der Polizei an der Nørreport Station. Es kam ihm so vor, als wäre es gerade erst geschehen, und spielte sich doch in einem ganz anderen Leben ab.

Ein älterer Mann mit Hörproblemen, der den jungen Bibliothekar an der Ausgabe bat, lauter zu reden, riss Mads zurück in Christianshavns Bibliothek.

»Das sind fast Apothekenpreise«, protestierte der Mann, »und das nach nur fünf Wochen.«

»Hier legen wir weder die Ausleihzeit noch die Strafen fest, das Ganze ist zentral gesteuert. Aber war das Buch zumindest die Strafe wert?«, fragte der Bibliothekar freundlich.

»Sie können Gift drauf nehmen, dass es das nicht war, ich möchte das noch nicht einmal einen Roman nennen, überhaupt keine Unterhaltungsliteratur. Es war nichts weiter als ein banales Almanachgeschichtchen, dem es an jeglichem literarischen Wert mangelt.«

»Almanach«. Das Wort übertönte alle anderen Worte, drang in Mads ein und hinterließ ein klingendes Echo, das ihm etwas zu sagen versuchte. Etwas Wichtiges, das er nicht loswurde, als er kurz darauf die Bibliothek verließ.

Die ganze Nacht lang lag er in seiner Höhle im Gebüsch und dachte über die Sache mit dem Almanach nach. Und plötzlich war es da: Alma!

Alle deutschen Vokabeln und Fahrradrouten nach Berlin verschwanden in jener Sekunde, als er Alma vor sich sah.

Die wunderschöne Alma, die seinetwegen mit den Zähnen und dem Kopf auf dem Straßenbelag aufgeschlagen war, bevor sie in Ohnmacht fiel. Alma mit Schwedenflagge und Greenpeacezeichen auf dem Anorak. Alma im Krankenwagen und …

War Schweden im Übrigen nicht ungefähr gleich groß wie Deutschland? Die Wälder waren auf jeden Fall riesig!

Alma und er zusammen in einer Hütte inmitten eines tiefen Waldes, wo sie niemals jemand stören würde.

Wie hatte er Alma vergessen können …

Eine höhnische Stimme versuchte, sich einzumischen und Mads seine Hoffnung zu nehmen.

»Fuck you!«, antwortete Mads. Nichts durfte ihn und Alma von jetzt an auseinanderbringen.

In den frühen Morgenstunden entdeckte Mads einen Fuchs auf dem Weg über die Wiese, wo die Jungs Fußball gespielt hatten. Tautropfen glitzerten auf jedem einzelnen Halm, während die Sonne ihre ersten Strahlen darbot. Der Fuchs trug seine Beute mit hoch erhobenem Haupt, wachsamen Augen und gespitzten Ohren im Maul.

Noch nie hatte Mads etwas so Schönes gesehen.

Nun würde er verdammt noch mal Tange und seinem Vater und ganz Dänemark zeigen, wer er in Wirklichkeit war. Zu allererst musste er wieder in die Bibliothek. Und dann … Alma!

38

Ihr Zorn war stärker als ihre Trauer, als Pia Sanne abends im Therapieraum gegenüber saß.

Anstatt über das Thema zu reden, das die Ursache für ihre akute Anfrage war, legte sie damit los, die bisherige Therapie niederzumachen.

Tod und Sinnlosigkeit, was half es, über sowas zu reden? Außerdem das, was Sanne »Alleinsein« und Freiheit nannten, die existenziellen Grundbedürfnisse – das waren nichts weiter als Worte, die in der wirklichen Welt nicht ein Jota änderten.

Sanne war überrascht, wenn auch an den therapeutischen Widerstand gewöhnt, der eher die Regel als die Ausnahme war, wenn wenn man nicht nur als pflegeleichter Modetherapeut auf der menschlichen Oberfläche rumalberte.

»Banalitäten«, sagte Pia ins Nichts zwischen ihnen.

Sanne sah, dass ihre Augenwinkel feucht waren, und goss ihnen beiden ein Glas Wein an.

Das Meistern der Grundbedürfnisse des Lebens war eine psychologische Herausforderung, mit der die meisten ihrer Klienten im Behandlungsverlauf mehr als einmal in Berührung kamen.

Sanne hingegen benutzte die existenzielle Dimension niemals als losgelöstes Thema, sondern eher als Ergänzung der gewählten Therapieform und des vielleicht Heilendsten: der Beziehung zwischen Klient und Behandelndem.

Bisher hatte Pia Freude darüber ausgedrückt, dass in der Trauertherapie Platz war, sich auch und gerade mit den existenziellen Seiten des Lebens beschäftigen zu können.

Sanne konnte sich des Eindrucks nicht erwehren, dass an der Art, wie Pia die Dinge nun aufschob, anstatt sich auf die Ursache für ihre Anfrage zu fokussieren, aggressive Züge zu erkennen waren. Als glaubte sie, sich in Besitz eines heimlichen Schatzes oder wichtiger Informationen zu befinden, mit denen sie handeln konnte.

Nun, da mehr als die Hälfte der Zeit vergangen war und Sanne sie nicht aus ihrer Ecke hatte locken können, sagte Pia plötzlich: »Schwein, das hätte schlichtweg der Name meines Exmannes sein sollen, der passt besser zu ihm als Thomsen.«

Sanne wartete ein paar Sekunden darauf, dass noch etwas kam, aber Pia fügte unmittelbar nichts mehr hinzu. Sanne sagte: »Gestern hast du an der Sprechanlage erwähnt, dass dein Exmann dir etwas vorgeworfen habe, er hätte besser Ankläger werden sollen als …?«

»Sozialberater! Stell dir vor, Herr Schwein ist Sozialberater! Und noch dazu zuständig für Kinder und Familien. Das ist vollkommen absurd! Wenn du wüsstest, wie sehr er mich und Ida im Stich gelassen hat. Er besitzt nicht einen Hauch von Mitgefühl! Es heißt immer nur Karriere und Karriere, für ihn ist das gleichbedeutend mit Macht! Ach, wie er das geliebt hat, als wir noch verheiratet waren. Je zerbrechlicher die Leute waren, desto mehr demonstrierte er seine Macht. Hilfe? Er hat sie fast seziert, während er sich abends auf der Bettkante darüber ausließ, es war zum Kotzen.«

»Ich verstehe, dass du wütend bist, Pia …«

»Er selbst, er selbst und er selbst. Ein egoistischer, machtgeiler Gnom, das ist er.«

»Sezieren ist ein starkes Wort.«

»Nicht zu stark für ihn«, antwortete sie und griff sich an die Lippe. »Ich glaube, ich merke … Es hat nicht wieder zu bluten angefangen, oder?«

»Nein, ich kann nichts sehen.«

»Gut … sezierte … Also, ich glaube, er hat nie andere als mich geschlagen. Er hat nur seine Macht gebraucht, wenn es um jemanden ging, der ihm nichts bedeutete. Vielleicht mache ich ihn schlimmer, als er ist, weil ich so scheißwütend auf ihn bin.«

»Seine Macht gebraucht, wie meinst du das?«

»Er ist ein Meister darin zu manipulieren, die Dinge auf den Kopf zu stellen und alles auf seine Bahn zu lenken. Das hat er auch getan, als wir geschieden wurden, aber sein eigenes Kind fallen zu lassen … und als sie dann getötet wird …«

Pias Redestrom wurde von Weinen unterbrochen.

Sanne wartete ab, bis Pia sich selbst die Augen trocknete und weitersprach: »Ich war gezwungen zu handeln, also hat er mich beschuldigt und die ganze Situation hat sich festgefahren.«

»Ich komme nicht ganz mit. Wessen hat er dich beschuldigt?«

»Dass ich ihn beschatten würde.«

»Ihn beschatten?«

Pia Thomsen räusperte sich und nickte.

»Ich habe keinen anderen Ausweg gesehen, er wollte ja nicht mit mir reden. Ich bekam meine Krankschreibung verlängert und habe ihn von morgens bis abends beschattet. Ich konnte schlichtweg nicht verstehen, dass er nicht mehr Anteil nahm. Scheiße, seine Tochter ist gerade getötet worden! Was treibt er?«

»Was hast du dir vorgestellt?«

»Frauen natürlich, das hat er immer gemacht, nur ich war so blind und naiv, als wir verheiratet waren.« Sie weinte wieder. »Denken Männer nur mit ihrem Schwanz?«

»Meistens«, hörte Sanne sich selbst jenseits jeglicher Form von therapeutischer Neutralität antworten; in diesem Augenblick sollten Ehrlichkeit und aufrichtiger Beistand den Vorrang haben. Ihre Antwort schien zu stärken, auf jeden Fall fuhr sie ungehindert fort.

»Ich wollte sehen, was zum Teufel er da trieb. Ob er dem Flittchen auf der Havnegade auch untreu war. Ob er rumfickte, statt zu trauern.«

»Hast du deine Antwort bekommen?«

»Ich war kurz davor aufzugeben, ein paar Wochen lang ging er nur zur Arbeit und danach nach Hause zum Flittchen.«

»Wo arbeitet er?«

»In der Sozialverwaltung in Islands Brygge.«

»Woher ... Hast du draußen gewartet?«

»Ja«, nickte Pia, »und in einem Café schräg gegenüber, von dem aus ich sehen konnte, wer kam und ging. Die Zeit kam mir schrecklich lang vor, aber ich blieb dort, weil ich es für Ida tat. Die ganze Zeit habe ich unseren letzten Abend immer wieder neu durchlebt, ich saß wie immer auf der Bettkannte, sie lag da und plapperte ...«

»Plapperte?«

»›Nur Borretsch und Zimt und Dill, daran soll ich mich laben. Sie glauben, dass ich spielen will, doch ich will lieber haben.‹« Pia Thomsens Stimme brach bei den letzten Worten, aber sie fing sich schnell und fügte hinzu: »Wir haben uns immer mit einem Reim oder Merkvers Gute Nacht gesagt, sie haben in der Kinderbastion fast jeden Tag neue gelernt.«

Sanne hatte Lust, bei dem kleinen Reim nachzuhaken, wollte aber auch wissen, was eigentlich in Islands Brygge geschehen war. Pia kam ihr zuvor.

»Eines Tages habe ich einen Treffer gelandet! Nicht in der Sozialverwaltung, sondern danach. Ich konnte mich fast nicht beherrschen, sie war gerade mal ein großes Mädchen ... Sie haben sich nach der Arbeit auf dem Wall getroffen.«

»Dem Wall hier in Christianshavn?«

»Ja ... und dann in der Kinderbastion, der Gedanke ist kaum zu ertragen!«

»Die Kinderbastion?«

»Ja«, nickte Pia. »Ich bin seitdem nicht mehr da gewesen, du weißt ... Marie hat mich eingeladen, oder wie man das nun nennen will, aufgefordert ...«

»Marie, die Hausmutter?«

»Ja, sie meinte, dass mir das helfen könnte. Wir kennen einander ja ein wenig von früher, eigentlich seit der Zeit, als ich nach Kopenhagen gezogen bin. Marie war eine Bekannte der Dame, bei der ich ein Zimmer mietete, und es war auch Marie, die mir meinen ersten Job beschaffte. Sie hat selbst in derselben Schule geputzt und hat mir alles in allem in der ersten Zeit sehr geholfen.«

Durch die Erinnerungen klang Pias Stimme wieder zerbrechlich und verweint.

Sanne hielt die Luft an, während Pia fortfuhr: »Man kann vieles über Marie sagen, sie ist nicht die Allerhellste, aber sie meint es gut und ist immer nett und hilfsbereit gewesen.«

»Nette, hilfsbereite Menschen sind was Feines«, sagte Sanne.

»Ja … Ab und zu habe ich auch ihr ein wenig geholfen, das heißt, hauptsächlich ihrem Sohn, Frederik, das war das Wichtigste für Marie. So ist das, wenn man Mutter ist.«

»Kinder sind das Wichtigste«, wiederholte Sanne.

»Er studierte, hat aber eine Schreibschwäche und hatte daher Probleme mit Texten. Ich habe nur Rechtschreibfehler korrigiert.«

»Du hast eben den Wall und die Kinderbastion erwähnt«, sagte Sanne.

»Ja, verdammt, er ist so gemein!«

»Er?«

»Herr Schwein, mein Ex. Andere Menschen sind ihm so scheißpissegal! Er hätte sonstwen nehmen können, aber nein, selbstverständlich musste es eine aus der Kinderbastion sein, wo seine eigene Tochter …«

Pia weinte wieder, machte aber nicht den Eindruck, als wäre es nötig, ihrem Weinen zum Beispiel damit zu begegnen, sie in den Arm zu nehmen.

Ihre Klienten auszufragen, lief allem zuwider, wofür Sanne stand, aber dennoch konnte sie es jetzt nicht sein lassen.

»Wer ist es?«

»Wer ist wer?«, antwortete Pia und schien einen Moment lang abwesend.

»Die aus der Kinderbastion, wie heißt sie?«

»Pernille«, antwortete Pia und fing sich wieder.

Sanne spulte zurück und sah die junge Pädagogin vor sich: Sie hatte an dem Tag, als Sanne die Einrichtung besuchte, den zurückgebliebenen Kindern »Die Kleine Spinne Peter« vorgesungen.

»Hast du dich deinem Ex und Pernille zu erkennen gegeben?«, fragte Sanne.

»Nein, ich habe gewartet und bin dem Schwein nach Hause in die Havnegade gefolgt. Ich wollte dem Flittchen alles verraten. Leider hat er mich entdeckt, bevor wir da waren.«

»Was ist geschehen?«

Pia sah einen Augenblick lang so aus, als befände sie sich in einer selbstherbeigeführten Trance; sie fuhr fort, ohne Sannes Frage zu beantworten.

»Jetzt, wo ich darüber nachdenke, hätte er weder Ankläger werden noch Schwein heißen sollen, sondern Kaninchen. Er fickt wie ein beschissenes Kaninchen!«

»Pia, hast du Lust mir zu erzählen, was dort geschehen ist?«

»Er hat mich in eine Toreinfahrt gezogen, mich beschuldigt ihn zu verfolgen, in der Vergangenheit festzuhängen, mich aufs Äußerste beschimpft – dann gingen wir aufeinander los!«

»Okay, lass uns hier für heute Schluss machen.«

Sie nickte und brach gleichzeitig in Tränen aus.

»Wir haben eine schöne, kleine Tochter gemacht, und es war ihm egal …«

39

Schon in den Morgenstunden war es heiß. Sanne sah von ihrer Terrasse aus Jack, der an seinem offenen Wohnzimmerfenster stand. Kurz darauf saßen sie unten im Café Oven Vande und frühstückten gemeinsam.

Jack erzählte wild drauf los, Sanne könne das mit dem Hafenbad vergessen, der Lebensretter sei fallengelassen worden, er habe sich dafür in die Episode verliebt.

»Ich weiß nicht, was passiert ist«, sagte Jack, »er war ganz plötzlich da, bang!«

»Er war also trotz allem nicht nur eine Episode?«, sagte Sanne.

»Nein, zum Teufel, im Gegenteil, Michael ist … Michael! Was ist mir dir?«

Sanne wollte gerade von dem Gedicht auf ihrem Kissen erzählen, von der Postkarte von Gilles, und von dem Besuch, den sie der Kinderbastion später am Tag abstatten wollte, als ihr die Worte einfielen, die sie bei der Fahrt vom Rigshospital nach Hause mit dem Aufhängen von Klein-Ida assoziiert, und die sie – davon war sie überzeugt – zu irgendeinem Zeitpunkt aus Jacks Mund gehört hatte. Sie stellte spontan ihren Latte Macchiato auf den Tisch und sagte: »Big ideas are simple.«

Jack sah sie überrascht an, stellte ebenfalls seinen Kaffee ab, beugte sich ein wenig vor und antwortete mit einem Lächeln: »Your choice is your talent. Lift it and make it large, baby.«

»Von wem stammt das?«, fragte Sanne.

»Stella Adler«, antwortete Jack ohne zu zögern. »Ich habe dir doch erzählt, dass ich, bevor ich mit dem Schreiben anfing, Schauspiel am Stella Adler Conservatory of Acting in New York studiert habe. Das war einer von mehreren Lehrsätzen, die uns die alte Diva einzuhämmern versuchte und die wir anwenden sollten. Es klingt leicht, aber es ist tatsächlich schwerer, als man glaubt.«

»›Baby‹, hat sie das gesagt?«

»Nein, das war nur von mir für dich. Warum fragst du eigentlich gerade jetzt danach?«

»Weil ich gestresst bin und mir alles im Kopf rumschwirrt.«

»Wir sollten bald mal wieder in die Stadt gehen.«

»Dann lieber einen Abend zu Hause mit Almodóvar.«

»Okay, gehen wir es gemütlich an. Dann komme ich mit Cava und Lachs, Selbstgebackenem und ›Zerrissene Umarmungen‹.«

»Wollen wir nicht lieber einen seiner neueren Filme sehen?«

»Nein, es *muss* wieder ›Zerrissene Umarmungen‹ sein. Wie geht es übrigens Ahmed heute?«

»Ich habe ihn nicht gesehen. Vielleicht hat er frei.«

Mads Højlund war wieder auf mehreren Titelseiten abgebildet, als Sanne später am Tag den Kanal entlangging, am Lagkagehuset vorbei und weiter zur Kinderbastion.

Sie musste mit Pernille reden, und auch gerne mit Gitte und Marie, egal ob es sie eventuell eine Konfrontation mit der vermutlich psychopathischen Leiterin kosten würde.

»Nur Borretsch und Zimt und Dill, daran soll ich mich laben … Die kleine Spinne Peter krabbelt an der Wand, kommt der große Regen …« Schon bei ihrem ersten Besuch in der Kinderbastion hatte Sanne gespürt, dass etwas komisch war, und sich entschlossen wiederzukommen.

Hoffentlich gab es keinen Klein-Peter in der Kinderbastion.

Aber falls es einen gab … Hatte man ihn schon auserwählt, der Nächste zu sein? Und was verband in diesem Fall ihn und Ida? War ›Klein‹ in dieser Sache wirklich ausreichend?

Sanne hielt es fast nicht aus: Die Gewissheit, dass etwas offensichtlich nicht stimmte, die Unklarheit in Gedanken und Gefühlen, die sie daran hinderte zu spüren, was genau es war.

Das einzig Klare war, dass jeder ›Klein-‹ gleichermaßen ohnmächtig, hilflos und unschuldig war wie alle anderen Kleinen in dieser Welt. Gegenüber jenem, der das Netz gespannt hatte, in dem sich die unschuldige Kleine verfangen hat, dachte Sanne und öffnete die Tür zur Kinderbastion.

»Was willst du?«

Es hätte nicht schlechter laufen können. Die Leiterin thronte vor Sanne, mit den an Haken hängenden Jacken und Rucksäcken der Kleinen beschäftigt.

»Ich möchte mit Pernille sprechen.«

»Du hast hier nichts verloren.«

»Es ist rein privat.«

»Genau, und Pernille ist nicht privat hier, sie ist bei der Arbeit.«

»Es ist ziemlich wichtig und zu ihrem eigenen Besten«, sagte Sanne. Die Leiterin schwieg, war aber weiterhin skeptisch.

»Sie ist also hier, aber nicht gerade jetzt.«

»Wo ist sie?«

»Es geht dich zwar nichts an, aber sie ist in … auf einem Ausflug.«

»Dann würde ich gerne mit Marie reden.«

»Marie? Sie hat sich gerade krank gemeldet. Ich dachte, du sagtest, es sei etwas Privates mit Pernille …«

Die Leiterin ergriff resolut die Türklinke und öffnete Sanne die Tür.

»Glaubst du, dass ich dumm bin?«, sagte sie.

Nie zuvor hatte Sanne Lust gehabt, eine Frage mit einem so großen, klingenden und uneingeschränkten Ja zu beantworten. Aber völlig dumm war die Leiterin sicherlich nicht. Und aus strategischen Gründen begnügte Sanne sich damit, auf dem Absatz kehrtzumachen und ihr ein »Nee, du wirkst nur so« hinzuwerfen.

Die Leiterin rief Sanne hinterher: »Wenn du es wagst, dich noch mal hier blicken zu lassen, rufe ich die Polizei. Wir alle hier brauchen Ruhe, Eltern, Kinder und Personal, das sollte selbst eine wie du verstehen können.«

Sanne wurde durch den wohlbekannten Beep-Laut geweckt, der ihr mitteilte, dass eine SMS auf ihrem Handy angekommen war. Es war spät am Nachmittag, sie war auf dem Wohnzimmersofa eingeschlafen.

Sie rieb sich die Augen und las die Nachricht.

wILLST Du ES NicHT kAPIEren?

HaLT DEINE nASe dA RAUS ODEr Du BISt DIE NÄchstE!

40

Mads war so gut wie abreisefertig. Sich noch einmal aus seinem Versteck wagen, zu Christianhavns Bibliothek, dann zurück, um das Fahrrad und den Proviant zu holen, und dann in der blauen Stunde losfahren, auf dem Weg von seinem Versteck zu Christianshavns Bibliothek dachte er das Ganze ein letztes Mal durch.

Bei SuperBrugsen hatte er sich mit Käse, Keksen, Schokolade und Proteinpulver eingedeckt, das nur mit Wasser vermischt werden musste, das er unterwegs auf Rastplätzen abzweigen konnte. Mit dieser Ration sollte er Stockholm erreichen können.

Es war ein wenig ärgerlich, dass Dänemark und Schweden nicht über Land verbunden waren. Wie Dänemark und Deutschland, wo er schlichtweg mit dem Fahrrad von einem Land ins andere hätte fahren können.

Die Bahnhöfe waren garantiert voll mit Kameras und wurden stark überwacht, sowohl seinetwegen als auch wegen der generellen Terrorbedrohung.

Die Bahnhöfe waren zu gefährlich. Nicht gut, murmelte Mads vor sich hin, als er gerade um die Ecke zur Bibliothek ging.

Er würde mit dem Fahrrad nach Helsingør fahren, ohne dass jemand ihn sah und erkannte. Wenn er erst einmal auf dem Schiffsdeck stand und alles Alte hinter sich ließ, Dänemark und den ganzen Scheiß … Das, was Prinz Hamlet in seinem Schloss in Helsingør gesagt hatte, war nicht gelogen: Something is rotten in the state of Denmark.

Falls Mads auf dem Fährendeck einen Augenblick für sich hätte, würde er Hamlets Worte laut und deutlich wiederholen, sodass sie geradezu an die dänische Küste zurückgeworfen würden, während er selbst entkam.

Danach würde er nie wieder daran denken, nur noch nach vorne leben. Zusammen mit Alma. Je besser er sich an sie erinnerte, desto mehr vermisste er sie.

Momentan zählten die Bibliothek und Greenpeace in Stockholm. Mit etwas Glück kannten sie Alma und konnten ihn mit ihr in Verbindung setzen. Sie mussten eine Homepage mit Kontaktdaten haben. Sonst würde er einfach nach ihr suchen müssen, nachdem er angekommen war.

Man sagt, Stockholm sei noch grüner als Kopenhagen. Es musste leicht sein, eine neue Höhle für den Sommer zu finden.

»Na, Herr Fahrraddieb, da bist du ja!«, erklang es von der obersten Treppenstufe, als Mads den Eingang zur Bibliothek betrat.

Mads sah auf und bekam Blickkontakt mit Jack, der ihn ohne Weiteres wiedererkannt hatte und sich ihm bereits in gefährlichem Tempo näherte.

»Wir zwei müssen noch was in Ordnung bringen. Steht mein Rennrad draußen?«

Mads nahm einen Schritt zurück und war schnell wieder draußen auf dem Bürgersteig, wo er loslief. Es gelang ihm gerade noch mitzubekommen, dass Jack die Treppe hinabeilte und ihm hinterherrannte.

In voller Fahrt erreichte er die dicht befahrene Torvegade, wo er zwischen den Autos hin und her sprang, um schließlich auf der anderen Seite zu landen, wo er Marie in der Schlange zu SuperBrugsens Pfandrückgabe stehen sah. Wenn jemand mir helfen wird, dann Marie, dachte er, aber es war zu gefährlich, stehen zu bleiben, er stürzte weiter in der Hoffnung, seinen Verfolger abzuschütteln. Als er wenige Sekunden später in die Sofiegade einbog, war Jack offensichtlich weg. Mads verlangsamte das Tempo und ging weiter zu seinem Versteck.

Bereits aus der Ferne konnte er das Hundegebell hören. Beim Näherkommen sah er jene Uniformen, die er die ganze Zeit befürchtet hatte: Die Polizei hatte sein Versteck entdeckt.

Mads fror, er zitterte am ganzen Körper, einen Augenblick lang fühlte er sich wie eine der Enten aus dem Stadtgraben, die mit Mühe und Not einer schicksalsträchtigen Begegnung mit dem Fuchs entgangen war.

Er zog sich auf dem Weg zurück, über den er geflüchtet war. Falls Marie immer noch beim Flaschenautomaten stand, wenn es ihnen beiden nur erlaubt wäre, ein wenig Ruhe zu haben. Er würde sie in seine Arme nehmen und ihr das Ganze auf seine

Art erklären, sie würde es verstehen, ihm glauben, helfen und ihn trösten. Obwohl Nick behauptete, dass alte Frauen ausgeleierte Muschis hatten, waren sie mindestens genauso gut wie die jungen, und mit Marie war es fast so, als wenn man wieder eine Mutter hätte, eine lebende Mutter. Und die Alte war auf jeden Fall viel netter als Frauen im mittleren Alter wie die Leiterin.

Roma und andere Ausländer dominierten die Schlange, als Mads zurück zu SuperBrugsen kam. Marie war nirgendwo mehr zu sehen.

Mads stand kurz davor aufzugeben, als eine Stimme ihn ergriff. »Waschlappen!«, rief sie. Es war nicht auszumachen, ob die Stimme von innen oder von außen kam, aber das war auch egal, er konnte mit so einer Demütigung nicht leben, er musste weitermachen.

Der Fedtekælder erwog er einen Augenblick für eine so dringend benötigte Pause, aber dort waren mit Sicherheit zu viele Menschen. Außerdem lag er zu nahe an seinem alten Versteck. Mads überquerte wieder die Torvegade bei Rot und ging weiter den Kanal runter mit Kurs auf das Søkvæsthaus, wo er sich, falls notwendig, in dem alten Garten verstecken konnte, bevor es weiter zum alten Militärgebiet auf Holmen ging. Die Marine verfügte da draußen über ein Sperrgebiet. Wenn er dort hineingelangte, würde er vielleicht in Ruhe und Sicherheit vor denen draußen sein, beschützt von der Marine. Er zog das Tempo an.

Das süderjütländische Roggenbrot aus dem Lagkagehuset in der einen Hand, suchte Sanne mit der anderen in ihrer Tasche nach ihrem Haustürschlüssel.

»Kapieren, raushalten, die Nächste.« Auf Anhieb sagte die in der SMS gewählte Formulierung Sanne nichts weiter, als dass jemand ihr noch mehr Angst einjagen wollte. Der Absender war selbstverständlich geheim, vermutlich hatte er eine Prepaidkarte benutzt.

Vielleicht konnte Martin etwas herausfinden, wenn sie ihm das Telefon gab. Nein, dann lieber Møller.

Wow, da hat einer ein Tempo drauf, dachte Sanne und steckte den Schlüssel ins Schloss.

»Mads!«, rief sie im nächsten Augenblick aus, als der laufende Mann nur noch ein paar Meter von ihr entfernt war. »Was zur Hölle …«

Mads blieb stehen und bedachte die Situation mit einem Gefühl, als würde sein Herz gleich seinen Brustkorb sprengen, bevor es ihm gelänge, wieder weiterzulaufen oder zu antworten.

»*You owe me one*«, erklang es plötzlich aus seinem Mund.

41

Sanne sah sich gründlich in allen Richtungen um: Kein Ahmed oder auch niemand sonst guckte in ihre Richtung. Sie zog Mads mit sich in den Aufgang des Christianshavnergården-Hauses und von da aus weiter in den Fahrstuhl.

»Jemand ist hinter mir her, ich bin tot, ich …«

»Mads, entspann dich«, beruhigte sie ihn, während sie die Tür zu der kleinen Kabine schloss.

Sie standen so dicht, dass sie spüren konnte, wie sein Körper zitterte. Sie drückte den Knopf zum Gipfel.

»Wir fahren rauf zu mir, da oben bist du in Sicherheit, auf jeden Fall für den Moment.«

Würde sie ihm wirklich helfen? Konnte er auf sie zählen, oder würde sie die Polizei anrufen, sobald sich eine Gelegenheit ergab?

Er war des Ganzen so verdammt müde. Davon, angeklagt und eingesperrt zu sein. Jetzt raus aus dem Gefängnis, aber auch raus aus sich selbst: Mit Brille, Frisur und Kleidung, als wäre er ein ganz anderer Mensch. Oder ein gejagter Schädling, dessen Überleben von seiner Fähigkeit, sich zu verstecken, abhing.

Nun war er auf der Flucht vor sowohl der Polizei als auch vor Jack mit dem grünen Rennrad.

Und dann klapperte er obendrein mit den Zähnen! Aber warum eigentlich? Er war doch kein Waschlappen.

Er könnte aufgehalten werden, jemand könnte sich ihm in den Weg stellen. Den Arm um den Hals seines Verfolgers geschlungen konnte er wie ein zärtlicher Kamerad sein, das wusste er seit der Bar, dem Centralhjørnet. Er konnte dem Hals aber auch einen zusätzlichen Dreh und zusätzlichen Druck verpassen, und der Nacken wäre gebrochen, der Mann unschädlich gemacht. Diese Möglichkeit war ihm schon am Abend ihrer ersten Begegnung klar geworden. Falls Sanne ihm nicht half, sondern ihn reinzulegen versuchte …

Er würde nie wieder vor etwas oder jemandem flüchten. Dann lieber den Kampf aufnehmen. Und das Ergebnis hinnehmen wie ein Mann.

»Jetzt sind wir da«, sagte Sanne. »Geht es besser?«

Er nickte und bemerkte, dass ihre Hände zitterten, während sie ihren Schlüsselbund durchsuchte. Er war sich nicht im Entferntesten sicher, ob er wagte, ihr zu vertrauen, aber er wollte fair sein und ihr eine Chance geben. Alles in allem war sie der Mensch, den er am besten leiden konnte von all jenen, denen er begegnet war, seitdem er Klein-Ida von der Decke baumelnd, den Kopf in einem Eimer, gefunden hatte.

Ja, sie sollte eine Chance haben. Er musste versuchen, die Situation zu besänftigen, damit sie keine Angst bekam und etwas Dummes machte. Sie fummelte an den Schlössern, zwei Stück, wie ihm auffiel.

»Tritt ein«, sagte sie und öffnete ihm.

Sie betrat hinter ihm den Flur und drehte sich um, um die Tür doppelt abzuschließen.

»Pferdepimmel!«, erklang hinter ihrem Rücken plötzlich Mads' Stimme.

Sie drehte sich wieder um, sodass sie sich frontal gegenüberstanden. Mads trat einen Schritt näher, sie standen nun ganz dicht beieinander.

»Was hast du da gesagt?«, fragte sie, während sie spürte, dass ihr Herz schneller schlug. Mads räusperte sich und sah ihr direkt in die Augen, er wartete auf irgendeine Reaktion oder Antwort. Sanne bemerkte, dass sein Gesicht ganz erhitzt war, während sie selbst sich plötzlich gefangen fühlte, eingesperrt von seinem enormen Körper.

»Mach mir mal ein bisschen Platz«, sagte sie in einem bemüht alltäglichen Ton.

Er bewegte sich nicht von der Stelle, schien geradezu in seiner Position versteift. Der Schuhanzieher lag nicht in der Nähe, nur der große, schwere Kerzenständer befand sich in Reichweite. Wenn sie ihn mit dem Kerzenständer schlug, war die Chance fifty-fifty, ob er umfallen oder sich auf sie werfen würde, während sie zu fliehen versuchte.

»Pferdepimmel«, wiederholte er mit einem aufgesetzt breiten Lächeln.

Weder hatte sie Lust, vergewaltigt zu werden, noch ihn halb oder auch ganz totzuschlagen. Kam es zu einem Kampf, musste sie hingegen gnadenlos sein; auf die Schläfe zielen oder so hart zuschlagen, wie sie überhaupt konnte, wenn es auch Schädelbruch oder Tod bedeutete. Jetzt galt es weder Angst zu zeigen noch aggressiv zu antworten, dachte sie.

»Ich verstehe nicht, was du da sagst, Mads. Kannst du mir helfen?«

»Entschuldigung, ich wollte nur ... der Mann, der mir nachlief ... Wenn du Pferde haben willst, du weißt schon ... Das ist so ein Ausdruck, den ich in einer Bar aufgeschnappt habe.«

Risikoeinschätzung ... Alte Lehren und bereits gemachte Erfahrungen schossen Sanne durch den Kopf, während sie sich daran erinnerte, dass es sich bei derartigen Einschätzungen eher um subjektive Interpretationen als um objektive Wissenschaft handelte, weshalb sie immer mit einer gewissen Portion *gambling* verbunden waren.

»Ein Joke!«, erklärte Mads, »an der Bar haben sie gelacht.«

War er gefährlich, oder war nur ihre Alarmbereitschaft überaktiviert? Sollte sie schnellstmöglich versuchen, ihn loszuwerden, oder ihn weiter reinbitten?

Den gequälten Ausdruck in seinen Augen kannte sie nur allzu gut. Verzweiflung und Todesangst. Sie reiste gerne um die Welt, um in Not Befindlichen jeglicher Art zu helfen. Und nach Port-au-Prince, um denen zu helfen, die Haitis Notleidenden halfen. Sollte sie dann nicht einem Mann auf ihrer eigenen Türschwelle helfen können? Dem sie zudem einen Gefallen schuldete.

»Okay«, sagte sie, »aber nein, danke, kein Pferd, und so weiter. Ich hätte eigentlich lieber ein Glas Wein. Geh bisschen zur Seite, damit ich hineinkommen kann. Möchtest du nicht auch ein Glas?«

»Ja, gerne«, sagte Mads.

»Weiß, rot, oder etwas mit Bläschen?«, fragte Sanne aus dem Zimmer.

»Bläschen klingt toll, das ist fast, als würden wir etwas zusammen feiern«, sagte er.

»Was wäre das?«

Mads setzte sich aufs Sofa und sah aus, als würde er gründlich nachdenken, bevor er antwortete.

»Freiheit?«, fragte er zurück.

»Freiheit ist gut«, sagte Sanne und schenkte ein. »Aber Freiheit wozu?«

Wieder strengte er sich an, bevor er antwortete.

»Was ist mit Frieden?«, schlug er vor. »Freiheit zum Frieden. Zuerst möchte ich nur wissen: Wirst du mich melden oder mir helfen?«

42

Der Regen prasselte auf das Flachdach an der Christianshavnergårde über Sannes Penthousewohnung, während die Dunkelheit sich Stück für Stück auf Kopenhagen senkte.

Melden oder helfen?

Idealerweise sollte es keinen Gegensatz zwischen den beiden Möglichkeiten geben, dachte Sanne. Aber sie kannte die Systeme und war realistisch. Ideale gab es in der heutigen Zeit schon lange nicht mehr, selbst wenn die Wortgirlanden der Regierenden länger und länger wurden, und die Verpackung oftmals einwandfrei war. So vieles wurde umschrieben und übertünchte etwas anderes als das, was es eigentlich war.

Sanne tendierte zunehmend zu der Ansicht, dass Mads am Mord an Klein-Ida unschuldig war. Nichtsdestoweniger setzten ihr die sich vermischenden Bilder und Empfindungen aus ihrem Besuch im Vestre-Gefängnis immer noch zu.

Erneut musste sie eine Entscheidung treffen, die mehr auf Gefühlen als auf rationaler Vernunft basierte.

»Ich will dir helfen«, sagte sie.

»Warum eigentlich?«, fragte er.

»Weil ich nicht glaube, dass du Ida getötet hast.«

»Das habe ich doch die ganze Zeit gesagt«, sagte er.

Fast die ganze Zeit, dachte Sanne, als Mads wieder reinkam.

»Ich bin mir sicher, dass es die Leiterin war.«

»Warum glaubst du das?«

»Wer sonst, sie ist die am meisten …«

Mads hörte von sich aus auf. Sanne sah, dass er dabei war, in seine eigenen Gedanken abzutauchen.

»Mads, die Leiterin war in London«, sagte sie und hoffte ihn zu erreichen, bevor der Kontakt möglicherweise abbrach.

»Sie hat trotzdem etwas damit zu tun«, sagte Mads. Als seine Augen aufleuchteten, kam ihm eine neue Idee. Er fügte hinzu: »Vielleicht war es auch einer der Obdachlosen.«

Motiv, dachte Sanne, welches Motiv sollte die Leiterin haben, ganz zu schweigen von einem Obdachlosen. Sie begnügte sich damit zu sagen: »Mads, ich glaube, dass jemand dir den Mord anhängen will.«

»Wenn es nicht die Leiterin ist, wer dann?«

»Das weiß ich noch nicht. Vielleicht kannst du mir helfen, das herauszufinden.«

»Dir? Warum interessiert dich das so sehr? Wie kann ich dir helfen?«

Wie viel und wie wenig sollte sie sagen, wie würde er reagieren? Sie gingen ins Wohnzimmer. Sie warf einen verstohlenen Blick in Jacks Wohnung. Das Licht war an. Er übte Sit-ups auf einer Ausrollmatte auf dem Boden. Sollte sich der Abend ganz schlecht entwickeln, musste sie dafür sorgen, die Terrasse zu erreichen und um Hilfe zu rufen.

»Du musst mir ernsthaft helfen, zu der Überzeugung zu gelangen, dass du Klein-Ida nicht getötet hast.«

Er brach auf dem Sofa vor ihr zusammen, weinte plötzlich, als hätte man ihn ausgepeitscht. Das kam für Sanne völlig überraschend.

»Wie kannst du glauben, dass ich … nein, nein, nein …«

Er versteckte sein Gesicht hinter seinen riesigen Händen. Sanne spürte, wie sich Unbehagen von ihrem Magen ausgehend im ganzen restlichen Körper ausbreitete.

»Mads«, sagte sie und setzte sich neben ihn.

Er weinte weiter, sie legte eine Hand auf seine Schulter. Und schaffte es, eine Sekunde darüber nachzudenken, wie viel schwieriger es war, in ihrem Wohnzimmer mit Schmerzen und Weinen umzugehen als im Therapiezimmer. Ohne den formalisierten Kontakt mit den klinischen einzäunenden Wänden war es unmöglich, die professionelle Distanz länger als ein paar Minuten aufrecht zu erhalten.

Sie zog ihre Hand zurück, er reagierte auf die Bewegung, sah auf und fuhr sich mit den Fingerspitzen über die tränennassen Augen.

»Ich hasse es, wenn das Kindern und Alten passiert«, sagte er, immer noch mit weinerlicher Stimme.

»›Das?«, fragte Sanne vorsichtig.

»Alles Böse«, schniefte er.

Sanne stand auf, holte ein Stück Küchenrolle, reichte es ihm und setzte sich wieder neben ihn.

»Mads«, sagte sie, »die Anklagevertretung baut in dieser Sache hauptsächlich darauf, dass du kein Alibi hast. Dass du dich an nichts, was an diesem Abend passiert ist, erinnern kannst.«

»Ich war auf dem Friedhof«, sagte er.

»Ja, aber abgesehen davon. Der Abend und die Nacht waren kalt. Sie finden es nicht glaubwürdig, dass du dort so lange gesessen haben kannst.«

»Ich bin an Kälte gewöhnt, ich hatte auch ein paar Bier getrunken.«

»Ja, das weiß ich.«

»Wenn ich mich an mehr erinnern könnte, würde ich es sagen, damit du mir glauben könntest.«

»Okay, Mads.«

»Wirst du mir helfen, obwohl ich mich an nichts erinnern kann?«

»Wie?«

»Du musst mir nur nach Schweden helfen, den Rest schaffe ich selbst.«

»Schweden?«

»Ich glaube nicht, dass ich alleine abhauen kann, überall sind Kameras, an den Bahnhöfen und den Straßenkreuzungen. Alle halten sie nach mir Ausschau.«

Einen Augenblick war Sanne verwirrt. Ziviler Ungehorsam war für sie kein Fremdwort, das hier kam ihr nur etwas ernster vor. Andererseits ... Der lange Arm des Gesetzes konnte manchmal so krumm zuschlagen, dass man meinen würde, er wäre gebrochen. Würde sie nicht besser damit zurechtkommen, wenn sie das Gesetz übertrat und einem Kranken und Unschuldigen half, als wenn sie passiv bei etwas zusah, was vermutlich der Anfang eines Justizmords war?

»Mads, wenn du das willst, helfe ich dir. Aber ich könnte auch versuchen, dir hier zu helfen. Ich kann nichts garantieren, aber ich kann versuchen, dich irgendwo hinzubringen, wo kein Gefängnis ist, sondern eine Behandlungs...«

»Ich will nicht in ein Krankenhaus eingesperrt werden, ich will rauf zu Alma!«

»Alma?«

Er merkte, wie Wärme in seine Wangen stieg. Es gab keinen Weg zurück. Er war gezwungen, Sanne zu vertrauen und ihr von dem fantastischen Mädchen zu erzählen.

»Alma von Greenpeace in Schweden. Das Hauptbüro sitzt in Stockholm, ich will rauf und sie finden. Ich habe sie auf dem Heimweg von der Kinderbastion getroffen, am Tag bevor Klein-Ida ... du weißt schon.«

»Möchtest du mir davon erzählen?«

Mads überdachte erneut die Situation, er nickte.

»Das ist also so ein Art Almanachgeschichtchen«, sagte er.

»Das kann es gerne sein«, erwiderte Sanne.

Während sie den Rest des Weins tranken, erzählte er ihr von der Begegnung mit dem rothaarigen Alma-Mädchen bei der Polizeiaktion in Nähe der Nørreport Station.

Wie der Abend voranschritt, wurden Mads und Sanne vertrauter miteinander. Während er ein Bad nahm, richtete sie ihm das Behandlungszimmer her. Als sie das Laken glättete und das Kissen ausschüttelte, betrachtete sie einen Moment lang sich selbst und ihr professionelles Handeln von außen: Sie, die frühere Vorsitzende des Ethikausschusses der Psychologenvereinigung war nun dabei, alle allgemein anerkannten Grenzen ihres Faches zu überschreiten. Nicht nur versteckte sie sich mehr oder weniger vor ihrem eigenen Betreuer, weil sie seine Reaktion und, was darauf folgen würde, fürchtete, sie versteckte auch einen entflohenen, wegen Mordes angeklagten Häftling, dem sie obendrein bei seiner weiteren Flucht zu helfen gedachte.

Nachdem sie das Bett gemacht hatte, checkte Sanne nichtsdestoweniger die Abfahrzeiten nach Malmö und die weitere Verbindung nach Stockholm. Wenn sie nur einige entscheidende Spuren finden könnte, die auf Mads' Unschuld hindeuteten, sodass Tange & Co. ihren Suchscheinwerfer auf andere als ihn richten würden.

In Schweden wäre er nicht viel sicherer als in Dänemark. Was für einen Sinn hat das eigentlich, fragte sie sich in einem Augenblick des Zweifels selbst, aber die Antwort hallte prompt in ihrem Kopf: Man würde Zeit gewinnen!

Deshalb wollte sie ihm über den Sund helfen. Gewissermaßen ist es meine moralische Pflicht, dachte Sanne weiter und versuchte, sich selbst mittels eines der wichtigsten ethischen Gesetze selbst zu überzeugen: Wissen verpflichtet.

Gegen dieses Gesetz hatte sie verstoßen, als sie es unterließ, Møller von ihrer kleinen Sara zu erzählen. Sowas sollte sich nicht wiederholen.

Zusätzlich zu ihrer wachsenden Überzeugung von Mads' Unschuld, wusste sie mehr als genug, um sich zur Hilfe verpflichtet zu fühlen - über das Vestre-Gefängnis, dessen umfassenden Gebrauch von Isolation, über Tanges Verhörmethoden und über Mads' Sinnesleiden. Außerdem hatte man ihrer Mutter 1943 hinübergeholfen, als die Deutschen die dänischen Juden zu fassen versuchten. Ihre Mutter hatte in einer Heringskiste versteckt überlebt. Sanne und Mads konnten den Zug über die Brücke nehmen, die seit der Flucht ihrer Mutter und der Rettung gebaut worden war. Hätten die Dänen 1943 nicht gewagt, das Gesetz zu brechen, würde sie nicht existieren. Wenn es ihr gelänge, sie wie Mutter und Sohn oder wie ein Liebespaar aussehen zu lassen, sollte sie ihn rüberkriegen. Und während er versuchte, Alma in Schweden ausfindig zu machen, würde sie mit ihrem Versuch fortfahren, den wirklichen Mörder in Dänemark zu finden.

Bevor sie schlafen gingen, kam Sanne eine Idee.

»Mads«, sagte sie, »unsere ›Sag-weiter‹-Übung im Gefängnis hat doch so gut geklappt. Wenn du Lust hast, dich etwas besser an jenen Abend auf dem Assistens Kirkegård zu erinnern, kann ich dir vielleicht helfen.«

»Wie?«

»Eine leichte Hypnose, die dich dazu befähigt, dich an das zu erinnern, woran du dich erinnern willst, aber aus irgendeinem Grund verdrängst..«

»Willst du mich hypnotisieren?«

»Ja, ich will dir helfen, dich in einen Zustand zu versetzen, in dem du, wenn du willst, Zugang zu dem erlangen kannst, was sich vielleicht vor dir versteckt.«

»Gerne.«

»Dann setz dich bequem hin, entspann dich einfach.«

»Das tue ich schon.«

Sanne spürte sofort, dass es leicht werden würde, ihn zu induzieren und zählte nur kurz runter.

»Du bist jetzt wieder auf dem Assistens Kirkegård, an jenem Abend, über den wir geredet haben.«

»Bin ich auf der Bank, wo ich das Bier getrunken habe?«

»Ja, du hast dagesessen und ein paar Bier auf der Bank getrunken. Und jetzt ... Was passiert da?«

»Nichts.«

»Du siehst doch sicherlich etwas?«

»Naja ... Das Licht verschwindet in der Dunkelheit.«

»Das Licht?«

»Das Licht eines vorbeifahrenden Fahrrads.«

»Das Licht verschwindet, und du ...?«

»Ich denke an die Geschichte von einer Mutter.«

»Die Geschichte von einer Mutter?«

»H. C. Andersen liegt ja in der Nähe ... ›Die Geschichte von einer Mutter‹.«

»Okay ... ist da eine Mutter, die verschwindet, wie das Licht?«

»Sie ist schon verschwunden. Meine eigene Mutter. Sie fuhren mit ihr auf den Landstraßen herum, transportierten sie von einem Ort zum anderen, auf der Suche nach einem freien Platz. Sie war mit Nierensteinen eingeliefert worden, ›eine banale und alltägliche Operation‹, sagte der Arzt. Nach der Operation verschlechterte sich ihr Zustand, und dann hatten sie keinen Platz mehr für sie, die Kapazität ... Sie hatten Platz für andere, nur nicht für sie, sie war ja keine ... nur eine Mutter. Sie starb draußen in einem Vorraum. Rein mit Nierensteinen, raus in einem Sarg.«

»Du sitzt im Dunkeln auf einer Bank im Assistens Kirkegård und denkst an deine Mutter.«

»Das, was meiner Mutter passiert war, durfte nie wieder geschehen, besonders nicht Alma. Der Arzt sagte, wenn sie sie wieder ins Leben zurückholten, würde sie Gemüse sein, und es würde sich auch nie ändern. Aber sie war kein Gemüse, sie war meine Mutter! Woran hat er gedacht? Weißkohl, Rotkohl, Brokkoli, ... Ich konnte nicht riskieren, dass sowas wieder passierte, nicht Alma, ich wollte es verhindern, auf sie aufpassen, mich vergewissern, dass sie ordentlich behandelt wird.«

»Du wolltest auf sie aufpassen, verhindern ...«

»Ich wusste nicht, wohin der Krankenwagen Alma hingefahren hatte, also fuhr ich zuerst mit dem Fahrrad zum Rigshospital, aber da war sie nicht. Eine nette Krankenschwester rief irgendwo an. Visitation hieß das, glaube ich. Sie sagten, dass es in der Notaufnahme im Bispebjerg ein schwedisches Mädchen namens Alma gäbe. Ich bin zum Bispebjerg gefahren und habe Alma gefunden. Sie hat so schön geschlafen. Ich wollte sie nicht wecken. Die Krankenschwester sagte, dass ich nicht dort sein dürfe.«

»Du hast mit einer Krankenschwester im Bispebjerg-Hospital gesprochen?«

»Ja, aber ich durfte nicht dort sein, Ansonsten ist nichts passiert. Doch, ich habe es fast geschafft. Ich habe mich ins Bett gelegt und habe sie umarmt. Ich sollte am nächsten Tag wiederkommen, aber das habe ich ja nicht getan, weil ich am nächsten Tag im Gefängnis war und alles ... Und Alma ...«

Mads begann zu weinen.

So krank er auch war, klang das, was er eben erzählte, und die Art, wie er davon berichtet hatte, nicht bloß wie eine psychotische Fantasie, dachte Sanne. Viel mehr spiegelten seine Worte und sein Verhalten das dreifache Chaos wider, in dem er sich befand – verzweifelter junger Mann auf der Flucht, der an einer psychischen Krankheit leidet, und noch dazu ist das Ganze an jene besondere

Verrücktheit gekoppelt, die vor dem Hintergrund reiner und purer Verliebtheit ab und zu entsteht.

Am wichtigsten war: Er hatte mit einer Krankenschwester geredet!

Sanne beruhigte ihn und holte ihn aus der Hypnose zurück ins Zimmer.

Bevor Sanne und Mads sich schlafen legten, bat er sie um Erlaubnis, sich ihren PC zu leihen, damit er Greenpeace in Stockholm googeln und nach Alma sehen konnte.

Er surfte noch im Netz, als Sanne Gute Nacht sagte und sich in ihr Schlafzimmer zurückzog.

Bei Greenpeace in Stockholm waren acht Personen mit Namen, Foto und einigen Informationen angegeben. Eine von ihnen war Alma! Mads war Feuer und Flamme, endlich war ihm etwas geglückt!

Wenn sie jetzt nur nicht so große Probleme hatte, Dänisch zu lesen wie er Schwedisch.

Hey rothaarige Alma!

ich bin Mads, der Typ, der dich verletzt hat, als er in Kopenhagen auf dir gelandet ist. Sorry.

Ich hoffe, dass du dir nicht alle Zähne ausgeschlagen hast. Und dass es dir jetzt wieder besser geht.

Ich persönlich bin gerade im Gefängnis, oder eigentlich auf der Flucht – ansonsten möglicherweise für den Rest meines Lebens im Gefängnis.

Es scheint, als ob jeder glaubt, dass ich ein kleines Mädchen getötet hätte. Ihr Name war Klein-Ida, und ich habe sie wirklich sehr gemocht.

Was sie sagen, ist zu schrecklich: Erst habe ich sie aufgehängt, kopfüber in einen Eimer, dann habe ich sie ertränkt, oder andersrum, ich kann mich nicht erinnern. Ich denke, das alles passierte in der Nacht, nachdem ich auf dir draufgelegen habe. Ich entschuldige mich wirklich für alles und verstehe völlig, wenn du mich nicht wiedersehen möchtest, jetzt, wo du es weißt, aber ich will es zumindest versuchen.

Ich kann es nicht erwarten, dein Haar zu riechen und die Haut auf deinem feinen, kleinen Hals zu berühren. Du bist sehr, sehr schön.

Abgesehen davon kann ich im Moment nicht zu viel verraten. Sagen wir einfach mal, dass Stockholm und Kopenhagen nicht so weit voneinander entfernt sind, vielleicht so wie du & ich – und irgendwie werden wir uns wiedersehen und uns wieder nahe sein.

Dein bester Freund bis zu Ende, Mads Højlund.

Ps.: Ich hoffe, ich konnte dich im Krankenhaus trösten, ich habe mein Bestes getan. Das scheint das Unglück meines Lebens zu sein: Immer rausgeschmissen oder abgeschlossen – oder sagt man eingeschlossen?

43

Nach der nervenaufreibenden Zugfahrt von Dänemark nach Schweden schien Malmö befreiend und freundlich in all seinem Provinzialismus. Der Abend war sogar so mild und schön, dass Sanne einen Augenblick lang daran erinnert wurde, wie sie als Kind in Sommerkolonien und in die Ferien fuhr, während sie am Hauptbahnhof in Malmö die Fahrkarte für Mads' Weiterreise kaufte.

Der Zug nach Stockholm wartete bereits auf dem Gleis. Malmö musste der Ausgangsbahnhof sein, denn die meisten Waggons waren fast leer und mehrere von ihnen noch abgedunkelt.

Sanne ging mit hinein. Sie und Mads fanden ein Abteil ohne Reservierungsanzeige im Fenster.

Noch ein Abschied – sie hasste es. Und musste doch immer an die Aussage des Optimisten denken, wonach man sich nicht trifft und trennt, sondern trennt und trifft. Wenn sie sich doch nur selbst dazu bringen könnte, an sowas zu glauben.

»Da bleibt uns wohl nur noch, Lebwohl zu sagen«, sagte Mads.

»Ja, und gute Reise«, sagte sie.

»Darf ich dich umarmen?«

Sanne nickte. Mads rückte auf ihren Sitz, sodass sie ganz nahe beieinander saßen. Einen Augenblick lang tat er nichts anderes, als ihre Augen zu inspizieren. Plötzlich legte er den Arm um ihren Hals, zog sie an sich und drückte mehrere Sekunden lang hart zu.

»Danke, danke«, sagte Sanne und räusperte sich, als er endlich losließ. »Ich werde jetzt besser gehen. Es kann nicht mehr lange dauern, bis der Zug …«

»›Weiter‹«, sagte Mads mit einem Lächeln, »wir könnten ein letztes Mal ›Weiter‹ spielen, bevor du gehst.«

»Ein paar Minuten haben wir wohl noch. Möchtest du das?«

»Ja, du fängst an und fragst einfach, was du willst«, sagte er.

»Okay. Warum hast du Handschuhe angezogen, als du Ida runtergeholfen hast?«

»Das war nur so ein Impuls … Noch eine!«

»Was ist eigentlich in jener Nacht im Krankenhaus passiert?«

Mads errötete und unterbrach den Blickkontakt.

»Ich half ihr, da rauszukommen«, sagte er und sah wieder Sanne an.

»Wie hast du Alma da rausgeholfen, sie ...?«

»Ach, diese Nacht. Erst bin ich zu ihr ins Bett gekrochen und habe sie getröstet. Das mochte sie. Dann kam die Nachtschwester, die mochte das nicht und sagte, dass ich das Bispebjerg Hospital umgehend verlassen soll.«

»Was dann?«

»Dann bin ich mit dem Fahrrad nach Hause gefahren und schlief ein paar Stunden. Und als ich aufwachte, fuhr ich raus und öffnete die Kinderbastion.«

»Einen Augenblick, Mads … Welche Nacht, glaubst du, meinte ich?«

»Das ist nur zwischen dir und mir, nicht?«

»Ja«, sagte Sanne, »das verspreche ich dir.«

»Das war doch das mit meiner Mutter im Vorraum. Es gab keinen Weg zurück. Sie hatten ihr nicht geholfen, wie sie ihr hätten helfen sollen. Und jetzt ließen sie sie jeden Tag mehr und mehr leiden. Auch nachts. Ich weiß das, weil ich mich eines Abends versteckte und da blieb. Sie stöhnte und jammerte und es ging ihr so elend. Schließlich ... Ich kroch zu ihr ins Bett, hielt ihre Hand, trocknete ihre Stirn, strich ihr übers Haar. Aber nichts half. Das Jammern ging weiter. Sie sah mich mit flehenden Augen an. Und ich konnte nichts tun. Ihre Augen blickten so enttäuscht drein. Meine Mutter hatte immer auf mich aufgepasst, mir geholfen, alles Böse entfernt. Und jetzt lag ich bloß da und tat nichts. Jammern, Schmerz, Enttäuschung, Trauer. Es war nicht auszuhalten. Ich legte sie links von mir bequem hin, einen Moment lang lag sie ganz entspannt, ihr Kopf ruhte auf meinem Arm wie auf einem Kissen. Wir hatten es so schön. Doch dann begann das Jammern von Neuem. Schmerz, Enttäuschung, Trauer.«

Jetzt nichts forcieren, dachte Sanne, gib ihm genügend Zeit zum nächsten Bild überzugehen, aber nicht so viel, dass er denkt, du wärest ausgestiegen. Timing.

»Schmerz«, wiederholte sie vorsichtig, »Enttäuschung, Trauer, und ...«

»Nach einigen Minuten ... Es half ja nichts! Ich nahm das Kissen in meine rechte Hand und presste es ihr aufs Gesicht. Sie hatte mehr Kraft, als ich angenommen hatte, sie drehte und wendete sich, obwohl sie schon vorher fast tot war.«

Mads schüttelte den Kopf, versteckte einen Augenblick sein Gesicht hinter seinen Händen, sprach dann jedoch mit schwacher Stimme weiter: »Ich habe meiner Mutter Frieden gegeben.«

Der Zug ruckelte, Sanne stand auf.

»Ich muss jetzt gehen.«

»Ja, wir hatten unsere Zeit«, sagte Mads und sah zu Sanne auf, »danke.«

Er stand auf und breitete vor ihr die Arme aus, dieses Mal behutsamer.

»Bist du dir dessen hier sicher, Mads?«, fragte sie. »Du kannst mit zurück nach Kopenhagen. Ich werde alles tun, was in meiner Macht steht, um dich unterzubringen in einem ordentlichen ...«

»Ich bin mir *ganz* sicher!«

Der Ton war entschlossen, die großen, blauen Augen, die so wankelmütig sein konnten, waren voller Erwartung.

»Jetzt heißt es entweder – oder«, fügte er entschlossen hinzu. Der Zug gab ein brummendes Geräusch von sich.

»Entweder – oder was?«

»Entweder – oder, wie bei Kierkegaard auf dem Assistens.«

»Søren Kierkegaard?«

»Entweder Alma oder ... Wenn du dich jetzt nicht beeilst, kommst du mit nach Stockholm.«

Sanne schaffte es gerade so auf den Bahnsteig, gerade als die Räder an den Schienen ein metallisches Kreischen verursachten und der Zug sich in Gang setzte. Sobald sie und Mads wieder Blickkontakt bekamen, hämmerte er hart gegen das Fenster und bewegte die Lippen, als wolle er ihr noch eine letzte Sache mitteilen, bevor es zu spät war.

Sanne lief los, konnte Mads' Lippen jedoch nicht lesen. Sie folgte ihm so weit sie konnte, während das Brummen des Motors zunahm und der Zug Fahrt aufnahm.

Sanne erreichte die äußerste Bahnsteigkante und blieb stehen, bis sie den Zug nicht mehr sehen konnte.

Alma oder?

Was zum Teufel hatte sie sich da eingebrockt? Man konnte nur noch auf das Beste hoffen. Zunächst einmal, dass nicht noch weitere Frieden finden würden.

44

Sanne hatte sich einen Liegestuhl auf die Terrasse gestellt. Auf dem lag sie nun mit einem Blue Sapphire light und sog die Sonne in sich auf, während sie sich die ganze Ida-Geschichte noch mal mit dem Gefühl durch den Kopf gehen ließ, ganz nahe dran zu sein. Jedoch hatte sie bisher nicht alles zu einem einheitlichen Ganzen zusammenfügen können, aus dem hoffentlich für sie eindeutig hervorgehen würde: Der Mörder war ...

Wenn nur Mads in Schweden zurechtkam, bis sie ihre Gedanken etwas besser geordnet hatte.

Sanne war froh darüber, dass sie Møller bis auf Weiteres nicht in die Sache mit Mads hineingezogen hatte, dass sie ihn zunächst versteckt und ihm dann geholfen hatte, nach Schweden zu entkommen. Dem Kriminologen und Beamten Møller wäre es trotz allem schwergefallen, das zu kapieren, dachte sie.

Nun, da es geschehen war und sich nicht mehr ändern ließ, würde er sie dummdreist und, was ihm sonst noch alles einfiel, nennen, während es ihn im tiefsten Inneren freuen würde, dass es Tange nicht gelungen war, seine Klauen in einen vermutlich Unschuldigen zu schlagen. Darüber hinaus würde er wohl doch ein wenig stolz auf Sanne sein.

Sanne würde ihn bald über alles in Kenntnis setzen, das Gedicht und die SMS, alles über Mads, jede Überlegung, die sie angestellt hatte, jedes kleine Detail ihrer Beobachtungen, inklusive ihrer Unsicherheit bei Martin. Aber all das musste warten, versuchte Sanne sich selbst zu überzeugen, wohl wissend, dass ihr Starrsinn sie mehr als einmal dazu gebracht hatte, den Boden unter ihren Füßen zu verlieren.

Heute sollte es Møller und Else erlaubt sein, einfach sie selbst und zusammen zu sein. Der Ausflug nach Nordseeland mit Frühstück in dem Wirtshaus, wo Møller vor einem Menschenalter um Elses Hand angehalten hatte, hatte ganz oben auf Elses Wunschliste gestanden, als er aus dem Rigshospital nach Hause kam. Sie hatten einen Behindertentransport mit Falck arrangiert, sodass Møller sich auch einen Kleinen oder drei zum Frühstück genehmigen konnte, ohne auf den Führerschein zu schielen. Sanne entsann sich vom jährlichen Sommerfest in ihrem Garten, dass die beiden Schnaps liebten. Die Freude, die die Verwirklichung des Ausflugs hoffentlich auslösen würde, konnte sie auf keinen Fall zu unterbrechen oder zu zerstören riskieren, jetzt da sie wusste, dass Else alles über Rio und die ganze Affäre bekannt war und sie sicherlich schwer darunter gelitten hatte.

Sanne gönnte sich noch eine Stunde in der Sonne und einen weiteren leichten Blauen – wie gemacht für das Tageslicht –, der ihr weiterhelfen würde, der sie sich aber noch nicht unsicher bewegen lassen würde, wenn sie sich jetzt auf den Weg machte.

Sie würde eine Person auf ihrer Liste nach der anderen mit ihren Erkenntnissen konfrontieren, ihre Reaktionen genau beobachten und diese in ihre Gesamtwertung einfließen lassen.

Professionell hatte sie immer das klinische Interview, das eine lebendige Begegnung zwischen zwei Menschen implizierte, gegenüber dem distanzierten psychologischen Testlauf bevorzugt, bei dem Klienten auf fast nichts und der Untersuchende auf einen Registrator reduziert wurden. Bei Untersuchungen und Therapien strebte sie so wahrhaftige Begegnungen zwischen zwei Menschen wie möglich an, was in der Regel einen guten Effekt erzielte. Das würde sie auch in der Ida-Geschichte weiterbringen. Die Hier-und-jetzt-Situation, die innerhalb eines Augenblicks zwischen zwei frei sprechenden und agierenden Menschen entstehen konnte, sagte oft mehr als ...

Verdammtes Telefon! Das war vermutlich Pia Thomsen, dann konnte sie passenderweise mit ihr anfangen. Pias neuerliche Wut war interessant, wenn auch bis zu einem gewissen Punkt erwartbar und verständlich. Pias Exmann stand jetzt auch hoch oben auf Sannes Liste. Spätestens morgen würde sie ihn in die Finger bekommen.

Wenn sie sich streckte, konnte sie gerade so das Telefon auf dem Tablett erreichen, ohne sich vom Liegestuhl erheben zu müssen. Das Tablett war absichtlich so platziert, dass es ihr nicht zu einfach gemacht werden sollte, in einem undisziplinierten Augenblick bloß die Hand nach einem weiteren Drink auszustrecken.

»Hier ist Sanne Berg.«

»Hier ist deine Mutter, wo bist du?«

»Ich bin im Gipfel.«

»Das klingt gut. Hast du nach meinem Brief vielleicht Kontakt zu Samuel aufgenommen?«

»Nein, Mutter, und du hättest nicht ... Der Gipfel ist meine Wohnung.«

»Naja, dein Penthouse, in dem ich ja nie gewesen bin.«

»Es ist irgendwie sinnlos, dich einzuladen, wenn du auf Teneriffa wohnst, nicht?«

»Ich sitze unten im Café.«

»In meinem Café?«

Sanne hörte einen Ansatz von Panik in ihrer eigenen Stimme und spürte, wie Adrenalin durch ihren Körper rauschte.

»Im Café Oven Vande?«, fügte sie hinzu.

»Das steht auf jeden Fall auf der Rechnung unter meinem Cocktail. Übrigens 185 Kronen, da weiß man, dass man wieder in Dänemark ist. Ich begreife nicht, was du hier machst mit all deinen Möglichkeiten und internationalen Verbindungen.«

»Was machst du?«

»Das ist eine lange Geschichte.«

Zum Adrenalin hatte sich ein großes, aufwallendes Bedürfnis nach etwas lange Vermisstem eingestellt.

»Außerdem hat der hinter der Bar nicht den Hauch einer Ahnung, wie man mixt«, fuhr ihre Mutter fort, »ich glaube sogar, dass er Muslim ist.«

Sanne riss sich zusammen.

»Willst du nicht hochkommen, Mutter?«

»Ja, warum nicht? Wir brauchen nicht noch mehr Etagen zwischen uns, und ich fliege erst am Abend weiter. Wo ist der Eingang?«

»Bitte den hinter der Bar, der nicht zu mixen weiß, mit dir zu gehen. Er heißt Ahmed.«

»Ja, dann mache ich das mal, mein Mädchen.«

Sanne dachte einen Augenblick darüber nach, ihr Glas in einem großen, seligen Zug zu leeren, ins Badezimmer zu stürzen, um ihr Haar zu kontrollieren, den Bikini mit dem Morgenrock zu verhüllen, entschied sich aber stattdessen, jeglichen Versuch der Anpassung bleiben zu lassen – der ungebetene Gast hatte trotz allem Sannes Windeln gewechselt, als die englische Nanny sich beide Arme und Beine gebrochen hatte und eine neue noch nicht geliefert worden war, wie ihre Mutter es mal ausgedrückt hatte.

Sanne setzte sich also auf den Liegestuhl und blinzelte, als die Stimme ihrer Mutter sie erreichte, während sie gleichzeitig in der Terrassentür thronte.

»Wenn der Berg nicht zum Propheten kommen will, muss der Prophet zum Berg kommen«, lachte sie und war schon auf dem Weg hinaus, gefolgt von einem ebenfalls lächelnden Ahmed.

»Sanne, sehr nette Mutter du hast«, sagte er. »Jetzt du nicht ganz allein und nicht nur zusammen mit schwüler … Entschuldigung … schwuler … und alter Mann.«

»Ahmed, meine Mutter – meine Mutter, Ahmed«, stellte Sanne sie vor, als sie aufstand.

»Ja, ja, wir haben uns vorgestellt«, sagte ihre Mutter zu Sanne und fuhr an Ahmed gewandt fort, während sie ihm einen Hundertkronenschein zusteckte: »Danke für die Hilfe, mein Freund.«

Ahmed bedankte sich mit einem breiten Lächeln, verbeugte sich und verschwand.

»Willkommen«, sagte Sanne, immer noch auf der Terrasse. »Hier wohne ich also.«

»Wow, hier ist ja ... Hast du noch einen Liegestuhl? Und noch ein Glas.«

»Selbstverständlich«, sagte Sanne und setzte Kurs aufs Wohnzimmer.

»Gut«, sagte ihre Mutter, »dann schnappe ich mir deinen Platz, während du den anderen aufstellst. Jetzt wollen wir zwei nämlich ein richtig gutes Mädelgespräch führen.«

»Ein neuer Duft, ein neues Kleid?«, erwiderte Sanne auf dem Weg hinein und bereute sofort ihren Sarkasmus.

Sannes Mutter nippte an Sannes Drink, bevor sie sagte: »Nein, ich hatte da eher an etwas mit Leben und Tod gedacht, und was so dazugehört.«

45

»Ich habe übrigens oft daran gedacht, dass du mit dem Kaffee Recht hattest«, sagte Sannes Mutter, als sie am späten Nachmittag die Liegestühle auf der Terrasse in den Schatten des Sonnenschirms gerückt hatten.

»Kaffee?«

»Holger und seine Großhändler. Eines Abends hast du gesagt, dass sie nichts anderes als Kaffee zwischen den Ohren hätten und dass der zudem noch dünn sei. Ich hätte dich damals belohnen sollen.« »Das habe ich selbst getan. Ich habe eine Flasche Champagner aus der Küche stibitzt.« »Na, dann hattest du zumindest etwas davon. Aber ich würde gerne ... Ich weiß, du hast immer vorgegeben, dich mehr für den Klassenkampf als für Geld zu interessieren, aber dennoch ... Möchtest du 200 000 haben? Du musst nur einen Kurztrip nach Liechtenstein machen, dann gehört das Geld dir.«

»200 000?«

»Ja, Euro selbstverständlich.«

»Mutter, was hast du vor?«

»Die Schweiz hat das Bankgeheimnis aufgehoben, Liechtenstein wird bald folgen, die Welt befindet sich im Umbruch. Ja, nicht dass ich glaube, dass dich das interessiert, obwohl es nur eine Frage der Zeit ist, bis das ganze Drum und Dran dir zugutekommt.«

»Bist du krank?«

»Nein, es geht mir blendend, aber ich bin halt keine dreißig mehr und mache mir in der Richtung keine Illusionen. Das Gefühl der eigenen Unsterblichkeit ist das Privileg der Jugend. Skål, mein Mädchen.«

»Mir fehlt nichts. Skål.«

»Na, ich weiß nicht«, sagte Sannes Mutter, »du hast nicht viel Platz da drin.«

»Für 200 000 kriege ich nicht viel mehr Platz.«

»Das ist doch nur ein kleiner Vorschuss, Schatz.«

»Sieh dich doch auf der Terrasse um. Findest du es nicht hübsch hier? Sieh dir das Gartengeißblatt an!«

»Natürlich ist es hübsch hier ... und üppig ... Wie wäre es mit einem Gärtner? Den kann man immer brauchen, oder neue Möbel, was du willst.«

»Mutter, bist du nach Dänemark gekommen, um mir einen Gärtner zu schenken?«

»Nein, ich hatte einige Papiere, die ich abwickeln wollte, du hast sicher von der Finanzkrise gehört. Und dann wollte ich die Gelegenheit nutzen, um mit dir zu sprechen. Eigentlich umgekehrte Reihenfolge. Wie gesagt, habe ich seit einiger Zeit das Gefühl, dass etwas nicht stimmt.«

»Mutter, ich glaube nicht, dass es eine gute Idee ist, dass wir ...«

»Habe ich Recht oder habe ich Recht?«

»Natürlich hast du Recht. Es wird nie dasselbe sein ohne Sara.«

»Sanne, hör mir mal zu. Ein Chirurg auf der schwarzen Abfahrtspiste befindet sich in derselben Lage wie jeder andere Sturzläufer.«

»Du meinst Skiläufer«, sagte Sanne.

»Ein Beinbruch ist ein Beinbruch ist ein Beinbruch«, fügte ihre Mutter hinzu. »Du bist nicht nur Psychologin, du bist auch meine Tochter, und du bist eine Frau.«

»Wo führt das hier hin?«

»Die Trauer über Sara ist dabei, die Frau in dir zu ersticken. Du wirst als eine weitere Verrückte enden, wenn du nicht bald stopp sagst. Oder aufhörst, dich selbst hinzurichten.«

»Hinrichten?«

»Ja, du musst entschuldigen, wenn mein Dänisch nicht ganz up to date ist. Ich bin mir sicher, dass du ganz ausgezeichnet verstehst, was ich meine.«

»Nein, das tue ich eigentlich nicht.«

»Sanne, du denkst zu viel nach und lebst zu wenig, lass die Unglücke der Vergangenheit ruhen. Done is done, sei nicht so stur, damit schadest du dir nur selbst. Lebe dein Leben, es ist das einzige, das du hast.«

»Ich versuche es.«

»Then try harder. Und lass mich dir helfen, Sanne.«

»Ist es nicht bisschen spät, um damit anzufangen, Freundin zu spielen?«

»Ich will nicht deine Freundin sein, ich möchte nur deine Mutter sein dürfen.«

»Auch dafür ist es bisschen spät.«

»Ja, damit kannst du Recht haben. Aber eine Mutter wird immer eine Mutter sein.«

»Darf ich dir etwas erzählen ...«

»Erzähl mir, was du willst.«

»Als ich geboren wurde, war meine eigene Mutter so kalt, dass mein Vater nachher sagte, sie hätte mir zur Taufe einen Pelz schenken sollen anstelle des Golds und Glitzers, mit dem ich behängt wurde. Den Blauen Eiszapfen nannten die Bediensteten sie hinter ihrem Rücken. Dennoch wuchsen sie und ich Stück für Stück zusammen, nur für mich war sie warm. Es entstand eine unzerbrechliche Liebe, ich war ihr ein und alles, und ich ... Ich band mich allzu stark an sie, wurde gefühlsmäßig abhängig. Als sie starb und der Sarg durch das Mittelschiff der Frederiksberg Kirche getragen wurde, hakte ich mich mit meinen bloßen Händen am Deckel fest. Ich war sechzehn Jahre alt und wie ein Dachs, der sich an einem Knochen festbeißt und nicht loslässt, bis er bricht. Es bedurfte zwölf erwachsener Männer, um meine Finger von dem Sargdeckel zu lösen, einen für jeden Finger plus die Arme, und da übertönten meine Schreie den Psalmenzyklus und die armen Singenden ... Warum murmelt man immer in Kirchen in Dänemark, warum singt niemand laut? Und der Priester – nicht ein Wort aus seinem Mund konnte man hören. Das war doch nicht nur eine Beerdigung, das war meine Mutter.

Jahre später beschloss ich, dass, wenn ich später mal selbst Kinder haben würde, ich sie niemals einer solch fürchterlichen Abhängigkeit aussetzen würde, ich würde Abstand halten. Das habe ich dann getan, sicherlich zum Guten wie auch zum Schlechten. Aber wie uneinig wir zwei uns auch gewesen sein mögen, finde ich nicht, dass du jemals einen Grund gehabt hast, in deinem Heim zu frieren. Vielleicht hat es mal Funken gesprüht – nicht zuletzt zwischen Holger und dir –, aber mit Kälte sind wir dir nie begegnet. Ja, jetzt weißt du es, Abstand. Es lag nicht an dir, es war nichts Persönliches. Ich wollte dich schonen, kein so unauflösbares Band zulassen.«

»Vielleicht wolltest du dich auch selbst schonen?«

»Vielleicht. Ich glaube, die meisten meiner Gefühle waren begraben. Nur das Praktische blieb zurück. Ich musste mich damit abfinden und mich in jeglicher Hinsicht bestmöglich einrichten.«

»Und dann bist du umgezogen.«

»Ja, ich bin umgezogen. Und dann bist du geflüchtet. Vor dir selbst, vor mir und vor anderen Menschen. Du musst der bestbezahlte Flüchtling der Welt sein. Sanne, ich bin weder halbe noch ganze Psychologin, aber warum? Abgesehen von Sara. Ist es der Verlust deines Vaters, den du nie überwunden hast, ist er es, den du zu kompensieren suchst, oder …?«

»Ich kannte ihn doch nicht.«

»Vielleicht gerade deshalb? Ist es meine Mutter und ich, der Abstand, den ich schuf, ist es schlicht und ergreifend Erbsünde?«

»Mutter, ich bitte dich, Erbsünde!«

»Ist es, um Holger und alle anderen idiotischen Männer zu bestrafen? Da war etwas Unechtes an seiner Verliebtheit. Immer wollte er küssen und umarmen, von nah und fern. Er hat mir Gänsehaut bereitet, dennoch habe ich ihn behalten. ›Hör auf, mich in die Wangen zu beißen‹, habe ich ihm mehrmals gesagt, aber das konnte er offensichtlich nicht. Es war wie eine Art Ablasskuss, nur wusste ich damals nicht, was vergeben werden sollte. Ich habe nachgedacht und nachgedacht, und jetzt frage ich dich: Ging es um dich?«

»Es ist nie ernsthaft etwas geschehen, er betatschte mich und hat es versucht, aber ich blieb auf Abstand.«

»Jedes Mal?«

»Ja, jedes Mal.«

»Du hast gewonnen?«

»Ja, ich habe gewonnen.«

»Ich habe oft dagesessen und den Sonnenuntergang auf Teneriffa genossen und genau das gehofft.«

»Jetzt musst du dich nicht mehr mit Hoffnung begnügen, jetzt weißt du es.«

»Ja, jetzt weiß ich es. Ich weiß auch etwas anderes.«

»Was?«

»Sanne, ein für alle Mal: Samuel fuhr betrunken, deine kleine Sara starb, die Tat ist begangen und aufgeklärt. Samuel hat seine Strafe bekommen und sie verbüßt. Er war schuldig, aber das ist er nicht mehr.«

»Ich werde ihm nie vergeben.«

»Darum bitte ich dich auch nicht.«

»Worum dann?«

»Du bist immer so verdammt idealistisch und auf deine eigene Weise stolz gewesen. Ich bitte dich: Vergib dir selbst!«

»Mir selbst?«

»Was ist mit deinen Täuschungsmanövern gegenüber Männern, dem Abstand, den du hältst? Samuel erzählte mir, dass er immer gewusst hat, dass er nicht Saras biologischer Vater war. Ich habe es übrigens auch nie geglaubt, sie sahen sich ja nicht einmal ansatzweise ähnlich. Aber deine fixe Idee, dass er aus diesem Grund absichtlich ...«

»Wenige Tage, nachdem er die Ergebnisse von Saras DNS-Test erhalten hat, den er unmittelbar nach einem Riesenstreit mit mir machen lässt, während ich auf meiner letzten Vortragsreise in Dänemark bin!»

»Absichtlich ...«

»Im Suff!«, schrie Sanne.

»... soll er seinen Mercedes gegen eine Mauer gefahren haben, um Sara zu töten ...«

Sanne brach schluchzend auf dem Liegestuhl zusammen.

»Hör auf, Mutter, ich halte das nicht aus, hör auf zur Hölle noch mal, please.«

Sannes Mutter stand auf, setzte sich auf Sannes Liegestuhl und nahm ihre Hand.

»Doch, das tust du, das hältst du jetzt ein für allemal durch. Wir Menschen sind verletzbar, aber wir können mehr aushalten, als wir selbst glauben.«

»Meine kleine Sara«, schniefte Sanne, während sie versuchte, sich selbst wieder unter Kontrolle zu bekommen, und hinzufügte: »Sagtest du nicht vorhin, dass die Vergangenheit ruhen sollte?«

»Ja, aber zunächst ... Du solltest von allen am besten wissen, dass je mehr du dich abwendest, desto mehr drängt sich das Schreckliche dir auf, soviel hat das Leben mich schon gelehrt. Du musst wagen Guten Tag zu sagen, bevor du ernsthaft Lebewohl sagen kannst.«

»Wie kannst du dir so sicher sein, dass Sam sie nicht getötet hat?«

»Samuel hat den Tod deiner Tochter verursacht. Meiner Enkelin. Aber er liebte dich, und er vergötterte Sara und war nicht eitel, was das Biologische betrifft, ja, das sind seine eigenen Worte, eitel. Du kannst nicht den Rest deines Lebens hassen, mein kleiner Schatz, ich kenne dich, das stehst du nicht durch. Du musst vergeben, damit leben – und weiter, nach vorne! Und bisher haben wir ja nicht einmal über den biologischen Vater gesprochen.«

Sannes Mutter setzte sich wieder auf ihren eigenen Liegestuhl.

»Was ist mit ihm?«, fragte Sanne.

»Ja, was stellen wir mit ihm an?«

»›Wir‹? Also, Mutter ...«

»Ja, mein Schatz, ich hörte ausgezeichnet, was der junge Mann aus dem Café sagte.«

»Ahmed?«

»Ja, und lass es mich ganz deutlich sagen: Obwohl du und ich nicht Tür an Tür wohnen, bist du nicht allein. Ich bin deine Mutter, und ich stehe diese Sache mit dir bis zum Ende durch.«

Sanne seufzte und überdachte eine Sekunde lang einen Kommentar über das Alleinsein als existenzielles Grundbedürfnis, plus den wichtigen Nebensatz, dass das natürlich nicht bedeutet, wir könnten uns nicht zwischen Geburt und Tod ein wenig Gesellschaft gönnen. Und dann war der richtige Zeitpunkt auch schon wieder verstrichen und Sanne ihrer eigenen philosophisch-psychologischen Platte so überdrüssig, dass der Gedanke nur zu einem Seufzer wurde. Die Stimme ihrer Mutter fuhr unverdrossen fort: »Ich finde, wir sollten Herrn Møller informieren. Ja, nicht, dass ich auf meine alten Tage kleinlich geworden wäre, aber ohne ihn einzubeziehen, wirst du sicher niemals Frieden finden, so sensibel wie du bist.«

»Was weißt du von Møller?«

»Eine Mutter spürt sowas. Es war in Rio, nicht wahr?«

Sanne nickte. »Møller und ich haben gemeinsam einen Kurs belegt, an der FBI-Akademie in Quantico, Virginia. Samuel war unser Lehrer, er unterrichtete die Geschichte des Täterprofilings.«

»Ich weiß, er hat mir alles darüber erzählt.«

»Samuel verliebte sich in mich. Ich fand ihn toll, wir hatten eine Affäre. Aber dann … plötzlich machte es *bang* zwischen Møller und mir. Davor war da nichts gelaufen, er ist ja auch verheiratet.«

»Und nach den Kurs habt ihr euch nach Rio aufgemacht, um euer *Bang* zu pflegen.«

»Ja. Als ich feststellte, dass ich von Møller schwanger war, und wie unmöglich das Ganze in Dänemark sein würde, und Samuel die ganze Zeit anrief und schrieb und er auf gewisse Weise so süß war und ein richtig guter Vater werden konnte, da dachte ich: Was ist am besten für die Kleine? Scheiß auf die Gene ... Es hätte doch genauso gut Samuels Kind sein können!«

»Und was hält dich jetzt zurück?«

»Von Møller?«

»Herr Møller hin oder her – vom Leben. Wovor hast du jetzt so viel Angst? Verletzt zu werden, andere zu verletzen? So gefährlich bist du auch wieder nicht, Sanne.«

»Red nicht weiter, Mutter, please. Ich muss sowieso auf die Toilette«, sagte Sanne und stand auf.

»Ich muss auch zusehen, mich bald auf den Weg zu machen. Wir müssen uns noch einmal treffen und eine Lösung für das Geld finden. Ich kann es nicht einfach überweisen, sie haben Stück für Stück so viele dumme Regeln aufgestellt.«

Sanne verschwand in der Wohnung und ging zur Toilette. Seit ihrer Jugend war sie mit gewissem grenzüberschreitendem Verhalten vertraut, und sie freute sich über den Besuch, wenn er auch ein wenig hart gewesen war. Während sie pinkelte, hörte sie ihre Mutter telefonieren. Sie war so ein Gesellschaftsmensch. Sanne hielt es auch mit Menschen um sich herum aus, aber mit den Jahren hatte sie ein immer stärkeres Bedürfnis nach Pausen und Isolation entwickelt. »Nun, ich bin bereit zum Aufbruch«, sagte ihre Mutter, als Sanne zurückkam.

»Es war schön, dich zu sehen, Mutter. Hat Henry angerufen?«

»Henry? Ich habe überhaupt nicht telefoniert.«

»Nein? Es kam mir so vor, als hörte ich deine Stimme.«

»Oh, da war nur ein Mann auf dem Dach. Ich fragte, ob er Schädlinge bekämpfte, ob irgendwo Gas auslief und so weiter … Ja, ich bin ja kein Chemie-Ingenieur, aber er trug eine von diesen Masken, also muss er sich wohl vor irgendetwas Gefährlichem geschützt haben.«

»Was sagte er?«, fragte Sanne und merkte, wie ihre Handflächen feucht wurden.

»Nichts, drehte sich von mir weg und verschwand ohne ein Wort. Überhaupt keine Manieren oder Etikette. Er ist geradezu übers Dach davongelaufen statt mir zu antworten! Ja, von mir wirst du kein ›typisch dänisch‹ hören, es ist ja trotz allem mein altes Vaterland, aber ich finde, es geht den Bach runter. Auf Wiedersehen, mein Schatz, lass mich dich umarmen, und dass du es nie wieder wagst, mit deinen Füßen das Land südlich der Alpen zu betreten, ohne mir einen Besuch abzustatten! Mach's gut, mein Mädchen.«

»Du auch«, antwortete Sanne und hörte ein leichtes Zittern in ihrer eigenen Stimme, die sie angestrengt zu kontrollieren versuchte, »Wir sehen uns, Mutter.«

»Ja, das hoffe ich.«

46

Während Sanne ihren Morgenkaffee und die Musik genoss, die zwischen dem Geplapper der immer psycho-infantileren Radiomoderatoren gespielt wurde, brachte sie Martin dazu, ihr eine Adressenliste aller Angestellten der Kinderbastion zu mailen. Danach rief sie eine Kollegin bei der pädagogisch-psychologischen Beratung in Islands Brygge an und fragte sie über Pia Thomsens Exmann aus. Er solle angeblich ein sowohl freundlicher als auch entgegenkommender Mensch sein, der ohne Zweifel einem Treffen mit Sanne zustimmen würde, um ihre Fragen zu beantworten. Sanne rief ihn sofort an. Ihre Kollegin hatte Recht. Thomsen klang fast so, als hätte er auf diese Begegnung gewartet, und freue sich erwartungsvoll darauf. Sie vereinbarten, sich in der Mittagspause in seinem Büro in Island Brygges Sozialzentrum zu treffen.

Das gab Sanne Zeit für einen hoffentlich letzten Besuch in der Kinderbastion, bevor es weiter nach Brygge ging. Sie war gerade bereit zum Aufbruch, als im Radio die Nachrichten durchgegeben wurden. Sie blieb im Flur stehen und hörte zu. Die Wetteraussichten würden ihr bei der Entscheidung helfen, inwieweit eine Jacke notwendig war oder nicht.

Sie trippelte rastlos auf der Stelle, während die Nachrichten sich hinzogen.

Der Besuch ihrer Mutter saß ihr noch immer in den Knochen. Wenn sie die Sache mit dem Mord an Ida in Ordnung gebracht und das Ganze an Møller weitergereicht haben würde, würde sie ihre Mutter besuchen. Vielleicht nicht gleich bei ihr wohnen, aber in der Nähe, sodass sie etwas mehr Zeit zusammen verbringen konnten. Jetzt, sie besann sich noch einmal, gab es keinen anderen Menschen, mit dem sie lieber zusammen wäre als mit ihrer Mutter. Diese fast schockierende Einsicht nagte immer noch in Sanne, als das Radio sie auf ganz andere Gedanken brachte:

Mads Højlund, der wegen des brutalen Mordes an der nur zweieinhalbjährigen Ida Thomsen in einer Tagesstätte in Kopenhagen gesucht wird, ist wieder hinter Gittern. Er war Anfang des Jahres im Zusammenhang mit einer richterlichen Untersuchung geflüchtet, was zu Kritik an der Kopenhagener Polizei geführt hatte. Wie es zu der Verhaftung von Mads Højlund kam, kann uns Kriminalermittler Hans Tange von der Kopenhagener Polizei erzählen.

»Tange, du selbst hast ja an der Spitze der Ermittlungen im Mordfall Ida gestanden. Was hat dazu geführt, dass ihr den flüchtigen Mads Højlund schließlich geschnappt habt?«

»Es geschah ganz ohne Dramatik. Er schlief in einem Zugabteil in einem Rangierbahnhof außerhalb von Stockholm.«

»Wer hat ihn gefunden?«

»Das schwedische Zugpersonal, das daraufhin unsere schwedischen Kollegen benachrichtigte.«

»Wie kann ein zur Fahndung ausgesetzter Mann sich derart lange in Dänemark verstecken und dann nach Schweden verschwinden, ohne dass jemand eingreift?«

»Das müssen wir jetzt untersuchen. Einiges deutet darauf hin, dass er einen oder mehrere Helfer gehabt hat.«

»Was passiert jetzt?«

»Ich werde den Verhafteten später am heutigen Tag persönlich verhören. Danach kommt er vor einen Richter. Ich gehe davon aus, dass die Untersuchungshaft mit Isolation beibehalten wird, und dann wird die Sache ihren gewohnten Gang nehmen.«

Sanne knallte die Tür hinter sich zu und stürzte die Treppe hinunter, weil der Aufzug weit und breit nicht zu sehen war.

Unten auf der Straße schwang sie sich auf ihr Fahrrad und fuhr so schnell über das unebene Pflaster entlang des Kanals von Christianshavn, dass die Erschütterungen sich mit großer Kraft auf sie übertrugen. Vor dem Lagkagehuset wäre sie fast gestürzt. Sie dachte nicht darüber nach und legte noch einen Zahn zu, als sie den zementierten Fahrradweg der Torvegade erreichte. Der Weg die Knippelsbrücke hinauf verlangsamte sie ein wenig, aber runter kam sie wieder in volle Fahrt, sie flog fast an Christiansborg, am Nationalmuseum und an der Glyptothek vorbei, bevor sie stehen blieb und ihr Fahrrad bei der Polizeiwache gegenüber dem Falck-Gebäude abstellte.

Sanne schritt direkt weiter in die Polizeiwache, die ihr ein bedrohliches, klaustrophobisches Gefühl zu bereiten pflegte: Das Pantheon in Rom hatte beim Bau als Inspiration gedient, ein Umstand, über den sich Sanne immer wieder wunderte, da an dem Ort nicht viel Tempelähnliches war, eher etwas Gruseliges und Kafkaeskes.

Heute lief sie über den runden Hof und bemerkte keinen der Beamten, die sie vor Jahren unterrichtet und mit denen sie zusammengearbeitet hatte. Sie lief weiter die Treppe hinauf, danach den langen, klosterartigen Gang hinunter, bis sie Tanges Büro erreichte. Sanne riss die Tür geradezu auf.

Hans Tange thronte hinter seinem Schreibtisch, flankiert von einem bereits nervösen Sekretär.

»Jeder Idiot kann sehen, dass Mads Højlund sich in einem schizophrenen Schub befindet«, rief Sanne.

»Sanne Berg, du hast hier nichts verloren, es sei denn, du siehst meine Unterschrift auf einer Vorladung, was du im Übrigen bald tun wirst. Die Leiterin der Kinderbastion hat sich nämlich beschwert, dass du sie schikanierst.«

»Versuch nicht, dich rauszureden!«

»Möglicherweise bist du etwas verwirrt, Sanne, aber ich bin weder Psychologe noch Arzt«, versuchte Tange sie loszuwerden.

»Das glaubt weiß Gott auch keiner, aber du hättest eine professionelle Einschätzung abwarten können, bevor du ihn isolierst«, fuhr Sanne fort.

»Das hier ist kein Betreuungszentrum, wir klären hier tatsächlich Verbrechen auf. Wenn sonst nichts mehr ist: da ist die Tür.«

»Tange, jetzt sage ich dir mal etwas: Du bist seit über dreißig Jahren hier; deine psychologische Einsicht sollte sich zumindest auf dem Niveau eines Polizeischülers befinden.«

»Wo du die Jungen erwähnst: Ich kann dich darauf hinweisen, dass die unmögliche Lage, in die du und Møller Martin gebracht habt, sehr weitreichende Konsequenzen auf seine zukünftige Karriere bei der Polizei haben kann – und außerdem auf deine. Ich hoffe, du bist dir der Verantwortung bewusst.«

»Sitz hier nicht rum und spiel Moral und drohe dann noch. Ich weiß zufällig alles über deine und Møllers alte Nummer.«

Tange zuckte zusammen, aber kurz darauf sammelte er sich mit einem sarkastischen Ton: »Was du auch zu glauben meinst, du kannst es zu nichts gebrauchen, weil du in erster Linie deinen Møller beschützen wirst, nicht wahr? Sind wir uns einig, dass es Zeit ist, Tschüss zu sagen?«

»Einen Scheiß sind wir uns einig.«

»Tschüss, Sanne.«

»Gäbe es Gerechtigkeit in dieser Welt, würdest du nicht da sitzen. Ich bin mir de facto sicher, dass es mehr als eines gewöhnlichen Rapports bedürfte, um deine dunkle Vergangenheit zu beschreiben.«

»Sanne Berg! Willst du rausgetragen werden, oder willst du dich in einer Zelle abkühlen? Ich habe heute in der Tat ziemlich viel zu erledigen.«

»Tange, du bist so hart, dass mein Arschloch blutet.«

»Raus!«, schrie Tange und zeigt auf Sanne, während er zum ersten Mal den Blick von ihr abwandte und seinen Sekretär ansah. »Bring die Frau hier raus! Entfern sie!«

47

Nach dem Zusammenstoß mit Tange war Sanne so aufgebracht, dass sie mit Mühe und Not das Treffen mit Pia Thomsens Exmann hatte durchstehen können. Etwas hatte sie dabei jedoch erfahren, stellte sie fest, während sie auf ihrem Fahrrad am Hafen entlang von Islands Brygge zurück nach Christianshavn fuhr.

Zunächst einmal Thomsens ganzen Karriereverlauf bis heute, der auf einen kompetenten und ehrgeizigen, aber auch kompromisslosen Mann mit einer tollen Karriere als Sozialberater hauptsächlich in der Kommune Kopenhagen hindeutete.

Der äußerst gut modulierte, aber nichtsdestoweniger kontrollierende Tonfall, der von einem Mann zeugte, dessen Persönlichkeit Sanne mit »Hier bestimme ich« übersetzte.

Eine fast nachsichtige Haltung zur Exfrau, die beschrieben wurde als »ein Mensch, der es nicht vermag, sich realistisch den Herausforderungen des Lebens zu stellen, eine Frau, gesteuert von Gefühlen, auch wenn sie weder relevant sind noch erwidert werden. Aber als ihre Therapeutin weißt du das alles natürlich selbst.«

Sanne war sich nicht so sicher, ob sie sich in diesem Punkt ganz einig waren. Glücklicherweise hatte Thomsen sie nicht nach ihrer Meinung gefragt. Er wusste natürlich, dass sie sich nur auf ihre Schweigepflicht berufen würde.

Das Verhältnis zu Pernille hatte er selbst nicht erwähnt, und als Sanne danach fragte, wirkte er überrascht, fast als würde er sich daran stoßen: »Wir haben ja alle unsere Bedürfnisse.«

Das Sonderbarste war, dass Thomsen sich am kürzesten mit dem Verlust von Klein-Ida aufgehalten hatte, obwohl das Sannes Ausgangspunkt und Grund für das Gespräch gewesen war: mit ihm zu reden – Psychologin und Sozialberater –, um wenn möglich auf diese Weise alles beleuchten zu können, was zu dem Mord an seinem kleinen Mädchen geführt haben könnte.

Da war etwas ein wenig zu Rationelles und Geschäftliches an der Art gewesen, wie er es beschrieb: »Auf allen Niveaus des Lebens wird gegeben und genommen, seien es Kinder, Ehepartner, Eltern, Karriere. Wenn wir die Gefühle ausklammern, ist es doch einfach so, schlichtweg immer wieder Schaukeln und Karusselle. Und wie sie es in dem Gelassenheitsgebet bei den Anonymen Alkoholikern sagen – ja, viele der Familien, denen ich mit Unterstützung, Rat und Anleitung zur Seite stehe, sind ja Alkoholiker –: ›Gib mir die Gelassenheit, Dinge hinzunehmen, die ich nicht ändern kann, Mut, Dinge zu ändern, die ich ändern kann‹.«

Das Gelassenheitsgebet, dachte Sanne, als sie ihren Blick vom Hafen abwandte. Sie kannte es von Jack, der vor einigen Jahren an einer Reihe Treffen teilgenommen hatte, als alles ihm ein bisschen zu schnell ging und er zu viel trank. Thomsen hatte den Schluss des Gebets entweder vergessen oder ignoriert: »Und die Weisheit, das eine vom anderen zu unterscheiden.«

Die Tonleiter von »Unterstützung-Rat-Anleitung« hatte in Sanne irgendetwas wachgerufen, das zur Übersetzung in »Wissen-Macht-Kontrolle« führte, etwas, worauf sie in ihren jungen Jahren bei Michel Foucault gestoßen war.

Wie sollte ihre Meinung über Thomsen insgesamt ausfallen?

Hätte sie an irgendeinem lächerlichen TV-Quiz teilgenommen, wozu sie mehrere Male aufgefordert worden war, hätte sie ohne Weiteres »eiskalter und talentierter Psychopath« antworten und ihre Antwort mit ihrem Gespräch begründen können. Doch die Wirklichkeit ging fast immer tiefer und war unter allen Umständen nuancierter als Fernsehen.

Ihr Handy klingelte gerade, als Sanne an Danisco vorbeifuhr, auf dem Weg zum nächsten Ziel des Tages: Marie.

Sanne stieg vom Fahrrad und kontrollierte die Nummer. Es war Gilles, und sie beeilte sich dranzugehen.

»Hier ist Sanne. Hej, Gilles!«

»Sanne, es hat geklappt! Meine Schwester wurde freigesprochen. Jetzt bin ich auch frei, ich stehe auf dem Kopenhagener Flughafen.«

»Willkommen zurück.«

»Sanne, ich vermisse dich.«

»Ich vermisse dich auch«, antwortete Sanne, ohne dieses Gefühl in just diesem Augenblick wirklich in sich wiederzufinden.

Es war so lange her, und alles in ihr drehte sich um Ida, jetzt da sie jeden Tag spürte, dass sie einer Lösung näher kam, was auch dringender war als je zuvor, nachdem Mads wieder gefasst worden war und erneut isoliert im Vestre Gefängnis saß.

»Ich komme heute Abend zu dir«, fuhr Gilles fort. »Ich habe ein kleines Geschenk für dich und zollfreien Schnaps.«

Sanne merkte, wie müde sie bereits war, und wusste, dass es im Laufe des Tages nur noch schlimmer werden würde. Außerdem hatte sie eine Verabredung mit Jack: Sie wollten auf ihrem Doppelbett liegen und »Zerrissene Umarmungen« gucken, es sich gemütlich machen und total abschalten. Genau das, was sie brauchte, wenn ihr inneres System Gefahr lief, überhitzt zu werden. Jack war der Einzige, für den sie noch Kraft übrig hatte. Zwischen ihnen gab es keine versteckte Tagesordnung, mit ihm konnte sie sich vollkommen entspannen.

»Wir werden bis morgen warten müssen.«

»Warten?«

»Es ist so lange her, da können wir wohl einen Tag länger warten.«

»Aber warum sollten wir das?«

»Man nennt das Bedürfnisaufschub«, antwortete sie und versuchte, dem einen erbaulichen, humoristischen Ton zu geben.

»Ja, aber warum, Sanne?«

»Weil …«, setzte sie an, kam jedoch nicht weiter, weil Gilles weitersprach.

»Du, ich, Doppelbett, Aqua Vitae … Sanne, was ist los? Gib mir einen guten Grund, warum wir uns nicht sehen sollten.«

Sie konnte es nicht ertragen, sich auf diese Weise erklären und Rechenschaft ablegen zu müssen.

»Weil ich eine andere Verabredung habe«, sagte sie.

»Du hast eine andere Verabredung?«

Die Enttäuschung war nicht zu überhören, wenn Gilles auch sofort versuchte, in einen anderen Tonfall überzugehen.

»Ich verstehe, Sanne. Ich bin auch lange weg gewesen, wie du sagst, das ist klar. Wenn du deine Meinung änderst …«

»Was ich nicht tun werde, weil ich auch todmüde bin«, rutschte es ihr raus.

»… dann schau beim Bootsverleih vorbei«, fuhr er fort. »Ansonsten sehen wir uns morgen Abend, ganz sicher. Je t'embrasse.«

Sanne konnte nicht mehr antworten; nach der verbalen Umarmung unterbrach Gilles die Verbindung.

Es sind nicht nur schwierige Persönlichkeiten, die Kommunikation gegen die Wand fahren können, dachte Sanne ärgerlich und schob das Fahrrad das letzte Stück runter zu Marie, weil ihr plötzlich schwindelig war.

Maries Wohnung befand sich in einem älteren Gebäude in der Nähe des Walls. Der Eingang war unverschlossen. Sanne ging einfach hinein und klingelte. Die Türklingel funktionierte nicht, sie klopfte.

Ihr wurde nicht geöffnet. Sanne sah durch den Briefschlitz hinein; alles voller Werbung und Gratiszeitungen. Ein stickiger, muffiger Geruch schlug ihr entgegen. Vielleicht stammte der Geruch von dem Wasserschaden, der sich Martin zufolge in genau der Nacht, da Ida ermordet wurde, zugetragen haben sollte. Wo war Marie? Hatte sie sich wieder gesund gemeldet, war sie in der Kinderbastion? Krank gemeldet, gesund gemeldet. Die Leiterin hatte nicht gesagt, dass Marie krank sei oder sich krankgemeldet habe. Mit einer gewissen Irritation hatte sie gesagt: »Sie ist überhaupt nicht hier. Sie wurde einfach krankgemeldet.« Wurde einfach … Von wem, und warum nicht selbst? War die Krankheit dafür zu ernst? Und falls dem so war, warum bezeichnete die Leiterin sie dann mit ›einfach‹? Sanne entschied sich, erst einmal in der Kinderbastion anzurufen, statt einfach aufzutauchen. Bei ihrer Müdigkeit war sie sich nicht sicher, ob es ihr einen verbalen oder physischen Knockout verpassen würde, falls es zu einer Konfrontation zwischen ihr und der Leiterin kam. Aber sie musste wissen, ob Marie auf der Arbeit war.

Während sie die Nummer eintippte, dachte sie daran, dass es wohl Zeit war, Møller zu fassen zu kriegen, damit er eingeweiht war.

»Kinderbastion, hier ist Pernille.«

Sanne senkte die Stimme eine Oktave, versetzte sich eine Generation zurück und antwortete:

»Guten Tag, hier ist Marianne Henriksen. Ich würde gerne mit Marie reden.«

Selbst ohne die Stoppuhr, mit der Sanne in ihren jungen Jahren psychologische Tests geübt hatte, konnte sie hören, dass Pernilles Responsezeit einen Tick zu lang für eine normale Reaktion war. Etwas in der Frage hatte ihr Denken beeinflusst, ihre Atmung erschwert und sie ein paar Sekunden gekostet.

»Marie ist krankgeschrieben, aber …«

»Ja?«

»Ähm, wer bist du eigentlich?«

»Marianne Henriksen, Marie ist meine Cousine. Ich habe mir in letzter Zeit ein wenig Sorgen gemacht, ich konnte sie nicht kontaktieren.«

»Die haben wir uns auch gemacht. Hier lag nur eine Nachricht, dass sie sich krankgemeldet habe, seither haben wir nichts von ihr gehört, und sie antwortet nicht … Marie ist sonst …«

»Mit wem redest du?«, hörte Sanne die Leiterin im Hintergrund sagen. »Du gibst doch hoffentlich keine privaten Angaben weiter, geh ins Zimmer und lass mich das hier übernehmen.«

Sanne legte auf und schaltete ihr Handy aus.

Alles in allem war es ein lohnender Tag gewesen, das musste für heute reichen.

Schnell vorbei bei Irma Delikatessen, eine gute Flasche Rosé und die Zutaten für ein paar leckere Lachshäppchen besorgen, bevor Jack mit dem Film kam. Ein schönes Bad und danach einfach nebeneinander liegen und genießen. Vollständig abschalten und sich Almodóvar hingeben.

48

Penelope Cruz ließ Jack immer davon faseln, dass er sich eigentlich gut vorstellen könnte, heterosexuell zu sein, aber bisexuell wäre vielleicht dennoch praktischer, weil er so ungerne das mit Männern aufgeben würde.

»Das mit den geschlechtlichen Begrenzungen ist so unglaublich vorzeitlich«, sagte er jetzt, »wir sind verdammt noch mal doch keine Dinosaurier.«

Sie lagen auf Sannes Bett, Lachshäppchen, Jacks selbstgebackene Küchlein und Rosé auf dem Tablett zwischen ihnen, genau wie sie sich das vorgestellt hatte, bevor die blaue Stunde die Stadt in seinen flüchtigen Schein tauchte.

»Es geht wohl in erster Linie um Identität«, erwiderte Sanne ohne größere Lust, sich in die Geschlechterthematik zu vertiefen.

»Selbstkastration«, antwortete Jack knapp und schnappte sich ein Lachshäppchen, während Sanne einen Augenblick lang den trockenen Rosé in ihrem Mund kreisen ließ.

»Gilles ist gerade nach Kopenhagen zurückgekommen. Ich bin morgen mit ihm verabredet«, sagt sie dann.

»Und ich habe eine Verabredung mit Michael«, sagte Jack.

»Ich freue mich drauf, ihn zu treffen.«

»Das kannst du ruhig tun, er haut einen aus den Socken, schlichtweg ein …«

»Ausrufezeichen?«, schlug Sanne vor, während Jack alles für Almodóvar vorbereitete.

Er lachte und sagte: »Ja, von der Episode zum Ausrufezeichen, da kann man schon von einer Entwicklung sprechen. Ich habe mich einfach so total in ihn verliebt, als wir uns wiedersahen.«

Er kam zurück ins Bett. Sie aßen Lachs, prosteten sich zu und tranken.

Jack drückte auf die Fernbedienung und proklamierte gleichzeitig: »Darling, I proudly present: ›Los Abrazos rotos‹.«

Der Film fing an. Bald darauf hörte Sanne, wie Jack vor Sehnsucht und Wohlbehagen seufzte, als wäre er endlich nach Hause gekommen, dicht gefolgt von der Standardbemerkung über Penelope Cruz, samt seinen Lüsten und Gedanken zu sexueller Präferenz und Erholung.

Zum ersten Mal glitt Sanne nicht sofort in Almodóvars Welt hinein, da aber Jack völlig gebannt war, ging sie davon aus, dass das nicht dem Film, sondern ihrer mangelnden Konzentration geschuldet war. Jedes Mal, wenn sie Penelope Cruz zu sehen versuchte, sah sie stattdessen Klein-Ida und ihre Gedanken kreisten um die Gespräche des Tages.

Im Laufe des Films wurde der spanische Soundtrack mehr und mehr von dem stark zunehmenden Wind begleitet, der gleichzeitig die letzten Reste Blau vom Himmel Kopenhagens fegte.

Sanne suchte sich selbst mental zu öffnen und alle Möglichkeiten in Hinblick auf den Täter oder die Täterin neu zu denken.

»Jeder kann wütend werden«, sagte schon Aristoteles, »das ist leicht; aber auf die rechte Person im rechten Umfang und zur rechten Zeit aus dem rechten Grund wütend zu werden, das ist nicht jedem beschert.«

Im Kopf legte Sanne sich eine aktualisierte Liste von jenen Personen zurecht, die Klein-Ida hätten töten oder auf andere Weise an ihrem Tod beteiligt sein können. Dazu eine Liste von jenen, die sie selbst hätten beschatten, ihre Wohnung betreten und sie hätten bedrohen können.

Die Liste entstand ohne größere Vorbehalte. Es war Teil ihrer Arbeitsmethode, zu Anfang jegliche persönliche Zensurinstanz zu entfernen. Später konnte sie hoffentlich einen nach dem anderen ausschließen, um schließlich bei einer oder auf jeden Fall sehr wenigen Personen zu enden.

Jack lachte, wiederholte eine Replik aus dem Film und schenkte Rosé nach.

Die unmittelbare Liste war unschön lang und sehr präsent. Eine der Personen lag de facto in ihrem Bett, sie in seinen Armen.

Wenn Sanne ihre warmen, freundschaftlichen Gefühle aussortierte, abgesehen von dem gegenseitigen Bedürfnis nach Sicherheit, das sie einander in die Arme trieb, waren da mehrere Dinge an Jack, die sie nun störten wie ein Splitter in einem immer stärker angeschwollenen Finger.

Sie war zwar keine Penelope Cruz, aber es kam Sanne vor, dass Jacks Flirt mit dem Hetero- und Bisexuellen bedeuten konnte, dass er sein Begehren mehr und mehr auf sie richtete. Warum schrieb er seit sieben Jahren an »Verzweifelte Bekanntschaften«, wo sie regelmäßig einbezogen wurde. Wie verzweifelt konnte man – er – werden?

Sanne rückte ein Stückchen weg von Jack und blickte zum Himmel, dessen zunehmende Dunkelheit so dramatisch war.

Er besaß den Schlüssel zu ihrer Wohnung, kannte sie in- und auswendig, bis hin zum Toilettenpapier, der Keller war ihm ebenfalls nicht fremd. Aber Ahmed hatte ja eingeräumt, dass er dort wohnte.

Jack flog hoch, tauchte tief und es fehlte ihm oft an Geld. Ausnahmsweise erklärte das Letzte nicht wirklich etwas.

»Das Leben ist ein Abenteuer, nutz es«, forderte er Sanne oft auf, nicht zuletzt wenn er sich in der hyperaktiven Ecke befand und es darum ging, dass sie beide das Abenteuer gemeinsam entdecken und erforschen konnten. Auf die meisten Menschen konnte er etwas zu grenzenlos wirken. Bisher hatte das Sanne nicht gestört, jetzt ...

»Was ist los, du siehst plötzlich so bekümmert aus, fast ängstlich«, sagte Jack und zog sie wieder zu sich.

»Ich bin nur müde.«

»Bleib jetzt dran, du verpasst sonst das Beste.«

»Ja, ja«, sagte sie.

Daran, dass zwischen zwei Freunden erotische Gefühle entstehen können, ist ja nichts Seltsames, dachte Sanne beim Versuch, sich selbst zu beruhigen, doch sofort darauf kam ihr der Schluss des Reims in den Sinn, den Pia Thomsen zitiert hatte: »Sie glauben, ich will spielen, doch ich will lieber haben.«

Jack lachte über irgendetwas im Film, warf ihr eine Nanosekunde lang einen missbilligenden Blick zu und drückte gleichzeitig ihren Schenkel, bevor er sich wieder in Almodóvars Welt begab.

Dass Jack Sanne möglicherweise lieber haben als mit ihr spielen wollte, konnte vielleicht erklären, dass er sie überwachte. Vielleicht sogar, dass er versucht hatte, sie zu ängstigen, damit er sie daraufhin trösten und beschützen konnte. Aber das sagte nichts über Klein-Idas Tod aus. Außerdem war es Pia gewesen, die den Reim aufgesagt hatte, und die beiden kannten einander nicht, soweit Sanne wusste.

«Big ideas are simple ... Your choice is your talent ... Lift it and make it large." Zwar hatte Jack die Worte mit irgendeiner Theatertheorie erklärt, aber was war im eigentlichen Sinne einfacher, größer und bedeutungsvoller, als ein Leben zu geben oder zu nehmen?

Hatte da ein Zweig auf der Terrasse geknackt? Es riss gewaltig an den Büschen, abgesehen davon, dass etwas auf der Terrasse hin und her rollte.

»Ich gehe kurz raus und schaue auf der Terrasse nach«, sagte Sanne, »es wird wirklich ziemlich windig.«

»Warte noch eine Minute«, sagte Jack, ergriff ihre Hand und hielt sie zurück, »jetzt kommt der Schluss.«

Sanne wartete, aber nur bis zum Abspann, den sie ansonsten zu lesen pflegten. Sie zog ihre Hand wieder weg, er ließ sie mit einem enttäuschten Blick los, bevor er sich wieder dem Abspann zuwandte.

Auf der Terrasse war ein kleiner, leerer Blumentopf von einem Tisch gefallen; er war es, der hin und her rollte. Tatsächlich war ein Zweig von dem japanischen Kirschbaum abgebrochen, dem es vorher schon nicht so gut gegangen war. Sanne schob den Topf mit dem Baum so gut es ging in eine windstille Ecke. Ansonsten war da draußen alles in Ordnung, das Gartengeißblatt war gut zusammengebunden, und die Büsche hielten so ziemlich alles aus.

Als sie wieder hineinkam, saß Jack mit seinem Mobiltelefon in der Hand da und trommelte ungeduldig mit einem Finger.

»Ganz ehrlich, Sanne, ich will jetzt wissen, ob du Angst hast vor ...«

»Vor dir?«, rutschte es ihr raus, während sie energisch den Kopf schüttelte, »nein, natürlich nicht.«

»Nicht vor mir«, lachte er, »davor, allein zu sein natürlich.« Sanne lief rot an und schüttelte weiterhin verneinend den Kopf, während sie überrascht merkte, dass beides im Laufe den letzten Minuten irgendwie gleichermaßen beängstigend geworden war.

»Nein, ich bin daran gewöhnt, allein zu sein«, sagte sie.

»Gut«, fuhr er fort, »denn normalerweise würde ich keine Verabredung mit dir unterbrechen, aber ist es okay, wenn ich mich jetzt aufmache? Michael hat gerade geschrieben, und... Es ist ganz unglaublich, wie sehr ich diesen Mann die ganze Zeit vermisse!«

»Selbstverständlich ist das okay«, sagte Sanne, »geh du nur, ich muss heute sowieso früh ins Bett.«

Wieder klang es so, als ob etwas auf einer der Terrassen umfiel und umherrollte.

»Meine Fresse«, sagte Jack, »das klingt nach der reinsten Götterdämmerung. Man sollte meinen, es wäre Herbst.«

49

Die Roséflasche glotzte Sanne provozierend-leer an, das Laken zerknüllt neben ihr.

Der Lärm von den großen Terrassen war eine Sache, die Geräusche oben vom Dach etwas anderes.

Auf dem Dach stehen zur Hölle noch mal keine Blumentöpfe, Tische oder Stühle, sagte Sanne sich selbst, stand auf und ging ins Wohnzimmer, wo sie sich einen Bombay Sapphire einschenkte.

Idiotisch, dass sie Gilles abgesagt hatte, wo Jack so plötzlich lieber sein Hier-und-Jetzt-Bedürfnis befriedigt haben wollte, wo auch immer in der Stadt es auch stattfand.

Sie hätte jetzt in Gilles' beschützenden Armen liegen können ... vermeintlich beschützenden. Was wusste sie eigentlich über ihn, abgesehen davon, dass er gut im Bett war, sich in seiner nächsten Familie ein Vergewaltigungsversuch und Mord abgespielt hatten, er in die Vertuschungsgeschichte seiner Schwester involviert war, am Bootsverleih beteiligt war – und sein Boot *Bateau ivre* genannt hatte! Im rechten Licht betrachtet ... Falls ihre Begegnung im Lagkagehuset überhaupt kein Zufall gewesen war, wie Jack mehr oder weniger eifersüchtig angedeutet hatte, wenn es ein Set-up war, und sie am Haken hing. Stopp, Sanne!

Erst Jack, dann Gilles. Sie musste jetzt klar denken, nicht in Panik geraten. Sie selbst hatte die Verabredung mit ihm aufgeschoben, deshalb lag sie bei diesem herbstartigen Sturm allein im Gipfel.

Der Gipfel, allein ... Ihre Mutter hätte es wahrscheinlich *einsame Majestät* genannt, G. S. hätte für eine Assoziation mit *Lit de Parade* gesorgt. Immer war er da, mit Leben und Tod und Trieb und der verdammten stinkenden Pfeife, die er ständig paffte, ob er nun behandelte, betreute oder sich in privater Gesellschaft befand. Da war etwas ein bisschen zu Orales und Zärtliches an der Art, wie sich seine Lippen um die Pfeife schlossen und er seine Energie auf sie fokussierte, als wäre sie ein lang vermisster Fetisch, ein Liebender, der endlich nach Hause kam. Was Kinder betraf ... So bewandert er rein theoretisch bei ihnen war, so kühl war er ihnen gegenüber in der Wirklichkeit. Seine Schützlinge hatten nicht viel mehr Grund, sich sicher zu fühlen als die Kinder, es waren G. S.' unbestreitbare fachliche Fähigkeiten, die ihn zu einem begehrten Lehrer machten.

Jetzt, wo sie darüber nachdachte, hatte sie tatsächlich mehr als einmal erlebt, wie ausgeklügelte und indirekte Bestrafungen ihm für seine »Jünger«, wie er sie ab und zu nannte, einfielen, wenn sie sich nicht so um ihre Betreuung kümmerten, wie er fand, dass sie es tun sollten. Sanne hatte ihn in dieser Hinsicht längere Zeit im Stich gelassen, aber sie hatte auch eine besondere Position, sie war sein Darling.

Als wären Fremde in dieser Nacht unterwegs, fiel ihr ein Geräusch nach dem anderen von Dach und Terrasse auf, während sie in ihren Gedanken damit fortfuhr, ihre Mörderliste zu beleuchten.

Gott, wenn das nicht so klang, als würde jetzt auch noch etwas im Schlafzimmer vor sich gehen. Vielleicht ein neues Gedicht auf dem Kopfkissen!

Reime und Merkverse waren Teil des Alltags in der Kinderbastion. Jeder, der seinen täglichen Gang durchs Haus machte, wäre mit sowas vertraut, von der Leiterin bis zu Pernille, die zudem noch etwas mit Mads laufen gehabt hatte, ja, sogar die schwache Stellvertreterin Gitte. Hinzu kamen alle Eltern, die sie von ihren Kindern lernten. Doch wer würde auf die Idee kommen, weiterzudichten und die Worte so merkwürdig zu benutzen, wie sie benutzt worden waren?

War das Café des Bootsverleihs vielleicht immer noch offen? Das war bei dem Wetter nicht wahrscheinlich. Café Oven Vande mit Ahmed? Dann müsste sie nur schnell runter, wenn sie ihn nicht dazu bringen konnte, rauf zu kommen. Ahmed, der sie breit lächelnd bediente, aber darüber hinaus ein mehr oder weniger heimliches Leben im Keller führte, ein illegales Leben in Dänemark. War er tiefergehend betrachtet nicht ein wenig zu freundlich – demütig und gefällig, hätte ihre Mutter gesagt – und auf seine eigene diskrete »Nicht-sprechen-so-gut-Dänisch«-Art verbal aggressiv, wenn die Rede auf Jack kam. Oder auf jeden Fall Sannes nahes Verhältnis zu Jack. Hatte Ahmed sich nicht auch zu Møller in einem leicht herablassenden Ton geäußert?

Nein, danke, kein Ahmed heute Abend, dachte Sanne.

»Mich nicht vom Sturm mitreißen lassen«, sagte sie zu sich selbst, »oder all dem, was geschehen ist, außer von meiner etwas zu lebhaften Fantasie. Mich weder von dem einen noch von dem anderen beängstigen lassen.«

Sie war nur müde, und zudem noch Opfer ihres eigenen miserablen Plans.

Nein, kein Opfer, fuhr sie fort, selbst verantwortlich, und im Übrigen voll und ganz in der Lage, zu handeln und sich um sich selbst zu kümmern.

In diesem Moment kam zweifelsfrei ein lautes Geräusch aus ihrem Schlafzimmer. Das Adrenalin rauschte durch ihr Blut und die Gänsehaut ließ die kleinen Härchen auf ihren Armen sich aufrichten.

Sanne verkrampfte und hielt den Atem an. Drinnen war es nun ganz still. Sollte sie sich hineinwagen oder versuchen, so schnell wie möglich aus der Wohnung zu kommen?

Als »den bestbezahlten Flüchtling der Welt«, hatte ihre Mutter sie gerade sehr witzig bezeichnet. Was kam als Nächstes? »Paranoide Psychologin auf der Flucht aus eigener Wohnung'?«

Da war es wieder, das Geräusch.

Sanne zog sich so lautlos wie möglich die Schuhe aus. Schluckte einmal extra, bevor sie sich fast über den Boden schwebend in Richtung Schlafzimmer bewegte.

Einen Augenblick stand sie ganz still vor der Tür. Eine Sekunde später öffnete sie sie mit einer kräftigen, schnellen Bewegung.

Das Laken war zerknüllt wie zuvor. Die leere Roséflasche lag auf dem Boden.

Ein vom Wind aufgerissenes Fenster klapperte.

Sanne schloss das Fenster und war froh, dass weder das Fenster noch die Weinflasche zersprungen waren.

Zurück auf dem Sofa goss sie sich einen zusätzlichen Blue Sapphire ein, während das Glockenspiel der Erlöserkirche mit der üblichen Mitternachtsnummer begann, die sie oft in den Schlaf begleitet hatte. Mit den Glockenklängen im Hintergrund fuhr Sanne mit ihrer Arbeit an ihrer Mörderliste fort, während draußen der Sturm weiter tobte.

Mads ... Hatte sie den Schnitzer ihres Lebens begangen, konnte er es doch sein? War sie so darin versunken gewesen, sich mit der Person zu solidarisieren, die sie nach Klein-Ida als Opfer und die Schwachstelle in dieser ganzen abscheulichen Sache empfand, dass sie nicht nur ihre professionelle Distanz, sondern jeglichen kritischen Sinn eingebüßt hatte? Mads' Liebe zur Poesie war auffällig. Einerseits war es ein langer Weg von Verlaine und Rimbaud bis »Die kleine Spinne Peter«, ganz zu schweigen von »Borretsch und Zimt und Dill«; gut, das eine schloss das andere nicht aus. Aber wie viele Männer beschäftigten sich mit Borretsch und Zimt und Dill, sofern sie überhaupt wussten, was Borretsch war. Abgesehen von Jack, natürlich.

Was hatte Mads auf dem Bahnhof in Malmö mit »entweder – oder« gemeint?

Bei Søren Kierkegaard bezog das »Entweder« sich auf das ästhetische Stadium der Existenz, das »Oder« auf das ethische. Wusste Mads etwas mehr über Søren Kierkegaard als, wo er begraben lag?

Gewisse psychische Krankheiten machen sich durch Denkstörungen bemerkbar, die ab und zu in der Sprache Ausdruck finden. Für Mads war »entweder« offensichtlich konkret mit Alma verbunden, die vermutlich eine reale Person war. Unter allen Umständen musste »Alma« die Frau oder eher die Liebe repräsentieren. Aber was war dann mit »oder«? Einsamkeit, Verzweiflung, ein Leben ohne Liebe?

Sanne hatte das Gefühl, dass Mads sie im Grunde genommen in das Ganze eingeweiht hatte, aber etwas ihrer Aufmerksamkeit entgangen war. Ein Satz auf dem Bahnhof, vielleicht nur ein einzelnes Wort in der Wohnung, aber welches?

Einer von G. S.' Lehrsätzen aus ihrer eigenen Zeit auf der Analysencouch war tief in ihr verankert: »Einem anderen Menschen radikal zuzuhören, ist eine Voraussetzung, um dem Betroffenen überhaupt verstehen und helfen zu können.«

Hatte sie nicht radikal genug zugehört? Konnte das, was ihrem Bewusstsein entgangen war, den letzten Zweifel an Mads' Unschuld ausgemerzt haben? Falls sie sich geirrt hatte, wären die Konsequenzen fast unüberschaubar. Das Einzige, was sie nicht anzweifelte, war, dass Tange alles daransetzen würde, sie kleinzukriegen, ja, vermutlich musste sie hinter schwedische Gardinen. Und würde Møller mit sich ziehen. Als wäre er nicht schon tief genug gefallen.

Tange!? Martin könnte Sanne, auf Tanges Befehl hin, ausspioniert und sie zu ängstigen versucht haben. Verdeckte Handlungen und doppeltes Spiel hatte sie in den Reihen der Polizei, sowohl in Dänemark als auch im Ausland, schon vorher erlebt. Aber in diesem Fall fehlte ihr immer noch das Puzzleteil, das zum Motiv führte. Vielleicht jemanden weiter oben im System zu schützen, der auf bisher unbekannte Weise mit Klein-Ida und ihrem Tod in Verbindung stand?

Der Verlauf von Pia Thomsens Trauer war auf mehrere Weisen atypisch. Darüber hinaus wusste Sanne, dass Pia zusammen mit Marie geputzt hatte, die ihr geholfen hatte, in Kopenhagen auf die Beine zu kommen.

Pia hatte im Gegenzug Maries Sohn, Frederik, beim Studium geholfen. Marie war nicht allzu klug, und auf irgendeine Weise war sie aus einer im Übrigen schlecht riechenden Wohnung verschwunden, wo sich in der Mordnacht ein Wasserschaden ereignet hatte. Was war mit dem Fahrrad im Kanal, hätte Marie überhaupt ein derart schweres Rad benutzen und sich danach dessen entledigen können?

Pernille wirkte stark und nicht ängstlich. Sie konnte sowohl Reime als auch Merkverse schmieden sowie ein solches Fahrrad fahren, außerdem hatte sie nicht wirklich ein Alibi für die Mordnacht. Darüber hinaus hatte sie eine Affäre mit Pias Exmann. Eifersucht zwischen Frauen konnte zu sonstwas führen. Pias Exmann half den Problemfamilien in der Kommune und übte dort seine Macht aus – in seinem Unterbewusstsein war er sicherlich eine Art König und die Bürger seine Untertanen.

Sanne hielt einen Augenblick die Luft an, während Jahre der Erfahrung sich in ihren Gedanken verdichteten, die sagten: »Runter an die Basis.«

Bei der Aufklärung eines Mordfalls war es immer eine gute Idee, sich auf das nächste Umfeld des Opfers zu konzentrieren: die liebe Familie und übrige nahe Verwandte, bis sie zu hundert Prozent entlastet waren.

Hatte Sannes starkes Mitgefühl, teilweise als Folge ihres eigenen schmerzhaften Verlustes, in der Ida-Sache etwas vor ihr verborgen?

Pia hatte bei einer Therapiesitzung jedenfalls etwas gesagt, woran Sanne jetzt denken musste: Klein-Ida hatte angeblich unmittelbar vor ihrem Tod von »Borretsch und Zimt und Dill« und so weiter geplappert. Es wäre recht ungewöhnlich, dass ein Kind von nur zweieinhalb Jahren sprachlich so weit entwickelt wäre, dass es einen tasächlich nicht so leichten Merkvers heruntersagen konnte. Ungewöhnlich, aber nicht unmöglich. Pia hatte zudem noch das Wort »plappern« gebraucht. Wenn Kinder sprechen lernen, hören Eltern oft, was sie sich zu hören wünschen. Vielleicht hatte Pia den Merkvers in dem Geplapper wiedererkannt, weil er ihr durchaus nicht fremd war – aber war er dann von ihr selbst verfasst worden oder von jemand anderem?

Konnte Pia Thomsen ihre eigene Tochter im Affekt getötet haben, um ihren unsensiblen Exmann für seinen mangelnden Willen, seine Rolle als Vater und Ehemann wahrzunehmen, zu bestrafen?

Konnte Herr Thomsen in seinem Freiheitsdrang seine eigene Tochter getötet haben, um das letzte Band zu einer für ihn unerträglichen Frau zu kappen? Einer Frau, mit der er ansonsten durch die Existenz der Tochter ewig verbunden geblieben wäre?

Die Leiterin der Kinderbastion. Wenn Sanne die Augen schloss und an sie dachte, spielte die Leiterin die Hauptrolle in einem kleinen Film mit Flughafenclip, Personalzurechtweisung und Frühstücken auf Kosten der Regierung, alles unterlegt mit Mimik und Gestik, die eher an einen Lagerkommandanten als eine pädagogische Leiterin denken ließen. Am schlimmsten jedoch war: Der Film endete immer mit einem Bild der Leiterin, die mit Schwung am Hebewerk zugange war, und Klein-Ida, die in den Eimer gelassen und wieder hochgezogen wurde, kopfüber, während ihr Rotz und Schleim aus den Nasenlöchern liefen und ihr jedes Mal, wenn sie oben war, Wasser aus dem Haar rann, bis sie, immer noch weinend und mit vor

Angst aufgerissenen Augen und offenem Mund, wieder eingetaucht wurde.

Sanne bezweifelte nicht, dass die Leiterin die Kraft hatte, das »Hebewerk« zu bedienen.

Das verdammte Dach! Auf lange Sicht war es nicht auszuhalten. Sie musste umziehen, wie wohl sie sich auch in Christianshavn fühlte. Aber gerade jetzt galt es, das Dach zu ignorieren und sich zu konzentrieren.

Mensch! Yes, so konnte es zusammenhängen! Sanne tippte sofort Møllers Nummer in ihr Handy ein.

Teufel noch mal, der Anrufbeantworter ging ran. Natürlich, es war fast ein Uhr nachts.

Sie rief noch mal an. Wach auf, Møller, wach auf, dachte sie, bis sie nach dem fünften Klingeln wieder den Anrufbeantworter hörte.

Scheiße, Else hatte ihn wohl überredet, es auf lautlos zu stellen, sodass er nicht Gefahr lief, bei seiner dringend benötigten Erholung in seinem nächtlichen Schlaf gestört zu werden.

»Møller, hier ist Sanne. Ich bin dicht dran, ich bin sogar so gut wie sicher, dass ich es habe. Ruf an, sobald du diese Nachricht hörst, egal, wie spät es ist.«

Sie legte auf und leerte ihren Drink. Dass der jetzt bloß wirkte. Sollte sie anrufen … Nein, keine weiteren Personen jetzt, zuerst musste sie Møller mit ins Boot holen, das hier betraf auch seine Zukunft.

Sie musste schlafen. Hatte sie das Wichtigste auf dem Anrufbeantworter gesagt? Vielleicht wachten Møller oder Else auf, wenn sie es noch mal versuchte.

Wieder der Anrufbeantworter.

»Hier ist wieder Sanne, noch etwas. Ich habe das Gefühl, dass noch ein Leben auf dem Spiel steht. Wir müssen so bald wie möglich handeln.«

Sie ging ins Bett, legte das Handy auf den Nachttisch, ließ die Tür zum Wohnzimmer offen stehen.

Kein Imovane heute Nacht, ihr Schlaf musste leicht sein, damit sie das kleinste Geräusch des Telefons hörte, und sei es nur ein SMS-Beep. Seit Rio de Janeiro wusste sie, dass Møller im Laufe der Nacht aufstand, um pinkeln zu gehen. Dann würde er vielleicht ihre Nachrichten entdecken und zurückrufen.

Was auch immer es war, das sich da oben auf dem Dach befand und herumwirbelte, es klang wie ein Hüpfen mit anschließenden Schritten. Auf jeden Fall in meinen Ohren, dachte Sanne, und war wütend auf sich selbst, weil sie, die mehr als hundert Menschen bei ihren verschiedenen Phobien geholfen hatte, noch nicht die richtige Hilfe für sich selbst gefunden hatte.

Wenn sie doch schon längst etwas gegen die Höhenangst getan hätte.

Die Therapie war nicht wirklich intellektuell anspruchsvoll: Setz dich Stück für Stück mehr dem »Gefährlichen« aus, und du wirst im Nachhinein sehen, dass es nicht im Geringsten gefährlich ist. Überwinde deinen Widerstand und du überwindest die Angst, gewinnst deine Freiheit, dich selbst. Voilà!

Voilà, oh, in Gilles' Armen zu liegen – wenn sie also Recht hatte.

Was war das auch plötzlich für ein verdammtes Randdänemark, in dem sie angefangen hatte, sich zu verirren. Da war es wieder, jetzt reichte es ihr mit dem Theater dort oben!

»Stück für Stück« hätte sie längst hinter sich gebracht haben müssen, dachte Sanne, als sie aufstand und in den Flur ging. Es konnte gut sein, dass ihre Mutter Recht damit hatte, dass ein Chirurg ebenso einem Beinbruch ausgesetzt sein konnte wie alle anderen, aber als Psychologe war es ja fast schon peinlich von einer Angst, die so leicht zu behandeln ist, bedrängt zu werden, und schlichtweg nicht zu handeln.

Sanne griff nach dem Schuhanzieher, bevor sie die Tür aufschloss und das Treppenhaus betrat. Sie schluckte ein weiteres Mal und bewegte sich in Richtung der Treppe, die zum Dach führte.

Plötzlich wollten ihre Beine nicht mehr. Ein überwältigendes Gefühl von Wasser und Tod lähmte sie auf der mittleren Stufe.

Aqua Mortis, das Wasser des Todes. Es musste eine Verbindung zum Wasser des Lebens bestehen – wie bei Schnaps & Gilles – zu etwas Aufbauendem und Liebevollem, vielleicht zum Fruchtwasser, in dem wir alle bis zu unserem ersten Schrei leben.

Wut hatte Sanne geholfen, während sie in ihrem Bett lag. Jetzt pumpte ihr Herz viel zu schnell, ein Übelkeit erregender Angstanfall war im Anmarsch.

Sanne wusste, dass sie gezwungen war, durchzuhalten und weiter nach oben zu gehen, wenn sie ihr Leben nicht mit einer noch weiter verstärkten Angst fortsetzen wollte.

Sanne, überwinde dich selbst, versuchte sie es mit ihrer inneren Stimme. Mehrere deiner erfolgreichsten Kollegen würden jetzt ›positives Denken‹ bemühen, und an etwas Aufheiterndes denken, und alles wird entsprechend positiv und gut. Just do it.

Sie ging weiter hoch. Mit der rechten Hand umfasste sie den Schuhanzieher, während die linke langsam die Luke zum Dach öffnete.

Ein frischer Luftstoß und der kräftige Wind schlugen Sanne entgegen, eine Sekunde bevor die Luke weit aufgerissen wurde und etwas hart gegen ihr Gesicht knallte.

Es gelang ihr gerade noch, den von ihrer Nase kommenden Knirschlaut zu bemerken, bevor sie glitzernde Blitze vor einem schwarzen Hintergrund und einen scharfen Äthergeruch wahrnahm und alles sie bald darauf verschlang.

50

Es war nicht genau dieselbe Isolationszelle, aber alles war gleich. Es waren immer noch acht Quadratmeter, die Füße ragten immer noch über die etwas zu kurze Pritsche hinaus, aber das mit der Pritsche war verständlich, dachte Mads, weil das Vestre-Gefängnis ja nicht für ihn gebaut, sondern zu einem Zeitpunkt errichtet worden war, als die Leute viel kleiner waren als heute.

Er winkelte die Knie an und zog die Füße auf die Pritsche.

»Jeder ist seines eigenen Glückes Schmied«, sagte eine der Stimmen. Mads stand auf, wartete einen Augenblick, vielleicht kam da noch was, vielleicht sogar etwas Brauchbares?

Der Tisch, der Stuhl und der Schrank waren wie der vorherigen Zelle entnommen, der Kühlschrank kühlte mit demselben brummenden Geräusch.

Gut, dass es immer noch ein Waschbecken gab, dann konnte er pissen, wenn er musste.

Nur die Anschlagtafel fehlte, aber das machte nichts. Das mit dem Puzzlespiel im Kopf war auch schon schief gegangen, die unsichtbaren Teilchen hätten trotz allem an der Wand sein müssen, er wurde daraus nicht schlau.

»Eigenen Glückes Schmied«, hallte es in der Zelle.

»Halt doch die Schnauze«, fuhr Mads sie an und blickte suchend zur Decke.

Natürlich gab es dort keinen Haken, das wäre auch zu viel verlangt gewesen.

Aber entweder war da Alma, oder da war sein Nacken, so war die Lage, daran ließ sich nichts ändern.

Er musste sich behelfen, so gut er konnte. Vielleicht konnte man die obersten Teile der Gitter benutzen.

Mads ging hin und rüttelte an ihnen. Sie waren solide genug. Es würde nur nicht ganz so schnell gehen, wie wenn man jemanden im Film hängen sah. Der Schemel wurde in einer Sekunde weggetreten und der Mann zuckte dann ein, zwei Mal, bevor er tot war oder jedenfalls bewusstlos, bis der Tod ihn ereilte.

Man kann nicht immer das bekommen, was man will, das hatte er mehrmals erfahren. Er musste einsehen, dass er kein guter Schmied war. Er musste sich zusammenreißen und Lehren ziehen, anstatt immer daran zu glauben, dass irgendwann etwas Gutes passieren würde. Danach gäbe es kein Theater und keine Diskussionen mehr, dann hätte er Frieden, wie alle anderen Frieden hätten.

Ein gutes Randers Reb wäre jetzt perfekt, aber wenn er musste, kam er gut selbst klar, er musste nur noch herausfinden, wie …

Vielleicht konnte er seine Kleidung in Stücke reißen und sich sein eigenes, persönliches Tau knüpfen?

Ja, wenn er das rausfinden könnte, wäre die Sache aus der Welt. Und falls das Gefasel über Gott stimmte, konnte es sein, dass er seine Mutter und Klein-Ida wiedersah. Und mit der Zeit käme vielleicht sogar Alma.

51

Das erste Lebenzeichen, das Sanne registrierte, war das schmerzhafte Pochen ihrer Nase. Darauf folgte der scharfe Geruch des Äthers, während das Geschehene bruchstückhaft in ihr Gedächtnis zurückkam.

Sie lag in Dunkelheit gehüllt da und konnte sich kaum bewegen. Wagte es auch nicht, weil sie die Anwesenheit eines anderen, potenziell gefährlichen Menschen wahrnahm.

Dennoch versuchte sie, ganz vorsichtig, mit dem Fingerspitzen zu untersuchen, was sie umgab. Eine Art Netz ... ein ranziger Geruch.

Kein Zweifel! Nur wenige Meter von ihr entfernt hörte sie die Atemzüge eines anderen Menschen. Sannes Finger hörten sofort mit der Bewegung auf, nachdem die Signale ihr Gehirn erreicht hatten.

Eine Aalreuse. Sie lag auf einem Holzboden in einer Aalreuse. Das erklärte den Gestank nach altem Tang und Fisch, der sich mit dem des Äthers vermischte.

Sie war unterwegs zum Dach des Christianshavnergården gewesen, als sie niedergeschlagen und betäubt worden war, und nun lag sie in einer Aalreuse.

»Bist du wach?«, flüsterte eine Stimme, die ihr über den Fußboden entgegenzukriechen schien. Wo hatte sie die Stimme schon mal gehört? Freund oder Feind? Wagte sie zu antworten?

Starr vor Schreck entschied sich Sanne zu schweigen.

Draußen war ein leichtes Gerassel zu hören, eine Tür mit knirschenden Scharnieren scharrte über den Boden, als sie geöffnet wurde.

Sanne drehte ihren Kopf ein Stück und schaute in die Richtung, aus der das Geräusch kam. Draußen war es dunkel. Hochsommer und dunkel, es musste mitten in der Nacht sein.

Es gelang ihr gerade noch, beim Eintreten die Umrisse eines großen Mannes zu sehen, bevor er die Tür hinter sich schloss und als großer, dunkler Schatten im Raum zurückblieb.

Etwas Süßes und Vanilleartiges vermischte sich mit dem Fischgeruch, je näher der Fremde kam.

»Na?«, sagte er.

»Endlich bist du da«, erklang es schwach von der Stimme hinten auf dem Boden.

»Ist etwas passiert?«

»Nein, sie schläft immer noch.«

»Gut.«

»Ich habe solche Angst.«

»Jetzt dauert es nicht mehr so lange.«

»Ja, aber wenn sie noch immer da draußen rumfahren und dich erwischen … und wir liegen hier …«

»Es ist bald vorbei, dann hast du Frieden.«

»Wann?«

»Wenn das Interesse nachlässt.«

»Aber ich muss pissen.«

»Dann piss doch.«

»Ja, aber kann ich denn nicht gleich rauskommen?«

»Nein, nicht vor morgen früh.«

»Ja, aber, Frederik …«

»Jetzt hör auf, mich zu quälen, Mama, du bereitest mir Kopfschmerzen!«

»Entschuldige, mein Junge …« Maries Stimme! Marie, Frederik!

»Die Polizeikräfte sind bald aufgebraucht, Mama. Nach dem Gipfeltreffen im Winter muss die Polizei eine enorme Menge

Überstunden abfeiern, sie können nicht ewig so viel Zeit für uns aufwenden.«

»Heute habe ich wieder den Hubschrauber gehört … Warum können sie uns nicht einfach in Frieden lassen … Entschuldige …«

Ihre Worte wurden zu einem stillen, klagenden Weinen.

Frederik atmete tief ein, bevor er Marie tröstete.

»So, Mama, entspann dich jetzt und schlaf. Wenn du aufwachst, bekommt ihr Frühstück.«

»Das hast du gestern auch gesagt«, erwiderte Marie und weinte weiter.

»Morgen, das verspreche ich, und dann kommst du auch raus aus dem kleinen Haus, aber zuerst verabreiche ich dir den Lappen, immerhin brauche ich auch ein wenig Zeit, um mich auszuruhen.«

»Ja, ja, mein Schatz«, schniefte sie, »aber Frederik, sie zuerst, nicht?«

»Okay, Mama, aber dann musst auch du still sein.«

»Gerne. Du weißt ja, dass mich das so beruhigt.«

»Ja, aber hör jetzt mit dem Gerede auf.«

Frederik wirkte riesig, als er sich wie ein dunkler Schatten Sanne in der Reuse näherte. Erst als er sich neben sie kniete, bekam seine Gestalt die Form eines gewöhnlichen Mannes.

Während er die Flüssigkeit auf einen Lappen goss, erinnerte Sanne sich, dass man ihn ihr schon mehrere Male auf Nase und Mund gedrückt hatte.

Die ersten Male hatte sie sich gewunden und dagegen angekämpft. Auf dieselbe Weise, wie sie sich jetzt zu ihrer eigenen Verwunderung erinnerte, wie ihr eigenes, liebes Haustier gekämpft hatte. Holger hatte den Lappen auf Nase und Mund gedrückt, während sie als kleines Mädchen den Befehl bekam, das Meerschweinchen festzuhalten, sodass sie das Tier vor der Auslandsreise der Familie töten konnten. Ein zäher Kampf, ein letztes Zucken der kleinen Pfoten, und es war unwiderruflich vorbei.

Bewusstlosigkeit und Tod, so klein war der Unterschied unter dem Regime des Ätherlappens. Ein Augenblick mehr oder weniger war entscheidend für ihr weiteres Schicksal.

Es war schlichtweg zu gefährlich, dagegen anzukämpfen und dadurch einige zusätzliche todbringende Sekunden des Dampfes zu riskieren.

Als der Übelkeit erregende Gestank von Äther und Vanilletabak immer näher kam, fokussierte Sanne ihre Gedanken auf das Einzige, was sie davon abhalten konnte, sich zu winden, zu schreien und dagegen anzukämpfen: die Liebe zu Sara, Pias Verlust der kleinen Ida, die geliebten Kinder, die toten Kinder ... und die noch lebenden, die vor diesem und allen anderen Psychopathen beschützt werden mussten!

Frederiks Gesicht näherte sich Sannes, sie hörte ein leises Schlürfen von der Pfeife in seinem Mund und musste sich übergeben. Er biss mit einem leisen Klacken auf die Pfeifenspitze, dann kam die Hand mit dem Lappen ... und während Sanne merkte, wie sie dabei war abzudriften, erklang Maries Stimme schwach rezitierend über dem Boden:

Selbst im Magen plätschert es hin und her,
Vom Mädchen kommt kein Seufzer mehr.
Denn unter Wasser liegt schon das Gesicht,
Hier hilft auch ein liebender Vater nicht.

52

Frederik kam und ging unregelmäßig in dem stinkenden kleinen Schuppen mit den Aalreusen ein und aus.

Sanne versuchte, ein Muster in seinem Verhalten zu erkennen, aber ohne Erfolg. Sie wusste niemals, wie lange am Stück er weg war, wann er wiederkam und wann sie wieder einmal mit dem Ätherlappen betäubt würde.

Die Tage waren warm, die Nächte kühl, die wechselnden Tagestemperaturen halfen ihr halbwegs, einen Überblick über Zeit und Tage zu behalten. Die Nächte verbrachten Sanne und Marie in ihren Reusen.

Tagsüber hing Frederik die Reusen auf und ließ sie abwechselnd rauskommen. Sanne aß in dem kleinen Schuppen, während Frederik sie Biss für Biss beobachtete. Ab und zu bekam sie Brot mit Aufschnitt, andere Male kaltes Essen aus der Dose: Mockturtlesuppe, Fleischbällchen in Currysauce, Hackfleisch.

Marie bot an, die schmutzigen Teller draußen am Brunnen zu waschen, aber Frederik schüttelte den Kopf und sagte Nein.

Die Fliegen waren desinteressiert und machten sich gerade mal die Mühe, sich von den eingetrockneten Essensresten auf den Tellern zu erheben, wenn es wieder Zeit für eine Mahlzeit war.

Marie und Sanne durften nicht miteinander reden. Wenn sie gegen das Verbot verstießen, wurde ihnen der Mund mit einer Art Klebeband verschlossen.

Wenn Sanne auf die Toilette musste, die Marie und Frederik »das kleine Haus« nannten, wurden ihr die Knöchel lose mit derselben Art Klebeband verbunden, sodass sie sich mit nur kleinen, tippelnden Schritten bewegen konnte.

»Die Fußfesseln stehen dir«, sagte Frederik.

»Das kleine Haus« war ein Plumpsklo, das sich in einem kleinen Bretterschuppen zwischen einem Brennholzstapel und dem Schuppen mit den Reusen befand.

Wenn Sanne aus dem Lokus kam, konnte sie das Meer sowohl riechen als auch hören. Dann stellte sie sich vor, wie sie durch den Waldrand hinter dem Schuppen in Richtung des Geräuschs und des Geruchs lief – oder dass sie auf dem Minifahrrad abhaute, das an den Schuppen gelehnt stand! Bevor der Gedanke zu Ende gedacht war, wurde sie jedoch wieder in den Schuppen getrieben; auf dem Weg gelang es ihr nur zu sehen, dass dem Vorderrad des Fahrrads sowohl Reifen als auch Schlauch fehlten.

Wieder einmal hat mein Starrsinn mich in eine hoffnungslose Situation gebracht, dachte Sanne, während Frederik sie zurück in die Reuse zwang, diese sicher verschloss und verschwand.

Weil sie so eigensinnig war und sich nicht zurückhalten konnte, ihre Nase überall hineinzustecken, wo sie Ungerechtigkeit roch, lag sie jetzt in der Reuse.

Weil sie nicht Nein zu Møllers Nähe, seiner Umarmung, seiner Stimme, seinem Geruch hatte sagen können … und noch dazu zu einem rätselhaften Mord.

Weil einem Kind Leid zugefügt worden war und sie sowas nicht ertragen konnte.

Weil ein leidender junger Mann unschuldig für einen Mord angeprangert und angeklagt worden war, den er nicht begangen hatte.

Eine Frau im Rausch in einer Reuse. Was konnte sie ausrichten? Die Situation war fast hoffnungslos.

Draußen hatte Frederik angefangen, Brennholz zu hacken. Sanne hörte das rhythmische Geräusch der Axt, die das Holz rammte und spaltete. Sogar Frederiks etwas kurzer Atem mit dem leichten Husten erreichte ab und zu das Innere des Schuppens.

Redeverbot oder nicht, ich kann nur gewinnen, dachte Sanne.

»Marie«, flüsterte sie.

»Schhh, ich darf nicht mit dir reden, wenn er kommt und uns hört.«

»Wir sind vorsichtig.«

Marie schwieg einen Augenblick. Dann folgte ihre Stimme mit angehaltenem Atem, sodass Sanne sie gerade so hören konnte.

»Frederik meint es nicht böse.«

»Ich bin mir sicher, dass er seine Gründe hat«, antwortete Sanne.

»Du hättest dich nicht einmischen sollen«, sagte Marie.

»Ich weiß. Aber Marie, warum bist du hier?«

»Frederik sagt, das ist zu meinem eigenen Besten. Wir haben immer aufeinander aufgepasst. Erst passte ich auf ihn auf, und jetzt er auf mich.«

»Indem er dich einsperrt?«

»Er muss doch wissen, wo ich bin. So ist es am besten. Und ich helfe aus … Ich behalte dich im Auge.«

»Marie, ich möchte gerne sichergehen, dass ich dich richtig verstehe … Wie kann das das Beste sein?«

»Wir haben sie immer benutzt.«

»Die Aalreuse?«

»Frederiks Vater hat gerne gefischt. Er hat die Reusen selbst angepasst und sagte immer: Es gibt nichts, was einen Jungen reifer und aufrechter macht, als ein Aufenthalt in der Reuse.«

»Ein Aufenthalt in der Reuse …«

»Zehn Ermahnungen und genauso viele Klapse sind vergleichbar mit einem Aufenthalt in der Reuse. Wenn man tagelang da drin liegt und nichts machen kann, außer zu bereuen und auf Gnade zu hoffen, dann … Das wirkt, ohne dass man Schläge kassiert, nur abwarten und sehen.«

Versuche immer, dem Einzelnen dort zu begegnen, wo er oder sie sich befindet, riet Kierkegaard. Nutze die aktuelle Situation, sagte Yalom. Sanne suchte instinktiv zwischen all dem, womit sie in ihren Therapien positive Erfahrungen gemacht hatte, nach etwas Brauchbarem.

»Ohne Schläge zu kassieren?«, wiederholte sie fragend.

»Ja«, sagte Marie, »Frederik und ich … Ich habe alles getan, damit wir nicht geschlagen wurden, wir … Der Andere starb einfach, wir hatten nur einander.«

»Der Andere?«, wiederholte Sanne.

»Frederiks Vater, mein Mann, der Wicht. Er hat sich immer abgeschuftet, er war Fensterputzer. Und ich habe alles gemacht, was er sagte, bis …«

Maries Atem wurde schwer, sie hielt mit ihrer Geschichte inne.

»Marie, ich kann das gut nachvollziehen«, sagte Sanne. »Du hast alles getan, was er sagte, bis …«

»Er hätte nicht trinken und Frederik schlagen dürfen, nur weil der Junge nicht mithelfen und Fenster putzen wollte.«

»Marie, was ist passiert?«

»Passiert und passiert … Er putzte die Fenster zu Hause in Christianshavn, ich wusch ab. Nur das Waschbecken mit dem

Seifenwasser befand sich zwischen uns. Er vor mir mit seinem Waschlappen und seinem Eimer, ich hinter dem Küchenwaschbecken mit meiner Scheuerbürste.«

Marie hustete in der Reuse, Sanne überlegte ihren nächsten Schritt. Sollte sie mit weiteren Fragen eingreifen, oder sehen, wo die Pause, die oftmals so lohnend war, sie hinführte?

»Ich habe sogar versucht, ihm die Hand zu reichen«, fuhr Marie fort, nachdem sie ihre Stimme geklärt hatte, »aber einer von uns war zu langsam.«

»Ist er aus dem Küchenfenster gefallen?«, fragte Sanne so einfühlsam wie möglich, obwohl etwas Nüchternes sich über Maries Stimme gelegt hatte.

»Das kann man wohl sagen. Es überkam mich plötzlich, ich konnte nicht anders. Und als ich es bereute … Es ging so schnell, er war schon auf dem Weg runter, bis ich überhaupt die Scheuerbürste zur Seite gelegt hatte.«

»Und du musstest das Ganze alleine durchstehen?«, fuhr Sanne fort.

»Zusammen mit Frederik, nur er und ich. Aber er wuchs ja rasend schnell, und eines Tages traf er diese Karen, sie verlobten sich und heirateten, so wie es wohl sein soll. Aber dann bekommt sie Krebs und stirbt, und dann kommt die Kommune und nimmt uns Tommy weg.«

»Wer ist Tommy?«

»Das ist mein Enkel, Frederiks Sohn. Sie haben ihn uns weggenommen, alle möglichen Lügen erfunden.«

Sanne wusste, dass sie mit äußerster Vorsicht vorgehen musste, wenn Marie nicht plötzlich aufhören sollte. Sie fuhr fort: »Die Lügen der Gemeinde. Es ist unbegreiflich, was sie sich alles ausdenken. Was haben sie euch einzureden versucht?«

»Sie haben uns angeklagt, als wären wir Kriminelle, sprachen von Misshandlung … Und brachten die Ärzte mit all ihren schicken Worten auf ihre Seite: ›Subdurales Hämatom‹… Ja, ich habe mich eingelesen und alles über Blutungen unter der Hirnhaut auswendig gelernt, damit ich bestmöglich auf die entscheidende Begegnung mit der Gemeinde und all ihren Mitverschwörern vorbereitet war. Aber Tommy war doch nur auf die Küchentreppe gefallen, er war so ungeschickt. Misshandlung, nein!«

»Kinder fallen gerne mal hin und verletzen sich«, sagte Sanne und schluckte ein zusätzliches Mal.

»Eines Tages habe ich den Dieb aus der Kommune wiedererkannt«, fuhr Marie fort, »ihn, der das Ganze geleitet und Tommy von seiner Familie entfernt hat. Er machte mit Pernille aus der Kinderbastion einen Spaziergang auf dem Wall, sie hielten sogar Händchen. Kurze Zeit später fand ich heraus, dass er Klein-Idas Vater war.«

»Thomsen?«

»Ja, ich kannte ihn nicht aus der Kinderbastion, weil er Ida weder hinbrachte noch abholte. Er zeigte sich nie. Ihm sind Kinder egal, er nimmt sie nur weg.«

»Wollten du und Frederik deshalb ihm selbst ein Kind wegnehmen?«

»Das war nicht geplant. Frederik wusste von nichts. Ich hatte gedacht, dass wir uns rächen sollten, wusste aber nicht wirklich, wie. Dann sehe ich eines Abends Klein-Ida, so süß wie unser kleiner Tommy, bevor sie ihn uns weggenommen haben. Sie sitzt ganz alleine in der Winterkälte auf einer Fahrradladefläche vor 7-Eleven.«

»Aber du kennst doch die Mutter?«

»Ich dachte nur an den Vater und an Tommy. Der Dieb hatte unser Leben zerstört und sollte seine Strafe bekommen! Es riss und zog derart in meinen Händen, dass ich sie nicht kontrollieren konnte. Ich nahm das Lastenfahrrad, schob es weg, um die Ecke, runter zum Kanal. Ich hob Klein-Ida hoch, setzte sie einen Augenblick auf eine Bank, hievte das Fahrrad über die Kante, dann nach Hause, aber ...«

»Aber?«

»Sie hat so fürchterlich geschrien, ich wollte ihr einen Schnuller geben, hatte aber keinen. Ich versuchte es mit einem Vanillekranz, den spuckte sie nur aus. Ich habe ihn ihr wieder hineingedrückt, es wurde schlimmer und schlimmer. Dann erinnerte ich mich daran, dass Tommy ganz ruhig wurde, wenn ich ihn badete. Das Küchenwaschbecken war leider zu klein für Ida, ich füllte eine Wanne mit Wasser, aber sie schrie und schrie, es war nicht auszuhalten. Ich tauchte sie ein, gab ihr mehrere Chancen und ließ sie wieder auftauchen, aber sie wollte nicht still sein. In meinem Kopf knisterte und sang es …«

»Es knisterte und sang?«

»Süße Mädchen sind tote Mädchen … süße Mädchen sind tote Mädchen …« Als sie endlich zu schreien aufhörte, war überall Wasser. Ich sah auf meine Hände und konnte es nicht einmal aufwischen. Ich konnte nur Frederik anrufen.«

»Und Frederik?«

»Frederik ist immer ein praktisch veranlagter Mann gewesen. Frederik hat den Rest erledigt.«

53

Der Äther irritierte die Nasenschleimhäute und trocknete den Mund aus. Nach noch einer langen Nacht in der Reuse spürte Sanne den Durst bereits mit dem Aufwachen.

An diesem Morgen wurde der Durst jedoch von Frederiks und Maries halblauten Stimmen im Schuppen begleitet.

Maries rezitierende Stimme war das Letzte, was Sanne gehört hatte, bevor sie abdriftete.

Marie, die Klein-Ida entführt und getötet hatte.

Frederik, der das Verbrechen inszeniert hatte, um seine Mutter zu decken. Der sie nun auf dieselbe Weise eingesperrt hielt, wie er Sanne eingesperrt hielt.

Konnte sie überhaupt darauf bauen, was Marie erzählt hatte?

Wissen ist Macht, erinnerte sich Sanne und gab einen Schlaflaut von sich, während sie mit immer noch geschlossenen Augen ihr Gehör so stark wie möglich schärfte.

Die Stimmen drangen leise durch die Sommergerste, die monoton gegen das Blechdach der Hütte schlug.

»Das ist ein schlimmes Durcheinander«, sagte Frederik.

»Sie liegt, wie sie sich gebettet hat«, antwortete Marie. »Sie hätte nur ihre Nase da raushalten sollen.«

»Ja, aber überall ist Polizei.«

»Wir können nicht weiter auf den richtigen Augenblick warten, Frederik. Wir haben A gesagt, also müssen wir auch B sagen.«

»Ich weiß.«

»Wir müssen handeln, wie damals mit deinem Vater.«

»Wie zur Hölle sollen wir sie loswerden?«

»Verbrenn sie«, sagte Marie. »Du hast so viel Brennholz gehackt. Du hast es gut zugedeckt, damit es nicht feucht wird?«

»Ja, aber das können wir nicht, Mama. Der Rauch würde uns verraten, bevor sie zu Asche verwandelt ist.«

»Wir können nicht einfach an der niedrigsten Stelle über den Zaun springen und sie hier liegen lassen – dann sind wir zwei nämlich erledigt«, stellte Marie fest.

»Daran denke ich auch nicht«, sagte Frederik.

Es entstand eine kleine Pause. Sanne fürchtete, dass ihr vorgetäuschter Schlaf entlarvt worden war, doch dann sagte Marie knapp: »Ökologie.«

»Was meinst du, Mama?«

»Alle reden von Ökologie, wir lassen der Natur ihren Lauf«, antwortete sie. »Das Meer gibt, das Meer nimmt. Nimm sie mit zu den Pfahlreusen. Da kann man sie schon irgendwie verschwinden lassen, sodass sie nicht mehr auftaucht.«

»Das klingt nicht ganz dumm«, sagte Frederik, »etwas umständlich, aber okay.«

»Oder noch besser«, fuhr Marie fort, »Vögel und Arme müssen auch essen«. Der Fisch lebt nicht von Plankton allein. Jedenfalls nicht Aale.«

»Vielleicht hast du Recht«, sagte Frederik.

»Natürlich habe ich Recht, lass uns die Reuse auslegen.«

»Dann müssen wir nur eine geeignete Stelle finden.«

»Dein Vater legte seine Reuse gerne draußen beim Svanemøllekraftwerk aus, da gibt es viele Aale. Ja, das war ja vor den großen Supermarktketten. Er hatte eine Abmachung mit dem Schlachter und bekam ab und an einen Kalbskopf.«

»Ich kann jetzt nicht schnell einen Kalbskopf besorgen.«

»Das brauchst du auch nicht, wir haben ja sie. Nach ein paar Tagen in der Reuse kommen mindestens dreißig fette Aale aus so einem Schädel. Lass es uns wie dein Vater anstellen und lass die Aale ihre verdammte Pflicht tun.«

»Es ist besser, wenn ich das alleine tue.«

»Was ist mit mir? Wir passen doch aufeinander auf und müssen weiter.«

»Du wartest hier im Schuppen, in der Reuse, dann wird dich niemand verdächtigen, wenn etwas schiefläuft.«

»Und dann?«

»Ich hole dich ab, sobald ich sie losgeworden bin. Dann verschwinden wir, das verspreche ich.«

»Ja«, sagte Marie, »ein Neubeginn ohne Einmischungen. Nur du und ich.«

Nachdem sie das morgendliche Gespräch mit angehört hatte, stand Sanne einige Stunden abwechselnd kurz davor aufzugeben. Es war schlichtweg zu fürchterlich und entsetzlich, in dieser quälenden Angst zu verbleiben, und sterben würde sie sowieso früher oder später später. Oder sie würde in Panik geraten, was Rufe, Schreie und erfolglose Fluchtversuche beim Gang zur Toilette zur Folge hätte.

Für kurze Augenblicke gingen ihre Gedanken zu den Abenden zu Hause im Gipfel zurück, die nun gemütlich und sicher schienen, wenn das Glockenspiel der Erlöserkirche sie in den Schlaf wiegte, oder sie in ihrem Bett lag und Sandemose las.

Der Regen hörte im Laufe des Tages auf. Frederik verließ den Schuppen, die Frauen sorgfältig in ihren Reusen eingesperrt. Die

Sonne kam wieder heraus und ließ die Temperatur im Schuppen schnell steigen.

Es war Maries plötzlich freundlicher und alltäglicher Tonfall, der Sanne paradoxerweise im Laufe des Nachmittags neue Kräfte verlieh. »Puh, wie ich schwitze«, sagte sie als Erstes, als sie das Redeverbot brach.

»Ich auch«, stimmte Sanne zu.

»Ich bin noch nie jemandem begegnet, der keine Vanille mag«, fuhr Marie kurz darauf fort. »Ich sehe es dir ganz deutlich an, wenn Frederik seine Pfeife pafft.«

Gib nicht unnötig viel von dir preis, aber sei dem Klienten gegenüber immer ehrlich und offen, dachte Sanne und antwortete: »Das stimmt, Marie.«

»Er raucht jetzt auch zu viel, deshalb rasseln seine Lungen so«, sagte Marie und legte eine kurze Pause ein, bevor sie weitersprach. »Du hast in der Kinderbastion auch nicht meine Vanillekränze angerührt. Haben dir meine Schokoträume ehrlich geschmeckt?«

»Ja, die waren richtig lecker«, sagte Sanne und versuchte, die Fassung zu bewahren. »Viel besser als die aus dem Lagkagehuset.«

Das hier ist krank, dachte sie und ging innerhalb weniger Sekunden alle Vorträge von »Kommunikation mit schwierigen Personen« durch, die sie über die Jahre gehalten hatte.

Auf Anhieb fiel ihr nichts Brauchbares ein.

Es muss einen Weg raus geben, ich gebe nicht auf, dachte sie weiter, just als Marie sagte: »Das Ganze hätte so gut sein können, wenn die Gemeinde sich nicht eingemischt hätte, dieser Teufel von Sachbearbeiter, und dann ...«

Sie hielt inne. Einen Augenblick lang gab sie alles strategische Denken auf und ließ sich von ihrer Neugierde beraten.

»Marie? Darf ich dich etwas fragen? Du entscheidest selbstverständlich selbst, ob du antworten willst.«

»Frag einfach.«

»Warum Mads?«

Aus Maries Kehle drang ein unartikulierter, fast unglücklicher Laut, bevor sie sich räusperte und antwortete: »Mads, der süße Junge, wir haben so gut miteinander geredet, so war das gar nicht geplant, das Ganze war ein Fehler. Frederik wusste nicht, dass Mads die Kinderbastion an jenem Morgen öffnen würde. Ich hatte ihm gesagt, dass die Leute vom Reinigungspersonal die Ersten sein würden, aber sie waren schon da gewesen. Und du, dir sollte nur Angst eingejagt werden. Warum konntest du dich nicht einfach raushalten? Warum hast du denn nicht auf die Warnungen gehört?«

»Frederiks Gedicht auf meinem Kopfkissen?«

»Ich bin die Dichterin. Frederik hat eine Schreibschwäche und kümmert sich hauptsächlich um das Praktische. Er hat das Gedicht auf das Kissen gelegt und ist ein bisschen auf deinem Dach rumgetrampelt, wie ich ihn gebeten hatte. Aber du hast so vornehm getan und wolltest nicht hören.«

Sanne hörte, wie blitzschnell das Gespräch aus dem Ruder laufen und die Stimmung kippen konnte. Es war zu gefährlich weiterzumachen. Zum ersten Mal war sie deshalb erleichtert, als jemand an der Tür rumfingerte und Frederik hereinkam.

»Wir ziehen es morgen früh durch«, sagte er an Marie gewandt, »wenn die Sonne aufgeht.«

»Gut, mein Junge«, sagte sie.

»Dann gute Nacht«, sagte er schon auf dem Weg zu Sanne.

»Gute Nacht«, antwortete Marie.

Ich muss mein Wissen einsetzen und alles geben, wenn ich morgen früh den einen gegen den anderen ausspiele, dachte Sanne eine Sekunde, bevor ihr erneut der Ätherlappen auf Nase und Mund gedrückt wurde, während Maries säuselnde Stimme durch den Schuppen schallte:

Du nicht konntest leise sein,
jetzt lässt mein Sohn dich frei.
Vielleicht gar ohne Sodomei,
unsere Familie ist doch fein.

Bei Sonnenaufgang erwachte Sanne dadurch, dass Frederik sich über sie beugte. Er hatte bereits die Reuse aufgeschlossen und befahl ihr, jetzt herauszukommen.

Mitten im Schuppen stehend bekam sie wieder Klebeband auf den Mund und um die Knöchel geklebt, woraufhin er ihr sagte, dass sie rausgehen sollte. Das Letzte, was Sanne auf dem Weg nach draußen sah, war Marie, die unbeweglich in ihrer Reuse lag, einen Lappen vor Nase und Mund.

Sie sah es sofort. Sanne zweifelte nicht einen Augenblick.

So wenig auch nur Leben und Tod trennt, so ist der Unterschied doch enorm. Frederik hatte Marie getötet.

54

Das Boot schlug gegen die Wellen und schoss weiter geradeaus, während Sanne die kleinen Schaumspritzer auf ihrer Haut auf dem Boden der Jolle spürte.

Sie überlegte, wie sie Frederik am besten zum Reden bringen konnte, was zu ihrem Überleben führen sollte. »So soll dein letzter Tag nun auch nicht aussehen«, hatte Frederik gesagt und ihr mit einem Ruck den Klebestreifen vom Mund gerissen.

Er hatte auch die kleine Meerjungfrau erwähnt. Noch dazu in mehreren Sprachen.

Im Moment schien er sie nicht wahrzunehmen. Die Pfeife zwischen den Zähnen, die eine Hand auf der Reling ruhend, mit der anderen die Steuerpinne des Außenbordmotors fest im Griff, blickte er übers Meer.

Auf jeden Fall war es für sie von Vorteil, dass sie aus der Aalreuse raus war, und dass das Klebeband ihr nicht mehr den Mund verschloss.

Dass ihre Hände und Füße immer noch gefesselt und ihr die Arme auf dem Rücken verbunden waren, schränkte natürlich ihre Handlungsmöglichkeiten ein. Aber handeln musste sie, und wenn es das Letzte war, was sie auf diesem ultimativen Segeltörn ihres Lebens mit Kurs auf einen allzu nassen Friedhof tat.

Die Reusenpfähle waren erwähnt worden, Maries Idee mit den Aalreusen hatte sich durchgesetzt.

Also: Bald würde er sie zurück in diese fürchterliche Reuse zwingen, und dann ... hinaus auf den schlammigen Boden in der Nähe des Svanemøllekraftwerks. Ein überdimensionales Festmahl für Aale und Aalmütter. Sanne geriet in Atemnot. Nur die Sprache konnte in der augenblicklichen Situation ihr Freund und Waffenkamerad sein, das war alles, womit ihr zu kämpfen blieb, und gerade jetzt war sie verloren.

Wie sollte sie es angehen? Welche Kommunikationsstrategie sollte sie wählen, wenn überhaupt? Ab und zu hatte sich die menschliche Intuition als viel effektiver erwiesen als all die tollen Strategien, über die sie selbst früher Vorträge gehalten hatte. Sollte sie ihren Entführer herausfordern oder sollte sie sich einschmeicheln? Wagte sie es, sich von Gefühlen und Spontaneität beraten zu lassen, benutzen, was ihr gerade in den Sinn kam, und sehen, wohin es sie führte?

Alle Erfahrungen von früheren schwierigen Gesprächen sagten ihr, wie wichtig es war, aufrichtig zu sein. Es war die Grundvoraussetzung für den eigentlichen Dialog und die Möglichkeit, Dinge zu beeinflussen und zu verändern. Aber wie in dieser schrecklichen Situation?

Zunächst einmal musste sie Kontrolle über ihre Atmung wiedergewinnen und jegliche Form von Panik vermeiden, dachte sie, sodass sie zumindest in diesem Punkt gleich auf waren. Wohl wissend, dass gerade die Ungleichheit ein integrierter Teil von fast jeglicher Kommunikation war, die in ihrem innersten Wesen bloß die wirkliche Welt mit ihrer Macht und Ohnmacht widerspiegelte. Wie unebenbürtig hatten Frederik und Marie sich in den Gesprächen mit Klein-Idas Vater und allen kommunalen Juristen und psychosozialen Experten gefühlt? Fast ebenso ungleich wie Klein-Ida vor Marie ...

Der Morgenhimmel kam Sanne zu Hilfe: In all seiner lebendigen Farbenpracht lächelte er mit aller Kraft zu ihr auf dem Boden des Bootes hinunter. Sie und Frederik waren so unendlich klein, alles andere im Universum war wie zuvor, alles außer ihrer Hinrichtung. Nur die Sprache blieb ihr noch.

»Ich möchte mir dir reden«, sagte Sanne zu Frederik. »Es gibt etwas, das du wissen solltest.«

»Was?«, rief Frederik zurück.

Sie hustete, um Zeit zu gewinnen, und dachte, dass sie so unprovokant wie möglich formulieren musste.

»Eben hast du gesagt, dass ich an etwas Schönes, an die Meerjungfrau denken soll. Du hast sie sogar in drei Sprachen erwähnt.«

»Ich war Guide bei Kanalrundfahrten in jenem Sommer, als ich auf der Architektenschule anfing.«

»Ergreif die Chance, nutz die aktuelle Situation«, erklang es in Sannes Innerem, wie immer, wenn sie Therapien abhielt, bei denen das Rationelle im Zentrum stand.

»Bist du Architekt?«, fragte sie deshalb gleich darauf und konnte ihre eigene Stimme in dem zunehmenden Wind vor Angst zittern hören. Aber es führte kein Weg darum herum, wenn sie auch nur einen Hauch von Frederiks Vertrauen gewinnen wollte. Sie musste eine Art Normalität erschaffen, so unnormal die Situation auch war.

»Das war nichts für mich«, antwortete Frederik. »Du weißt doch, dass ich nur Fensterputzer bin. Was sollte ich wissen?«

Shit! Sie hatte keine Zeit für lange, besänftigende Einleitungen. Sie musste ihn härter rannehmen und das Risiko eingehen, dass er ihr den Mund mit Klebeband zuklebte.

»Frederik, ich habe dich gestern Abend gehört. ›Bald bist du frei‹, hast du zu deiner Mutter gesagt. Ich weiß, dass sie tot ist. Ich habe es heute Morgen gesehen.«

»Du bist auch bald frei, und du solltest dich nicht einmischen.«

»Hast du ihr den Lappen aus Versehen ein bisschen zu lange gegeben, oder war es gerade richtig?«

»Halt's Maul und halt meine Mutter da raus!«

In seiner Abweisung lag genug Energie, um Sanne zu bestätigen, dass sie auf etwas Wichtiges gestoßen war. Sie hatte ziemlich viel Erfahrung mit dem psychologischen Phänomen, dass sich ein Gefangener seinem Wärter gegenüber verbunden fühlen kann, und fuhr deshalb fort: »War das notwendig, damit du selbst frei werden konntest?«

»Du weißt nicht, wovon du redest, du weißt überhaupt nichts.«

»Ich weiß, dass das in eurer Familie schon einem geschehen ist … dass deine Mutter deinen Vater getötet hat.«

»Das geht dich nichts an!«

»Wollte sie dich für sich haben?«

»Wenn du es unbedingt wissen willst: Sie hat auf mich aufgepasst«, sagte Frederik und richtete seinen Blick wieder aufs Meer.

Sanne sah, dass er ein paar Male zusätzlich schluckte, einen Augenblick lang nahm er sogar seine Pfeife in die Hand. Sie wartete, bis er sie zurück zum Mund geführt hatte, und sagte dann: »Und du hast auf sie aufgepasst? Hast du deine Mutter getötet, um sie zu beschützen?«

»Das Ganze ist aus dem Ruder gelaufen, sie sollte Frieden finden.«

»Sie sollte Frieden finden und du würdest frei sein?«

»Du hast keine Ahnung davon, und es geht dich immer noch nichts an.«

»Liebe kann erdrücken und zur Kontrolle werden.«

»Halt's Maul mit deinem Psychoscheiß!«

»Kontrolle und Obsession, reiner und schierer Drang zu besitzen, aber natürlich mit einem Spritzer Liebe.«

»Ich stopfe dir das Maul, wenn du nicht die Klappe hältst!«

»Frederik, Teufel noch mal, wach auf! Du hast deine Mutter geliebt und wolltest ihr helfen, aber du musst damit nicht weitermachen.«

»Davon hast du keine Ahnung, du bist nicht dabei gewesen, du … Glaubst du alles, was die Leute sagen?«

»Als Ausgangspunkt versuche ich, den Leuten Vertrauen zu zeigen, dass ich an sie glaube.«

»Dann bist du verdammt noch mal richtig dumm!«

Die Bewegungen des Bootes ließen die Pfeife einen Augenblick in seinem Mund wippen, sodass er extra hart auf das Mundstück beißen musste, um sie nicht zu verlieren. Der Motor heulte, in seinem Gesicht war ein vorübergehender Kontrollverlust zu erkennen, bis das Geräusch wieder monotoner wurde und er seine volle Fassung wiedererlangte.

Er betrachtete Sanne, die sich sorgte, an die Grenze gestoßen zu sein und diese vielleicht sogar übertreten zu haben. Selten war es ihr vorgekommen, derart gemessen und gewogen zu werden.

Plötzlich sagte er: »Ich konnte nicht länger Verantwortung für sie übernehmen. In den letzten Jahren wurde sie zusehends nervöser, sogar ein wenig seltsam, verrückt. Warum musstest du dich einmischen? Wir wollten dir nichts tun, dich nur ein wenig erschrecken, damit du aufhörst.«

»Damit Mads Højlund in die Sache hineingezogen und er verurteilt werden konnte?«

»Er ist nicht so unschuldig, wie du glaubst. Mads und meine Mutter … Sie war meine Mutter, nicht seine! Und dann … Er benutzte sie, es war pervers. Sie war alt und krank, und sie hat nie zu einem Mann Nein sagen können. Er hat ihre Schwäche ausgenutzt!«

55

Der Wind nahm zu, und obwohl Sanne nichts anderes als den Himmel und Frederik sehen konnte, fürchtete sie, dass sie sich ihrem Ziel näherten – der absoluten Endstation.

Dem Stand der Sonne nach zu urteilen, konnte es nicht mehr lange dauern, bis andere Segler auf dem Meer zu ihnen stoßen würden.

Aber wonach sollten sie Ausschau halten? Da war nichts Verdächtiges an einer Jolle mit einem Freizeitangler.

Sanne suchte verzweifelt nach neuen Ansätzen, um Frederik zum Reden zu bringen, aber nachdem er ihr von Marie und Mads erzählt hatte, war es im Großen und Ganzen unmöglich gewesen, ein weiteres Wort aus ihm herauszubekommen.

Sie war demnach gezwungen, es weiter zu versuchen.

»Frederik, du und ich sitzen in mehr als einer Hinsicht zusammen im selben Boot.«

»Nicht mehr lange.«

»Doch, verstehst du ... Ich habe nämlich auch ... Mir wurde mein Kind genommen.«

Er schwieg, die Steuerpinne des Außenbordmotors weiterhin fest im Griff und mit einem misstrauischen Ausdruck in den Augen.

»Ein kleines Mädchen«, fügte Sanne hinzu. »Unter anderen Umständen könnten meine Tochter und dein Tommy sicherlich ganz ...«

»Halt's Maul, ein Junge ist kein Mädchen!«, brüllte er, während er die Steuerpinne des Motors losließ, nach der Klebebandrolle griff und sich zu voller Größe erhob. »Du sagst kein Wort mehr über Tommy!«

»Nein, kein Wort«, antwortete Sanne sofort, und es kam ihr wie eine Ewigkeit vor, bis er sich wieder setzte.

Sanne sah ein, dass die Kommunikation schwieriger als gewöhnlich verlief, und schwieg. In ihrer langen Karriere als Psychologin war es nur einmal vorgekommen, dass ein Klient ihr mit totaler Abweisung begegnet war. Die Frau stand schlichtweg auf und verließ kopfschüttelnd die Konsultation mitten im einleitenden Gespräch.

Diese Abweisung hatte Sanne ertragen können. Frederiks Abweisung war von einem anderen Kaliber. Wenn ihre Kontaktversuche erfolglos blieben, segelte sie schnurstracks in ihren eigenen schlammigen Tod mit dazugehöriger Aalparty.

»Es hat keinen Sinn zu schaukeln«, hatte Frederik zuvor gesagt. Gerade deshalb überlegte Sanne nun, ob ihre beste Chance nicht darin bestand zu versuchen, das Boot zum Kentern zu bringen. Dabei würde sie ihr eigenes Leben aufs Spiel setzen, aber das stand kurz davor, ihr sowieso genommen zu werden, und zumindest bestand dann die Möglichkeit, dass sie Frederik mit in den Tod reißen könnte.

Trotz allem eine Art Gerechtigkeit.

»Schwere Lungen nach Wassereinlass … Der Kopf im Eimer leichenblass …«

Sanne erinnerte sich plötzlich an das wenige, was sie übers Ertrinken wusste: dass Ertrinken nicht gleich Ertrinken war. Die meisten Ertrinkenden sterben, weil sich ihre Lungen mit Wasser füllen. Die ertrinkende Person schreit um Hilfe, wie Klein-Ida in dem Eimer geschrien haben muss, atmet Wasser anstelle von Sauerstoff ein. Am Ende ist die ganze Luft verdrängt, die Person sinkt mit wassergefüllten Lungen auf den Grund.

Andere Ertrinkende ersticken. Ersticken entsteht aufgrund von Krämpfen in den Stimmbändern in den Atemwegen, ausgelöst durch Fremdkörper, Irritation oder panische Angst. Die Krämpfe verhindern, dass die Person um Hilfe rufen kann. Die Lungen sind weiterhin mit Luft gefüllt, der Ertrinkende wird deshalb auf der Wasseroberfläche treibend mit dem Gesicht zum Boden gefunden.

Wenn sie Frederik irgendwie dazu bringen konnte, Wasser anstelle des Tabakrauchs zu inhalieren. Oder noch besser: im Meer zu ersticken.

Falls Frederiks Leiche oben schwimmen würde, könnte sie sich vielleicht über Wasser halten, indem sie sich an ihn klammerte, bis ein Segler sie entdecken würde. Falls nicht …

Eine unbändige Lust zu leben schoss durch Sanne, dicht gefolgt von dem Gedanken, dass alles, was sie jetzt tun würde, eigentlich nicht für sie geschehe, sondern für alle kleinen Mädchen.

Wie sie jetzt gefesselt und geknebelt auf dem Boden des Bootes lag, waren Frederiks Chancen, sich über Wasser zu halten, natürlich bei Weitem größer als ihre. Dennoch verspürte sie einen kleinen Funken Hoffnung.

Sie musste nur das Boot zum Kentern bringen und gleichzeitig jegliche Form von Panik und Schreien vermeiden, wenn sie sich beide im Meer befanden.

Noch besser wäre es, wenn sie selbst im Boot bleiben und ihn über die Reling kippen könnte.

Sie musste ihn dazu bringen, runter an ihr Ende des Bootes zu kommen. Wenn sie ihn sogar dazu veranlassen konnte, das Band von ihren Handgelenken zu entfernen, sodass ihre Hände und Arme frei wären, hätte sie eine echte Chance, es zu schaffen.

»Frederik, darf ich dich etwas fragen?«

Er sah sie an; sie las in seinem Blick, dass er sie beurteilte, seine Macht auskostete, einen Augenblick lang etwas milder wurde, um seine Großmut zu demonstrieren.

»Du kannst es ja versuchen.«

»Bevor ich sterbe … mein letzter Wunsch … darf ich mal kosten … darf ich versuchen, deine Pfeife zu rauchen?«

56

Einen Augenblick lang war auf Frederiks Gesicht keine Reaktion abzulesen, dann verfinsterte sich sein Blick.

Er blickte kühl auf Sanne herab und sagte: »Das ist meine Pfeife.« Ein Klicken war zu hören, als er seine Worte mit einem harten Biss auf die Spitze unterstrich und in einem bedrohlicheren Ton als zuvor hinzufügte: »Und du sollst jetzt still sein!«

Der Wind hatte noch mehr zugenommen, und ließ den Plastikschöpfer härter über Sannes Beine auf dem Boden des Bootes rutschen.

Vom Klebeband bis zum endgültigen Redeverbot und dies alles mit Kurs auf den Meeresboden. Alle Kniffe waren erlaubt, aber wie sollte sie es anstellen, ihn näher zu ihrem Bootsende zu bringen, bis zu jenem Schlag, der idealerweise ihm sein Leben nehmen und ihr eigenes retten würde?

Sannes Überlegungen kreisten immer wieder um den Punkt, dass »Kommunikation mit schwierigen Personen« in erster Linie schwierig war, weil die Macht unter den Kommunizierenden ungleich verteilt war, wie auch in der Konstellation zwischen Opfer und Henker. Opfer, niemals! Sie wäre bis zuletzt eine Lebende und würde, falls notwendig, mit Würde in den Tod gehen.

Konnte es ihr gelingen, mit ihrer Erfahrung und Klugheit die Rollen noch mal umzudrehen?

Wie ein höfliches Schulmädchen, das am liebsten einen Finger in die Luft gestreckt hätte, sich aber aufgrund ihres Handicaps mit weniger zufriedengeben musste, rollte Sanne leicht zur Seite und signalisierte mit den Händen auf dem Rücken, das auferlegte Schweigen brechen zu dürfen.

Es dauerte ein wenig, bis Frederik auf sie reagierte, aber sowohl seine Gesichtsmimik als auch der Ausdruck in seinen Augen vermittelten Sanne den Eindruck, er fühlte sich geschmeichelt, dass sie seine Macht anerkannte.

Männliche Eitelkeit vergeht nicht so leicht, dachte sie mit dem Gefühl, ein Stück Boden gewonnen zu haben, eine Stelle, von wo aus sie vielleicht in den Kampf um ihr Leben aufbrechen konnte.

Endlich nickte er Sanne seine Erlaubnis zu. Ohne Worte war es ihr gelungen, dass der Mann sich mit seiner Macht noch mächtiger vorkam.

»Worauf ich eigentlich hinaus wollte«, setzte sie an, ohne sich ganz sicher zu sein, wie sie fortfahren sollte, »dass …«

»Sag, was du zu sagen hast, wir sind gleich da«, unterbrach Frederik sie.

»Dass du deine Mutter getötet hast, ist moralisch und juristisch falsch, aber weder unverständlich noch unerklärbar. Es handelt sich um eine unbewusste Rebellion gegen deine gefühlsmäßige Abhängigkeit und den enormen Druck, dem sie dich ausgesetzt hat. Du hattest deine eigenen Sehnsüchte und Bedürfnisse, musstest dich aber die ganze Zeit opfern. Deine Mutter hat deinen Vater getötet ...«

»Du kannst aufhören!«, sagte er.

»Und sie hat Klein-Ida ertränkt, dich dazugerufen und wie immer alles auf deinen Schultern abgeladen«, fuhr Sanne unerschrocken fort. »Du hattest schon vorher genug davon, Mamas Junge zu sein, du warst gezwungen ...«

»Psychoscheiß! Ich sagte, du sollst aufhören!«, rief Frederik laut, aber weiterhin im Vollbesitz der Kontrolle, mit einer Hand auf der Steuerpinne des Motors, sodass Sanne spontan nichts anderes zu tun wagte.

Durch Frederiks Antwort wusste sie sofort, dass sie die vielleicht letzte Möglichkeit für einen Dialog komplett verkehrt angegangen hatte. Sie hatte mit ihrer Verständnis-, Mitleids- und Kümmernummer den völlig falschen Ausgangspunkt gewählt.

Sie musste sich korrigieren und ihn direkt verbal angehen, falls sie überhaupt wieder die Gelegenheit dazu bekam. Mit klarer Sprache und erhobener Stirn. Konnten sich die ungleichen Machtverhältnisse ausnahmsweise als vorteilhaft erweisen?

Während sie nicht wagte, etwas zu sagen, wurde ihr klar, dass das der Abend sein musste, an dem G. S. sowie eine Reihe kluger Damen und Herren auf ihren Beitrag über »Eros und Thanatos mit einem persönlichen Twist« vor der Sigmund-Freud-Gesellschaft auf der Løngangsstræde warteten.

Unter anderen Umständen wäre es eine Befreiung gewesen, dem Vortrag zu entgehen, den sie überhaupt nicht ausreichend vorbereitet hatte. Ohnmächtig auf dem Boden des Bootes liegend waren die Løngangstræde und die Kopenhagener Altstadt fast mit einem Platz im Paradies vergleichbar.

Gab es in ihren losen Unterlagen etwas, was sie jetzt trotz allem gebrauchen konnte?

Sie hatte daran gedacht, eine Brücke zu schlagen zwischen Eros mit seiner lebenserweckenden Energie und Thanatos mit seiner lebenszerstörenden Kraft.

Schließlich hätte sie von Klein-Ida berichtet und die klugen analytischen Köpfe um Hilfe dabei gebeten, den Menschentyp und Mörder zu identifizieren, der inzwischen selbst vom Tod eingeholt worden war – verursacht durch ihren liebenden Sohn.

»Ökologie«, hatte Marie gesagt, als sie noch atmete. Schwammen Aale zum Sargassosee zurück, um zu gebären, um zu sterben, oder beides?

An und für sich fand Sanne die Idee von Eros und Thanatos nicht besonders interessant. Es war vielmehr das Zusammenspiel, um das es im Kern ging, denn das war das wirkliche Leben. Ein dynamischer Zyklus von Geburt, Leben und Tod, den wir im Großen und Kleinen, symbolisch und real unser ganzes Leben lang immer wieder durchleben. Keine Geburt oder Erneuerung ohne Tod.

Ein plötzliches Glücksgefühl durchzog Sanne, jetzt, wo das Ende vermutlich so nahe war. Der Besuch ihrer Mutter im Gipfel: Sie hatten miteinander reden können. Über Sara und andere wichtige Sachen. Die Stimme ihrer Mutter meldete sich zu Wort: » ... ein Beinbruch ist ein Beinbruch ist ein Beinbruch.«

Sanne konnte sich aus ihrer Schulzeit nicht mehr daran erinnern, was die Aale im Sargassosee trieben, aber mit der Stimme ihrer Mutter gesprochen wusste sie eins sofort: Ein hungriger Aal ist ein hungriger Aal ist ein hungriger Aal. Dann ist er für eine kurze Weile ein satter Aal.

Einen Sekundenbruchteil lang bekam Sanne wieder Besuch von Sandemose. Nein, es war Heines Gedicht, ganz vorne in Sandemoses »Das Verschwundene ist ein Traum«, letzter Vers. »Und der Sklave sprach: ich heiße Mohamet und bin aus Jemen, und mein Stamm sind jene Asra, welche sterben, wenn sie lieben.«

Konnte sie Frederik zwischenzeitlich zu sich ziehen, seinen Hunger stillen, es mit ihm tun und damit ihr eigenes Leben retten?

»Du hast deine Mutter getötet«, sagte Sanne noch einmal, bevor sie mit neugewonnener Kraft hinzufügte, »aber du bist immer noch Mamas kleiner Muttersöhnchen.«

Einen Augenblick war Frederik baff. Sanne wusste, dass sie auf etwas Wichtiges gestoßen war, und grub sofort weiter.

»Hast du Angst vor allen Frauen oder nur vor mir?«

»Ich habe weder Angst vor dir noch vor anderen.«

»Jeder ordentliche Mann hätte die Gelegenheit ausgenutzt und ihn reingesteckt!«

»Du bist verdammt noch mal zu alt.«

»Dann hatte ich also mit meinem zweiten Gedanken Recht: Du bist impotent.«

»Und du redest Scheiße!«

Jetzt gab es keinen Weg zurück. Sie musste auf der Hohn- und Demütigungsschiene weiterfahren.

»Nicht einmal das kannst du, nicht einmal damit kommt Mamas kleines Muttersöhnchen klar.«

Die Farbe auf Frederiks Gesicht wurde eine Nuance röter. Er nahm die Pfeife aus dem Mund und rief: »Du hältst dich für so scheiß-klug, nur weil du eine Ausbildung hast. ›Deine Mutter hat deinen Vater getötet‹«, spottete er. »Das konnte sie überhaupt nicht, ich habe ja gesagt, dass sie nur auf mich aufpassen wollte!«

»Und das hat sie getan, wie man auf ein kleines Baby aufpasst!«

»Ich habe den Alten aus dem Fenster gestoßen, ich habe Klein-Ida ertränkt, und wenn Thomsen, das Schwein, lange genug wegen seiner toten Tochter gelitten hat, kommt auch er an die Reihe!«

Sanne befand sich kurz davor, die Kontrolle über ihre Atmung zu verlieren. Schwindel, das Gefühl zu ersticken und der Verlust der Sprache überfielen sie. War das das Geräusch eines Motors in der Ferne, oder halluzinierte sie vor lauter Angst?

Leben gewinnen, Leben verlieren …

»Du kannst töten, aber du weißt nicht, wie man liebt. Hat Sex dich immer geängstigt?«

»Ich habe keine Angst vor Sex.«

»Aber du hast Angst davor, das zu beweisen. Warum, frage ich mich?«

»Das ist nicht Teil meines Planes.«

»Nein, selbstverständlich nicht. Das würde ja voraussetzen, dass du einen hochkriegst.«

»Du kannst das sein lassen.«

»Die Wahrheit wird ungerne gehört. Hat deine Mutter nicht auch sowas gesagt?«

»Ich bin mehr Mann, als du ahnst.«

»Ja, wenn es darum geht, Fenster zu putzen und Leute rauszuschubsen, sonst ...«

»Davon hast du keine Ahnung!«

»Abgesehen davon, dass du einen lächerlichen, kleinen Schwanz hast. Du solltest Architekt werden, nicht? Dann musstest du einsehen, dass dein Schwanz dem Begriff Minimalismus eine ganz neue Bedeutung gab.«

»Jetzt halt dein Maul!«, rief Frederik, ließ die Steuerpinne los und erhob sich zu voller Größe.

Sanne fuhr mit unverminderter Stärke fort: »Aber du weißt wohl noch nicht mal, was Minimalismus ist, weil dein Gehirn noch kleiner ist als dein nutzloser Schwanz. Du kannst die kleine Meerjungfrau auf Deutsch, Englisch und Französisch aufsagen, aber lebende Frauen ... Mads kommt mit sowas klar, aber du, nein!«

Die Pfeife war wieder im Mund und zitterte zwischen Frederiks Zähnen. Er griff in dem schaukelnden Boot nach dem Lappen und rief Sanne zu: »Was glaubst du, habe ich getrieben, als du schliefst?! Und du kannst noch eine Runde bekommen! Den Lappen und den Knüppel!«

»Die kleine Meerjungfrau und eine allzu liebende Mutter, aber niemals eine richtige Frau, aufgeweckt und ebenbürtig«, fuhr Sanne fort. »Oh, ja, du hattest ja Karen ... Wenn sie Tommy nicht in Wirklichkeit von einem anderen bekommen hat.«

Frederik stürzte auf sie zu und rief: »Ich sagte, du sollst Tommy nicht erwähnen!«

Er stand nun ganz nahe bei ihr, aber noch hatte er weder seine Hose geöffnet noch sich vorgebeugt. Sie fuhr höhnisch fort: »Bist du überhaupt Guide auf den Kanalrundfahrten gewesen? Wenn das nicht eher *Analrundfahrten* waren! Im Grunde genommen bist du doch schwul, oder? Na, was sagst du, Schlappschwanz, kommst du damit nicht klar?«

Rasend beugte Frederik sich zu ihr herab und schüttelte sie.

»Hast du so Tommy geschüttelt?!«, schrie sie zurück, ihm direkt ins Gesicht.

Er ließ sie los, griff danach wieder mit der linken Hand zu, während er die rechte hob, um zuzuschlagen. Frederik füllte den gesamten Raum über Sanne aus, die geballte Faust flog durch die Luft auf ihren Kopf zu.

Sanne warf sich zur Seite, um dem Schlag zu entgehen, und spürte, wie Frederiks Faust ihren Wangenknochen streifte, bevor sie gegen die Reling des Bootes knallte.

»Satansweib!«, rief er.

Eine Nanosekunde stand die Zeit zwischen ihnen beiden still. Sanne wusste, dass es aus war, wenn sie liegen blieb, aber bevor es ihr gelang, sich aufzurichten, war Frederik erneut über ihr.

Mit beiden Händen ergriff er Sanne wieder und zog sie hart zu sich.

»Du bist geliefert, verstehst du, sowas von!«, schrie er so dicht an ihrem Gesicht, dass Sanne seine nach Pfeife stinkende Spucke traf.

Im direkten Kampf mit einem größeren Gegner würde Sanne normalerweise versuchen, einen schnellen Aufwärtshaken zu landen, aber da ihre Hände und Füße gefesselt waren, benutzte sie die nächstbeste Waffe und verpasste ihm den härtestmöglichen Schlag, den sie aus ihrer niedrigeren Position führen konnte, mit dem Schädel.

Ihr Kopf rammte Frederik, sodass er sie japsend losließ und bei seinem anschließenden Sturz mit der Schläfe gegen die Reling stieß. In Sanne selbst drehte sich alles, Sterne tanzten vor ihren Augen, noch bevor Frederiks Gewicht sie runterdrückte und sie merkte, wie ihr Hinterkopf auf dem Holzboden aufschlug. Als das Boot in derselben Sekunde von einer großen Welle getroffen und hochgehoben wurde, wurden sie beiden in dem kleinen Fahrzeug hin und her geschleudert.

Einen Augenblick lang kam es Sanne so vor, als ob sie beide und das Boot wie ein großer, berauschter Organismus auf den schaumbedeckten Wellenkämmen herumtanzten. Dann wurden sie über die Reling geschleudert. Sie und Frederik kämpften jeder für sich im Meer, mal waren sie über, mal unter Wasser, während das Boot sich tapfer zwischen den Wellen bewegte, bis es seine Richtung fand und sich von der unendlichen Energie des Windes und der Meeresströmung weitertreiben ließ.

Epilog

Der Übergang vom Traum zur Wirklichkeit dauerte einen Hauch länger als gewöhnlich, als Møller am Nachmittag die Augen aufschlug. Er hatte so schön geträumt, und jetzt konnte er sich nicht mehr erinnern, wovon. Zurückgeblieben war nur ein Glücksgefühl, auch nachdem er sich im Raum zurechtgefunden und erkannt hatte, dass er auf seinem und Elses Bett lag.

Else und die Mädchen waren dabei, im Garten den Tisch zu decken, sie lachten und alberten herum.

Sanne war gefunden, gerettet und in einigermaßen guter Verfassung.

Møller wagte einfach nicht daran zu denken, was hätte geschehen können, wenn der aufmerksame Freizeitfischer nicht ein paar Worte mit Frederik gewechselt hätte, als Frederik gerade dabei war, mit Sanne auf dem Boden der Jolle liegend, hinauszusegeln. Ihm war etwas komisch vorgekommen. Als die Jolle sich entfernte, meinte er sogar, den Schatten eines Fußes gesehen zu haben. Unmittelbar darauf hatte er die Polizei alarmiert.

Die Menschen waren einander demnach doch noch nicht vollkommen egal, ein wenig Gemeinschaftsgefühl hatte sich also noch gehalten.

Elses Stimme war voller Optimismus und Erwartung, als sie die Mädchen um irgendetwas bat, das Møller nicht hören konnte. Ihre Töchter wollten zwar lieber noch einen Blumenstrauß für den Tisch pflücken, akzeptierten aber, was ihnen aufgetragen wurde.

Møller verließ das Bett und betrat die Terrasse. Einen Augenblick lang betrachtete er seine Frau, bevor er weiter in den Garten ging.

Von ihrem Rollstuhl aus inspizierte sie den fein gedeckten Tisch und fuhr mit kundiger Miene und ohne Probleme auf dem Rasen umher. »Na, Møller, du bist wach«, sagte sie und drehte den Stuhl ein Stück, als sie ihn erblickte. »Jetzt fehlen uns nur noch die Gäste.«

»Hej, mein Schatz«, erwiderte er.

In der Sonne war es unmöglich zu erkennen, ob sie sogar errötete, aber etwas passierte, ihre Augen lächelten, sodass sie in ihrem Stuhl wie eine kleine Prinzessin aussah, und das war sie ja auch, seine Prinzessin.

»Hast du dich ordentlich ausruhen können?«, fragte sie.

»Das kannst du glauben, es war sehr schön«, sagte er, ging zu ihr und fuhr ihr liebevoll durchs Haar.

Sie lehnte ihren Kopf leicht an seinen Bauch und er spürte, dass auch sie glücklich war.

»Alles klärt sich, wenn man nur geduldig genug ist«, sagte sie. »Sanne, dein Herz, die Mordkommission ... Es wird dir guttun zurückzukommen, aber warte, bis du selbst wieder richtig gesund bist.«

»Ich fange schnellstmöglich an, das habe ich bereits mitgeteilt.«

»Dann müsst du und Tange euch zusammenreißen.«

»Darüber haben wir auch geredet.«

»So richtig im Ernst?«

Er hörte es sofort: Die Prinzessin war auf dem Rückzug, die liebevolle, aber auch knallharte und nie aufgebende Mutter Else nahm wieder ihren Platz ein.

»Else, Tange und ich ... wir werden nur in derselben Abteilung arbeiten.«

»Ihr müsst euch ein für allemal aussprechen, sonst werden sich eure Probleme unendlich hinziehen.«

»Das werden sie sowieso.«

»Du hast deinem besten Freund und Kollegen vor dreißig Jahren dein Wort gegeben, und genauso lange hat es an dir genagt.«

»Ja, nicht zuletzt, da mein »bester Freund und Kollege« versuchte, mir meine Frau auszuspannen.«

»Das heißt «ausleihen«, Møller, und es ging so kurz, und im Übrigen nur, weil du selbst mich vergessen hattest. Geht es dir wirklich immer noch darum? Und was ist mit dir und Sanne und ... Ich könnte noch mehr aufzählen, wenn es mir die Anstrengung wert wäre.«

»Ich weiß, das ist eine Doppelmoral von mir.«

»Møller, du und Tange wart jung und ehrgeizig, und ihr habt euch wie Idioten benommen, kein Zweifel. Aber betrachte es mal mit etwas Abstand: Zwei etwas übereifrige und unerfahrene Kriminalbeamte, beste Freunde … Eure ganze Karriere stand auf dem Spiel. Tange dachte rational, du warst gewissenhaft, aber ihr habt verabredet, zu schweigen und es hinter euch zu lassen, und das ist jetzt so lange her.«

»Wir sind mit unserer ›Good cop, bad cop‹-Nummer viel zu weit gegangen und haben dem Kerl ein falsches Geständnis abgepresst..«

»Ihr habt natürlich übertrieben, aber …«

»Tange hat ihn unvermittelt geschlagen und ich … Ich habe gut auf ihn eingeredet.«

»… aber ihr habt ihn nicht verurteilt, da war trotz allem noch ein Richter.«

»Wir hätten es dennoch danach zugeben sollen.«

»Ja, aber jetzt ist es zu spät. Das war eine andere Zeit.«

»Das war es vielleicht.«

»Ihr wart euch doch so sicher, dass er es war.«

»Ja, bis wir zufällig auf eine andere Spur stießen, die seine Unschuld bewies.«

»Und da war der Unschuldige bereits in Nyborgs Staatsgefängnis gestorben, ich weiß, Møller.«

»Hätte er zumindest eine Familie gehabt, die wir hätten kontaktieren können, um ihn reinzuwaschen.«

»Ja, dann wäre die Situation eine andere gewesen, aber so war es nicht. Es hätte ja nichts geändert, außer dass eure Karrieren vermutlich zerstört gewesen wären. Lass es nun ruhen, Møller, sprich mit deinem alten Freund, vergebt euch selbst und einander, auch wegen des privaten Geschwätzes, mit diesem Hahnenkampf muss Schluss sein. Sei lieber froh darüber, dass du zurück zur Mordkommission kommst, sobald du wieder auf den Beinen bist.«

»Mit deiner Hilfe wird es nicht lange dauern«, sagte er und versuchte etwas unbeholfen, ihr Haar wieder in Ordnung zu bringen.

Sie lachte zu ihm auf: »Das mache ich besser selbst.«

Er nickte und ergriff oben ihren Rollstuhl, bereit loszuschieben.

»Else, Schatz?«

»Ja, mein Schatz?«

»Was sagst du dazu, dass wir jetzt reingehen und die neue Mechanik ausprobieren?«

»Nicht jetzt, Møller. Die Mädchen sind nur eben unten ein paar Zitronen holen, sie sind gleich zurück. Die Gäste können auch jeden Augenblick kommen.«

Hinter Møllers Buchenhecke waren Vogelgezwitscher und fröhliche Stimmen zu hören, als Sanne und Gilles vor dem üppigen Villengarten aus dem Taxi stiegen.

Sie waren zwanzig Minuten zu spät dran, denn gerade als sie fertig zum Ausgehen waren, hatte etwas in ihren Blicken gelegen, das sie aus den Vortagen noch nicht kannten. Etwas Neues und Unerforschtes, das sich nicht zurückstellen ließ. Schon gar nicht jetzt, da sie sich bald wieder trennen mussten, weil Sanne einen zweimonatigen Auftrag in Syrien angenommen hatte. Die Sommerkleidung musste runter, um danach hastig wieder angezogen zu werden. Erst im Taxi bekamen Sannes Lippen eine neue Schicht Lipgloss, während Gilles sich mehrmals mit der Hand durch die Mähne fuhr, dann waren sie fertig für Elses und Møllers jährliches Gartenfest.

»Willkommen«, rief die versammelte Gesellschaft einander zu, als Sanne und Gilles den Gartenweg betraten.

Der lange Esstisch stand wie immer mitten auf dem Rasen, der von Beeten mit Bauernpfingstrosen und Jasmin, Schmetterlingsflieder und Kletterhortensie umgeben war.

»Der Garten war nie schöner«, sagte Sanne. »Und das gilt auch für den Tisch.«

Else strahlte und fuhr mit ihrem Stuhl ein bisschen vor, bevor sie die Arme erhob: »Nun, dann auf zum Tisch! Møller, setz dich ans andere Ende vor den Schmetterlingsflieder, Sanne links von Møller, Martins Freundin zur Rechten. Und dann ihr beiden Mädchen, jede zu einer Seite, und ich nehme dieses Ende mit Martin und Sannes Freund: »*Si vous voulez, Monsieur Gilles, à droite près de moi.*«

»Else«, sagte Møller, »der junge Mann spricht fließend Dänisch.«

»Ja, und ich bin seit zehn Jahren nicht im Ausland gewesen, lass mich also ein bisschen Spaß haben.«

Møller schenkte dem Ersten ein und reichte den Weißwein dann weiter.

»Ich habe nach dem Gymnasium ein Königin-Ingrid-Auslandsstipendium erhalten«, sagte Else zu Gilles, während auch er ein Glas bekam, »und ich verbrachte ein halbes Jahr an der Sorbonne, bevor Møller und ich … Ja, so war das ja damals. Ja, bitte, bedient euch.«

»Haben alle jetzt etwas im Glas?«, fragte Else.

»Schatz, ich habe gerade den letzten Wein eingegossen«, sagte Møller und ging zu seiner Frau, die gerade von einem Toilettenbesuch zurückgerollt war.

Møllers Jüngste war schon längst in ihr Zimmer gegangen, sie wollte Facebook checken. Die Ältere hatte sich in etwa zu dem Zeitpunkt in die Stadt aufgemacht, als Sanne von der Schönheit der Blauen Stunde sprach und Else behauptete, dass die Kletterhortensie mit den weißen Blüten gegen Mitternacht von selbst zu leuchten anfangen würde, sie sollten nur abwarten und sehen.

Es war gegessen und getrunken, geredet, gelacht worden und die Plätze wurden getauscht. Niemand hatte die Ida-Geschichte oder Sannes Entführung erwähnt, bis Else das Thema wieder aufnahm.

»Gut, dass die Sache endlich aufgeklärt ist, wenn der Selbstmord des jungen Mannes im Vestre auch tragisch ist. Stellt euch vor, sich erhängen … Er hieß Mads, oder?«

Martin nickte und sagte: »Ein netter junger Mann, aber krank.«

»Und sehr liebevoll«, fügte Sanne hinzu.

»Du warst wirklich mutig«, sagte Møller zu ihr.

»Ohne die Motorengeräusche des Bootes, das ihr geschickt habt, wäre ich das wohl kaum gewesen«, antwortete Sanne.

»Natürlich wärst du das.«

»Wenn der Mann im Hafen nicht misstrauisch geworden wäre und die Polizei alarmiert hätte, würde ich auf jeden Fall heute hier nicht sitzen.«

»Es ist nur sonderbar, dass wir Frederiks Leiche noch nicht haben finden können«, sagte Martin.

»Ja, da bin ich leider keine richtig große Hilfe«, sagte Sanne. »Er ist dreimal an der Oberfläche aufgetaucht, mehr habe ich nicht gesehen, bevor ich hochgezogen wurde.«

»Waren da Luftblasen?«, fragte Else. »Schwer zu erkennen«, antwortete Sanne. »Es war windig, die Wellen schlugen hoch, auf einigen war Schaum. Außerdem habe ich nur daran gedacht, mich über Wasser zu halten, bis das Boot mich erreichte.«

»Es kann nur eine Frage der Zeit sein, bis jemand anruft, weil eine Leiche angespült wurde«, sagte Møller.

»Ich bin seit über dreißig Jahren mit einem Mordermittler verheiratet, aber das werde ich nie verstehen können«, sagte Else.

»Was verstehen?«, fragte Martins Freundin.

»Wie ein Mensch sich sowas ausdenken kann und dann als Mörder endet.«

»Jeder von uns kann zum Mörder werden«, sagte Sanne.

»Aber wohl nicht du und ich«, hielt Else mit einem Funkeln in den Augen entgegen.

»Doch, auch du und ich«, erwiderte Sanne.

Martin nickte, ließ den letzten Schluck Wein in seinem Glas kreisen und sagte: »Sanne hat Recht, ich habe darüber gelesen. Schon Freud fand, dass nur ›der dünne Anstrich der Kultur‹ einen Menschen davon abhält, einen anderen Menschen zu bekämpfen und letztendlich zu töten.«

»Dann wollen wir mal hoffen, dass der Anstrich heute Abend hält; im Flur ist er jedenfalls schon etwas dünn«, sagte Else resolut und sah ihren Mann liebevoll an. »Møller, du musst bald wieder den Besen schwingen.«

»Pinsel«, korrigierte er sie.

»Ja, ja«, sagte Else immer noch begeistert, »du hast Recht, und ich habe Frieden, und wir beide bekommen einen neuen Anstrich.«

Die Gesellschaft lachte, die gute Laune ihrer Gastgeberin ließ die Müdigkeit und die mörderischen Gedanken vergessen.

Else sprach weiter: »Hört mal alle, warum lassen wir nicht die Kissen noch etwas warten und trinken ein letztes Glas – auf Sannes Freiheit und Møllers neues Herz –, und dann sind wir bettfertig. Møller hat immer einen halben Aquavit im Kühlfach als Reserve liegen. Was sagt ihr?«

So lange es kein Aqua Mortis ist, dachte Sanne und sah, wie die Leute lächelnd nickten und dass Møller aufstand, um den Schnaps zu holen, während sich in ihr ein anderes Bild formte:

Ein Schwarm Fische wendet in der Sonne ... von unten durchbricht Frederiks Hand die Meeresoberfläche zum dritten und letzten Mal ... Jeder einzelne der fünf gespreizten Finger zappelt um Hilfe, bevor sie wieder in der blauen Dunkelheit verschwinden ...

»Bist du okay?«, fragte Gilles.

Sanne nickte und sah im selben Augenblick ein, dass Else Recht hatte: Die Kletterhortensie mit den weißen Blüten leuchtete von selbst.

»Ja, danke«, sagte sie zu Møller, der schon dabei war, ihr einen Aquavit einzuschenken.

Sie spürte Gilles' Hand auf ihrem Schenkel, gefolgt von einem unbändigen Drang, sich der Lust hinzugeben, nichts anderem als der Lust und dem kleinen Tod.

Das Leben geht weiter für die, die überleben, bis auch sie an die Reihe kommen. Warum sich dann nicht entspannen und das Leben genießen?